共时与历时

GONGSHI YU LISHI

——中国现当代文学学科建设的理论构建与实践探索

中国语言文学学科建设丛书

丛书主编 刘钦荣 刘安军

中国社会出版社

国家一级出版社·全国百佳图书出版单位

图书在版编目（CIP）数据

共时与历时：中国现当代文学学科建设的理论构建与实践探索 / 刘钦荣，刘安军主编．—北京：中国社会出版社，2019.2

ISBN 978-7-5087-5922-7

Ⅰ.①共… Ⅱ.①刘… ②刘… Ⅲ.①中国文学—当代文学—学科建设—研究—高等学校 Ⅳ.①I206.7

中国版本图书馆 CIP 数据核字（2019）第 030167 号

丛 书 名：中国语言文学学科建设丛书
书　　名：共时与历时：中国现当代文学学科建设的理论构建与实践探索
主　　编：刘钦荣　刘安军

出 版 人：浦善新
终 审 人：王　前
策划编辑：黄　贞
责任编辑：秦　健

出版发行：中国社会出版社　**邮政编码**：100032
通联方式：北京市西城区二龙路甲 33 号
电　　话：编辑室：（010）58124839
销售部：（010）58124841
（010）58124842
网　　址：www.shcbs.com.cn
shcbs.mca.gov.cn
经　　销：各地新华书店

中国社会出版社天猫旗舰店

印刷装订：北京九州迅驰传媒文化有限公司
开　　本：170mm×240mm　1/16
印　　张：17.5
字　　数：300 千字
版　　次：2019 年 12 月第 1 版
印　　次：2019 年 12 月第 1 次印刷
定　　价：68.00 元

中国社会出版社微信公众号

编 委 会

总　序

进入21世纪，中国高等教育由规模式快速发展，转向为质量和内涵建设。2017年10月18日至24日召开的党的十九大报告中，提出高等学校建设“双一流”的战略目标，使高校在未来的发展过程中，有重点地建设一批“一流学科”成为当下重要任务。同时，这也是建设一流高校的重要支撑。中国语言文学是我国高校学科群中发展历史最长、学科分布最广的基础性学科。如何全面、合理地开展学科建设，是新时代亟待探索的课题。我们应当尊重学科建设规律，站在学科发展的历史角度和“人类命运共同体”的高度总结历史经验，同时更要注重不同地区、不同类型高校各自发展建设的特殊性，开创学科建设的新局面。

理论研究和实践均已表明：学科建设中，人才梯队是关键，人才培养是基础，科学研究是核心竞争力，科学规划与整合是重要手段。

一、人才是学科建设的关键

引进高层次人才是高校学科建设的普遍性做法，为了建设重点学科、增设学位点，很多高校持续引进学科带头人，使得青年学者的成长环境越来越艰难。师资队伍是学科建设的基础，学科建设规划首先要考虑师资梯队的合理搭建，只有这样才能保证教学水平的稳定性以及学术研究、学术传承和学科建设的可持续性发展。就中国语言文学学科的自身特点来说，主要体现在学术研究的传承性、学术积累的重要性等方面。中国语言文学学科作为人文学科有着自身的发展规律，决定了学者的学养和学术成果很难在短时间内有重大收获；在知识的积累传承、学术研究的创新领域，依赖于知识谱系的稳定性、学术研究的传统路径等一系列因素。

中国语言文学学科建设人才梯队的合理配置关乎中国语言文学学术传统的传承和创新等一系列重大问题。从中国语言文学学科教学需要和科研工作的实际出发，要运用系统性思维，要注重二级学科间师资配置的均衡性。二级学科的建设要搭建“学科带头人、中年骨干、青年人才”的三级梯队，并结合中国语言文学学科的特点，使教师在教学和科研的任务分配上区别化、明晰化。学科带头人在教学和科研中发挥的是引领与示范作用；中年骨干应承担主要的教学任务与科研实践；青年人才重在积累、学习，在继承的基础上突破发展。中国语言文学学科的教学科研强调的是学术素养在积累中逐渐养成，所以不能为了完成科研指标而对不同年龄段的学者提出相同的要求。合理的师资配置将形成一种人才成长的良性循环，这也将有助于中国语言文学学科发展的可持续性。中国语言文学学科承担着两千年中华文化的学术传承，形成了独具特点的中国学风、学脉、学派，并在国际学术界有着历史影响力。我们在未来的学科建设中，首先要继承和传承，同时也要注重创新发展。

二、夯实本科人才培养的基础

中国语言文学学科人才培养的本科阶段，是郑州师范学院文学院人才培养的基础，应该以学科知识系统性的教学和中国语言文学能力的训练为核心。在通识教育的背景下，一级学科的专业课程被大幅压缩。因此，未来在学科建设的过程中，必然要同步调整人才培养观念。中国语言文学学科建设在人才培养上的首要任务是探索在通识教育日渐普遍化的背景下，如何立足于厚基础、强内涵的目标，着力通过有限的教学实践，培养学生掌握中国语言文学学科基础知识、基本理论和基本技能，在此基础上构建中国语言文学知识和理论体系，具备中华文化传统的人文意识。

中国语言文学学科人才培养的重要问题之一是优质教材的选用与建设和教学质量的提升。教材和教师学术著作质量的高低不仅影响学生的知识接受，同时直接影响学生的思维方法、认知能力和审美价值观的形成。教材的选用编撰理念，要与国际化的“通识教育”相匹配。近年来，随着高等学校“教学水平和质量评估”的推进，促使高等教育日益体制化、规范化、科学化。教育部高等教育出版社的“马工程”（马克思主义理论研究和建设工程）教材建设使学科知识谱系稳定性的程度不断加强。在这种语境中，教师的科学研究活动就更加重要，知识创新的难度会不断加大，教师科研过程的选题、立项、研究过程及成果，应使学生积极地参与其中。

这样，对学生探究性学习中国语言文学学科理论和知识，形成自觉主动性的终身学习能力和良好学养的传承都有着极为重要的影响。

中国语言文学学科等人文学科，有着明确的学术与文化归属，中国语言文学的人才培养必须有中国的特色。学科建设应基于中华文明自身的审美经验和文化立场，以一种世界性的胸怀去发现中国文学与世界各国文学间的审美和诗学联系。

三、注重科研工作的内涵与结构调整

科研工作是高校教师的重要工作，而科研和教学的良性互动对于人才培养质量的提升有着积极的促进关系。回顾郑州师范学院文学院的学科建设过程，中国语言文学学科体系从不完善到比较完善，从单一发展到多元推进，由跨越式发展到质量内涵发展，建设过程较为艰辛，虽有明显成绩，但还有很多问题亟待完善和解决。学校虽然奠定了现有的学科架构与发展方向，但是从一流学科建设的高度来看，中国语言文学学科的科研工作仍然处在外延性层面，表现为制度不够健全，精力投入不够精准，团队结构尚不合理，研究特色不够鲜明，发展规划还需科学论证等结构性问题。目前，科学研究工作亟待向内涵质量式发展进行深度转变；中国语言文学学科科研工作亟待建立合理有效的科研制度、明确有效的科研规划，发扬学者扎实深厚的学养和科学严谨的治学精神，才能在知识创新和文化传承的成果中形成学术价值。中国语言文学学科的学术研究不仅要有知识的积累、创新与传承，更要有以审美情感与语言经验为基础的人文精神的传承。

中国语言文学学科的科研工作要更好地为学科建设奠定学术基础，还应明确基础研究与应用研究之间的区分与联系。在科研过程中强调基础性与应用性并重，不仅是从人才培养的出口角度考虑问题，也是中国语言文学学科科研结构调整的必然趋势。注重郑州市地方人才需求、郑州市经济社会发展的理论和知识支撑，是郑州师范学院中国语言文学学科建设应用性的具体体现，也是中国语言文学学科学者在科研工作中应有的文化担当。在这个前提下，结合高校自身定位与学科实际，要夯实基础研究、拓展应用研究，激活中国语言文学科学研究的现实价值。

四、内部整合与协同创新

中国语言文学学科未来的学科建设，一方面要注意整合现有二级学科的学术力量，适应二级学科间的交叉发展和重点突破。学科建设要在学术研究过程中，注重知识创新的学科增长点。新的知识与二级学科之间的知识关联度会不断加强。中国语言文学学科的各个二级学科共同的文化基础，是以汉语言文学为主体的多民族的中华文明大合唱，汉语言文学与少数民族语言文学也是相互影响和交融的。因此，在未来的学科建设中，应该立足一级学科的长远发展，整合二级学科的力量，激发和密切二级学科间内在的学术联系。

另一方面，中国语言文学学科的学科建设要注重处理好与周边学科的学术关系，同时要有开放性的国际视野。在未来的学科建设中，要注重多学科的协同发展：第一，以中国语言文学学科为主，借鉴、吸纳其他学科的经典理论和前沿方法，扩大中国语言文学学术研究的内涵与外延；第二，要积极参与其他学科主导的协同创新工程，参与其他学科主导的跨学科研究。

中国语言文学学科建设的国际化并不是追求美国化或西方化，而是要深刻地意识到中国语言文学学科发展建设的民族化出发点，要有自己的学术价值观，不能以西方标准取代中国价值。在党的十九大报告中，习近平总书记指出要繁荣中国哲学社会科学，建立民族文化自信。我们要以“习近平新时代中国特色社会主义思想”为指导，用“人类命运共同体”的胸怀建构中国语言文学学科的学术话语体系。中国语言文学是中华文明人文交流和审美精神的集中反映，与世界各民族国家人民的对话和交流是郑州师范学院文学院中国语言文学学科建设的永远追求。

郑州师范学院文学院学科建设领导小组

2017年11月11日

目　录

第一章
学科发展的
历史、现状与反思

所谓学科，就字源上解，就是知识的生产和组织的“操控体系”（福柯语）。按西方古拉丁文的本义，学科兼有知识和权力的双重内涵，它是知识专门化的表现，也是知识专门化的结果。国内学者通常把学科定义为，高等院校教学、科研、社会服务等的功能单位，是对高校人才培养、教师教学、科研业务隶属范围的相对界定。学科与现代大学体制关系密切，是高校的基本组织单位。特别是研究型大学，更为学科的产生和发展奠定了基础。世界上不存在没有学科的高校，高校的各种功能活动都是在学科中展开的，离开了学科，不可能有人才培养，不可能有科学研究，也不可能有社会服务。

德国学者狄尔泰说：“作为存在及按照历史中事物的理性而实践的人文学科……即由这些论述的三个层次组成：事实、命题、价值判断和规则。而且历史、抽象的理论和实践的关系作为一个共同特性遍及于人文科学之中。”①

中国当今普通高校的本科教育的学科划分为 13 大门类：哲学、经济学、法学、教育学、文学、历史学、理学、工学、农学、医学、军事学、管理学、艺术学。在教育部与国务院学位委员会 2011 年新颁布新学科目录中，“中国语言文学”是所谓的一级学科，下设文艺学、语言学及应用语言学、汉语言文字学、中国古典文献学、中国古代文学、中国现当代文学、中国少数民族语言文学、比较文学与世界文学八个二级学科。

显然，中国现当代文学属于二级学科。中国现当代文学学科的形成、发展和繁荣经历了一个漫长的过程。

第一节　学科发展的历史脉络

中国现当代文学的源头，是现代文学课程的形成和确立。中国现代文学学科起源于民国期间大学里的新文化课程。而从民间到庙堂的急剧转型

---

①　狄尔泰：《人文学科导论》，北京・华夏出版社，2004 年版，第 27 页。

则导致了中国现代文学学科的真正产生。

1929年朱自清先生在清华大学开设新文学研究课，真正独立的实体形态的中国现代文学课程方才出现。王瑶曾说："真正用历史总结的态度来系统研究现代文学的，应该是始于朱自清先生。1929年至1933年他在清华大学等校讲授'中国新文学研究'的讲义，后来整理发表题为《中国新文学研究纲要》，是现代文学史上的开创性著作。"① 1932年，王哲甫在山西省立教育学院开设过类似的课程，黄修己称他的讲稿《中国新文学运动史》为"第一部有系统规模的中国新文学史专著"。

1951年9月，王瑶的《中国新文学史稿（上册）》出版，1953年8月下册出版，这是最早的具有完备系统的现代文学史专著。他因此成为新中国第一代新文学的教学与研究者，也被誉为现代文学学科的奠基人。该书第一次将"五四"新文化运动为开端一直到新中国成立（1917—1949）这一段文学的变迁作为完整独立的形态，进行科学的、历史的、体系化的描述，初步奠定了现代文学作为一门学科的格局。随后，叶丁易的《现代文学史略》1955年出版，刘绶松的《中国新文学史初稿》1956年出版。它们是当时最早、最具影响力的3部新文学史教材，为全国高校中国现代文学学科打下了牢固基础。

一、现代文学学科的确立

现代文学作为一门专门的学科得以建立，是此前许多有关新文学的评论与研究孕育的结果。例如：胡适的《五十年来中国之文学》、梁实秋的《现代中国文学之浪漫的趋势》、周作人的《中国新文学的源流》，以及诸多名家为《中国新文学大系》所作的《导言》，等等。而最直接的促进因素则是时代的更迭以及学术生产的机制化。1949年中华人民共和国成立，把历史推进到一个新阶段，很自然也就提出了为前一个时期新民族主义革命修史的任务，研究"五四"以来的新文学就顺理成章地从古代文学的学科领域中独立出来。

现代文学学科的建立，又与教学直接相关，是以大学课程的调整为契

① 《王瑶全集》（第八卷），河北：河北教育出版社，2000年版，第104页。

机的。中华人民共和国成立以前，大学中文系的课程设置偏重于古典文言，尊古之风厚重。中华人民共和国成立后，情况发生了根本变化，具体到中文系，当时强调的是运用马克思主义的方法，厚今薄古，服务现实。1950 年 8 月，中央人民政府教育部颁布《高等学校文法两学院各系课程草案》，规定“中国新文学史”是各大学中国语文系的主要课程，并对其内容做了规定，“运用新观点、新方法，讲述自五四时代到现在的中国新文学的发展史，着重在各阶段的文艺思想斗争和其发展状况，以及散文、诗歌、戏剧、小说等著名作家和作品的评述”。此后，全国各大学中文系都配备了专门教师讲述“新文学史”这门课程。有关的讲义和论著也随之应运而生，现代文学研究真正从其所附属的古典文学框架中独立出来，成为一门在大学享有基础课地位的新学科。

该学科建立伊始，就表现出两个鲜明的特点：一是政治性强，二是与教学紧密相关。这种状况对后来的现代文学研究乃至整个学科的发展，影响都很大。

“文化大革命”期间，我国高等教育出现停滞的局面，现代文学学科发展也处于空白期。

“文化大革命”结束以后，学科研究渐渐复苏。与现代文学学科的“复活”密切相关的两件事：一是 1977 年恢复高考，二是 1978 年首届研究生招生。1978 年 1 月 10 日，教育部发出《关于高等学校 1978 年研究生招生工作安排意见》，决定将 1977 年、1978 年两年招收的研究生合并进行，统称为 1978 届研究生。1981 年 5 月 20 日，国务院出台《中华人民共和国学位条例暂行实施办法》。因此 1978 届研究生是 1981 年授予硕士学位，当年在 8665 名获得硕士学位的毕业生中有 530 名属于文学类的。

为满足教学需要，1979 年 6 月由唐弢主持，严家炎、樊俊、陈涌等一批权威学者参与编写的《中国现代文学史》第一册出版，第二册和第三册分别于 1979 年 11 月和 1980 年 12 月出版。直到 20 世纪 90 年代初期，这部教材依然被广泛采用，其对文学史阐述的框架、方法，乃至许多基本结论，对全国现代文学史的教学都有极大的覆盖性影响。“与那些短期内急速编就的教材不同，唐弢本拖延了十几个年头，像棵老树，既有粗壮的老干，也有娇嫩的新枝，身上打着一圈一圈的年轮，记录着不同时间学术上的风云变幻。正因如此，它出版后，既成为新文学史著作中水平最高之一部，又让人觉得新鲜感不足。人们一面尊它为权威的著作，一面也多少有点惋惜的感慨。但无论如何，它是前三十年的一部总结之作，它的成就代表了前三十年的成就，它的不足也反映了前三十年的局限”。①

1979 年 1 月，在教育部召开的一次教材审稿会上，与会代表倡议成立全国高校现代文学研究会，并组成筹委会，选举王瑶为会长。1980 年在包头召开了学会的首届学术讨论会，学会更名为中国现代文学学会。此后，学会定期召开全国性的学术会议。学会的成立是一种新的学术空间的形成，在学术生产上具有重要作用。1980 年 10 月，学会会刊《中国现代文学研究丛刊》正式出版发行。目前国内有影响力的以刊发现代文学研究成果为主的刊物主要有：《新文学史料》（人民文学出版社主办）、《新文学论丛》（人民文学出版社主办）、《鲁迅研究》（中国社会科学院文学所主办）、《鲁迅学刊》（辽宁社科院主办）等。

1979 年 12 月，鲁迅研究学会在北京成立。随后郭沫若研究会、茅盾研究会、丁玲研究会、瞿秋白研究会等相继成立，学者们纷纷找到了自己擅长的研究领域，分工越来越细。

二、当代文学学科的发展

“当代文学”史是诸多文学专业中最年轻的一个研究方向。1959 年，是“当代文学”这一范畴明确出现和当代文学史最早写作的重要契机。60 年代初期出现了一批最早的当代文学史：1960 年山东人民出版社出版了《中国当代文学史（1949—1959）》上下册（山东大学中文系当代文学史编写组编写），这是最早正式出版的当代文学史；1962 年科学出版社出版的《中国当代文学史稿》（华中师范大学中文系编写），也是较早的一部。

“当代文学”的出现，是使文学的历史叙述高度规范化的步骤之一。这突出地表现在从“新文学”向“现代文学”“当代文学”这种概念或命名的更替之中。中华人民共和国成立后，对于 1919—1949 年这段文学史的写作，从 50 年代前期到 50 年代后期，出现了明显的“更名”现象。50 年

① 黄修己：《中国新文学史编纂史》，北京·北京大学出版社，2007 年版，第 204—205 页。

代前期出版的有关“五四”以来的文学史，普遍称为“新文学史”；从50年代后期开始，同样是书写这段文学史，却普遍地称为“现代文学史”，如1959年7月上海文艺出版社出版的《中国现代文学史（上册）》（复旦大学中文系现代文学组学生集体编著）等。这一命名的变化，实际上是对“五四”以来的文学进行明确的历史分期和历史定性。以“现代文学”取代“新文学”是为了突出1919—1949年这段文学作为“新民主主义文学”的特征，同时也是为了把文学的历史进程更好地与中国革命的历史进程结合起来。而这一改变也成为“当代文学”出现的必要性。就如洪子诚指出的：“‘新文学’概念被‘现代文学’取代的过程，也就是‘当代文学’概念生成的过程。甚至可以说，这种‘新文学’与‘现代文学’概念的更替，正是为‘当代文学’提供生成的条件和存在的空间。”① 由此可见，我们今天所惯用的“现代文学”和“当代文学”概念实际上产生于同一历史时期，并且依据的是同样的历史理念，建立在同样的对中国历史的时段划分的基础上。而对这种历史划分的理由和方式作出纲领性和原则性阐述的最早来源，是毛泽东20世纪30年代后期和40年代初期发表的《中国革命和中国共产党》（1939年）、《新民主主义论》（1940年）、《在延安文艺座谈会上的讲话》（1942年）等几篇重要文章。尤其是在《新民主主义论》中，对“新民主主义的文化”进行的详细阐述，也成了50—70年代制定文艺政策、解释文化现象的唯一依据。摒弃“新文学”这一“五四”时期出现的概念而采用“现代文学”概念，将“新民主主义文学”限定于1919—1949年，正是为了把文学史的写作更准确地融入到革命历史的论述当中。而这种对照革命历史而规定的文学史图景，就使得作为社会主义文学的“当代文学”的出现成为必然。

中国当代文学的学科建设，严格地说是从20世纪60年代初才起步的，当时上海、北京一些重点院校试开了这门课程，还组织编写了规模较大的当代文学教材。不过这个时期的当代文学学科建设只能算是草创。从1976年起，国内部分院校自编教材，陆续恢复了当代文学课，但受历史条件的制约，各方面的局限仍十分明显。60年代初期当代文学史出现时，学院体制中还没有设置独立的当代文学学科。1978年教育部制定高等院校中文专

① 洪子诚：《“当代文学”的概念》，载《文学评论》1998年第6期。

业现代文学教学大纲，确定“当代文学”作为一门新的课程。随之，各高校开始把当代文学作为与现代文学并立的教研室或研究方向，并开始组织教师编写当代文学史教材，大量相关的学科建设工作开始展开。1978 年，全国文科教材会议制订的高等院校教材编写计划下达后，几部当代文学史几乎同时写作，并在 80 年代初期出版。由郭志刚等十所院校编写的《中国当代文学史初稿》上、下册由人民文学出版社分别于 1980 年、1981 年出版，是新时期以来最早的当代文学全国通用教材。其绪论中写道：“每个民族的文学发展的新水平，都是由它的当代文学来体现的。已有的水平只能说明过去，希望永远在未来的一面。”

这一时期最早完成、影响也最大的是北京大学张钟、洪子诚、佘树森、赵祖谟、汪景五人编写的、北京大学出版社 1980 年 7 月出版的《当代文学概观》。此后，陆续出版的有一定影响力的文学史有：《中国当代文学讲稿》（张炯、郏璐主编，中央广播电视大学出版社，1983 年）、《中国当代文学史》（吉林人民出版社，1984 年）等。到 80 年代中期，全国范围内出版的当代文学史有 10 多部。直到 90 年代，又出现了一批比较有影响的文学史，如河南大学刘景荣主编的《中国当代文学》（河南大学出版社，1995 年）、暨南大学陈其光主编的《中国当代文学史》等。截至 1999 年，以“当代文学”或“当代文学史”命名的著作有 48 部，在总数量上甚至超过了现代文学。

除了以“当代文学”“当代文学史”或“当代文学教程”命名的文学史著作外，按分类、时期、作家、作品等门类出版的专题性的研究著作也相继出现。其中，影响较大的有：金汉主编的《中国当代小说史》（浙江文艺出版社，1986 年），朱寨主编的《中国当代文学思潮史》（人民文学出版社，1987 年），洪子诚、刘登翰合著的《中国当代新诗史》（人民文学出版社，1993 年），佘树森主编的《中国现当代散文研究》（北京大学出版社，1996 年），佘树森、陈光旭合著的《中国当代散文报告文学发展史》（北京大学出版社，1996 年），王新民主编的《中国当代戏剧史纲》（社会科学文献出版社，1997 年）等。另外还有一些对“新时期”文学做整体研究的著作，主要有：中国社会科学院文学研究所当代文学研究室编写的《新时期文学六年》（中国社会科学出版社，1985 年），季红真的《文明与愚昧的冲突》（浙江文艺出版社，1986 年），曹文轩的《中国八十年代文学现象研究》（北京大学出版社，1988 年）等。有关当代重要作家，如王蒙、张洁、莫言、贾平凹等人的专门论著，也相继出版。

随着当代文学内涵的不断丰富以及研究内容和领域的不断拓展，一些全国性的学术团体也开始出现，其中最重要和最具影响力的是 1978 年由中国社会科学院文学研究所当代文学教研室、北京师范大学中文系等发起成立的“中国当代文学研究会”和 1980 年由中山大学、华中师范大学等学校中文系组成的“中国当代文学学会”。这两个团体都分别召开年会，征集论文，对当代文学现象进行研讨，对于整合当代文学研究资源、提升当代文学研究队伍的学术水平起到了很好的作用。

伴随着新时期文学的迅猛发展和学术研究队伍的不断壮大，发表当代文学研究论文的媒体空间也在不断拓展，由一些报刊的专刊或专栏逐渐演变为研究当代文学的专刊，如《当代作家评论》《小说评论》《当代文坛》等。从在学术界认可度比较高的人大复印资料现当代文学研究论文所占篇幅的改变，也可以看出当代文学研究在学科整体位置中的变化，“80 年代初，是当代附于现代之后；80 年代中期，开始出现一种出一本，平分秋色；80 年代后，当代文学便占了大部分篇幅，而把现代文学研究挤到卷末去了。”①

在 80 年代，当代文学的学科特色并未表现在文学史的研究和整理上，而主要集中于文学批评。与文学创作不断突破“禁区”一样，一些当代文学的学者依靠敏锐的艺术感觉为文学“新潮”鼓劲呐喊，甚至于大胆突破社会主义现实主义的窠臼，开始寻找新的理论资源。在文学处于社会中心地带的“新时期”，当代文学的研究者不仅成为新的文学现象的最早的命名者，更重要的是把新的理论资源运用于文学创作批评的实践中。比如，对“朦胧诗”最早作出肯定的“三个崛起”（包括谢冕发表于 1980 年 5 月 7 日《光明日报》上的《在新的崛起面前》、孙绍振发表于 1981 年第 3 期《诗刊》上的《新的美学原则的崛起》和徐敬亚发表于 1983 年第 1 期《当代文艺思潮》上的《崛起的诗群——评中国诗歌的现代倾向》），对“伤痕文学”“反思文学”“寻根文学”等文学现象的命名和肯定等，是使当代文学批评介入到 80 年代文化热潮的核心的主要实践。由于对新的批评理论的不断寻找和发现，使得 1985 年被称为“批评年”。也由于 80 年代前

① 崔西路：《中国当代文学研究概论》，天津·天津教育出版社，1990 年版，第 33 页。

中期的文学创作和文学批评处于密切的良性互动状态，它们共同构成了 80 年代文学的“黄金时代”。

但是，令人不可思议的是，尽管当代文学的理论与创作都在不断地发展，而其学科的合法性却一直受到质疑。文学批评的热闹掩盖了文学史研究的冷寂，更多人并不认为当代文学是一门可以有“史”的学科。尽管有多部以“当代文学”或“当代文学史”命名的文学著作出现，但主要是为了方便教学而编写的“教科书”；这些“教科书”尽管形成了一套非常相似的文学史写作体例，但在将“当代文学”这一学科概念和文学形态的理论预设落实于文学史写作时，却并没有找到有效的解决途径。这使得人们必然会问：当代文学是“有历史”的学科吗？它能独立地支撑起一个独立学科的建制吗？如果当代文学仅仅是当前的文学，那么有必要写作“当代文学史”吗？1985 年，由唐弢发端，晓诸、施蛰存等一批学者在《文汇报》上展开的“当代文学能否写史”的争论，则把这个问题公开化。争论并没有得出明确的结论，却弄清了当时一个基本的事实：50—70 年代文学规范和“新时期”的文学实践，这两者在 80 年代处于彼此对立的状态，在这种彼此相向而立的意识形态冲突中，当代文学史试图“骑墙”式地以语焉不详的“社会主义时期的文学”来作统一的概括，势必使自己陷入顾此失彼的尴尬境地。“重写文学史”的呼声也正是在这样的背景下出现的。

1988 年，陈思和、王晓明在《上海文论》主持“重写文学史”专栏，明确提出“重写文学史”，从而拉开了影响深远的重写文学史思潮。研究者宣称要“重新研究、评估中国新文学重要作家、作品和文学思潮、现象……冲击那些似乎已成定论的文学史结论”。[①] 这次重评与 80 年代初期补充文学史图景，偏重于挖掘以前遗漏的文学现象的不同主要体现在两点：其一是更侧重对 50 年代后期形成的文学史评判标准和写作模式的批判；其二是它不再标榜“还原历史事实”“还历史以本来面目”，而是侧重文学史家的“艺术感受力，真正从阅读体验出发去评价作品”，突出文学史家的“主观性”“个人性”，从而试图促成文学史研究的“多样化的可能性”。在“历史”和“美学”的标准之间，“重写文学史”的倡导者更倾向于“美学标准”。

---

① 陈思和、王晓明：《重写文学史：主持人的话》，载《上海文论》1988 年第 4 期。

三、“现代”与“当代”的合流

1985年，黄子平、陈平原、钱理群等人提出了“二十世纪中国文学”的概念。[①] 这一概念的提出者先后在《读书》杂志上连续发表六篇相关的“学术对话”，进行更为充分的阐释，意味着现代文学和当代文学的合流。(《论“二十世纪中国文学”》和六篇对话录后来编辑成《二十世纪中国文学三人谈》，由人民文学出版社1988年出版。）1987年陈思和出版了《中国新文学整体观》，也强调用“现代意识”来统摄“五四”以来的中国文学；同时他还明确提出，这种“现代意识”不仅是新文学发展的总的主题，而且也是80年代的当代精神，是研究者站在时代的高度，把时代精神融合进对文学的评价。“20世纪中国文学”提出的六个方面、“新文学整体观”提出的八个问题都是从“五四”新文学中延伸出来的。“五四”文学具有的“开端”意义，是人们把这一时期的文学表现出来的特征，用以作为衡量“新文学”——包括“现代文学”和“当代文学”——的统一标准。这样一种历史图景和评价标准，基本上改变了50年代后期形成的关于新文学历史路线的描述，并成为80年代最具有影响力和代表性的看法。

从时间角度来看，中国现当代文学起于“五四”文学革命，并一直延续到当下，其中又以1949年第一次文代会为界划分为现代文学和当代文学两个部分；从空间角度来看，是指作为民族国家主体的中国地理范畴内发生的文学现象以及具有中国公民身份的人所从事的文学活动；在语言上，包括用汉语言写作的文学作品和中国境内其他少数民族语言文字创作的作品。

---

① 黄子平、陈平原、钱理群：《论“二十世纪中国文学”》，载《文学评论》1985年第5期。

第二节　学科发展现状

1995年，樊骏先生就说过中国现当代文学“已经不再年轻，正在走向成熟”。[①] 中国现当代文学在长期的发展积累过程中，已经形成了蔚为壮观的、多达数千人的庞大的研究队伍，有着足与古代文学比肩的众多博士学位授权点，凝练成了一些共识性的学科方向，如作家作品研究、文学史研究、史料研究、思潮社团流派研究、教学研究、新文学与报刊、出版制度的文化研究等。

中国现当代文学学科60年的发展历程与中国社会的政治、经济、文化生态有着密切的联系，更离不开几代学人的艰辛探索与执着追寻。

一、文学史的写作与学科发展

中国现当代文学学科距今已有60多年的历史。回顾中国现当代文学学科建立发展的历史，其文学史的写作经历了三个阶段。

第一阶段，20世纪五六十年代。新中国成立以后，1950年“中国新文学史”被教育部规定为各大学中文系主要的必修课程，随后全国各大学中文系都开设了这门课。大学教学的需求促使了大量文学史著作的产生，其中王瑶的《中国新文学史稿》、丁易的《中国现代文学史略》、刘绥松的《中国新文学史初稿》较为普及，且产生了重大影响。王瑶的《中国新文学史稿》第一次把“五四”新文化运动到新中国成立这一时段的文学进行了系统的梳理和描述，奠定了现代文学史写作的框架和内容。《中国新文学史稿》以毛泽东《新民主主义论》的理论为基本理念，认为中国现代文学“是由无产阶级思想领导的，人民大众的，反帝反封建的，民主主义的文学”。与对中国现代文学的性质的认识相一致，《中国新文学史稿》以重大的政治事件为线索把文学史分为四编：1919年五四运动到1927年革命

① 见《文学研究丛刊》1995年第2期。

阵营分化；1928年土地革命至1937年抗日战争全面爆发；1937年7月抗日战争全面爆发到1942年5月毛泽东《在延安文艺座谈会上的讲话》发表；从1942年5月毛泽东《在延安文艺座谈会上的讲话》发表到1949年全国第一次文代会召开。尽管《中国新文学史稿》有着浓厚的政治色彩，但在作家作品评论和文献资料的使用方面体现出了王瑶先生的学术积累。他对30年间发生的文学现象进行了比较完整、系统的梳理，尤其难能可贵的是对作家创作个性的把握十分准确，评论精辟，所使用的文献资料也非常丰富。1955年出版的《中国现代文学史略》（丁易著）开始“以论代史”，套用“苏联模式”以“社会主义现实主义”来梳理现代文学，现代文学史就演变成“社会主义现实主义”酝酿、发生与发展的历史。1956年出版的《中国新文学史初稿》（刘绶松著）政治性更强，将“新文学史”视为阶级斗争的一个表现，注重文学运动和文学论争。对作家的评论则是以政治性代替文学性，把作家的政治立场视作其文学成就的第一标准。如对胡适，仅以一百多字的篇幅提及其“八事主张”，而且是为了揭露其态度“十分软弱”，对他在新文学运动中的重要作用只字不提。

从王瑶的《中国新文学史稿》到刘绶松的《中国新文学史初稿》，著作的政治性越来越强，新文学史渐成了革命史的一个分支，写作者的学术个性难以施展。就当代文学而言，1959年是当代文学史写作的重要契机。20世纪60年代初期出现了最早的当代文学史：华中师范学院中国语言文学系编写的《中国当代文学史稿》、山东大学中文系中国当代文学史编写组编写的《中国当代文学史（1949—1959）》上下册。这两本文学史“党性”很强，都认为中华人民共和国成立十年来的文学是“社会主义的文学”，“新民歌运动”是其高潮，并将曲艺、“群众文艺”、工厂史等类型纳入文学史写作。这一时期现当代文学史的写作虽然被纳入学术生产的体制化过程，政治色彩极为浓厚，但它推动了中国现当代文学学科的建立，并为后来的发展奠定了基础。

第二阶段，20世纪80年代。“文化大革命”的结束和新时期的到来为现当代文学学科的繁荣发展提供了良好的条件。现代文学甚至一度成为80年代的“显学”，出现了多种合作编写的现代文学史。这些文学史力图突破五六十年代文学史的局限，对一些受到不公正待遇的作家恢复名誉并给予客观评价，但其叙事框架仍是中国民主革命的理论。其中影响最大的是唐弢和严家炎编写的《中国现代文学史》（三卷本），在很长一段时期内它都是最权威的现代文学史教材。80年代中后期，中国的政治环境日益宽松，学术界的空气比较活跃，特别是大量西方的各种文艺理论的翻译和引进，这给现当代文学史的写作带来了新的视界和方法。1988年，陈思和等人提出了“重写文学史”的主张，其目的在于冲击已有的文学史秩序，将现当代文学学科从“从属于整个革命史传统教育的状态下摆脱出来，成为一门独立的、审美的文学史学科”。其实就是将中国现当代文学的研究范型从新民主主义的革命层面转化到文学现代化的艺术层面上来。他们对中国现当代文学史上已有定评的一些作家如丁玲、柳青、赵树理、郭小川、何其芳、郭沫若、茅盾等的创作倾向和艺术成就提出了质疑，对《青春之歌》等文学作品以及别、车、杜美学理论，左翼文艺运动中的宗派问题，现代派文学，胡风文艺思想等文学现象，进行了重读、重评。对某些结论性评价也做出重新的判断。比如，“重写”者认为，《狂人日记》的价值并不在于批判了“吃人”的封建礼教，抑或是对现实的抗争，而是因为它“涉及人类的永恒的东西”，“是在一种很高层次上谈对人类本体的认识”。在这种思潮的影响下，出现了多样化的现代文学史：既有整体的文学史如钱理群、吴福辉、温儒敏的《中国现代文学三十年》，黄修己的《中国现代文学发展史》，郭志刚等主编的《中国现代文学史》等，也有专题的文学史如杨义的《中国现代小说史》、严家炎的《中国现代小说流派史》、朱寨的《中国当代文学思潮史》等。其中，郭本和钱本影响较大。郭本的线索清晰，作家作品评述主次得当，但是“某些观点陈旧”。钱本体例完整，史的脉络清晰，且每章后附有大事记，对作品和文学现象的分析亦较有学术深度。当代文学史方面，据统计，有10多部当代文学史出版，影响较大的有张钟、洪子诚等编写的《当代文学概观》，张炯和郑璐主编的《中国当代文学讲稿》等。

这一时期的文学史写作总体上比较注重学理性和文学自身的发展规律，同时不同程度地表现出学者们的学术个性，在文学史的基本框架上多是传统的以作家作品为中心兼顾对文学思潮的评论，这些文学史为中国现当代文学学科科学化、规范化发展奠定了基础。

第三阶段，20世纪90年代。90年代以来，随着市场经济的建立和发展，文学及文学研究成为边缘。不过，现代化的学术体制的建立使中国现当代文学学科得以深入发展，现当代文学史的写作还原了文学史的多元景观，学术含量越来越高。尤其可贵的是，学者们打破学科边界，引入了文化、思想、学术史的视角，文学的生产、传播、接受等都被纳入文学史的视野之内。1998 年北京大学出版社出版的《中国现代文学三十年》（修订版）是这一时期文学史写作取得的重大突破。该书学理性较强，把沈从文、通俗小说等长期被忽略的内容，辟专章来进行叙述，显示出作者更加包容的学术史观。该书被教育部指定为重点教材，现已作为经典的现代文学史教材而被广泛使用。这一时期，当代文学史的写作尤为活跃，出现了文学史教材编写的热潮。其中有两部当代文学史引起了学界的广泛关注：一是洪子诚的《中国当代文学史》，一是陈思和的《中国当代文学史教程》。洪著从文学生产体制角度深刻揭示了当代文学发展变迁的内在动力和制约机制，对当代文学的多种文学力量的冲突融合的复杂动态过程进行了史的描述，尤其是对 50 至 70 年代文学的历史清理颇为醒目。这本文学史某种程度上更像一本学术专著，使基础薄弱的中国当代文学获得了“史学”品格，并推进了其科学化、学术化的建设。陈著每章介绍一种文学现象，然后每节以不同作品的解读来展示这一文学现象的多个方面。在对作品的选择和其内涵的阐发上，陈著颇有特色。陈思和注重那些非主流的文学作品，并努力发掘其潜在内涵，从而支持他对“民间文化形态”的理解。该书史的脉络清晰，又有文学鉴赏的元素，因此被视为一本中文专业学生和文学爱好者的入门读物。此外，孟繁华、程光炜合著的《中国当代文学发展史》也颇有特色。该书延续了洪著的风格，关注文学制度和文学规范，在对一些文学现象的选择和阐释上体现出了著者独到的学术眼光，如对“姚文元现象”、80 年代“评奖制度”的意义、90 年代“红色经典”的再流行和“改刊、停刊”风波等问题的梳理和分析都很有深度。这一时期现当代文学史写作的一个显著特征是“个性化”，学者的学术个性和已有的学术积累成为其文学史的最大亮点。这些风格不同的文学史成为中国现当代文学学科科学化和规范化发展的重要体现和坚实支撑。

中国现当代文学学科的发展与 20 世纪中国的现代化进程紧密地联系在一起，这决定了其动态化的性质，它会随着社会环境的变化而变化。20 世纪 50 年代、80 年代、90 年代，中国社会经历了巨大的转型，中国现当代文学史的写作也历经了从“政治挂帅”到尊重文学独立性再到引入文化研究的模式来丰富自身的变化过程，相应地中国现当代文学学科也逐渐建立发展繁荣，成为一门既富有活力又有学术规范性的前沿学科。

二、学科研究几代学人

中国现代文学学科从无到有、从弱到强的发展历程，首先取决于佳作频出、大家辈出的文学实绩，也得益于中国社会环境的日益宽松和包容，更离不开几代学者的孜孜不倦的追求与探索。

一般认为王瑶《中国新文学史稿》的出版，是这门学科成立的标志。通常又把王瑶那一代学者，包括李何林、唐弢等宗师，看作是中国现代文学学科最初的开拓者与奠基人。他们是这个学科的第一代学者，也是现代文学专业第一批博士生导师，一直到80年代，都还有力地引导和支持着学科的复苏，对整个学科始终有覆盖性影响。

“文化大革命”期间这个学科研究被迫停顿，几乎遭受毁灭。直到80年代前期，借助于思想解放的动力，才逐渐恢复元气，并取得在人文学界令人瞩目的实绩。第二代学者主要活跃于这个时段，充当了20世纪80年代以来学科复苏与发展的生力军。在20世纪90年代，他们中许多人仍然担当许多大学与科研单位的学术领军人物，包括王瑶先生的弟子孙玉石、钱理群、陈平原、温儒敏以及严家炎、陈思和等，他们是承上启下的重要的一代。

接踵而来的是第三代学者，基本上是“文化大革命”后上大学或读研究生的。这代学人有曲折的求学经历、丰富的人生阅历，富于学术个性与锐利的研究实力，后来各自在相关领域开拓新生面，所获也甚为突出。如王福仁、汪晖、丁帆等。

近年来，第四代在学界崭露头角，有的已形成自己的格局，发挥着相当的影响力。他们很多是“60后”或“70后”，思想开阔，富于活力。

目前，第一代学者大都离开了我们；第二代也年届古稀，他们中一些人炉火纯青，仍有坚实的著述出版。但活跃于学界的主要是第三和第四两代学者，而且重心正逐渐转向第四代。代际转移，学风流变，其变迁大势如大江推浪，真有沧桑之感。

第三节　学科发展面临的问题和挑战

自“文化大革命”结束以来的四十多年是中国现当代文学学科得以迅猛发展的时期，该学科的严谨性和学科性已经得到确立。目前，中国现当代文学不仅成为高等学校文科教学中最热门的专业之一，而且也涌现出了大量的学术成果。据不完全统计，20 世纪 80 年代以来，出版的中国现当代文学史著作，已数以千计。这些著作中，既有站在整个 20 世纪文学的视野上进行整体性、历史性描述的《20 世纪中国文学史》《百年中国文学史》，也有传统的、教科书式的《中国现代文学史》《当代文学史》，还有就某一特定历史阶段比如辛亥革命到“五四”时期的中国文学、十七年时期的文学、“文化大革命”时期文学、新时期文学等；既有不同体裁的小说史、散文史、诗歌史、戏剧史，也有流派史、思潮史等。甚至还出现了专门的《新文学编纂史》《新文学史学》等著作。这是中国现当代文学研究的巨大收获。尽管有些著作或教材有低水平重复之嫌，但这种学术的努力与热情还是可贵的。高水平的学术研究，正是在众多的一般性研究的基础上发展起来的。没有这些基础性的工作，中国现当代文学研究要想取得大的突破和进展是很难的。

一个学科的存在，一般都有自己的精神原理和逻辑起点，有相对稳定的学科范畴和学科概念。以这样的标准来衡量中国现当代文学学科的现状，会明显地感到它不仅依然“年轻”，而且也没有建立起一套带有奠基性的学科理论。该学科的发展面临着许多问题和挑战，如近几年炒得火热的国学热、流行文化热等。但这并不是最重要的，真正的问题和挑战来自于学科内部。

首先，在中国现当代文学研究中，一些最基本、最核心的问题却至今依然没有得到很好的解决，那就是作为一门学科，它的研究对象、范畴、方法、体例、分期等，仍然有着比较大的分歧。如何来解决这些问题，可以通过两种方式：一是学术的，二是学科的。作为学术研究的分期问题，不应强求一致，应当允许并鼓励不同观点的出现。分歧越多，争论越激烈，观点越多样，个人色彩越浓，越有学术价值。这是中国现当代文学研究思想活跃的表现，也是中国现当代文学研究走向突破的必由之路。但是，作为学科专业的中国现当代文学，却有走向统一的必要，至少，要在体系上保持基本一致。

其次，中国现当代文学的评价标准比较混乱，缺乏统一、完整和系统的文本规范。人文学科的建立和发展，需要有相对明确的内涵、外延，独立的特征、历史和传统，需要有相对完整、系统、明晰的评价标准，树立有持续影响力的经典作品。而中国现当代文学学科在这些方面存在许多不足。长期以来，以白话文为其承载物的现当代文学的评价标准始终是在西方标准和中国传统文学标准之间徘徊，没有形成行之有效的理论话语和文学规范。以散文评价为例，80 年代以前，是以朱自清、冰心的散文华丽清幽为典范，以鲁迅的“载道”传统为正宗。进入 90 年代以后，周作人的“言志”散文赢得了主流地位，散文的语言和结构标准由精致优美转变为自然通畅，朱自清、冰心、杨朔等人的文学史地位也渐渐被周作人、汪曾祺等人取代。文学文体的规范性也是如此，最典型的算是新诗了，其标准之繁杂连圈内人都看不清。台湾政治大学中国文学系的学者刘顺文指出：“诗歌现在已经很难界定，因为古典诗歌有一套行之有效的评价标准作为参照系，而新诗基本上无章可循。现在不是谈论诗歌好坏的时候，因为有些文字到底是不是诗歌我们都还难以确定。”让人大跌眼镜的是赵丽华、车延高等人的诗居然可以获得鲁迅文学奖。除了评奖机制的问题外，评价诗歌的标准的混乱也是原因之一。再比如，对张爱玲、丁玲、萧红等女作家的评价，以往对张爱玲的忽略固然包含着政治偏见，而现在又把她捧得那么高，把丁玲压得那么低，也是很不正常的现象。另外，在对郭沫若、茅盾、端木蕻良等作家的评价上也存在着类似的情况。上述现象的发生，原因是多方面的，既有主观方面的，比如批评者的素质和学养的原因，也有客观方面的，比如社会环境等方面的原因，但缺少稳固的规范和标准依然是其直接而深刻的原因。

最后，学科内在系统呈现出功利化、浮躁化、娱乐化现象，以及学术时尚、普及的异化现象。随着中国现当代文学学科边界的扩大和文化研究开拓，浮躁化的情绪在蔓延。张爱玲、徐志摩、沈从文、钱钟书、周作人，以及一些女作家的作品，成为出版社和影视机构的热门，也成了一些学者首选的课题。但在热闹的表面下，并没有多少文学本体世界实质性的发现，更谈不上真正的突破和创新。一些作品的文本研究，只是增强了主体的体验和审美感受，充其量只能算是新的阐释和解读，无法成为新的研究成果。还有文学的传播与期刊、翻译、出版、教育等较多的亚文学研究选题，呈现出文学史研究的新的领域。这些研究在某些方面确实发现了被以往的文学史所遗忘的或不太注意的问题，当时，当下许多同类的研究已经超出了本学科研究的范畴。中国现当代文学尚未完全构成一个较为和谐的协调发展的完整的自足的系统：学科建设和文学研究之间构成悖论，学术空间的拓展和研究问题本身的发现并不形成正比。究其原因，一是因为在当下文学系统自身经常处于分离或各自为战的状态；二是文本研究和文学史的文化研究，有趋炎附势和急功近利之嫌。因此，需要对现行的学术体制进行反思，对大量低端的、重复性的研究进行清理和抵制，要把学科建设和文学研究及文学创作相结合。

第四节　中国现当代文学学科建设的基本原则

中国现当代文学发生、发展、演变的特点内在地影响着学科建设的原则。这些原则既包括文学史研究的一般立场，也包括学科建设的具体方法。

第一，坚持历史整体性联系的学科观念。中国现当代文学虽然可以分为现代和当代两个时期，每个时期又可以分为几个不同的阶段，但它们的连续性、整体性远远大于其断裂性和分割性。与中国古代文学相比，现代文学和当代文学的共同性远远大于其相异性，是一个完整的学科，许多文学现象跨越了不同的时期，只有将其置于历史联系框架内才能得到全面准确的审视和判断。20 世纪 80 年代提出的“20 世纪中国文学”的概念，90 年代研究者曾以“现代性”统摄现当代文学研究，其目的都是希望打破人为造成的学科内部的割裂，追求在统一的富有弹性的整体关照下，对文学史和学科史作出更符合历史实际和更加深入全面的阐释。例如，黄曼君将数千年形成的古代文论视为20世纪中国文学理论批评的“预制”的观念立场，陈思和打通了现代和当代隔阂的20世纪文学整体的文学观，洪子诚梳理“左翼”——革命文学——从20世纪30年代到70年代一脉相承的传统，刘纳、陈平原将现代文学的“嬗变”追溯到近代，等等，都体现了这一学科观念的内化和渗透。

第二，坚持经典研究、一般问题研究和发掘新的学术空间多重并举的原则。针对学科研究对象历史短暂而学术队伍庞大的现状，有人认为现当代文学史的历史线索已经十分明朗，应当确定一批经典命题集中研究而放弃一般性问题和次要作家作品的研究。这种观点当然是有一定道理的，但是，经典的确立本身是需要反复的研究和论证，学术研究的过程就是研究对象被不断遴选确认的过程。其实，学科研究还存在很多空白和真空。比如，对20世纪40年代长篇小说的繁荣和现代话剧类型丰富性这些文学历史现象和文体现象的研究，仅仅依靠几位作家的几部作品的研究是远远不够的，没有丰富的细节研究，对文学发展轨迹的认识总是模糊的，经典型的命题也就无法显现。大量低水平的重复性研究是本学科时常被人攻击或诟病的。克服这些弊病的方法有很多，其中之一就是发掘新的学术空间。比如，探讨地域文化与文学风格的关系，梳理教育史和文学史及其关系，发掘现当代文学中的世界性因素，考察古今文学的传承和变异，等等。由于经典命题蕴含深广，所以对它的研究既可以深化学科研究，也有可能开拓出新的学术空间；反之，在一般性研究和开拓性研究的过程中，也有可能形成新的经典命题。

第三，坚持逻辑与历史相统一的原则。逻辑在这里指的是从历史过程和历史现象中提炼出来的而又超越任何特定历史时期的具有普适性的理论体系和价值原则。一切事物都是一定逻辑链条的产物，都可以作为历史思辨的对象；同时，它又必然是历史的产物，构成历史现象。因此，人们在认知和探索事物的时候就有逻辑和历史两个维度，双向考察才有可能得出全面而辩证的结论。比如，鲁迅是现代小说的开创者，白话短篇小说在其手中日臻成熟，其艺术成就至今依然代表着整个现当代小说创作的艺术高度。因此，无论从历史地位还是从小说成就来看，鲁迅都是伟大的小说家。但是，并非所有的研究对象都像鲁迅的小说那样经得起历史标准和文学标准的双重检验，它本身的文学价值和历史价值有可能会产生不一致，乃至分离。胡适的新诗创作和新诗理论有首创之功，然而也不必讳言其“尝试”阶段技巧的幼稚和思想的粗疏。只有既充分肯定其历史价值，又客观指明其不高的起点，才是比较公正合理的判断和认知。

第四，坚持以文学性研究和技术分析为主，沟通文学的内部研究和外部研究。文学是以语言为载体的文本结构，也是人类审美形式的物化形态，还与社会历史、经济文化发生着千丝万缕的联系。从任何一个角度切入都可以使文学研究拥有广阔的空间和无限的可能，但是文学研究区别于其他研究的毕竟是语言形式和审美意识的艺术分析，这构成了文学研究的本体论问题。当下不少研究选题集中于文学的外部关系，相比之下，文学性探索不够深入充分，技术分析落不到实处，形成学科研究的弱项。文学研究应当且必须以文学性为出发点和归宿。比较理想的境界是，通过文学形式技巧的特殊分析，沟通文学的内外联系。陈平原的《中国小说叙事模式的转变》立足技术分析，成为小说史研究的典范；吴福辉从海派小说主题生成、题材选择、人物塑造、形式创新等文学层面探讨其与现代都市文化的联系，也是成功的例子。

第二章

中国现当代文学学科的理论建设与研究

诚如华勒斯坦在《开放社会科学》一书中所言，“社会科学一向都是围绕着国家这个中轴运转的。”① 中国现当代文学学科与国家的关系更为紧密，从学科的诞生、分期到内容的选择，无不经过国家意识形态的审慎遴选。即便日后“重写文学史”的呼声此起彼伏，政治意识形态已经成为中国现当代文学学科无法抹杀的客观属性。因为“这一学科建立的国家性前提决定了其本身固有国家利益的属性，以及它所表征的民族层面的精神气质。一旦我们摒弃了国家意识，可能就无法确定与整合该学科所欲囊括的诸多内容，甚而导致整个学科方向和宗旨的偏离”。② 20 世纪 80 年代以来，随着政治与文学关系的重新梳理，新时期文学呈现出“向内转”的发展倾向，“文学性”成为文学回到自身的旗帜。到了 90 年代，“现代性”成了学界持续关注的理论热点。汪晖指出：“迄今为止，中国的现代历史是被现代性的历史叙事笼罩的历史，传统主义和启蒙主义对现代性的批评或坚持，都是以现代性的历史叙事为前提的。”③ 中国现当代文学研究长期以来，一直围绕着关键词“现代”展开，“现代性”构成了中国现当代文学学科存在的合法性基础。从政治性到文学性，再到现代性，中国现当代文学学科以自身不断丰富的理论体系，回应着对于学科合法性的质疑，日趋走向成熟。

第一节 政治性：意识形态范式

中国现代文学生成于晚清至“五四”的历史区间，从此便开始了现代文学史的建构。1949 年之前的现代文学史书写，多是个体的自由的书写行

① ［美］华勒斯坦等著：《开放社会科学》，刘锋译，北京三联书店，1997 年版，第 87 页。

② 路文彬：《视觉时代的听觉细语：20 世纪中国文学伦理问题研究》，安徽教育出版社，2007 年版，第 202 页。

③ 汪晖：《我们如何成为“现代”的?》载《中国现代文学研究丛刊》1996 年第 1 期。

为，呈现出多元化的学术面貌。

1922 年 3 月，胡适为纪念上海《申报》创刊五十周年发表了《五十年来中国之文学》，是最早“略述文学革命的历史和新文学的大概”的论作。该文推崇进化论的文学史观，强调一时代有一时代之文学，为新文学存在的合理性和必要性寻找立足点。这种强调文学进化顺序，后者必定优于前者的线性思维模式，为后世的文学史家烙下了深深的印记。

1926 年，梁实秋发表《现代中国文学之浪漫的趋势》，直指胡适推崇的进化文学史观的线性思维弊病。梁实秋秉持的是白璧德的新人文主义，认为文学史的标准在于确定各时代文学与纯正的“人性”距离的远近。他采用“共时”而非“历时”的视角，主张“文学并无新旧可分，只有中外可辨”。

1932 年，不满于当时文坛上的左倾机械论和功利实用主义，周作人发表《中国新文学的源流》，表达出循环论的文学史观，将中国文学历史图解为言志派和载道派之间的此长彼消。周作人认为，“五四”新文学的源流可以追溯到明朝末年的公安派，“文学是无用的东西”，力图从文学运动深处把握其运作规律。

1934 年春，上海良友图书公司青年编辑赵家璧开始编辑《中国新文学大系》，“把民六至民十六的第一个十年间关于新文学理论的发声、宣传、争执，以及小说、散文、诗、戏剧主要方面所尝试得来的成绩，替他整理、保存、评价。”该书系汇集了蔡元培、胡适、郑振铎、茅盾、鲁迅、郑伯奇、周作人、郁达夫、朱自清、洪深、阿英等名家，可以视为是第一次全面系统地书写中国现代文学史，为第一个十年的新文学留下珍贵的文献资料。

从胡适、梁实秋、周作人到《中国新文学大系》对现代文学史的表述，表明“五四”到 20 世纪 30 年代的文坛有着宽松自由的风气，并未形成某一理论观点占据绝对中心地位的局面。尤其是《中国新文学大系》的编写阵容强大，不同政见、艺术主张的学者汇聚一堂，形成众声喧哗的学术空间。而历史证明，《中国新文学大系》的出现是中国现代文学史上绝无仅有的特例。

1940 年 1 月 9 日，毛泽东为了回答中国向何处去的历史课题，在陕甘宁边区文化协会第一次代表大会上做了重要讲演，以《新民主主义论》的题目发表于延安出版的《中国文化》2月15日的创刊号。毛泽东重新界定了“五四”新文化运动的性质——“属于世界无产阶级的社会主义的文化革命”。该文成为日后中国现代文学学科建设的分水岭。

1949年建立中华人民共和国后，历史进入毛泽东构设的社会主义阶段，为前一时期新民主主义革命修史成为迫在眉睫的政治任务。作为新民主主义革命的文化组成部分，“五四”新文学被纳入全新的独立的学术体制，不再作为古代文学的“尾巴”存在。1950年5月，中华人民共和国教育部颁发的《高等学校文法两学院各系课程草案》明确规定中国新文学史是各高校中文系的主要必修课，中国现代文学史作为汉语言文学系的二级学科正式设立。1951年7月《新建设》“学术讨论”专栏刊载了《〈中国新文学史〉教学大纲（初稿）》。当时的学术空气貌似容许学者自由讨论，而实际上“大纲”却主要呈现出政治框架轮廓，每章都强调文学与政治之间的关系。高校开设中国新文学史的目的是“了解新文学运动与新民主主义革命的关系”，学习方法是“辩证唯物论和历史唯物论，马列主义的文艺理论和毛泽东的文艺思想”；新文学的特征“不是‘白话文学’‘国语文学’‘人的文学’‘平民的文学’等等”，而是“无产阶级思想领导”的“新民主主义文学”。在强调马克思主义思想方法、厚今薄古的时代形势下，现代文学学科建立起来，并超越古代文学的学科地位，进入学术生产体制化时期。

“中华人民共和国成立后30年主要是‘十七年’，作为国家体制内的中国现代文学史书写，所遵循的是新民主主义政治理论框架，它呈现出的恪守政治化书写规范，彰显无产阶级思想领导，强调所谓阶级分析、坚持绝端对立政治思维等，构成了政治型文学史的基本特征。”①《新民主主义论》被明确规定为总结新文艺运动的主要思想资源，具有“元理论”的性质。中国现代文学被纳入新民主主义政治理论体系，无论是新文学的文学史观、评价新文学的价值标准，还是具体文学作品的评析和文学史事件的解读，均不能脱离既定的政治思维模式。

① 朱德发：《现代文学史书写的理论探索》，山东人民出版社，2010年版，第2页。

一

“‘社会主义现实主义’在20世纪50年代是理所当然的革命理论与方法，是从‘苏联老大哥’那边传入的正统的理论模式，政治上又是代表‘先进’的，所以，用来结构文学史也就显得前卫、明快、受欢迎。”[①] 虽然有着明显的政治意识形态性，中华人民共和国成立后30年的现代文学学科理论发展历程中，“社会主义现实主义”是备受推崇的重要甚至唯一的文艺准则。

“社会主义现实主义”最早出现在1932—1934年苏联文艺界关于创作方法问题讨论过程中，后来受到斯大林的首肯。1932年10月，在第一次苏联作家协会组织委员会全会上，格隆斯基和基尔波丁提出把“社会主义现实主义”规定为苏联文学的一种创作方法。1934年，第一次苏联作家代表大会上，“社会主义现实主义”正式成为苏联文学的创作方法，并且写进作家协会章程，并作出如下定义：“社会主义现实主义，作为苏联文学与苏联文学批评的基本方法，要求艺术家从现实的革命发展中真实地、历史具体地去描写现实。同时艺术描写的真实性和历史具体性必须用社会主义精神从思想上改造和教育劳动人民的人物结合起来。”[②]

中国在政治路线上选择“走俄国人的路”，文学艺术自然也步俄国之后尘，走“社会主义现实主义”的路。1933年，林琪从日本《普洛文学》杂志最早接触到苏联文坛的新动向，并以《苏俄文学的新口号》为题发表在2月25日的《艺术新闻》，这是国内最早涉及“社会主义现实主义”的文章。1933年11月，周扬在《现代》杂志发表了《关于“社会主义的现实主义与革命的浪漫主义”——“唯物辩证法的创作方法”之否定》，开始正式介绍“社会主义现实主义”的文艺理论。虽然在20世纪30年代初期，“社会主义现实主义”就传入国内，但并未引发社会反响。1933年，周扬明确指出它是建立在苏联的具体政治条件之上的，如果生吞活剥地在中国使用，是极其危险的。正如毛泽东在《新民主主义论》对中国革命性

① 温儒敏、李宪瑜、贺桂梅：《中国现当代学科概要》，北京大学出版社，2005年版，第98页。

② 曹葆华：《苏联文学艺术问题》，人民文学出版社，1953年版，第13页。

质的判断："中国革命的历史进程，必须分为两步，其第一步是民主主义的革命，其第二步是社会主义的革命，这是性质不同的两个革命过程。"可见，当时中国的客观现实并不具备"社会主义现实主义"的生存土壤。

中国开始进入社会主义过渡时期，相应地，"社会主义现实主义"具备了落地生根的资格。"社会主义现实主义"理论的翻译在新的时代需要下开始回升，到1952年达到高峰。1950年，茅盾在《目前创作上的一些问题》中说："最进步的创作方法，是社会主义现实主义的创作方法。基本要点之一就是旧现实主义（即批判的现实主义）结合革命的浪漫主义。"1951年5月12日，周扬在中央文学研究所的讲演中强调说："我们必须向外国学习，特别是向苏联学习，社会主义现实主义的文学艺术是中国人民和广大知识青年的最有益的精神食粮，我们今后还要加强翻译介绍的工作。"① 在纪念毛泽东延安文艺座谈会讲话的文章中，周扬指出："在我们国家的政治、社会、经济的生活各方面既已产生了具有决定作用的社会主义因素，我们的以先进思想武装起来的文艺就应努力将这些生活中新的因素真实地、突出地反映出来，借以用社会主义和共产主义的精神去教育工人、农民及其他劳动群众。革命的艺术的新方法——社会主义现实主义应当成为我们创作方法的最高准绳。"②

1951年11月，中国文联做出了文艺整风的决定，重新学习毛泽东《在延安文艺座谈会上的讲话》，确立了毛泽东文艺思想在文艺界的绝对领导地位，并由此展开了"社会主义现实主义"问题的讨论。1952年，"社会主义现实主义"正式成为中国文学界的文艺创作口号。1952年，冯雪峰在《文艺报》刊载了长篇论文《中国文学从古典现实主义到社会主义现实主义的发展的一个轮廓》。该文认为后期的鲁迅创作已经属于"社会主义现实主义"，丁玲的《太阳照在桑干河上》、贺敬之和丁毅创作的《白毛女》、赵树理创作的《李有才板话》等作品都是向"社会主义现实主义"努力的硕果。

1953年，在第二次全国文学艺术工作者代表大会上，"社会主义现实主义"被确定为"整个文学艺术创作和批评的最高准则"。茅盾在这次代表大会上说，一切工作都要为完成社会主义改造这个总的政治任务而斗

① 周扬：《坚决贯彻毛泽东文艺路线》，《人民日报》1951年6月27日。

② 周扬：《毛泽东同志〈在延安文艺座谈会上的讲话〉发表十周年》，《人民日报》1952年5月26日。

争，“要实践这样的任务，那么我们的文学就首先不能不是以社会主义思想为内容的文学，我们的作家就不能不是社会主义者或努力把自己改造成社会主义者”。“每个作家就必须严格地要求自己遵照社会主义现实主义的创作方法进行工作，必须严格要求自己更好地学习社会主义现实主义，要求自己成为马克思列宁主义的好学生。”①

在第二次文代会上，周恩来总理作了重要的报告，提出了关于“五四”以来中国文学历史的重新评估问题，这对于当时的文艺工作者理解新文学史和当时社会主义现实主义创作方法有重大意义。茅盾在大会报告中认为，“事实上，社会主义现实主义在我国文学上并不是一个新的问题，五四以来中国革命的文学运动，就是在工人阶级思想领导下沿着社会主义现实主义的方向发展过来的。特别是1942年毛泽东在延安文艺座谈会讲话以后，更明确地奠定了中国文学上社会主义现实主义的理论基础，因而把五四以来的工人阶级领导的中国文学运动推进到一个新阶段。”② 在大会总结发言中，邵荃麟明确指出十月社会主义革命的影响，使“五四”新文学开始产生了社会主义现实主义因素，并推举鲁迅为中国最伟大的社会主义现实主义作家。③

多元形态的新文学史被简化为“无产阶级思想领导的新民主主义革命文学”，“五四”新文学的性质被重新定义，独尊革命文学、左翼文学、解放区文学。为了使文学服务于当时的新中国社会主义建设的政治使命，“五四”新文学不仅性质变成了无产阶级领导的革命运动，而且超前具有了社会主义的特质，文艺界左倾思潮日益凸显。新文学史被强行贴上各种政治标签，被动地成为中国政治革命的参照物。而无产阶级思想如何领导新文学、以何种方式领导新文学，则被当时盛行的文学史刻意忽视了。

① 茅盾：《新的现实和新的任务——在中国文学艺术工作者第二次代表大会上的报告》，《文艺报》1953年第19号。

② 同上。

③ 邵荃麟：《沿着社会主义现实主义的方向前进——在中国文学艺术工作者第二次代表大会上的总结发言》，《人民文学》1953年第11期。

二

随着第二次文代会上茅盾、邵荃麟等的大力宣扬，“社会主义现实主义”成为文学创作和文学批评的最高原则。为革命修史成为现代文学研究的急迫使命，在有组织有领导的轨道中，尽快从专业意义上建立现代文学的学科规模，自然要从苏联模式中寻找现成的写作范式。苏联权威的理论家日丹诺夫、毕达可夫关于“社会主义现实主义”的论著，被我国文学界当作典范的季莫维耶夫的《苏联文学史》等，直接成为20世纪50年代中期现代文学史叙述的潜在理论基础。

1955，张毕来最先在《新文学史纲·第一卷》中，使用“社会主义现实主义”理论评价鲁迅及其他一些作家作品。“当时的（指五四前夕）一些作品，尤其是鲁迅的作品，其革命性已高出过去的现实主义作品的水平，我们不能不以‘富于革命性的批判的现实主义’作品称之，以与旧的现实主义区别，因为它基本上已经是属于社会主义现实主义范畴的创作方法了。”①

1955年，丁易在《中国现代文学史略》中重申毛泽东《新民主主义论》中的观点，“新民主主义的政治、经济、文化，由于其都是无产阶级领导的缘故，就都具有社会主义的因素，并且不是普通的因素，而是起决定作用的因素”，“我们在政治上经济上有社会主义的因素，反映到我们的国民文化也有社会主义的因素”。以此为理论依据，“中国现代文学运动是五四以来新文学运动最主要的一面，是中国新民主主义革命的一部分，因此，五四以来的进步文学在思想内容上也就必然具有社会主义因素，而在创作方法上也就必然是向着社会主义现实主义方向前进的。”② 他指出，从鲁迅的《非攻》《理水》起“已经是社会主义现实主义的文学了”。在编写体例上，他仿效季莫维耶夫的《苏联文学史》，突出文学史与政治革命史的对应关系，实则为文学论争史、鲁迅和重要革命作家的专论。正是在这部文学史中，新文学作家、流派、社团第一次被按照政治态度，分为

---

① 张毕来：《新文学史纲》（第一卷），作家出版社，1955年版，第27页。

② 丁易：《中国现代文学史略》，作家出版社，1955年版，第12页。

“革命作家”“进步作家”和“反动作家”。“坚持阶级分析为现代作家作品定质定性，或划分新文学的阶级阵线，或戴上阶级色彩分明的政治帽子，这是中国现代文学史政治化书写的重要特征。”①《新民主主义论》中明确了阶级问题是无产阶级领导政治革命胜利的理论依据，将这套政治逻辑强加于文学，必然会通过阶级分析来论证无产阶级思想对新文学的领导权。

到了1956年，刘绶松的《中国新文学史初稿》已经无法寻觅到研究者审美、独立的思考，文学史成为图解“社会主义现实主义”的工具。刘绶松直言，这本文学史“仅仅是想给读者提供一点了解我国社会主义现实主义文学发生和发展的历史的参考资料”。② 与丁易有着同样的文学史观，围绕着《新民主主义论》，刘绶松为新文学性质作出如下界定：“我们所说的新文学，实质上就是指的那种符合于中国人民的革命利益、反帝反封建、具有社会主义的因素，而且是随着中国革命形势的发展，不断地沿着社会主义现实主义的方向前进的文学。”③ “社会主义现实主义”话语作为新文学史发展的主潮更体现在刘绶松的文学史分期中，即以新民主主义革命的各个历史时期作为文学史划分依据的同时，他还强调社会主义现实主义的发展。他把新文学的历史划分为“社会主义现实主义”发展的五个时期：萌芽期：“五四”运动时期（1917—1921）；发展期：第一次国内革命战争时期（1921—1927）；高涨期：第二次国内革命战争时期（1927—1937）；主流期：抗日战争时期（1937—1945）；飞跃期：第三次国内革命战争时期（1945—1949）。在刘绶松的话语叙述中，“五四”时期，现代文学中便已经有了社会主义现实主义因素，这是起决定作用的因素，随着革命的发展，社会主义现实主义因素越来越多，并经过以鲁迅为首的左翼作家联盟的倡导，经过毛泽东同志《在延安文艺座谈会上的讲话》明确指示和详尽的分析，“社会主义现实主义”的理论也就逐渐完备，作品也就一天天地接近成熟，并出现了《太阳照在桑干河上》《暴风骤雨》《白毛女》这些获得斯大林文学奖的作品。因此，“社会主义现实主义在中国现代文学史上始终是一道主流，这主流在前进的过程中，逐渐发展，逐渐充实，

① 朱德发：《现代文学史书写的理论探索》，山东人民出版社，2010年版，第12页。
② 刘绶松：《中国新文学史初稿·后记》，作家出版社，1956年版，第441页。
③ 刘绶松：《中国新文学史初稿·上卷》，作家出版社，1956年版，第9页。

逐渐壮大，并汇合了一些支流，而终于成为汪洋大海。”[①] 在人们普遍愿意接受政治化的文学想象的年代，刘绶松的文学史一版再版，之后的现代文学史的基本概念和体例均取法于此，直到1979年仍然作为“高教部委托出版的高校文学教材之一”。

“中国现代文学史的历史建构成了‘社会主义现实主义’话语的图解工具，以印证20世纪50年代初‘社会主义现实主义’提出的合理性与历史必然性。”[②] 事实上，“社会主义现实主义”话语参与到现代文学史的历史建构并不是没有理论基础，还是以毛泽东《新民主主义论》为理论基础的。无论是之前的周扬、茅盾、邵荃麟等人，还是之后的张毕来、丁易、刘绶松，均是以《新民主主义论》为根基。他们的文学话语是以革命话语为蓝本的，文学史的分期便是明显的例证，“五四”运动、国内革命、抗日战争等宏大革命历史分期遮蔽了文学的内在发展脉络。更为一致的，从茅盾到刘绶松，均以鲁迅为旗帜，树立鲁迅为“社会主义现实主义”的先驱和伟大的实践者。究其原因，是毛泽东在《新民主主义论》中所下的定论，“鲁迅，就是这个文化新军的最伟大和最英勇的旗手”。从“社会主义现实主义”理论的宣传，到对“五四”以来新文学的重新评价，再到20世纪50年代现代文学史叙述，“社会主义现实主义”逐步成为现代文学学科建构的主流话语。

三

20世纪50年代中期，斯大林的逝世开始引发苏联政治意识形态的重要变化。中国结束了向苏联“一边倒”的时代，对“修正主义文艺思潮”的批判折射了中苏之间的意识形态分歧。国内文艺界一面捍卫“社会主义现实主义”，以反对修正主义文艺思想；另一面开始主动脱离苏联的影响，建设和发展中国自己的文艺理论——“两结合”。

1958年，在成都工作会议上，毛泽东对新诗的发展道路提出意见，

---

① 刘绶松：《中国新文学史初稿·上卷》，作家出版社，1956年版，第13页。

② 胡希东：《民族·国家与文学史地理：1950—1980中国当代文学史叙述形态》，人民出版社，2013年版，第152页。

"形式是民歌，内容应是现实主义和浪漫主义的对立统一"。1958 年 6 月 1 日，周扬在《红旗》杂志创刊号上发表《新民歌开拓了诗歌的新道路》，正式传达了毛泽东的意见，将其概括为"革命的现实主义和革命的浪漫主义的结合"。周扬在这篇文章中明确表明，现实主义和浪漫主义并非是两个相互排斥的倾向，而是对立又统一的关系。这种对立又统一的辩证关系，构成了国内赞成社会主义现实主义创作方法的理解基础。简言之，周扬认为"两结合"本质上是苏联"社会主义现实主义"在中国的变体。随后，邵荃麟、郭沫若等人发表文章，表明"两结合"是对"社会主义现实主义"的有力诠释。1960 年，《文艺报》发表第 1 期社论《用毛泽东思想武装起来，为争取文艺的更大丰收而奋斗》，文中继续肯定"社会主义现实主义"的口号，认为"革命的现实主义和革命的浪漫主义相结合的创作原则、创作方法，肯定是经得起考验的，它将促进我国社会主义现实主义文学艺术的新发展"。

经历了大规模铺垫式的宣传、讨论，1960 年 7 月的第三次文代会上，"两结合"创作方法被认为是"最好的创作方法"，并正式取代了"社会主义现实主义"。"我们今天所提倡的革命的现实主义和革命的浪漫主义的结合，批判地继承和综合了过去文学艺术中现实主义和浪漫主义的优良传统，在新的历史条件下，在马克思主义世界观的基础上将两者完满地结合起来，形成了一种完全新的艺术方法。"① 从周扬的表述中，不难发现，"两结合"已经成为"完全新的艺术方法"，不再与源自苏联的"社会主义现实主义"有丝毫联系。1966 年，《林彪同志委托江青同志召开的部队文艺工作座谈会纪要》于 4 月 10 日作为中央文件下发，将"两结合"规定为唯一的创作方法，"社会主义现实主义"已成明日黄花，无人再提及。

结束了政治甚嚣尘上的"文化大革命"，文艺界对"两结合"的创作方法表示质疑。1979 年，丁福原在《广州文艺》发表《"两结合"创作方法质疑》，代表了学界逐步从政治迷潮开始清醒的声音。为了扭转"文化大革命"中假大空的创作局面，文学界出现了向现实主义复归的倾向。学者谢昌余提出，在同"瞒"和"骗"的造神文艺作斗争中，"恢复现实主义传统"的口号曾起了巨大的战斗作用，但容易引发将现实主义同生活的

① 周扬：《我国社会主义文学艺术的道路》，载《文艺报》1960 年，第 13、14 期合刊。

真实完全等同起来的误区。因而，他主张恢复“社会主义现实主义”的口号，认为“社会主义现实主义”作为一种艺术方法，其最重要的特征和实质在于：“它是现实主义的，又是社会主义的，它是按照社会主义的立场、观点来认真地认识生活和评价生活，具有无产阶级党性的艺术，它是现实主义发展的一个更高的形式。”①

1979 年 11 月，第四次文代会上，茅盾在题为《解放思想，发扬艺术民主》的报告中总结了“社会主义现实主义”的历史起源以及与“两结合”的关系。他梳理了“社会主义现实主义”的源流，“社会主义现实主义这个名称是斯大林总结了远自高尔基的《母亲》，近到苏联的作品如《毁灭》《铁流》等而提出来的。”他认为“社会主义现实主义”要求作家们从革命中认识现实生活的本质，而现实的革命发展包含着共产主义社会的理想追求。因而“社会主义现实主义的创作方法实质上既是革命现实主义，也是革命浪漫主义的，不过没有明确指出来罢了”。但茅盾并非要恢复“社会主义现实主义”，而是要主张作家有采取创作方法的自由。在第四次文代会上，周扬对“两结合”和“社会主义现实主义”均未提及，表明这两个口号已成为历史。第四次文代会的召开，标志着“社会主义现实主义”一元化时代的终结，文学进入多元化时代。

20 世纪 80 年代后半期，苏联社会政治剧变，中国文学界怀疑和否定“社会主义现实主义”的各种观点公开发表出来。如 1989 年《文艺评论》第 2 期，杨春时发表《“社会主义现实主义”批判》，指出：“社会主义现实主义是一种假现实主义，它的历史实践是否定的。随着传统社会主义时代的结束，改革时代的来临，‘社会主义现实主义’的统治也必然结束。”

马克思曾言：“关于艺术，大家知道，它的一定的繁盛时期决不是同社会的一般发展成比例的，因而也决不是同仿佛是社会组织的骨骼的物质基础的一般发展成比例的。”② 文学有着与政治迥然不同的发展规律。新民主主义的政治、经济、文化，即使具有社会主义决定因素，但并非表明新文学就已经是社会主义文学，一定具有社会主义因素，更不能决定新文学就是社会主义现实主义文学。且当时文学史的建构者在具体运用毛泽东

---

① 谢昌余：《恢复社会主义现实主义的传统》，载《甘肃文艺》1980 年第 5 期。

② 中共中央马克思恩格斯列宁斯大林著作编译局：《马克思恩格斯选集》（第二卷），人民出版社，1972 年版，第 112—113 页。

《新民主主义论》的相关论述时又多断章取义，在运用“新民主主义的政治、经济、文化，由于其都是无产阶级领导的缘故，就都具有社会主义的因素，并且不是普通的因素，而是起决定作用的因素”这一经典理论论断时，却有意识地抽掉这一论断后面的论述，“但是就整个政治情况、整个经济情况和整个文化情况说来，却还不是社会主义的，而是新民主主义的。因为在现阶段革命的基本任务主要的是反对外国的帝国主义和本国的封建主义，是资产阶级民主主义的革命，还不是以推翻资本主义为目标的社会主义的革命。就国民文化领域来说，如果以为现在的整个国民文化就是或应该是社会主义的国民文化，这是不对的。”王瑶在《关于现代文学研究工作的回顾和现状》中指出，以“社会主义现实主义在新文学中的萌芽、成长和发展”作为现代文学的基本发展线索，“这意味着是以社会主义文学的标准来衡量中国现代文学，从而在实际上否定了它的反帝反封建的新民主主义性质，现代文学研究工作中‘左’的倾向即由此发端。”①

“20 世纪苏联的社会主义实践产生了一套完整、独立的政治、经济、哲学、思想、文化和意识形态体系，形成了一种特殊的文化形态，创造了一种新型的文学。‘社会主义现实主义’的定义是 20 世纪苏联文学中的一个重要事件，并且对 20 世纪中国文学的理论批评和创作实践产生了深刻影响。”② 事实证明，以《新民主主义论》理论框架来规范现代文学史与多元的新文学并不契合，在一元化的政治环境中，“社会主义现实主义”成为了文艺界普遍遵循的原理，必然会导致政治狂潮淹没文学的弊病。但不容否定的是，“社会主义现实主义”给中国现代文学带来了新的思维方式和想象力，形成了新的主题、题材和风格，为中国新文学史提供了政治型叙述模式。

① 王瑶：《王瑶全集》（第五卷），河北教育出版社，2000 年版，第 138—139 页。
② 旷新年：《中国现代文学理论批评概念》，清华大学出版社，2014 年版，第 306 页。

第二节　文学性：回到文学自身

“文化大革命”结束后，随着极“左”政治势力的倒台，在相对宽松的政治气候下，新时期文学开始清算政治激进主义文艺思潮。1978 年党的十一届三中全会召开，取消了“以阶级斗争为纲”的口号，批判了“两个凡是”，重新确立“实践是检验真理的唯一标准”，对全民族的文艺思想解放提供了直接的保障。

1979 年是中国现当代文学学科理论发展的重要转折点。1979 年《上海文学》第 4 期发表评论员文章《为文艺正名——驳“文艺史阶级斗争的工具”说》，成为新时期标志性的文章。该文章犀利批判了曾经盛极一时的“工具论”，力图纠正“文艺是阶级斗争的工具”说，强调文学艺术的审美意义，必须正确处理文艺与政治、文艺与生活、内容与形式的关系。

1979 年 10 月，在全国第四次文代会上，邓小平提出“党对文艺工作的领导，不是发号施令，不是要求文艺从属于临时的、具体的、直接的政治任务，而是要根据文艺的特征和发展规律，帮助文艺工作者获得条件来不断繁荣文学艺术事业，提高文学艺术水平”。[①] 1980 年 1 月，刘梦溪在《关于发展马克思主义文艺学的几点意见》中指出，马克思、恩格斯、列宁、斯大林、毛泽东由于历史环境的局限性，并没有建立起完整、系统的马克思主义文艺学的体系，“对文艺的内部规律，他们无暇作深入细致的理论探讨”。[②]

当长期被压制的文艺规律重新得到学界的重视，毛泽东《在延安文艺座谈会上的讲话》成了亟待重新评价的对象。朱文华、许锦根认为毛泽东文艺思想属于特殊的战争时期的产物，从而否定其普适性，“无论是从理论上、从《在延安文艺座谈会上的讲话》本身的内容，还是从当

① 邓小平：《中国文学艺术工作者第四次代表大会上的祝辞》，载《文艺报》1979 年第11—12 期合刊。

② 刘梦溪：《关于发展马克思主义文艺学的几点意见》，载《文学评论》1980 年第 1 期。

前文艺工作的实践所提出的一系列新问题来看，我们对《在延安文艺座谈会上的讲话》都需要重新探讨。”[①] 毛泽东文艺思想的内核是坚持文艺从属于政治，片面强调文艺的政治工具功能，忽视文艺的审美属性。刘梦溪认为《在延安文艺座谈会上的讲话》政治性多于理论性，强调文艺与群众、文艺与政治、文艺和革命的关系，“产生了一种以外部规律取代内部规律的趋势”。[②]

随着文学与政治的关系梳理，在理性目光的审视下，文学的审美属性重新得到确认。“20 世纪 80 年代，中国文学‘向内转’，一场理论批评范式的革命也在悄悄酝酿之中，一批青年批评家在梳理文学与社会政治的关系的同时，将目光从文学内容转向了‘文学性’。”[③]

二

针对“文化大革命”期间极端的政治意识形态，为了摆脱政治对文学构成的困境，新时期文学开始构建纯粹“文学性”的知识谱系。“80 年代，整个中国知识界都在寻找新的理论和学术话语，希望从旧的准社会学式的思想方法和话语结构中突围出去。当时的文学、艺术批评是最活跃的领域之一，像一个大的理论试验场，许多理论都被挪用到文学批评中来。”[④] 1984 年，韦勒克、沃伦合著的《文学理论》由北京三联书店翻译出版，成为新时期第一辑“现代外国文艺理论译丛”丛书中影响最广泛的一种，也直接促进了文学观念和思维方式的变化。时至今日，《文学理论》依然被众多高校中文系用作教科书，并被教育部列入中文系学生阅读的 100 本推荐书目。“一时间，‘外部研究’和‘内部研究’的区分、注重内部研究和文学形式的重心转移、重视现代语言学方法的运用等观点和方法，在中国文学理论界接受者甚众。”[⑤]

---

① 朱文华、许锦根：《要把〈讲话〉作为历史文件来看待》，载《复旦学报》1980 年第 6 期。

② 刘梦溪：《文艺学：历史与方法》，上海文艺出版社，1986 年版，第 28 页。

③ 旷新年：《中国现代文学理论批评概念》，清华大学出版社，2014 年版，第 143 页。

④ 戴锦华：《犹在镜中——戴锦华访谈录》，知识出版社，1998 年版，第 4 页。

⑤ 杜卫：《走出审美城：新时期文学审美论的批判性解读》，东方出版社，1999 年版，第 149 页。

确切地说，文学的内部与外部概念的区分早已存在，中国文学理论中的内容与形式的二分法就隐含了内部与外部的差异。贺桂梅在《“纯文学”的知识谱系与意识形态》一书中一语中的，“《文学理论》广受欢迎的原因，或许正在于它将文学研究区分为‘外部研究’与‘内部研究’的核心观点，与当时力图使文学“非政治”化的历史诉求一拍即合。”①

韦勒克、沃伦认为文学的外部研究主要侧重于文学与时代、社会和历史的关系，具体体现为文学与作家传记、创作心理学以及其他思想、艺术的关系的研究。《文学理论》强调“文学研究应该绝对是‘文学’的”，而且“文学并不能代替社会学或政治学。文学有它自己的存在理由和目的”。② 由此可见，外部研究的潜台词是“非文学的”。相对而言，内部研究从解释和分析作品本身出发，并将文学作品分为四个层面：声音、意义、意象与隐喻、存在于象征及其体系中的“世界”等。作为“新批评”派的理论总结，《文学理论》在当代中国迅速成为唤醒政治冰封之下文学审美生命力的解药。这与“新批评”派“二战”后迅速崛起的状态何其相似，“战后左翼运动退潮，社会历史批评失掉了政治运动依托，声势急转直下。新批评一俟遇到政治不再当饭吃的时代转机，它的纯文学理论便成为人人争相果腹的救灾粮。”③《文学理论》中外部/内部的区分为80年代的中国文学界提供了理论支撑，引发了文学研究的方法革命。文学中的社会政治内容属于外部研究，而文学的声音、意象、隐喻和文体等形式才是文学本质，并相应形成了政治与文学二元对立。

《文学理论》为代表的新批评派西方文论迅速崛起，显示了当时文学界对西方知识谱系的浪漫想象。“西方知识谱系为80年代中国学术提供的，不仅是用以表述自身状态的思想资源和知识表达方式，同时更是一个借重构‘西方’来重构本国‘学术文化’的理想化镜像。”④ 马克思主义文艺观是反映论的，这与新批评的本体论主张截然不同，“本体

---

① 索谦：《新中国北京文艺60年：1949—2009》（文艺理论卷），中国文联出版社，2010年版，第181页。

② ［美］雷·韦勒克、奥·沃伦：《文学理论》，刘象愚译，北京三联书店，1984年版，第112页。

③ 赵一凡：《美国文化批评集：哈佛读书札记》，北京三联书店，1994年版，第202页。

④ 程光炜：《一个被重构的“西方”——从“现代西方学术文库”看八十年代的知识范式》，载《当代文坛》2007年第3期。

论”一直被认为是新批评理论的核心所在。反映论注重文艺的认识作用，而本体论则注重文艺的审美作用，故而新批评派受到当时国内评论家的热烈赞美。夏中义指出，“它的使命并不在于自我建树，而在于扰乱且动摇学界的既定秩序，以引起人们对传统权威的怀疑或蔑视。它们是清道夫。”①

“文化大革命”刚结束时，“文艺从属于政治”“典型环境中的典型人物”“高、大、全”等僵化的“艺术原则”依然严重束缚着文学的解放。作家唯有冲决、批判这些教条，才能形成文学写作的全新面貌。在《漫说“纯文学”——李陀访谈录》中，李陀坦言80年代文学界强调“文学性”是反抗“政治性”，实际上是一种策略。“当时我们主要是和那些代表官方正统文学观念的人相冲突，坚决不认同‘生活是创作的源泉’啊、‘文学是生活的反映’啊、‘真实是艺术的标准’‘典型性’啊什么的，于是西方现代派文学艺术成了很多人非常热心的参考和资源，想从那里寻找文学发展的新的可能性，在文学领域里也解放思想。”②

为了使文学观念摆脱机械反映论的束缚，刘再复在《文学评论》1985年第6期和1986年第1期发表《论文学的主体性（续）》，提出了文学的主体性理论。“文学中的主体性原则，就是要求在文学活动中不能仅仅把人（包括作家、描写对象和读者）看作客体，而更要尊重人的主体价值，发挥人的主体力量，在文学活动的各个环节中，恢复人的主体地位，以人为中心、为目的。”③ 文学主体性理论与胡风的“主观战斗精神”、钱谷融的“文学是人学”理论一脉相承。李泽厚是在1979年出版的《批判哲学的批判》中提出主体性和人类学本体论的，刘再复的主体性理论属于人类学本体论的范畴。主体性理论认为传统的反映论理论不能充分说明文学创作的性质，否认文学是对世界的客观反映，强调主体在文学创作中的能动性。新批评派的本体论以作品为核心，刘再复的“主体论”以“人”为核心，两者同样有力冲击了思想意识领域中的形而上学和机械唯物论，文艺家的主观能动性和文艺创作的特殊规律开始受到人们的重视。“主体论与本体论分道扬镳，心却息息相通：即别瞧它们火气消退，似乎皆沉湎于书

---

① 夏中义：《历史不容避讳》，载《文学评论》1989年第4期。

② 李陀：《漫说“纯文学”——李陀访谈录》，载《上海文学》2001年第3期。

③ 刘再复：《论文学的主体性》，载《文学评论》1985年第6期。

斋的恬静，其实它们已沉潜到方法、观念和学科领域，正同流行文论展开了深层次较量，亦即从学术上全面检验毛泽东文艺思想。”①

鲁枢元在1986年10月18日的《文艺报》上发表了《论新时期文学的“向内转”》。该文指出，“新时期文学的‘向内转’，不仅是受到了世界现代文学的影响和诱发，也不仅仅是对于五四文学流向的赓续和发展，作为一种带有整体性的文学动势，它必然还有特定历史时期的中国社会文化心理方面的动因。”② 鲁枢元总结了四个层面：“文化大革命”浩劫后强烈的对文学艺术的需要，对长期以来机械的创作理论的逆反，继承我国古代美学思想和文化传统另一脉系，体现了中国人民对于人自身认识的深化。他认为“文化大革命”后的“三无小说”“朦胧诗”以及当时的一些现实主义文学作品的具体创作，正是新时期文学“向内转”的风向标。

从《文学理论》的内部规律/外部规律的盛行，到刘再复“主体性”理论的争论，再到鲁枢元的“向内转”，当代中国文学界逐步摆脱非文学因素的束缚，在重构现代西方知识谱系的基础上，追求“纯粹”而“自足”的文学性。

二

“‘文学性’在中国文学批评界广泛出现肇始于20世纪80年代中期，其意义是指‘文学的自足性’，因此常常与当时另一活跃术语——‘纯文学’孪生出现。”③ 在中国当代语境中，“文学性”与“纯文学”是同构关系。在中国文学的发展历程中，文学的功用主义和超功利主义追求两种倾向之间，始终存在着冲突、矛盾，也构成了发展的内在张力。

古典文学时期，儒家“文以载道”的思想占据了正统地位，道家清净无为的非功用主义思想始终只是作为支流在局部获得生存空间。魏晋时

---

① 夏中义：《历史不容避讳》，载《文学评论》1989年第4期。

② 鲁枢元：《论新时期文学的“向内转”》（1949—2009文论选），人民文学出版社，2009年版，第307页。

③ 李怡：《语词的历史与思想的嬗变——追问中国现代文学的批评概念》，巴蜀书社，2013年版，第346页。

代，文学与经学、玄学区分开来，形成古典时期的纯文学概念。20世纪初，王国维引进纯文学的概念，标志着现代中国文学的自觉时代。这种纯艺术的文学思潮具有鲜明的现代色彩，与西方的纯艺术理论有着密切的联系，并体现出自身的独特性。中国现当代纯文学的总体特征表现为，“为坚持和维护文学作为艺术的独立地位，强调文学以审美为基本内容的独特功能而否定或限定其社会功用性，突出文学纯粹的人性因素而否定或限定其多种社会性质，重视文学和其他文字撰述的区别而致力于其纯正文体的建设。”① 20世纪中国文学主潮始终与启蒙、救亡、革命等崇高而神圣的政治性目标交织在一起。在宏大的主潮的边缘，关于“文学性”的坚守始终存在，即使始终散发着微弱的光，也形成了与功利主义文学观念的对峙。

新文学萌芽之初，王国维、蔡元培等学者大力主张西方的纯艺术思想，与强调“新民”功用的梁启超等人的思想形成对立之势。学贯中西的王国维深受德国哲学家康德等人的影响。康德主张艺术无关乎利害。席勒将游戏与文艺相联系，要求艺术功能的实现以具有超越性的审美为内容，即强调艺术的无用之用。在德国古典哲学的感召下，王国维背离了深受社会政治和伦理道德束缚的文学大环境，在《文学小言》中提出“文学者，游戏的事业也”。1905年，王国维在《论哲学家与美术家之天职》中最早提出了“纯文学”概念。他痛惜，在中国艺术“无独立之价值也久矣。此无怪历代诗人，多托于忠君爱国劝善惩恶之意，以自解免，而纯粹美术上之著述，往往受世之迫害而无人为之昭雪者也。此亦我国哲学美术不发达之一原因也”。② 蔡元培在《美术的进化》一文中，将“由附属到独立”作为艺术进化的必然趋势，发出“艺术独立”的呼声。鲁迅和周作人走上文学道路之初，曾受到梁启超启蒙主义文学观的影响，留日期间，两人在《河南》杂志发表的文章，已经转向现代的“纯文学”观念。鲁迅在《摩罗诗力说》中认为艺术的本质，“皆在使观听之人，为之兴感怡悦”。周作人在《论文章之意义暨其使命因及中国近时论文之失》中批评了梁启超提倡的功利主义文学观，他甚至激进地提

① 胡有清：《中国现代文学中的纯艺术思潮》，载《中国社会科学》1997年第3期。

② 王国维：《论哲学家与美术家之天职》，载《王国维文学美学论著集》，载北岳文艺出版社，1987年版，第35页。

出，“文章一科，后当别为孤宗，不为他物所统。又当摈儒者于门外。”20世纪初，西方的现代文学观念正是通过日本的中介才转译到中国，从而建立中国现代的文学独立观。

“五四”新文学一方面强调民主、科学等启蒙思想内容，另一方面强调白话文的语体变革，唯独对于文学艺术自身的审美特质不加以审视。胡适承认“当时中国的运动尚未涉及艺术”。[①] 老舍也曾犀利地指出“五四”白话文运动是“局部的、消极的”，因为“没有在‘文学是什么’上多多的思虑过”。[②] 前期创作社公然标榜“为艺术而艺术”，与主张“为人生”的文学研究会，形成文学观念上的正面交锋。不满于当时文坛对文学文体的忽视，成仿吾在1923年5月的《创造周报》第1号发表《诗之防御战》，声称“我们要起而守护诗的王宫，我愿与我们的青年诗人共起而为这诗之防御战”，主张艺术独立。1926年，穆木天在《创造月刊》1月号发表《谭诗——寄沫若的一封信》，倡导“纯诗”理念。

20世纪30年代，主张为革命而艺术的左翼文学成为主潮，一些主张纯艺术的作家和文学派别先后与左翼文学发生冲突与争论，这也是现代文学史上纯文学派与实用派之间交锋最为激烈的一次对峙。新月派、梁实秋、林语堂、“自由人”、沈从文和朱光潜代表的京派等，代表了纯艺术思潮为捍卫自身的独立性的一次次努力。新月派强调“健康”与“尊严”，从文体上追求“本质的醇正，技巧的周密和格律的谨严”。[③] 梁实秋以白璧德的人性善恶二元论为思想武器，否定左翼文学的阶级性，以人性论来建构纯艺术论。林语堂主张“性灵说”，是从个性主义的角度来阐释纯艺术的立场，提倡“幽默”和“小品文”。沈从文在《情绪的体操》中声称，文学创作是“一种使情感‘凝聚成为渊潭，平铺成为湖泊’的体操”。

抗战爆发后，救亡成为文学界的政治主题，仅有沈从文等少数京派文人和九叶派的年轻诗人依然坚持纯文学的理论追求。一向超脱的京派在政治上选择“中间路线”立场，在文学上主张“将它一律交给自由主义者，

---

① 胡适：《胡适口述自传》，华文出版社，1989年版，第260页。

② 舒舍予：《文学概论讲义》，北京出版社，1984年版，第30页。

③ 陈梦家：《新月诗选序言》，载《新月派评论资料选》，华东师范大学出版社，1993年版，第25—26页。

听其在阳光和空气下自由发展”[1]。正如闻一多所言，“这是一个需要鼓手的时代，让我们期待着更多的‘时代的鼓手’出现。至于琴师，乃是第二步的需要，而且目前我们有的是绝妙的琴师。”[2] 而在此之前，正是闻一多提倡“纯形”，“如果艺术家让道德、哲学、社会之类的‘不相干的成分粘在他笔尖上’，艺术便失去了它的‘纯’”，“便永远注定了是一副俗骨凡胎，永远不能飞升了。”[3] 闻一多的转向颇具代表性，伴随着政治至上的文艺新时代的降临，纯艺术的文学呼声迅速被功用主义的时代大潮淹没了。直到 20 世纪 80 年代，文学性的追求才重新浮出历史地表。

20 世纪 80 年代前期，“文学性”的独立内涵的建构始终处于政治/文学的对立结构中，远离政治意识形态的作品才被推崇为具有文学内涵。“伤痕文学”“反思文学”等表面上革新的文学思潮，依然没有突破社会主义现实主义的话语体制的樊牢。1985 年以后，随着“寻根文学”“朦胧诗”“先锋文学”的出现，加上吴亮、黄子平、陈思和、蔡翔、王晓明等新潮批评家的大力推崇，“文学性”的知识谱系开始真正建构起来。对应外部研究/内部研究（内容/形式）的二元对立，文学界提出“形式即内容”，强调“怎么写”来打破“写什么”的专制，从而规避开政治对文艺的直接干预。周扬在《关于社会主义新时期的文学艺术问题》指出：“一部文学史、艺术史，可以说就是艺术形式的发展史。”[4] 1982 年，钱谷融在《艺术的魅力》中提出，“对文学艺术来说，‘说什么’固然非常重要，而‘怎么说’却也几乎是同样重要的。”[5]

“或许一种狭义的‘纯文学’‘语言之自觉’的浮出古老中国的历史地表，当始自余华、格非们，而不是王蒙、张洁们或阿城、王安忆们。前者显然是站在 1986—1989 年的新的文化断裂（历史断裂）的大裂谷的另一侧畔，成为始自 1978 年的中国文坛上急剧更迭的新（如果不是全新）的一‘代’。”[6] 语言意识的觉醒成为“纯文学”觉醒的突出标志。1981 年

① 沈从文：《向现实学习》，载《大公报》1946 年 11 月 10 日。
② 闻一多：《闻一多全集》（第三卷），北京三联书店，1982 年版，第 404 页。
③ 同上书，第 438 页。
④ 周扬：《周扬文集》（第五卷），人民文学出版社，1994 年版，第 95 页。
⑤ 钱谷融：《艺术的魅力》，载《上海文学》1982 年第 6 期。
⑥ 戴锦华：《拼图游戏》，泰山出版社，1999 年版，第 210 页。

高行健的《现代小说技巧初探》触发了中国文坛对于语言本体意识的萌动。在韦勒克、沃伦的《文学理论》成为焦点时，俄国形式主义、英美新批评、法国结构主义等西方形式主义文论引发了对于文学独立性的思考，也开始重新关注文学本体性——文学性。20 世纪 20 年代，俄国形式主义批评家雅各布森在《最近的俄国诗歌》中提出“文学性”概念，“文学科学的对象不是文学，而是‘文学性’，也就是使一部作品成为文学作品的东西。”① 雅各布森重视文学之为文学的那种特质，对文学与非文学作出区分。在“文学理论是一门科学”的口号下，什克洛夫斯基提出了关于“文学性”的核心概念——“陌生化”原则。他在《作为手法的艺术》一文中说：“那种被称为艺术的东西的存在，正是为了唤回人对生活的感受，使人感受到事物，使石头更成其为石头。”俄国形式主义文论的关注点转向文学作品的语言，建立“文学性”的规范。稍后兴起的英美新批评派同样致力于文学作品的语言研究，诸如兰色姆强调“肌质”，“诗歌作为一种话语的根本特征是本体性的”②，突出了以文学文本为本体来研究文学的基本原则。克林斯·布鲁克斯提出“悖论”和“反讽”，阿兰·泰特强调“张力”，燕卜荪使用“含混”等诗学概念；新批评派遵循文本细读的原则，从语言和修辞的角度描述文学性的特质。结构主义文论同样把批评的重点建立在文本的语言结构上，从语言的深层结构来理解“文学性”。从弗莱的神话原型、托多罗夫的叙事单元、普罗普的故事功能区分，直到格雷马斯的矩形结构，无论采用怎样的策略，结构主义学者关注的始终是文本的语言结构，表层语言之下的深层结构或蕴涵，才是“文学性”所在。俄国形式主义、英美新批评、法国结构主义文论侧重点不同，但都强调文学独特的内在属性，在对文学与非文学区分的意义上突出“文学性”这个概念，回归到文学是语言的艺术上来。

在西方形式主义文论的直接启发下，20 世纪 80 年代的“文学性”追求显著地体现在对于文学语言的实验与开掘。新时期作家对语言的审美与叙事等方面的可能性均进行了大胆尝试。“八十年代最重要的遗产是中国文学的‘语言的自觉’的潮流。文学开始把目光注视着自身的存在方

---

① 朱立元：《当代西方文艺理论》，华东师范大学出版社，1997 年版，第 49 页。

② ［美］兰色姆：《新批评》，王腊宝、张哲译，江苏教育出版社，2006 年版，第 192 页。

式——语言。这是八十年代最具关键性的文学实绩。它是中国文学的一个新的起点，一次伟大文学变革的新的征兆，一个未来期待的新的承诺。在‘新时期’或‘文化大革命’后的文学的喧嚣之后，‘语言的自觉’将超出那些产生于文学文本所指涉的意识形态的冲击和震撼，显示出越来越重要的意义。”① 第三代诗人代表韩东将法国作家克洛德·西蒙的名言“词本身就是现实”，转述为更激进的“诗到语言为止”。汪曾祺在《林斤澜的矮凳桥》中说：“写小说，就是写语言。”新时期作家意识到语言的功能不再仅仅是客观再现生活，更在于刺激读者借助想象和记忆重建形象。因而他们不再止步于“写什么”，更在于“怎么写”。

1987 年，迅速崛起的“先锋文学”专注于语言实验，追求形式的探索和创新，挑战现实主义的文学成规，使得文学观念发生深刻的变革。1987 年，李劼在《试论文学形式的本体意味》中指出，“这种标记的文学性与其说在于‘文化寻根’或者现代意识，不如说在于文学形式的本体性演化。也即是说，怎么写在一批年青的先锋作家那里已经不是一种朦胧不清的摸索，而是一种十分明确的自觉追求了。”② 1989 年，评论家吴亮发表《向先锋派致敬》，总结了先锋文学以形式追求超越现实的理想，“先锋文学是如此迷恋它的形式之梦，以一种虔诚的宗教态度对待之。它认为有着比日常的实用的世界及其法则更重要的有价值的事物，不存在于现实生活中，恰恰相反，它是不可直接触摸的，仅存在于人的不倦想象以及永无止境的文字表达中。”③ 1985 年，马原发表《拉萨河的女神》，成为其改变叙述方法的标志，“在当代文学中则是第一次确定了‘叙述意识’，认可了‘假定’原则，划定了虚构与真实之间的界线及其转化程序。”④ 余华在《虚伪的作品》中表述出清晰的语言态度，“当我发现以往那种就事论事的写作态度只能导致表面的事实以后，我就必须去寻找新的表达方式。寻找的结果使我不再忠诚所描绘事物的形态，我开始使用一种虚伪的形式。”

---

① 张颐武：《二十世纪汉语文学的语言问题》，载《文艺争鸣》1990 年第 4 期。

② 李劼：《试论文学形式的本体意味——文学语言学初探》，载《上海文学》1987 年第 3 期。

③ 吴亮：《向先锋派致敬》，载《上海文论》1989 年第 1 期。

④ 陈晓明：《无边的挑战——中国先锋文学的后现代性》，中国人民大学出版社，2015 年版，第 36 页。

孙甘露被誉为“语言的炼金术师”，他的《访问梦境》（1986）和《信使之函》（1987）等实验小说，借助梦境和呓语，向读者揭示了小说语言的无限可能性，从而将语言推到了极端状态。

“告别文言文的汉语新文学至今处在一个动态的探索过程之中，对艺术探索当仁不让的纯文学，就不能不以先锋的姿态驰骋在新时期文坛上。”①马原、洪峰、苏童、余华、孙甘露、北村、潘军、残雪等先锋派作家，用语言形式的实验追求“文学性”，超越非文学的现实栅栏，建构语言的乌托邦，也形成了新时期最具影响力的纯文学潮流。

三

20世纪80年代中后期，“文学性”观念的运作领域从文学创作逐步转移到文学史研究，对于中国现当代文学学科本身产生了更为直接的影响。“现当代文学学科实际就是文学理论与批评的变种，现代文学研究在相当长时期内，不过是在充分的政治阐释之后才留有一席之地。当代文学从来就没有摆脱政治附庸的地位。”②为了摆脱外部政治意识形态的束缚，寻找现当代文学内部规律和范式，文学史叙述开始关注文学自身的审美特性，从而引发了一系列研究方法和观念的革新。

韦勒克、沃伦的《文学理论》在国内出版的一年后，1985年《文学评论》第5期，黄子平、陈平原、钱理群联名发表的《论“二十世纪中国文学”》引发学界广泛关注。从学科发展的意义来看，“二十世纪中国文学”概念不仅是把目前存在着的“近代文学”“现代文学”和“当代文学”的三分格局加以打通，而且意味着更新三分法背后的资产阶级改良主义、旧民主主义和新民主主义政治分期依据。该文突破了《新民主主义论》的政治理论规范，主张“从‘内部’来把握二十世纪中国文学的有机整体性，不容忽视的一项工作就是阐明艺术形式（文体）在整

① 毕光明：《偏离与追逐：中国大陆的新时期纯文学》，载《中国文化研究》1998年第4期。

② 陈晓明：《绝望地回到文学本身——关于重建现当代文学研究规范的思考》，载《南方文坛》2003年第1期。

个文学进程中的辩证发展”。[①]“二十世纪中国文学”概念基本上符合中国新文学的演变轨迹，有助于完整地把握中国文学的基本态势，从思维现代化的深层次探寻20世纪中国文学的艺术规律。在“二十世纪中国文学”的文学史观影响下，迅速出现了一批付诸实践的文学史研究成果，如“20世纪中国文学史”“20世纪中国文学思潮史”“20世纪中国小说史”等，赢得学术界的广泛认同。“二十世纪中国文学”自身也有着明显的局限性，如中国文学的现代化并不会因为20世纪的终结而结束，以“改造民族的灵魂”为主题的启蒙文学无法涵盖整体文学形态等。但毋庸置疑的是，“二十世纪中国文学”为中国现当代文学重新建立文学规范树立了学科意识。

在“二十世纪中国文学”的讨论基础上，重写文学史的呼声随之而至。1988年，陈思和与王晓明在《上海文论》开辟“重写文学史”专栏，主张“把现代文学作为一门独立的科学，去寻求现代中国人的审美经验是如何形成的，总结白话文学七十年来在创作上的成功经验与不足”。[②]在中国现代文学史上，“重写文学史”一直在进行中。1935年良友图书公司出版的《中国新文学大系》是现代文学第一次大规模构造文学经典，以“五四”作家的权威将保守派打入传统阵营，在文学史的重写过程中完成意识形态的置换。唐弢主编的《中国现代文学史》将鲁、郭、茅、巴、老、曹视为经典作家，成为社会主义现实主义体系的文学表述。到了80年代的“重写文学史”，有关“文学”和“非文学”的区分同样是意识形态运作的结果。“重写文学史”的倡导者将唐弢以来的文学史范式称为“政治学的现代文学史研究”，“从文学角度进行的现代文学史研究”才是理性的合乎文学自身规律的研究。[③]

随着“文学性”的呼声日益高涨，文学史研究领域紧跟文学理论、文学创作的新潮流，清算政治至上的文学史写作陈规。当时国内盛行的现代文学史多以庸俗社会学和狭隘的政治标准来衡量一切文学现象，那些主张艺术审美性而远离政治的作家均被排除在外。新的文学史研究“出发点不再是特定

---

① 黄子平、陈平原、钱理群：《论“二十世纪中国文学”》，载《文学评论》1985年第5期。

② 陈思和、王晓明：《关于“重写文学史”专栏的对话》，载《上海文论》1989年第6期。

③ 王晓明：《刺丛里的求索》，上海远东出版社，1995年版，第263页。

的政治理论，而更是文学史家对作家作品的艺术感受，它的分析方法也自然不再是那种单纯的政治和阶级分析的方法，而是要深入运用各种不同的方法，尤其是审美的分析方法”。[①] 在某种意义上，80 年代“重写文学史”是一种“反经典”的工作，曾经在革命范式的文学史叙述模式中被认为是核心经典的作家、作品、流派，如革命文学、左联文学、延安文学、左翼文学等受到了否定性评判。而曾经因政治排位靠后被文学史淹没的作家、作品和文学思潮，因其坚守独立的文学品格，反而一举成为关注的中心。沈从文、张爱玲、钱钟书、梁实秋等作家被“重新”发现，并被纳入现代文学经典序列，甚至在排位上超越了鲁、郭、茅、巴、老、曹。1994 年，王一川主编的《二十世纪中国文学大师文库・小说卷》的封面上赫然印着“重论大师，再定座次”，“以纯文学的标准重新审视百年风云”，金庸、张爱玲取代了茅盾的经典地位。对经典作家作品的重新评价，是 80 年代“重写文学史”的最突出成效，也为现当代文学学科提出了新的学科范畴。

在“重写文学史”的经典重构过程中，海外中国学研究事实上扮演了相当重要的角色。李欧梵的《铁屋中的呐喊》探寻鲁迅内心的“黑暗”，发现了“另一个鲁迅”。在此影响下，鲁迅的小说《彷徨》、散文《野草》以及《故事新编》重新受到了肯定，超越了《呐喊》《朝花夕拾》的地位。相应地，鲁迅由此前的革命的、无产阶级战士的、现实主义的鲁迅，转变成了启蒙主义、现代主义的鲁迅。美国汉学界金介甫对于沈从文的研究，是国内重新“发现”沈从文的至关重要的因素。夏志清的《中国现代小说史》直接引发了张爱玲、钱钟书等自由作家的“经典化”热潮。在与普实克的论战中，夏志清批评普实克把文学记录当作历史和时代精神记录的社会历史批评。夏志清认为文学史的首要工作是优美作品之发现，坚持适用于一切时期、一切民族、一切意识形态的文学审美性标准。香港学者司马长风编著的《中国新文学史》试图打碎一切政治枷锁，追求文学的纯粹性和独立天地。司马长风对周作人、凌叔华、林徽因、萧乾、徐订等人的重视，也在很大程度上助推着新的经典序列的构成。

“重写文学史”在批判政治范式的文学史叙述中对经典作家作品重新命名，使得“文学性”观念深入人心，成为新的文学准则。“80 年代初的

① 王晓明：《主持人的话》，载《上海文论》1989 年第 6 期。

拨乱反正，学科复元；1983 年学科重建；80 年代中期学科进一步超越意识形态的制约；80 年代后期进入自觉调整时期，自主性进一步增强。”① 在这种文化环境下，现代文学成为 80 年代的“显学”。

在文学/政治的二元模式中，随着“文学性”标准的落实，强调进步、革命等宏大主题的左翼文学无形中受到冷落，90 年代的文学研究者更青睐于体现日常生活情调、抽象抒情或具有市民情调的消费文学。海派文学、通俗文学以及具有现代主义倾向的实验探索得到深入的讨论。

进入 20 世纪 90 年代，文化消费时代的到来和大众文化的兴起，文学面临着日益边缘化的危机。“一方面，文学审美的独立性被文学/商业、文学/政治的复杂关系所冲击，所谓独立已无从谈起；另一方面，文学在消费文化挤压下也无力参与社会对话。”② 在文学/政治的对立中，“文学性”成为人们反抗政治意识形态的有效工具，把文学推向审美的极致。一旦失去当时的历史语境，“文学性”因失去对立面的制约，而陷入“不能承受之轻”的尴尬境地。2001 年，《上海文学》开辟“纯文学”专栏，对 80 年代以来的“纯文学”观念的弊端进行批判。李陀在《漫说“纯文学”》中说：“由于对纯文学的坚持，作家和批评家们没有及时调整自己的写作，没有和 90 年代急剧变化的社会找到一种更适应的关系。很多人看不到，随着社会和文学观念的变化与发展，纯文学这个概念原来所指向、所反对的那些对立物已经不存在了，因而使得纯文学观念产生意义的条件也不存在了，它不再具有抗议性和批判性，而这应当是文学最根本、最重要的一个性质。虽然‘纯文学’在抵制商业化对文学的侵蚀方面起到了一定作用，但是更重要的是，它使得文学很难适应今天社会环境的巨大变化，不能建立文学和社会的新的关系，以致 90 年代的严肃文学（或非商业性文学）越来越不能被社会所关注，更不必说在有效地抵抗商业文化和大众文化的侵蚀的同时，还能对社会发言，对百姓说话，以文学独有的方式对正在进行的巨大的社会变革进行干预。”③ 除了李陀声讨的 90 年代作家“躲进小楼成一统”的“私人化写作”等现象，在中国现代文学研究中，优美的传

① 温儒敏、李宪瑜、贺桂梅等：《中国现当代文学学科概要》，北京大学出版社，2005 年版，第 108 页。

② 周维东：《新世纪文学研究：如何面对“文学性”》，载《文艺评论》2007 年第 2 期。

③ 李陀、李静：《漫说“纯文学”》，载《上海文学》2001 年第 3 期。

统被过剩地研究。伴随着对“文学性”观念的质疑，有关左翼文学的重新评价成为当下研究的热点，左翼文学的历史合理性与“五四”传统的续接以及当代价值成为重新审视的对象。在这一潮流中，“文学性”再次被推向前台。

“文学性”的概念，其内涵是在具体的历史语境中被赋予的。作为批评家的韦勒克认为一部伟大的著作归为非文学作品，并不意味着这部作品不具备美感品质，而只是其中没有文学的核心性质，即虚构性（而非审美性）。因为文学史上长久以来作为文学样板的抒情诗、史诗和戏剧，共同处理的都是虚构和想象的世界。在实际分析中，韦勒克曾表现出对“作品审美结构内在诸关系的偏爱和倾向性”，但是在讨论文学史问题时，韦勒克是以“在历史中建构文学性”为目标。① 新的文学性的阐释在20世纪90年代中期开始出现，“所谓‘文学性’并非一个自足的范畴，而始终与一些相关对立范畴相参照而提出，比如文学/政治、文学/社会、文学/商业化等”，“文学性并非文本自身的特性，而是如T. 伊格尔顿（Terry Eagleton）所说的一种‘关系性的存在’。”② 而实际上，即使80年代“文学性”的倡导几乎涵盖了文学研究的所有领域，它的内涵却不同于俄国形式主义批评的“文学性”概念。“80年代出现的‘文学性’和‘纯文学’，用现在的眼光加以甄别实际包含了两种含义：（1）文学审美具有独立性；（2）文学在审美独立的前提下可以进入社会公共话题的建构和讨论。”③ 在中国文学语境中，“文学性”并没有割断文学与社会、文化等外界因素的联系，在文学审美独立的前提下，可以参与社会公共话题的探讨。“文学的革命性，只有在文学关心它自身的问题，只有把它的内容转化为形式时，才是富有意义的。因此，艺术的政治潜能仅仅存在于它自身的审美之维。”④ 正如马尔库塞所主张的那样，文学只有作为自律的作品，才能同政治发生关系。

---

① 汤拥华：《重构文学性：中国现当代文学史写作的一个理论问题》，载《扬子江评论》2015年第6期。

② 贺桂梅：《文学性：“洞穴”或“飞驰”——关于文学“自足性”问题的简略考察》，载《南方文坛》2004年第3期。

③ 李怡：《语词的历史与思想的嬗变——追问中国现代文学的批评概念》，巴蜀书社，2013年版，第346页。

④ 马尔库塞：《审美之维》，李小兵译，北京三联书店，1989年版，第242页。

在关于“文学性”的讨论中，本来属于情感、审美范畴的文学往往被置于反映论或者认识论的基石上，从而难以真正触及实质。王乾坤在《文学的承诺》一书中敏锐地指出，对本体论的不察，是进入文学性的巨大障碍。“本体论意义上的纯文学、文学性不是一个通常意义上的某物，不是一个关系性对象，对此我们不可能有通常的实体性定义。当我们把文学当作一种关系性对象而定义的时候，我们所说的已经不是文学自身，而是文学的某种属性。”①

坚守文学性的立场是文学研究者言说世界，直面生存困境的基本方式，也是无法代替的方式。2007 年 11 月 3 日至 4 日，由河北师范大学文学院、《文学评论》编辑部共同发起的“中国现当代文学学科建设问题高级论坛”在河北省石家庄市成功举办。会上，辜也平认为，建设现当代文学的学科范式是学科建设的当务之急。范式的建立，一定要重提“文学性”并把它作为学科的终极指向。② 2015 年 1 月 10 日，上海财经大学中国文化理论原创中心、《文艺理论研究》编辑部、上海财经大学人文学院中文系、《原创》集刊编辑部在上海财经大学联合举办了“文学性视角下的中国文学史”高层学术论坛。复旦大学陈思和认为文学性概念在一定程度上意味着某种文学自觉，使相关研究从编年体、文化性、人性论等视角逐渐向文学本体和文学性视角回归。③

“建立现当代文学研究规范，并不是要杜绝其他学科或门类的知识的运用，而是如何立足于文学本身。如何在多种知识的综合运用中，始终回到文学本身，这是保持现当代文学研究学科得以存在的基本条件。”④

---

① 王乾坤：《文学的承诺》，北京三联书店，2005 年版，第 54 页。

② 河北师范大学文学院：《燕赵学术》（2008 年春之卷），四川辞书出版社，2008 年版，第 213 页。

③ 陈成吒：《中国式文学史理论建构——“文学性视角下的中国文学史”高层学术论坛综述》，载《文艺理论研究》2015 年第 6 期。

④ 陈晓明：《绝望地回到文学本身——关于重建现当代文学研究规范的思考》，载《南方文坛》2003 年第 1 期。

第三节　现代性：走向世界文学

任何一个成熟稳定的学科，都应该有属于自己的质的规定性的学术话语，这是关系到学科存在合法性的关键问题。元话语为学科化的知识活动划定了边界，即一种阐释有效性的范围。正如陈思和所言："一个学科如果称得上'成熟'，至少在理论上解决了关于这个学科的基本问题，建立起比较稳定的学科范畴和科学概念，以后新的资料发现，可能在局部修正和补充学科观念，但不会引起根本性的变动。"① 20 世纪 90 年代，西方后现代性理论在国内盛行，"后现代论述的扩张一再返回现代性问题，触发了重新理解现代现象的需求。"② 现代性成为反思 20 世纪中国文学以及社会文化思想现代化进程的不可或缺的通用术语。"90 年代以来，'现代性'在现当代文学研究领域几乎成为统摄性的概念，无论文化研究还是思想史研究，都乐于采纳这个研究视野，诸如'现代性'与'反现代性'的相互冲突与依存关系，以及文学作为'民族国家寓言'的观念，就成为重新书写文学史的逻辑起点，并试图以'宏大叙事'的姿态颠覆旧有的研究方式与习惯。应当承认，这些研究是取得了一些值得称道的成绩的，也开拓了现当代文学学科的视野，起码可以从比较宏观的角度来俯瞰那些纠缠不清的问题。"③

20 世纪 90 年代至今，在社会科学尤其文学研究领域，对"现代性"或"现代化"问题的研讨一直是学界的热点。《文学评论》《中国现代文学研究丛刊》《文艺研究》《学术月刊》等期刊均开设专栏、笔谈，研讨"现代性"问题，各大报刊也发表大量有关"现代性"问题的研究论文。据统计，时至今日，直接以"现代性"作为书名的现当代文学研究专著多

① 陈思和：《我们的学科还很年轻》，载《文学评论》2008 年第 2 期。

② 刘小枫：《现代性社会理论绪论》，北京三联书店，1998 年版，第 3 页。

③ 温儒敏等：《中国现当代文学学科概要》，北京大学出版社，2005 年版，第 405—406 页。

达80余种[①]，众多现当代研究领域的知名学者纷纷围绕“现代性”著书立说。其中逄增玉的《现代性与中国现代文学》（东北师范大学出版社，2001年）、王一川的《中国现代性体验的发生》（北京师范大学出版社，2001年）、郑家建的《中国文学现代性的起源语境》（上海三联书店，2002年）、李欧梵的《中国现代文学现代性十讲》（复旦大学出版社，2002年）、杨联芬的《晚清至五四：中国文学现代性的发生》（北京大学出版社，2003年）、陈晓明等著的《现代性与中国当代文学转型》（云南人民出版社，2003年）、王德威的《抒情传统与中国现代性》（北京三联书店，2010年）、严家炎的《严家炎对话集·中国现代文学与现代性》（人民日报出版社，2014年）等著作，代表了国内“现代性”研究的成果。

“‘中国现代文学’作为一个学科的合法性，不是建立在学科甚至学术内部。之所以在千年中国文学史中独立地划分出一块所谓‘现代文学’来做专门的研究，那是因为‘现代性’问题深刻地介入其中的缘故。换句话说，中国‘现代文学’与中国现代化历史、中国现代性问题的内在关联，既是这一学科应该研究的核心问题，也是它赖以成立的基础。”[②] 在这种意义上，“现代性”构成了中国现当代文学学科存在的元话语。

一

何为现代性？如何对“现代性”作出符合中国国情又适合现当代文学学科发展轨迹的科学梳理？这是研究者首先要面对的问题。“现代性”是一个源自西方的概念，与“现代化”一样，体现着20世纪中国和东方其他民族国家被西方列强拖入“全球化”时的共同境遇。

关于“现代”一词的起源，根据雷蒙·威廉斯在《关键词》中的考证，“现代”（modern）的最早词源为拉丁文modo，意为此刻，其用法可以追溯到中世纪的经院神学。美国学者詹姆逊将“现代”一词的起源上溯

---

① 该数据出自读秀学术检索。

② 倪文尖、罗岗：《重建中国“现代文学”的合法性》，载《文艺理论研究》1999年第1期。

到公元5世纪就已经存在，当时的基拉希厄斯教皇使用拉丁文“modemus”一词区分不同于先前教皇时代的当代。[①] 由此可见，“现代”概念是在与中世纪、古代的区分中呈现出自己的意义的。“古代与现代的传统对比，在文艺复兴以前就已确立；从15世纪以来，一个中间的或中世纪的世纪开始被定义。从16世纪末期以来，modern所具有的相对历史意涵变得普遍。Modernism（现代主义）、modernist（现代主义者）、modernity（现代性）在17与18世纪相继出现。”[②]

17世纪以来，“现代性”一词开始在英语世界通用了。1627年出版的《牛津英语辞典》，首次收录了“modernity”。而在法语中，一直到19世纪中叶，“现代性”相应词语才开始出现，近年出版的罗贝尔词典中提出，该词最早出现于1849年夏多布里昂出版的《墓畔回忆录》。1947年，历史学家汤因比出版《历史研究》，他将人类历史划分为：黑暗时代（675—1075）、中世纪（1075—1475）、现代时代（1475—1875）、后现代时期（1875年至今）。据此历史分期，汤因比认为的“现代”指的是文艺复兴和启蒙时代。在《现代性的五副面孔》中，马泰·卡林内斯库同样基于古代、中世纪和现代的时间维度指出，“古典时代和灿烂的光明联系在一起，中世纪成为浑如长夜、湮没无闻的‘黑暗时代’，现代则被想象为从黑暗中脱身而出的时代，一个觉醒与‘复兴’、预示着光明未来的时代。”[③]

在西方语境中，“现代性”是指“启蒙时代以来的‘新的’世界体系生成的时代。一种持续进步的、合目的性的、不可逆转的发展的时间观念”。[④] 由此可见，“现代性”概念背后折射出人的时间意识发生了根本性转变，从古典时期的宇宙循环论逐步演变为线性进化论，未来被赋予了知识、社会无限发展的“进步”意义；相应地在文学领域，从超验的永恒性的美学转变为瞬时性和新奇的美学。波德莱尔在《现代生活的画家》中对“现代性”作出了经典的定义：“现代性就是过渡、短暂、偶然，就是艺术

---

① 王晓凤：《晚清科学小说译介与近代科学文化》，国防工业出版社，2015年版，第71页。

② ［英］雷蒙·威廉斯：《关键词》，刘建基译，北京三联书店，2005年版，第308页。

③ ［美］马泰·卡林内斯库：《现代性的五副面孔》，顾爱彬等译，商务印书馆，2002年版，第25—26页。

④ 陈晓明：《现代性与中国当代文学转型》，云南人民出版社，2003年版，第4页。

的一半，另一半是永恒与不变。”① 在这个意义上，“现代性”把自身与传统的断裂作为自身开始的起点，不仅仅是从时间意义上对传统的总结，还在未来的向度上对传统不断地解构和重构。

吉登斯从社会组织结构、行为制度与模式层面理解和考察现代性，“现代性指社会生活或组织模式，大约 17 世纪出现在欧洲，并且在后来的岁月里，程度不同地在世界范围内产生着影响。”② 吉登斯的观点代表着研究现代性的社会学方法与思路。现代性标志着资本主义新的世界体系趋于形成，现代民族国家和政体确立，宗教衰落背景下的世俗物质文化的兴起。在吉登斯的现代性思想中，他特别突出了现代性与传统的“断裂”，具体表现为两个突出的结果：一是“全球化”的社会联系方式；二是确立了西方以自我实现为核心的价值观念与行为方式。

哈贝马斯将现代性理解为一项未竟的事业，“旨在用新的模式和标准来取代中世纪已经分崩离析的模式和标准，来建构一种新的社会知识和时代，其中个人‘自由’构成现代性的时代特征，‘主体性’原则构成现代性的自我确证的原则。”③ 自启蒙运动以来，世界不再被看作是上帝的造物，而是出自人的理性，因而理性成为现代性的核心支柱。合理化的艺术或审美，是哈贝马斯现代性方案中的重要实现途径。

福柯采取了另一种途径诠释现代性，“我自问，人们能否把现代性看作一种态度而不是历史的一个时期。我说的态度是指对于现时性的一种关系方式：一些人所作的自愿选择，一种思考和感觉方式，一种行动、行为的方式。它既标志着属性，也表现为一种使命。当然，它也有一点像希腊人叫作 ethos（气质）的东西。”④ 福柯从精神层面彰显了现代性的内涵——思想文化层面，以启蒙主义原则建立起来的对社会历史和人自身的反思性认知体系开始建立，从而推动着社会朝既定的理想目标发展。

吉登斯从社会学的角度将“现代性”视为现代工业文明的缩略语，哈贝马斯将现代性看作源自理性的社会模式设计方案，福柯从哲学的视角将

---

① ［法］波德莱尔：《波德莱尔美学论文选》，郭宏安译，人民文学出版社，1987 年版，第 485 页。

② ［英］吉登斯：《现代性的后果》，田禾译，译林出版社，2000 年版，第 1 页。

③ 陈嘉明：《现代性与后现代性十五讲》，北京大学出版社，2006 年版，第 4 页。

④ 杜小真：《福柯集》，王简等译，上海远东出版社，1998 年版，第 533—534 页。

现代性视为批判精神。这三种观点代表了西方语境中最有影响力的“现代性”的概念。

启蒙精神是现代性之“根”。在现代性社会中，启蒙精神对传统社会的宗教进行了解构，宗教存在的合法性基础受到质疑，文学摆脱了神学的统治而获得了自身的自主性。启蒙现代性的目标是追求确定性和秩序，相信进步，主张个人主义。世俗化是现代性的明显特征，即韦伯提出的“祛魅”过程，人们不再仰望神圣的彼岸，开始关注此岸和现世物质层面的体验。伴随着启蒙现代性的发展，理性化建构追求社会的同一性、整体性和绝对性，最后产生出了否定性的现代性后果。在现代性的反思精神的主导下，文学给予启蒙现代性相应的批判和质疑，从而产生审美现代性。“审美现代性不同意启蒙现代性导致的社会经济政治的理性化抽象化形式化，不同意文化领域的堕落和庸俗化，因而试图与现实保持距离。表现出来就是以一种他者的姿态，否定、颠覆和批判日常生活及其经验，力图保持一个批判者、颠覆者、另类者的角色。总体来说，审美现代性具有以下几方面的特征：一是求新；二是乌托邦取向；三是倾向于感性；四是自返性。”①

卡林内斯库在《现代性的五副面孔》中明确区分了启蒙现代性和审美现代性，“作为文明史阶段的现代性是科学进步、工业革命和资本主义带来的全面经济社会变化的产物”；“另一种现代性，将导致先锋派的现代性，其自浪漫派开端即倾向于激进的反资产阶级态度。它厌恶中产阶级的价值标准，并通过极其多样的手段来表达这种厌恶，从反叛、无政府、天启主义直到自我流放。因此，较之它的那些积极抱负（它们往往各不相同），更能表明文化现代性的是它对资产阶级现代性的公开拒斥，以及它强烈的否定激情。”② 审美现代性通过对启蒙现代性的反思和叛逆而成长起来，与启蒙现代性构成同源而否定的关系。基于科学的假设，启蒙现代性构建出以下谱系：伽利略、笛卡尔、洛克、启蒙主义、马克思、实证主义、分析哲学和哈贝马斯；审美现代性充满活力地呈现为19世纪浪漫主义

① 张有奎：《现代性的哲学批判：从马克思生存论角度的分析》，社会科学文献出版社，2005年版，第47页。

② ［美］马泰·卡林内斯库：《现代性的五副面孔》，顾爱彬等译，商务印书馆，2002年版，第48页。

和现代唯美主义对第一种现代性的批判，它构建出另一谱系：浪漫主义、青年黑格尔、波德莱尔、尼采、超现实主义、本雅明、海德格尔、舒尔茨、伽达默尔、福柯、德里达和鲍曼。[①] 启蒙现代性和审美现代性之间的对抗和冲突构成“现代性”概念的内在张力。

作为社会学概念，在中国文化语境下，现代性总是和现代化过程密不可分，“现代性”问题是从“现代化”问题派生出来的。“在 80 年代的语境中，现代性理论介入中国现当代文学研究，经常是以启蒙和理性思考的姿态，以人道主义和人的现代化的命题出现，以呼应当时被全社会认定为在 20 世纪末即可实现的四个现代化的国家目标的。”[②] 严家炎是国内最早提出以“现代化”视角来研究现代文学的学者，他在 1981 年发表的《鲁迅小说的历史地位——论〈呐喊〉〈彷徨〉对中国文学现代化的贡献》中首先从“现代化”意义上重新阐释鲁迅的价值。文中指出，“从‘五四’时期时，我国开始有了真正现代意义上的文学，有了和世界各国取得共同的思想语言的新文学。而鲁迅，就是这种从内容到形式都崭新的文学的奠基人，是中国文学现代化的开路先锋。”[③] 王瑶进一步指出所谓“现代文学”，“就是用现代人的语言来表现现代人的思想”的文学，“现代人的语言是白话文，现代人的思想就是民主、科学以及后来提倡的社会主义”；“语言的现代化”“思想的现代化”“人的现代化”体现了“五四”时期追求的现代化的三个层面，今天仍然处于“中国现代化”的进程之中。[④]

“现代性”（modernity）与“现代化”（modernization）虽然都是指向中国社会从古典到现代的时间维度，但两个概念具有并不相同的内涵。20 世纪 80 年代在国家政治提出的“四个现代化”的基础上，“现代性”被知识界转用到中国当代文化的各个领域。“现代化”更多地侧重于中国社会现代进程的经济和政治制度层面，突出科技、工业、商业、政体等社会实体的重要性；“现代性”偏重于精神层面，强调生活方式、生存价值、意识形态等现代特征。

---

① 周宪：《审美现代性和日常生活批判》，载《哲学研究》2000 年第 11 期。

② 张志忠：《现代性理论与中国现当代文学研究转型》，载《文艺争鸣》2009 年第 1 期。

③ 王瑶编：《北京大学纪念鲁迅百年诞辰论文集》，北京大学出版社，1982 年版，第 183 页。

④ 中国现代文学研究会编：《在东西古今的碰撞中——对“五四”新文学的文化反思》，中国城市经济社会出版社，1989 年版，第 3 页。

自1840年鸦片战争以来，中国就已经被动地卷入“现代世界”之中，现代性的诉求贯穿中国现代文学发展的整个历程。在现当代文学的历史上，“现代性”一词最早见于1918年《新青年》第4卷第1号，周作人在译文《陀思妥夫斯奇之小说》中首次把“modernity”译成“现代性”。1948年，袁可嘉翻译英国诗人史班特的文章《释现代诗中底现代性》。该文发表于当年的《文学杂志》第3卷第6期，是中国学界第一篇明确以“现代性”为篇名并阐释其内涵的文章①。“十七年”期间，国内有关“现代性”的概念及理解，主要参照苏联文艺界。80年代初，海外学者李欧梵最早利用现代性理论分析中国现代文学发展状况。在参与费正清《剑桥中华民国史》的编纂过程中，李欧梵撰写的中国文学部分的章节标题即为《文学的趋势Ⅰ：对现代性的追求，1895—1927》，并进一步强调了中国文学语境的独特性。1985年，詹姆逊访华演讲，掀起了关于“后现代”诸种理论的“飓风式效应”。90年代以来，伴随着西方后现代主义理论被广泛译介，学界为了阐明“后现代性”，纷纷回溯至“现代性”，“现代性”是作为与后现代主义相对的概念在国内被广泛关注的。1994年，北京大学召开“重估现代性”讨论。1996年，杨春时、宋剑华发表了《论20世纪中国文学的近代性》，参照西方文学的标尺，认为20世纪中国文学以国家、民族为主题，仍属于近代文学的范畴，从而引发了现当代文学界关于“现代性”的广泛讨论②。“近代性”与“现代性”之争引发了人们对于探索20世纪中国文学本质的热情，“现代性”概念大面积进入文学理论与批评领域，成为中国现当代文学研究领域的核心话语。

“中国的现代性，是对西方近三百年（如从文艺复兴时算起则更长）历史进程中积淀的现代性文化资源进行整合和接受的结果，所以中国的现代性，本原在西方，而又与西方现代性不同。”③

首先，“现代性”在西方是一种直线向前、不可重复的时间意识；在中国，“现代性”更倾向于空间化的时间意识。中国语境下，“现代性”选择的不是时间概念上相对于中国传统之“过去”的“现在”，而是“西

① 赵禹冰：《新时期美学译文中的“现代性”概念研究（1978—1992）》，长春·东北师范大学，2013年博士学位论文。

② 杨春时、宋剑华：《论20世纪中国文学的近代性》，载《学术月刊》1996年第12期。

③ 杨联芬：《晚清至五四：中国文学现代性的发生》，北京大学出版社，2003年版，第7页。

方”所代表的现在。现代中国的“现代”意识，既包含进化论的线性时间观念，又包含着大量的来自现实空间的生存体验，从性质上说，是文化空间的转换。① 中国近现代知识分子处于一个失去了统一性的世界中，在他们面前存在中西两个不同的空间结构和文化传统。晚清维新运动的失败，辛亥革命后文化“现代化”的破产，先觉知识分子对中国文化丧失了信心。在进化论的时间观念影响下，所有事物的价值以其产生的先后为标准，新产生的就是先进的。中国文化和西方文化不是共时性的，而是历时性的。中国文化属于过去，西方文化属于现代，中国文化的现代化必然以西方化为模板。“五四”时期，在中西文化剧烈碰撞、交流、融合的过程中，西方近三百年历史进程中积淀的现代性文化资源，诸如“民主”“自由”“平等”“科学”等西方价值被整体性接纳，成为中国社会思潮的主流。

其次，“‘现代性’概念在西方往往指向已经完成的状态，在后现代主义思潮中，还往往是被批判的对象。而在中国，现代性却始终含有‘未来’和‘理想’的意味。”② 当中国在晚清开启它的现代之旅，效仿共和、民主、平等、自由的西方模式时，西方的现代性正饱受质疑，带上了“后现代主义”色彩。中国追逐的“现代”和西方正在经历的“现代”始终存在着时间差。西方的现代性理论是经济和思想发展的自然产物，在反省西方社会现代化的文化思潮中，具有强烈的批判色彩，体现着对理性、人的存在意义等问题的不懈反思。而中国现代性的起源是救亡图存运动中的被迫选择，中国人更关注的是社会现代性，即工业化、民主化、科学技术的普及等层面，凝聚着几代中国人民族复兴的伟大梦想。“因此，相对于西方在生成、发展、完成几百年（文艺复兴以降）后的文明形态的基础上反思、究问的‘现代性’，中国的现代性，包含了共时与历时双重因素，又因意识形态、社会制度长期的‘前现代’状况，而永远无法忽略和排斥启蒙。”③

晚清以来逐渐形成的中西二元对立文化和进化论的线性史观，使得中国现代性呈现出启蒙现代性稳居主流的倾向。“所谓现代性，就是促进社会进入现代发展阶段，使社会不断走向科学、进步的一种理性精神、启蒙

① 王富仁：《空间·时间·人》，载《鲁迅研究月刊》2000年第1期。

② 杨联芬：《晚清至五四：中国文学现代性的发生》，北京大学出版社，2003年版，第8页。

③ 同上书，第9页。

精神，就是高度发展的科学精神与人文精神，就是一种现代意识精神，表现为科学、人道、理性、民主、自由、平等、权利、法制的普遍原则。”① 在思想内容层面，“五四”以来盛行的“科学”与“民主”观念，构成了现代文学以启蒙为核心的基本内容。胡适曾在《读梁漱溟先生的〈东西文化及其哲学〉》一文中说：“至于欧洲文化今日的特色，科学与德谟克拉西，事事都可用历史的事实来说明……在征服环境的方面的成绩比较其余各民族确是大的多多……现在全世界大同了，当初鞭策欧洲人的环境和问题现在又来鞭策我们了。将来中国和印度的科学化与民治化，是无可疑的。”② 在胡适看来，思想与文化的“现代化”，即是科学化与民主化。在语言形式方面，“白话文运动”以来，中国文学全面移植了西方的话语系统、言说方式，从而形成汉语结构、书写格式、语法等方面的现代性特征。追求现代性，成为20世纪中国现代文化思想的主流，西方古典主义之后的文学成为中国新文学的典范。

二

“现代性经过全球化过程中的‘理论旅行’，经过现代中国文学的主动选择，构成了一种外源性动力。现代性一方面促成了20世纪中国文学由古典形态到现代形态的转变，实现了文学形式的现代化；另一方面，现代性又成为20世纪中国文学所表达的历史内容和价值追求。”③ “现代性”为中国现当代文学提供了更接近本质的理论之基石，唯有选择“现代性”这个贯穿20世纪文学历史的概念，才能从整体上把握学科的核心。

“文化大革命”结束后，“现代化”成为国家和知识分子的共识，继而重构“五四”启蒙现代性成为中国现代文学学科复苏的起点。“新时期”的任务是重新续接被“救亡”中断的“五四”启蒙传统和“文化大革命”偏离了的现代化目标。李泽厚“救亡压倒启蒙”的命题，成为20世纪80年代的新启蒙思潮的旗帜。伴随着新启蒙运动，中国现代文学研究领域发

① 钱中文：《文学理论现代性问题》，载《文学评论》1999年第2期。

② 罗荣渠：《从“西化”到现代化》，北京大学出版社，1990年版，第120页。

③ 朱德发、贾振勇：《评判与建构：现代中国文学史学》，山东大学出版社，2003年版，第317页。

生了声势浩大的“重写文学史”运动，发起讨论的学者纷纷从现代性的视角探寻中国现代文学的本质，“所谓‘二十世纪中国文学’，就是由19世纪末20世纪初开始的、至今仍在继续的一个文学进程，一个由古代中国文学向现代中国文学转变、过渡并最终完成的进程，一个中国文学走向并汇入‘世界文学’总体格局的进程，一个在东西方文化的大撞击、大交流中从文学方面（与政治、道德等诸多方面一道）形成现代民族意识（包括审美意识）的进程，一个通过语文的艺术折射并表现出老的中华民族及其灵魂在新旧嬗替的大时代中获得新生并崛起的进程。”① “二十世纪中国文学”“中国新文学整体观”“重写文学史”“把文学史还给文学”等影响一时的观点，交织出新时期追求文学现代性的和声。现代性理论消解并代替了毛泽东的“新民主主义”理论，确立了中国现代文学研究的新典范。

“重写文学史”讨论引发学界对于现代文学性质的广泛关注，其成果集中体现在钱理群等学者1998年出版的《中国现代文学三十年》（修订版）中。该书前言中明确了现代文学的性质：“所谓‘现代文学’，即是用‘现代文学语言与文学形式，来表达现代中国人的思想、感情、心理的文学’。”并犀利指出：“‘文学的现代化与民族化’成为中国现代文学必须解决的历史性课题……‘文学现代化’所发生的最深刻并具有根本意义的变革是文学语言与形式的变革，以及与此相联系的美学观念与品格的变革。”② 1998年8月27日，北京大学中文系、中国现代文学馆、北京大学出版社联合召开的《中国现代文学三十年》（修订版）座谈会上，钱理群发表谈话《矛盾与困惑中的写作》，进一步引发对于“现代性”的深入探讨：“什么是现代性？如何看待西方的现代化道路（模式）？什么是我们（中国、东方国家）所需要（追求）的现代化道路模式？这些问题对于我们现代文学的研究者，同时也是专业的追问：如何理解‘现代文学’这一概念中的‘现代’两个字？它是一个‘时间’概念，还是包含了某种性质的理解？那么文学的现代性指的是什么？而这些问题都涉及我们这门学科

① 黄子平、陈平原、钱理群：《二十世纪中国文学三人谈》，人民文学出版社，1988年版，第11页。

② 钱理群、温儒敏、吴福辉：《中国现代文学三十年·前言》，北京大学出版社，1998年版，第1—2页。

的性质、研究范围、它的内在矛盾等关系到自身存在的根本问题。”① 正由于上述原因，围绕着“现代性”，中国现当代文学研究梳理出了新的文学发展轨迹和脉络，呈现出多元化的面貌。

现代文学的起端问题成为现代文学研究的热点。王瑶指出：“现代文学史的起点应该从‘现代’一词的含义来理解，即无论思想内容或语言形式，包括文学观念和思维方式，都带有现代化的特点。它当然可以包括反帝反封建的民主主义的性质和内容，但‘现代化’的含义要比这广阔得多。”② 早在1930年，陈子展在《最近三十年中国文学史》中，从废除科举、语言解放、文学的平民化、小说地位的上升等方面，将晚清文学视为中国现代文学的开端。中华人民共和国成立后，为了突出“现代文学”的学科独立性，将“五四”定为起点，晚清作为“近代文学”成为古典文学的尾声。直到钱理群等著的《中国现代文学三十年》中，现代文学的开端依然是1917年初发生的文学革命，标志着古典文学的结束。随着对现代性的广泛关注，学界发现早在晚清时期，康有为、严复、梁启超等均已经开始以西方现代社会为模本，想象着中国的现代性。20世纪80年代，李欧梵运用卡林内斯库的《现代性的五副面孔》中的理论，分辨了世俗现代性和审美现代性的不同路径，并将其引入中国现代文学研究。在《现代性的追求》一文中，李欧梵认为这一追求明显地体现在晚清的翻译文学现象中。在对西方通俗文学的翻译高潮后，暗含了晚清对于现代性的憧憬以及想象方式，即声光化电、商贾国会和科学民主。李欧梵将中国文学现代性的发展线索，作为现代文学研究的中心脉络，开启日后学术界关于现代性的热烈讨论。

在李欧梵的直接启发下，重访晚清成为近20年间新的学术热点，不断对现代文学研究中的“五四”模式发起挑战。在发现“晚清”的过程中，王德威提出的“没有晚清，何来五四”的质问在学界引发了广泛关注。王德威通过对晚清小说被压抑的现代性的发掘，认为晚清“不只是一个‘过渡’到现代的时期，而是一个被压抑了的现代时期”。③ 2010年，严家炎在其主编的《二十世纪中国文学史》中，直接点明“现代文学史就从五四

① 钱理群：《矛盾与困惑中的写作》，载《文学评论》1999年第1期。

② 王瑶：《中国现代文学史的起讫时间问题》，载《中国社会科学》1986年第5期。

③ 王德威：《想象中国的方法——历史小说叙事》，北京三联书店，1998年版，第16页。

文学革命写起，如今的学者恐怕已多不赞成”，将现代文学的源头向前推进至“十九世纪八十年代末九十年代初”。[①] 严家炎考察了文学主张、对外交流、创作成就三种角度下中国现代文学发端时的状况：黄遵宪早在1887年出版的《日本国志》中已经提出“言文合一”的主张；1890年，陈季同在法国出版第一部现代意义上的小说《黄衫客传奇》；1892年，韩邦庆的《海上花列传》开始连载。在此基础上，严家炎将现代文学的起点推至甲午海战之前。

1988年3月，陈平原的《中国小说叙事模式的转变》由上海人民出版社出版。该书中，陈平原将中国小说的现代性发生的过程分为两个紧密相连的阶段：第一阶段从1898年至1916年，以梁启超、林纾、吴趼人为代表的“新小说家时期”；第二阶段从1917年至1927年，以鲁迅、郁达夫、叶圣陶为代表的“五四小说家时期”。经过两代作家的共同努力，中国小说基本实现了由古典到现代的全面转变：叙事时间上突破线性叙事，大量使用倒装交错等叙事时间；在叙事角度上，引入限制叙事、纯客观叙事；在叙事结构上，建立性格中心、背景中心等多种结构。陈平原是率先从艺术层面上探讨晚清小说现代性发生的学者，将晚清纳入中国现代文学史的叙述，引发了学界的广泛关注。袁进的《中国小说的近代变革》（1992）、《中国文学观念的近代变革》（1996），从文化、传媒、文学意识的角度，描述了晚清文学观念向现代转型的内在原因及具体状况。刘纳的《嬗变》（1998）将目光聚焦在1910—1916年的民初文学，揭示出“五四”之前文学已经向“现代”转型的事实。将“晚清”与“五四”打通的研究模式，逐渐成为中国现代文学研究的新趋势。

城市化的程度是“现代性”的一个重要标志，城市本身就是现代性生长的土壤，都市文化与中国现代文学的兴起具有密切的亲缘关系。在这个意义上，没有现代城市，就不可能产生现代文学。1840年后，中国被迫开始了现代化的进程，当时被辟为“通商口岸”的地方，尤其是上海，成为最早的现代性因素的萌芽之地。正如涂尔干所言，“思想、时尚、习惯、新的行为正是在城市里哺育的，然后传达到国家的其余地区。”[②] 随着中国

① 严家炎主编：《二十世纪中国文学史》（上册），高等教育出版社，2010年版，第7页。

② 汪民安、陈永国、张云鹏：《现代性基本读本》，河南大学出版社，2005年版，第499页。

城市化进程的加剧，都市文化成为中国现当代文学新的关注点。

从“五四”到30年代，现代文学基本上是一种城市化的文学，承袭20世纪初的“欧化”或“西化”思潮，在形式、技巧、语言上激进地追逐欧式风格。1942年《在延安文艺座谈会上的讲话》发表后，这种在城市基础上繁荣起来的文学受到了毛泽东的批评，而回到了以农民社会为中心的民间文化价值体系。被王德威称为“被压抑的现代性”文艺实验作品“在追寻政治（及文学）正确的年代里，它们曾被不少作家、读者、批评家、历史学家否决、置换、削弱或者嘲笑。从科幻到狎邪、从鸳鸯蝴蝶到新感觉派、从沈从文到张爱玲，种种创作，苟若不感时忧国或呐喊彷徨，便被视为无足可观”。[①] 50年代至70年代末，在封闭的文化环境中，失去了现代城市文明的依托，现代文学变得保守、陈旧、僵化。毛泽东设计的物质文明上接受“现代性”，精神文明上拒斥“现代性”的方案宣告失败。进入新时期以来，随着都市文化的勃兴，文学现代化的进程也随之复兴。当中国走上了全面建设现代化的道路以后，都市文学迅速成为现当代文学的焦点。李欧梵的《上海摩登——一种新都市文化在中国》、李书磊的《都市的迁徙》、吴福辉的《都市漩流中的海派小说》、谢志熙的《美的偏至—中国现代唯美—颓废主义文学思潮研究》等著作均从都市文学的文化镜像中探寻其中蕴含的现代性意识。李欧梵的《上海摩登》一书中，具体描述和分析表现中国社会中新的都市文化和意识形态的发生，进而探讨“都市文化”对于中国现代文学的发生、发展和建构的作用与功能。施蛰存、刘呐鸥、穆时英、邵洵美、叶灵凤和张爱玲的共同之处在于：他们深谙上海的都市生活规律，其作品充满着都市感性；另一方面，他们对兴盛于西方的各种现代性艺术保持着敏感，并大胆拿来做自己的文字实验，从而创造了真正的中国的都市文学。

随着现代城市的兴起，传媒业得到持续发展，西方的人文精神和价值理念通过传媒被国人所认识。社会革命、西方思想、现代传媒共同构成了中国现代文学发生的外力，而前两个因素均是通过现代传媒来散布影响的。“现代传媒的出现是对中国正统文化的一次沉重打击，并以一种新的文化取代了

① 王德威：《被压抑的现代性——晚清小说新论》，北京大学出版社，2005年版，第11页。

流传几千年的中国文化。”[①] 传播媒介变革对20世纪中国文学最为明显的影响，在于文学不再是纯粹的个人事业，成为一种公众的、集约化的工作。许多文学期刊具有同人刊物的性质，出版商、编辑、作者形成了一个有机的联系整体。诸如包天笑主编《小说大观》和《小说时报》，团结了一大批鸳鸯蝴蝶派作者，被推为元老。王纯银、周瘦鹃编《礼拜六》，吸引了一批文学趣味相同的作者，造成文坛的影响力。在中国报学史上，伍廷芳于1858年在香港创办的《中外新报》，是中国人最早创办的近代化报纸。自此之后，中国人自办的报刊如雨后春笋般涌现。1872年创刊的《瀛寰琐记》是我国最早具有近代传播媒介性质的文学刊物。到1902年，梁启超统计全国存佚报刊时，已达124种。从1902年到1916年，创办的文艺期刊计有57种之多，其中49种创刊于上海。[②] 晚清“小说界革命”“诗界革命”“文界革命”“戏剧改良观”“兴白话代文言”等引领文学界革新风潮的主张，均是载于报端而被社会广泛关注的。“五四新文学”的崛起，《新青年》功不可没。现代传媒带给现代文学的变异，“不仅仅是传播学上的，也彻底地改变了中国文学的性质和功能，例如文学的公共性（面向社会，以影响社会为目的的同时对社会依存度大大提高），职业化的写作意识、身份和角色（相反，古典写作的特征是业余的，强调私趣和适合个人心灵的），文学语言、样式、形式上的民主特征（不再用某个单一风格垄断文学审美的合法性，拒绝或排斥其他风格）。”[③] 2010年10月25日至26日，在中央民族大学主办的“现代传媒与中国现当代文学”国际学术研讨会上，温儒敏在开幕式上提出“没有传媒就没有现代文学”。现代文学与传媒之间的复杂互动成为近年来中国现当代文学研究中的一个新的增长点。

改革开放以来，随着都市文明和市民文学的重新崛起，研究主体以现代性视野对鸳鸯蝴蝶派为代表的市民通俗文学进行重新解读和评价，打破了新与旧、雅与俗等文学研究二元对立模式，改变已有的现代中国文学研究的格局，展示出现代文学的整体风貌。随着晚清文学“被压抑的现代性”的重新阐释，晚清的通俗文学与现代文学的关系得到越来越多的关

---

① 周海波：《传媒时代的文学》，人民文学出版社，2007年版，第83页。

② 栾梅健：《二十世纪中国文学发生论》，广西师范大学出版社，2006年版，第4—7页。

③ 陈晓明：《现代性与中国当代文学转型》，云南人民出版社，2003年版，第36页。

注。李欧梵的《中国现代作家的浪漫一代》、林培瑞的《鸳鸯蝴蝶派》等著作，考察了公认的通俗文学作家——苏曼殊、苏青和张爱玲。李欧梵将苏曼殊视为“五四”浪漫主义的前驱，暗示了通俗文学所具有的现代性。“‘通俗文学’所体现的实际上是市场经济的逻辑；其所追求的最终是文学作品的交换价值化，与商品的运作方式是同质同构的。”① 根据范伯群对通俗文学的研究成果，在19世纪20世纪之交的中国文学“古今演变”的进程中，“继承改良派”（通俗文学）和“借鉴革新派”（“五四新文学”）各自发挥了推动文学现代化的历史使命。在《我心目中的中国现代文学史框架》中，范伯群提出了“知识精英文学与市民大众文学双翼展翅翱翔的‘两个翅膀论’的中国现代文学史观”。② 在钱理群等学者所著的《中国现代文学三十年》中，每一编均设有通俗文学的专题。张恨水、金庸等通俗文学大师开始跻身于现代文学大师的殿堂。2005年，中国海洋大学出版了温奉桥所著的《现代性视野中的张恨水小说》，“以‘现代性’为价值坐标”，“从‘主题’与‘文体’两个方面论述了张恨水通俗小说的现代性内涵”③，提出了20世纪中国通俗文学另一种现代性范式。现代文学从雅/俗、新/旧等二元对立思维中解放出来，呈现出启蒙与审美、革命与欲望交织一体的总体性现代性。

在“现代性”视野下，中国现当代文学不断生长出新的学科增长点，学科起点的前移、古典与现代的艺术形式转换、都市文学的崛起、现代传媒与现代文学的互生、通俗文学与现代性的建构等热点，不断推动着学科的成熟。

三

“90年代中国学术—思想界出现了一些新的走向与趋势，其中之一即是所谓‘现代性’反思，它的核心或许可以概括为对于现代化理论的批判性审视。这一点形成了90年代中国思想状况与80年代的最鲜明对比，同

---

① 唐小兵：《再解读：大众文艺与意识形态》，北京大学出版社，2007年版，第1页。

② 范伯群：《我心目中的中国现代文学史框架》，载《深圳大学学报》2004年第1期。

③ 王蒙：《现代性视野中的张恨水小说》（序一），中国海洋大学出版社，2005年版，第2—3页。

时也对深受现代化意识形态支配的中国人文—社会科学研究提出了严峻挑战。”① 与20世纪80年代充满乐观与理想主义的时代氛围不同，90年代以来学术界趋于理性化，对于现代性的反思成为重新审视现代文学发展历程的研究热点：启蒙现代性始终占据主流，形成片面的现代性追求；审美现代性的价值日益显现，“鸳鸯蝴蝶派”“论语派”“学衡派”京派等曾经排斥于现代性之外的作品、学派开始得到认可；植入式的现代性话语使得现代文学始终处于“现代性焦虑”之中，“失语症”成为作家、批评家的通病。

晚清至“五四”时期，从严复、梁启超、黄遵宪到陈独秀、胡适，中国现代知识分子们憧憬着借助西方文化来使中国强大，启蒙现代性成了特定历史语境下的选择。现代性在中国语境中有着独特含义，“主要指丧失中心后被迫以西方现代性为参照系以便重建中心的启蒙与救亡工程。”② 这与西方文学现代性有着明显不同的形成轨迹。“在十九世纪前半期的某个时刻，在作为西方文明史一个阶段的现代性同作为美学概念的现代性之间发生了无法弥合的分裂。”③ 自波德莱尔以降，西方现代文学开始具备强烈的反资本主义世俗化的倾向，产生对技术进步、科学、工业化和资本主义等价值观的不满，对于社会现代性（启蒙现代性）表现出明显的疏离和否定，从而形成两者之间的张力关系。“在现代中国基本上找不到前述两种现代性的区别，现代中国文学乃至中国的现代主义文学，与20世纪中国的现代化进程具有一体化和同质性的一面。也就是说，这一时期中国文学的本质，不在其‘审美现代性’，而是以对现代化主流话语即‘社会现代性’的表述为中心内容的；后者很大程度上规定了现代中国文学的文化走向以至形式选择。二十世纪中国文学史上所有影响深远的时间，从文学革命到革命文学，到文学的大众化，到延安文学的倡扬，再到社会主义文学的一统天下，几乎都是文学现代性认同社会现代性的结果。”④

“五四”新文化运动以来，现代文学一直处于启蒙现代性的单向度的

① 陶东风：《从呼唤现代化到反思现代性》，载《二十一世纪》1999年第6期。

② 张法、张颐武、王一川：《从“现代性”到“中华性”——新知识型的探寻》，载《文艺争鸣》1994年第2期。

③ ［美］马泰·卡林内斯库：《现代性的五副面孔》，顾爱彬等译，商务印书馆，2002年版，第48页。

④ 陈祖君：《从现代性开始的多向考察》，内蒙古人民出版社，2009年版，第6页。

维度之下。新文化运动在政治、伦理、哲学和文学等方面呈现出“无序”而矛盾的特征，在激进地反传统方面却呈现出“态度的同一性”，“重估一切价值、偶像破坏论成为五四时期最为流行的思想口号正说明了这一点”。[①]《新青年》作为“五四”新文化运动的阵地，其个性特点为“实效至上的功利主义”，“措辞激烈，不惜在论述上走极端”，“绝对主义的思路”，“救世主自居的姿态。”[②] 陈独秀在《敬告青年》中，呼吁独立人格，“唯有听命各自固有之智能，断无盲从他人之理”。胡适在《文学改良刍议》有言：“人不能思想，虽面目姣好，虽能笑啼感觉，亦何足取哉?”李大钊在《新旧思潮之激战》，质疑中国人“总是不肯用自己的理性，维持自己的生存”。1922 年，陈独秀为首积极参加“非基督教非宗教大同盟”，武断地认定按照历史进化论的观点，宗教没有存在的必要；1923 年张君劢、梁启超、范寿康等为代表的“玄学派”和以丁文江、胡适、吴稚晖等为代表的“科学派”，展开科玄大战。理性成为“五四”启蒙思想家重估一切价值的基石，宗教、审美等形上的超越性追求被主流排斥。

在激进的现代性思潮的推动下，“五四”启蒙家们纷纷将语言的变革视为思想革新的根本途径，其代表者鲁迅发出过“汉字不灭中国必亡”的呼号。“通过语言‘断裂’来实现现代性最大化的演进，昭示了《新青年》同仁在走向现代性过程中手段的残酷性。它不但导致了中华传统母语的巨大阵痛甚至是非正常死亡，而且还使得现代文学先天不足与后天失调。”[③] 1922 年，当教育部明令学堂使用白话文，文白之争已成定局之时，学衡派诸人试图挽回传统文化的颓势。梅光迪、吴宓、胡先骕等学衡派领军人物均留学美国归来，深受“一战”以来西方反现代的文化氛围影响，以前瞻性的眼光预言，启蒙的后果并非出现被理性照亮的新世界，而是长夜将至。正如马克斯·韦伯在 1919 年最后一次公开谈话中说：“正在等待我们的并不是夏季盛开的鲜花，而是极地的黑夜，寒冷、阴暗和狂暴。”[④]

---

① 汪晖：《中国现代历史中的“五四”启蒙运动》，载《文学评论》1989 年 3—4 期。

② 王晓明：《一份杂志和一个社团——重评五四文学传统》，北京三联书店，2011 年版，第 205—209 页。

③ 张宝明：《文言与白话——一个世纪的纠结》，华东师范大学出版社，2015 年版，第 5 页。

④ ［法］米歇尔·洛威：《马克思与韦伯：资本主义批判》，载《国外理论动态》2008 年第 8 期。

而新青年派启蒙先驱们在现代性的焦虑影响下，无暇审视学衡派对于启蒙的反思，偏执而又情绪化地将其视为文化保守主义，大加批判。

高远东犀利地指出，“五四”新文化运动的实质是“缺乏契约约定和唤起理性自觉的权威主义启蒙”[①]。这种单向度的“权威主义”启蒙伴随了整个现代文学的发展历程，从梁启超的“制造中国魂”，鲁迅的“改造国民性”，到中华人民共和国成立后对知识分子的“思想改造”，“文化大革命”期间“灵魂深处爆发革命”，直至新时期启蒙主义再度复苏。启蒙现代性不仅在现代文学中占据了支配地位，而且在当代文学、新时期文学中也是权威话语。“在小说《创业史》《红旗谱》《金光大道》《艳阳天》等以及‘革命样板戏’中，无不笼罩着现代性的‘幽灵’。”[②] 钱理群反思现代性的观点代表了绝大多数国人的心态，对于“中国社会与文学的现代化的理解与前景预设是充满理想主义与乌托邦色彩的”；“西方现代化模式与现代化本身必然产生的负面，则基本上没有进入我的观察与思考视野，对现代文学史上曾经出现的对‘现代化后果’的思考与描述，都被简单地称之为‘民粹主义’而加以否定”。[③] 唯新是尚，实用的工具理性至上，缺乏超越性精神追求，导致了启蒙现代性单向度发展。反思现代性的另一翼始终萎缩，使得现代文学未能振翅远翔。夏志清认为，“‘同情’‘讽刺’兼重的中国现代小说不够伟大；它处理人世间道德问题比较粗鲁，也状不出多少人的精神面貌来”。[④]

1989 年，纪念“五四”新文化运动七十周年之际，学界众多学者开始深刻审视“五四”启蒙运动的功过得失，对于片面化现代性的反思逐渐成为学界的热点。杨春时在《中国反思现代性的缺失与反现代性文学思潮的乏力》一文中指出，由于缺乏现代性反思土壤，现代文学的发展先天失衡，理性主义的强化导致浪漫主义的弱化，理想主义的膨胀导致现实主义的萎缩，超越性的缺失导致现代主义的困顿。[⑤] 90 年代以来，随着后现代

① 高远东：《契约、理性与权威主义——反思“五四”启蒙主义的几个视角》，载《鲁迅研究月刊》1989 年，C1 期。

② 陶东风：《审美现代性：西方与中国》，载《文艺研究》2000 年第 2 期。

③ 钱理群：《矛盾与困惑中的写作》，载《文学评论》1999 年第 1 期。

④ 夏志清：《中国现代小说史》，复旦大学出版社，2005 年版，第 14 页。

⑤ 杨春时：《中国反思现代性的缺失与反现代性文学思潮的乏力》，载《社会科学战线》2008 年第 9 期。

理论的勃兴，对于“理性”的反思和质疑成为后现代主义者的共识。“现代性的反思必须建立在一个新的批判理论范式的基础上，才可能得以展开，这个新的批判理论范式就是后现代性的批判理论话语。”[①] 后现代并非简单地抛弃理性，而是以更成熟的态度认识理性，“对我们来说，成为理性的，也就是成为可以对话的，而不是成为愿意服从的。”[②] 理性不再是“五四”式的单向性企图操纵和控制对象的工具，而是在对话的意义上得到理解。关于后现代，利奥塔说：“简化到极点，我们可以把对元叙事的怀疑看作是‘后现代’。”[③] 1986 年，利奥塔在美国威斯康星州大学题为《重写现代性》的演讲中，主张反对以元叙事为标志的现代性。由于欲望和压抑永远是共存的，元叙事预设的乌托邦社会也就根本不可能实现，所有的元叙事都注定是虚假的。不仅如此，由于元叙事设定了一个历史目的，排斥了历史（欲望）的多种可能性，因而必定会带来恐怖。[④] 在后现代结构宏大叙事的理论启发下，理性至上的启蒙现代性权威开始逐步瓦解，文论家提出告别革命、放弃启蒙的口号，学衡派代表的文化保守主义重新得到认可。京派文学、现代派、都市文学、唯美主义等审美现代性思潮开始从尘封的历史中焕发出生机。

随着学界对审美现代性的发掘和重视，曾经倾斜的天平逐步回归平衡。而对于现当代研究者来说，更深刻的危机源自于现代性焦虑引发的“失语症”。陈寅恪先生的名言“敦煌者，吾国学术之伤心史也”，可谓道出了现当代文学研究者的内心隐忧。近代以来，在落后的屈辱感和重回中心的使命感推动下，中国现代文学一心要融入“世界潮流”，走向世界成为 20 世纪中国文学的不竭动力。“在戊戌变法时期，维新志士焦虑的是能否迅速有效地冲破传统的束缚，在中国实行西方式的民主新政。在‘五四’时期，思想启蒙者焦虑的是能否迅速有效地改造国民的思想性格，为西方式的民主社会塑造新人，奠定基础。这以后，不管是 20 年代末和 30

① 宋伟：《后理论时代的来临：当代社会转型中的批评理论重构》，文化艺术出版社，2011 年版，第 33 页。

② ［美］理查德·罗蒂：《后形而上学希望》，张国清译，上海译文出版社，2003 年版，第 124 页。

③ ［法］利奥塔：《后现代状况：关于知识的报告》，车槿山译，北京三联书店，1997 年版，第 2 页。

④ 朱立元编：《后现代主义文学理论思潮论稿》，上海人民出版社，2015 年版，第 686 页。

年代左翼思潮的兴盛，还是40年代初至‘文化大革命’以民族和民间文化为表象的现代化追求，从中折射出来的焦虑实质上都是能否用人类最先进的普适性的共产主义（社会主义）铲除并取代日趋腐朽没落的资本主义。”“80年代存在的是不可遏制的‘现代性冲动’和无所不在的‘现代化叙事’，是渴望实现现代化而急欲消融民族身份的持续性焦灼。”① 在长期的现代性焦虑笼罩下，研究现当代文学的理论要么出自西方文论，要么出自俄苏文论，“长期处于文论表达、沟通和解读的‘失语’状态”。② 百余年来，中国知识分子和文人译介西方文学作品和理论著作的规模是史无前例的，从严复、林纾开始，经过鲁迅、郭沫若、茅盾等人，到傅雷、朱生豪、冯至等人，再到80年代“走向未来丛书”“文化：中国与世界”“二十世纪文库”等丛书系列，西方各个流派的作品和理论源源不断地引进国内。离开西方文论的话语依托，现当代文论便暴露出无所适从的尴尬。1999年，在中国艺术研究院召开的“世纪之交：中国文艺理论研讨会”上，黄力之教授从“文化同化”的角度分析西方话语对现当代文学的影响。他认为自80年代开始的文艺新潮，被称为创新的部分，几乎全是对西方现代主义及后现代主义种种形式、手法的袭用，从意识流、“朦胧诗”、泛性论表现、叙述主体的介入，无不如此。文艺批评的话题，从存在主义、接受美学、后结构主义、女权主义、后殖民主义，一直到全球化，全是西方话语，在这方面，中国最好的批评家也只是能复述西方话语而已。③ 在从传统向现代的转型中，中国传统的情绪化、体验化的主观理论形态，已经置换为以理性为标志的现代知识、学术体制。因而陶东风教授没有像曹顺庆等学者那样选择重返古代文论，而是对于当代文论“失语”表现出更多的从容，他理性地认为“我们的文论重建之路恐怕更多地只能借鉴西方的理论，而同时在应用的时候应该从中国的文化与文学的现实出发加以不断的修正和改造”。④

90年代以后，在后现代理论视野下，启蒙神话成为被质疑和解构的对

---

① 昌切：《民族身份认同的焦虑与汉语文学诉求的悖论》，载《文学评论》2000年第1期。

② 曹顺庆：《跨越异质文化》，山东友谊出版社，2007年版，第43页。

③ 方宁：《世纪之交：中国文艺理论回顾与展望》，载《光明日报》1999年7月22日。

④ 陶东风：《关于中国文论“失语”与“重建”问题的再思考》，载《云南大学学报》2004年第5期。

象，张颐武等学者提出告别“现代性神话”。[①] 而实际上，在现代化的巨大浪潮中，中国呈现出前现代、现代性、后现代性交织错杂的局面。中国的现代性“是从二十世纪初期开始的，是一种知识性的理论附加于在其影响之下产生的对于民族国家的想象，然后变成都市文化和对于现代生活的想象。然而事实上这种现代性的建构并未完成，这是大家的共识”。[②] 现代性已经成为贯穿现当代文学的主线，“我们脱离不开现代化叙事的书写，不论我们是认同还是反抗现代化的叙事。”[③] 中国文学的现代性是以西方文学为模板，但是中国的历史文化传统、社会现实基础、社会主义现代化工程等层面，均呈现出与西方迥异的现代性路线。反思百年来现当代文学现代性的理论发展，仍是学科发展的核心课题。王德威在此方面做出了表率，在2010年出版的《抒情传统与中国现代性》一书中，他重提“抒情传统”，并将这个本土概念与现代性的对话进行描述。重拾被革命、启蒙淹没的古典抒情传统，王德威梳理了从“五四”前后的王国维、朱光潜、宗白华到20世纪中期的陈世骧、沈从文、高友工诸人对中国抒情传统的致敬，打破西方理论的模式，“让中国文学的现代性陡然丰富起来”。[④] 因而，如何协调传统与现代性的关系，正确认识中西现代性的异同关系，构建出具有中国特色、又符合世界潮流的中国文学现代性理论，乃是时代赋予现当代文学学科的神圣使命。

---

① 张颐武：《从现代性到后现代性》，广西教育出版社，1997年版，第98—103页。

② 李欧梵：《当代中国文化的现代性和后现代性》，载《文学评论》1999年第5期。

③ 旷新年：《批评空间的开创》，载《文艺理论研究》1999年第1期。

④ 陈国球、王德威编：《抒情之现代性：“抒情传统”论述与中国文学研究》，北京三联书店，2014年版，第744页。

第三章
多视角下的中国现当代文学史建构

以胡适《五十年来中国之文学》为开端的中国现当代文学史研究，迄今已有近百年的历史，产生了难以详尽其数的文学史著作。其中，不仅有资料翔实、视野宏阔的鸿篇巨著，而且有观点新颖、个性鲜明的精品佳作；不仅有的作为新文学研究成果显示出自身丰厚的学理修养，而且有的作为大学专业教材显示出极强的实用价值。应该说，现当代文学史以自己的话语方式参与了中国新文学的发展和中国现当代文学的学科构建。

文学史，是对一定时期内发生的文学现象的客观描绘，是关于文学作品的意义讲述以及我们对这些意义生成奥秘的一种解释。一般来说，文学史的研究对象首先是作品。文学作品是文学史书写的主要对象，没有文学作品的文学史是无法想象的。从新文化运动至今，我国新文学创作产生了大量的小说、话剧、诗歌、散文等作品。这些不同文体中形态各异的文学作品，都是文学史关注的对象。其次是作家。作为文学作品的创作者，作家在文学史中的地位举足轻重。作为人类精神世界的独特产物，每一部文学作品都凝聚着作家的思想和审美情感。文学史关注作家的成长经历、社会背景、情感立场、政治观念等精神内容，能够对其创作进行相对全面的解读，进而理解作家的精神世界和作品内涵，客观判断其在文学史中的地位和意义。接着是文学运动。文学运动是文学发展史的一部分，对于文学作品的产生有着各种显性或潜在的影响。尽管其自身只是一种与文学有关的非文学性因素，但在各种文学史的书写中占有不容忽视的一席之地。再次是文学评论。文学评论是对于文学作品的再阐释和再创作，是与文学相关的文学性行为。我国一些重要的现当代文学史，如唐弢主编的《中国现代文学史》、黄修己主编的《中国现代文学发展史》，都有不少篇幅对文学批评的发展情况进行叙述。最后，社会场景也是文学史所关注的对象，它包括文学生产的社会环境及各种刊物出版状况、报刊检查制度、作家群的迁徙等方面。此外，思潮、流派等也属于文学史的书写视域。在以上众多的内容中，作品（文本）是文学史唯一的主体对象。由于文学作品是最基础最重要的文学现象，也是文学史存在的前提和依据，因而可以认为，作品是文学史的本体，真正接近文学本身的文学史应该是兼具文学性和审美性的作品史。

第一节 进化论与“新文学史”

在中国现当代文学编纂的历史上，多部有影响的文学史著以各具特色的视角和话语，建构了异彩纷呈的文学史书写，也在一些基本的观点和立场中，显示出文学史研究的某些共同走向和趋势。从王哲甫《中国新文学运动史》（1933）、李何林《近二十年中国文艺思潮论》（1939）、王瑶《中国新文学史稿》（1951、1953）、唐弢《中国现代文学史》（1979—1980）、钱理群等《中国现代文学三十年》（1987）、郭志刚等《中国当代文学史初稿》（1981）、陈思和《中国当代文学史教程》（1999）、洪子诚《中国当代文学史》（2002）到董健等《中国当代文学史新编》（2006），基本可以看出我国现当代文学史经历了从“新文学”到“近代/现代/当代文学”再到“二十世纪中国文学”的话语流变。新世纪后，我国现当代文学史的观照视野进一步扩大，在“二十世纪中国文学”大史观的涵盖下，曾被“新文学史”排除在外的“通俗文学”成为文学史研究的又一个生长点。随着范伯群《中国近现代通俗文学史》的问世，提倡纯文学和通俗文学“双翼齐飞”的文学史观被更多的研究者接受，“双翼文学史”的提出使我国现当代文学史研究在全球性的历史文化语境中获得了新的生机和活力。

“新文学”是我国现当代文学史著中第一个得到广泛使用的文学史概念。从 1929 年春朱自清在清华大学讲授“中国新文学”、编订《中国新文学研究纲要》到 1932 年周作人在辅仁大学讲演“新文学源流”、出版《中国新文学的源流》，从 1933 年王哲甫出版《中国新文学运动史》到 1935 年全面总结第一个十年成就的《中国新文学大系》的隆重推出，从 1950 年 5 月教育部颁布的教学大纲定名“中国新文学史”到 1951 年 9 月王瑶出版《中国新文学史稿》（上册），都采用了“新文学”这一命名。此外，香港的司马长风和台湾的周锦先后撰写、出版了同名的《中国新文学史》，乃至在新时期以后，虽然新的学科命名——近代文学、现代文学、当代文学——已经确定，但是以“新文学”为名创办学会写作论著的现象依然不断地出现。

晚清时期，先进的知识分子为实现民族自强，将求索的眼光投向西方，积极学习西方先进的文化思想和科学知识。被称作 19 世纪自然科学三大发现之一的“进化论”在这一时期被引入我国，并在人文社会科学领域产生了极大的影响。胡适较早地把进化论用到文学领域，从 1915 年提出“宋词是唐诗的进化”的观点，到随后梳理出中国文学发展中的几种进化，直至“一时代有一时代之文学”的文学思想的最终确立。他将进化论作为摧毁传统的文言文学，建立与时代相适应的新的白话文学的重要思想武器。胡适之外，陈独秀在《文学革命论》中将进化思想作为否定旧文学的依据，李大钊将进化论与马克思主义并行提倡。在诸多学者的拥护和倡导之下，文学进化观点终成为文学革命的主要理念。可以说，进化论不仅是“五四”时期文学革命得以展开的重要驱动力，而且是构成各种新文学观念的重要思想基础。

当先进的知识分子们自觉地用进化论研究中国文学的发展时，进化论的文化史观也随之逐渐形成。胡适对于进化的文学史观的建立，有着突出贡献。他认为不掌握进化论就不能很好地理解文学的发展演变，强调治史要有进化的思想和视野，并在《文学进化观念与戏剧改良》中表达了这样的忧虑——“现在谈文学的人大多没有历史进化的观念”。[①] 胡适等学者的积极倡导，加快了新文学形态的确立。文学革命开始后不久，新文学便以与时代紧密配合的创作显示出旺盛的生命力和鲜明的革命性，在文坛斗争中逐渐占据有利地位。最终，“新文学”作为“新时代”在文学领域对“旧时代”进行超越和突破的产物，进入读者和学界的视野，也成为文学史书写的基本概念。

以“新文学”命名的文学史，一方面体现出中国文学研究走出传统桎梏的现代思维和进化思想，另一方面也在对“旧文学”的批判中排除了文学发展应有的多种可能。并且，由于“新学”内涵的不确定性，“新文学”的界定本身也存在着诸多缺陷。因而，“新文学”史既体现了文学革命的历史功绩，又潜在地在单一思维模式中对文学研究造成了一定的负面影响。

① 胡适：《文学进化观念与戏剧改良》，载《新青年》1918 年 10 月 15 日。

中国新文学史中，受进化论影响最大的当数《中国新文学大系（1917—1927）》。“在现代文学学科史上，论影响之大，很少有哪部论著比得上1935年上海良友图书公司出版的《中国新文学大系（1917—1927）》。”① “对于‘中国现代文学’的学科建设起着决定作用的，一是毛泽东的《新民主主义论》，一是上海良友图书公司30年代出版的《中国新文学大系》。前者突出文学与政治的联系，后者更关注文学自身的发展。80年代中期以后，前者的指导意义受到了严峻的挑战，而后者所体现出的艺术趣味及审美判断，时至今日仍为许多研究者所津津乐道。”② 1935年前后，在国民党残酷的文化“围剿”中，上海进步出版业遭到了前所未有的打击和限制，复古之风有所抬头。年轻气盛、锐意进取的赵家璧有感于“五四”以来进步文学的创作大都分散出版，不够集中，希望能够将这些文学作品择优选编，统一规格，印成一套装帧美观、设计新颖的精装本，可取名为“五四以来文学名著百种”之类。后因顾虑版权问题，他便打破传统的编辑思路，先提出整理出版“五四”以来各类文体名篇的设想，然后主动组织许多作家来为这套书进行编选或写作。在编纂过程中，赵家璧和阿英、郑伯奇、郑振铎反复磋商，确定了将从文学运动的酝酿发动到新文学趋于成熟的1917—1927年出现的关于新文学理论的发生、宣传、争执，以及小说、散文、诗、戏剧主要方面所尝试得来的成绩进行整理、保存、评价的编辑设想，并选定邀请了胡适、鲁迅、蔡元培、周作人、郁达夫、朱自清等参加编写。《中国新文学大系》凭借着敏锐的学术眼光和厚重的文本内容以及全面完整又充满个性的编写体例，成为“五四”以来影响最深远的一部文学总集，对于后来的新文学研究和文学史的编纂都产生了极大的影响。

赵家璧主编的《中国新文学大系（1917—1927）》于1935—1936年由上海良友图书公司出版。全书共分为十卷，蔡元培写作总序，编选人写作导言。入选的作品，按照西方近代文学观念和文学体裁划分，将文学作品分为小说、散文、诗歌、戏剧四大类集，每集内又按照不同流派的作家作品进行细分。此外，还将反映这一时期文学运动概况的《文学论争集》、

① 温儒敏：《论〈中国新文学大系〉的学科史价值》，载《文学评论》2001年第3期。

② 陈平原：《文学史的形成与建构》，广西教育出版社，1999年版，第67—68页。

反映该时期文学理论建设成就的《建设理论集》和对新文学头十年文学文献进行梳理的《史料·索引集》各编为一集，分别放于该书的首末部分。各卷之前有编选者的万字以上的长篇导言，论述该部门发展的历程与概况，评点各流派作家作品的风格特点与得失，总结经验和规律，并对本集编选的具体情况做扼要介绍。

《中国新文学大系》作为最早的中国现代文学选集，在文学观和编写体例上都对其后的文学史产生了深远的影响。《中国新文学大系》最显著的特色是每一集前都有一位编选者所写的长篇导言。这些导言集中体现了新文学的整体追求和价值取向。尽管十卷本各自导言部分的撰写人不同，行文用语也风格各异，但在一些涉及新文学自身建构的问题上，这些导言作者的观点却保持了相当的一致。如：关于新文学的源流，几位编撰者例如茅盾、朱自清等人都把新文学的起点指向了《新青年》杂志。茅盾在《小说一集·导言》部分写道："民国六年（1917），《新青年》杂志发表了文学革命论的时候，还没有'新文学'的创作小说出现。"[①] 1918 年发表在《新青年》上的鲁迅的小说《狂人日记》，则被视作新文学的小说创作实绩。朱自清在《诗集·导言》中也认为："胡适之是第一个尝试新诗的人……新诗第一次出现在《新青年》四卷一号上。"可以看出，无论是文学思想观念还是文学创作，《新青年》杂志都在新文学发展中有着重要地位，这一观点在以后的文学史书写中也被采纳和继承。在内容上，《中国新文学大系》不仅介绍了新文学理论的发生、宣传、争执，梳理了新文学的发展脉络，而且以具体生动的文学作品展现了"五四"以来十年中我国新文学的创作实绩，充分显示出新文学发展的复杂性、曲折性。在两部文学理论集中，主编胡适和郑振铎不仅收入了陈独秀、胡适、傅斯年、钱玄同、刘半农等新文学阵营的大量文章，同时也收入了林琴南、严复、胡先骕、梅光迪等人的反对文章，对于历史原貌进行了较为真实的展现。在作品的编选上，《中国新文学大系》对晚清以来兴起的小说、戏剧给予了及时、充分的肯定，打破了古代文学中偏重诗、文的倾向，基本实现了四种文体的大致平衡。特别要提到的是小说部分的三卷本，分别由茅盾、鲁迅、郑伯奇三人编撰，所选篇目基本涵盖了文学研究会、《新青年》、浅草

① 茅盾：《中国新文学大系·小说一集·导言》，上海良友图书公司，1935 年版，第 1 页。

沉钟社、新潮社、“乡土文学”、创造社的创作，较为完整地展现了新文学第一个十年小说创作的情况和谱系特征。并且，各卷所选编的作品较为集中地体现出新文学运动以来所坚持的文学理念和主张。例如与新文学“文学的国语，国语的文学”的白话创作理念相违背的旧体诗词、骈赋，均被排除在入选之列，而即使是已经属于白话文创作的通俗小说，例如鸳鸯蝴蝶派的创作，也没有出现在大系编选的行列。总之，《中国新文学大系（1917—1927）》从理论思想的梳理，到历史脉络的叙述，再到四种文体划分和具体作品的编选，都体现了新文学的创造者和参与者对于新文学的体悟和认知，以及对于新文学自身源流的梳理和选择，这对之后文学史的叙述和总结，有着深刻的影响。正如黄子平所说：“‘大系’所确立‘文学史’叙事原则，却深刻而久远地延续下来了：文学的进化史观及以‘十年’作为分期单元，文学史内容的‘理论、运动、作品’三大板块，小说、诗歌、散文、戏剧的‘四大文类’，等等。”① 可见，中国新文学谱系的基本系统和特征在《中国新文学大系（1917—1927）》的编撰时就初具雏形了。

从影响和效果来看，《中国新文学大系》的成功在于，一方面编选者们有着关于新文学相近的文学观念和价值追求，一方面又体现出各自不同的见解和喜好。这些喜好和追求之后，是胡适、鲁迅、周作人、郁达夫、朱自清等人对于新文学的历史价值、史学地位的深刻思考和理性判断。这种去粗取精又不求全责备的态度和方法，促成了《中国新文学大系》经典意义的形成，也使得我国的新文学在萌芽期就能够在绵延丰厚的中国文学史中找准自己的位置，建立起清晰的脉络和框架。

在《中国新文学大系》之前，尽管也出现过关于新文学的文学史，如谭正璧的《中国文学进化史》、朱自清的《中国新文学研究纲要》、王哲甫的《中国新文学运动史》等，但并未形成相对成熟的文学史体式和范例。《中国新文学大系》出现后，其所采用的三大板块（文学理论、文学运动、文学作品）、四大文体（小说、诗歌、散文、戏剧）的写作框架、所体现的文学史观念以及对于现代文学史分期的处理方法等，成为我国新文学史编写的典范。可以说，正是在新文学第一个十年《中国新文学大系》所奠

① 黄子平：《“新文学大系”与文学史》，载《上海文化》2010年第2期。

定的体例和观念的基础上，王瑶先生的《中国新文学史稿》，唐弢先生的《中国现代文学史》，钱理群、温儒敏、吴福辉的《中国现代文学三十年》等不同时代的文学史著作相继产生，新文学史的写作不断走向成熟。

第二节　阶级论与现代文学史

新民主主义革命时期，马列主义在中国迅速传播，阶级论开始被运用到文学的创作和研究之中。在以李大钊为代表的早期马克思主义者看来，人的意识活动领域同样存在着阶级和阶级斗争，文学和艺术创作同样具有阶级性。“革命文学”口号的提出，明确了文艺是阶级斗争的重要手段，并要求作家服从阶级斗争的需要，为阶级斗争摇旗呐喊。左联成立后，以鲁迅为代表的学者一定程度上纠正了“革命文学”对于文学的阶级斗争性的片面理解，并提出了无产阶级革命文学的新路线——文艺大众化，认为“只有通过大众化的路线，即实现了运动与组织的大众化，作品、批评以及其他一切的大众化，才能完成我们当前的反帝反国民党的苏维埃革命的任务，才能创造出真正的无产阶级革命文学”。[①] 1942年，毛泽东发表了著名的《在延安文艺座谈会上的讲话》，明确指出文艺的领导权属于无产阶级，文艺从属于政治，而这政治是阶级的政治、群众的政治，文艺应在普及和提高的基础上为普通大众服务，并对文艺工作者如何为人民服务做出具体的要求和指导。《在延安文艺座谈会上的讲话》不仅凸显了文艺的阶级性，而且强化了文学艺术在无产阶级革命事业中的重要作用。可以看出，由服从和服务于阶级斗争到服从和服务于政治斗争，《在延安文艺座谈会上的讲话》将文艺的政治功用进一步加强。至此，阶级论的文学观在我国形成了相对成熟的阐释系统。在文学史的编写中，越来越多的编写者有意识地采用阶级论作为认识中国新文学、中国文学乃至世界文学的指导思想，导致长达数十年的阶级论史学观的一统天下。就中国现代文学史的

① 《中国无产阶级革命文学的新任务——1931年11月中国左翼作家联盟执行委员会决议》，载《文学导报》第一卷，1931年第8期。

编写而言，“阶级论是现代文学史建构中有长期、深刻影响的阐释体系……这种阐释体系在1949年后，成为中国新文学史建构的指导思想，逐渐形成系统性的文学批评与研究方法”。①

中华人民共和国成立后，研究“五四”以来的新文学发展历程成为完善新民主主义革命史的一个重要环节。新文学史研究被纳入新的学术体制，显示出强烈的主流意识形态色彩。1950年5月，在教育部召开的高等教育会议上通过的《高等学校文法两学院各系课程草案》规定“中国新文学史”是各大学中文系主要的必修课程。其任务是“运用新观点、新方法，讲述自五四时代到现在的中国新文学的发展史，着重在各阶段的文艺思想斗争和其发展状况，以及散文、诗歌、戏剧、小说等著名作家和作品的评述”。② 现代文学研究真正从古典文学框架中独立出来，成为一门在大学中具有基础课地位的新学科。当时在清华大学任教的王瑶，本来从事的是中国古典文学研究，并著有名作《中古文学史论》。清华中文系实施教学改革后，王瑶被分配改教“新文学史”，开始着手编写教材《中国新文学史稿》。应该说，《中国新文学史稿》的成书有着鲜明的时代特点，无论是作为新民主主义革命史的一部分，还是作为新制度下大学课程的主要教材，它都必定要在学术思维上体现出来自政治规范和教学需求的双重制约。

1951年9月，王瑶的《中国新文学史稿（上）》由开明书店出版；下册于1953年8月由新文艺出版社出版。作为第一部完整的现代文学史专著，《中国新文学史稿》第一次将“五四”新文化运动为开端、到中华人民共和国成立（1917—1949年）这一段文学的变迁作为完整独立的形态，进行科学的、历史的、体系化的描述，奠基了现代文学作为一门学科的格局，达到了它所属时代最高的文学史研究水准。王瑶写作《中国新文学史稿》的基本观点是政治化的，但也在明晰、统一的叙述体例中显示出了自身的学术个性。

《中国新文学史稿》体系完整，规模宏大。全书计53万多字，论及作家300多位，作品近千部（篇），引证资料873次，涉及著作、文章约700部（篇）。所述史实之全，作家数量之多，作品之丰，均属空前。全书结

① 黄修己：《中国新文学史编纂史》，北京大学出版社，2007年版，第289页。
② 黄修己：《中国新文学史编纂史》，北京大学出版社，1995年版，第126页。

构严整，很有气势。分绪论和四编，另有附录“新中国成立以来的文艺活动（1949 年 10 月—1952 年 5 月）”。每编设章节，上下两册计 20 章 90 节。绪论设开始、性质、领导思想、分期四个问题，是全书之统领，立论依据均源于毛泽东《新民主主义论》关于文化革命问题的论述。《中国新文学史稿》将新文学划分为四个时期：新文学第一个十年（1917—1927），左联十年（1928—1937），抗战前期（1937—1942），延安文艺座谈会以后（1942—1949）。全书每期立一编，每编设五章，分别论述文学运动、诗歌、小说、戏剧、散文的情况。《中国新文学史稿》以四个阶段的时代顺序为经，以文体发展为纬，先总论后分论，史著体系较为完整。这种文体分类体例与朱自清的《中国新文学研究纲要》有明显的师承关系。①

《中国新文学史稿》采用客观、严谨的治史方法，多描述、少判断、重证据，注意多方搜集、引证相关的第一手资料。《中国新文学史稿》收录史料极丰，800 多次征引，其中小字引文近 30 万字，大字引文 43000 字，共计引文 33 万余字，占全书的 62. 5%。在内容上，史稿运用历史唯物主义的观点分析现代中国历史上的一切重大文学现象，在以革命理论为制史思想的基础上，突出了《在延安文艺座谈会上的讲话》的历史地位和指导作用。《中国新文学史稿》高度重视《在延安文艺座谈会上的讲话》以及在其影响之下出现的一大批新型的作家和作品，并以《在延安文艺座谈会上的讲话》作为文学史分期的一个标志，这一范例在当时是一个突破。在以后的文学史著作中也多被沿袭。该书对无产阶级和无产阶级影响下的小资产阶级民主主义文学进行了充分的评述，对资产阶级民主主义文学也做出了相对客观的评价，对作家作品的评论注重历史的具体的分析。如对于胡适，书中既介绍他作为文学革命发难者所起过的积极作用，又指出其改良主义的局限性；既肯定《尝试集》“是中国的第一部新诗集”，胡适早年甚至“曾经有过一点‘尝试’的进步思想”，同时又揭示他最终作为右翼知识分子向封建文化妥协的过程。《中国新文学史稿》不但着重评价了大作家，而且评价了中、小作家，不但充分肯定了革命作家、民主作家，而且给予对新文学有一定贡献但思想倾向有所不同的作家一定的地位。全书所论列的作家达 350 余人，在迄今出版的所有现代文学史中仍是

① 载于《文艺论丛》第 14 辑，上海文艺出版社，1982 年版。

涉及作家量最多的一个。《中国新文学史稿》比较注重考察文学现象的历史联系，把作家作品作为一种文学现象，考察它广泛的、纵的和横的历史联系，看它如何受制于政治、经济、社会等外在因素的影响，与中外传统的文学成果有哪些联系，对于当代和后代文学起过什么作用，等等，从而判断其历史地位与价值。如对于20世纪20年代中期出现的“乡土作家群”，该书详细探索了出现这一作家群的具体社会原因，分析了作家之间在创作上的相似与相异之处，以及其在创作手法上所受到鲁迅的影响等。这种写法，能使读者对流派的历史联系和面目有相对完整的认识，产生“史”的概念。

《中国新文学史稿》按文体来安排章节，每一编都先用一章对这一时期的社会历史背景、文学思潮、社团、论争等作总的概述，然后以诗歌、小说、戏剧、散文等文体分章论述，介绍各种不同流派、倾向的作家和作品。《中国新文学史稿》很注重艺术分析，力求以简洁的语言对各个作家创作的主要风格特征作出准确的概括。其中时有对前人精辟评论的引述，但又有作者自己的思考、自己的声音。言简意赅的评点中显示出王瑶先生敏锐的艺术感知力。

王瑶曾回忆说，《中国新文学史稿》的基本认识与写法，本来也与其“撰于民主革命获得完全胜利之际”有关，反映了“浸沉于当时的欢乐气氛中”一个要求进步的知识分子“在那时的观点”，“深深地刻着时代的烙印”。[①] 基于这样的时代背景，《中国新文学史稿》显示出政治话语和学术话语并存交织的特点。书中不少地方直接引用毛泽东语录，在论述政治背景、文学论争、文学运动时，政治话语成分较为明显。可贵的是，在政治话语的挤压下，学术话语仍然占据了显著位置。尤其是在评析具体作品时，作者往往情不自禁地抛弃政治外衣，显现学术上的真我风采，在小心谨慎之中时时流露出精当独到的妙语。总之，王瑶写作《中国新文学史稿》有较强的政治诉求，自觉遵循主流话语关于历史叙述的原则和方法，既希望把文学史写成革命史的一部分，又努力在政治天地中开拓学术空间，进行艰难的学术跋涉，建立新文学学术规范。《中国新文学史稿》因而显示出复杂的面貌。尽管如此，《中国新文学史稿》即使是在今天的同

① 王瑶：《〈中国新文学史稿〉重版后记》，载《中国新文学史稿》下册，上海文艺出版社，1982年版，第782—783页。

类书籍中，也还是一部比较有史识、有史笔，又有个性特色的文学史专著。其在文学史研究中的开创、奠基地位仍是无可取代的。

50年代初期到中期，现代文学研究成果多以文学史教科书的形式出现。当时的文学史书写一般注重从宏观的角度勾勒新文学发展的轮廓，力图以大部头的内容体现出新思想、新方法指导下的研究成果。并且，在以苏联为师的年代，新文学史的书写也表现出对苏联的学习和模仿。苏联权威的理论家日丹诺夫、毕达可夫（从1954年初开始，在北大长期讲学）关于社会主义现实主义的论著，季莫维耶夫的《苏联文学史》等，都成为我国文学史研究者普遍利用的理论资源。这种情况下，教义式的写作姿态，新理论的“政治嵌入式”的搬用，“苏联模式”的影响，都构成文学史的“生产方式”，培植和影响着刚刚诞生的现代文学学科的学术质量和学科“性格”。

在王瑶的《中国新文学史稿》之外，能够体现出50年代前期学科研究水平的文学史著作还有张毕来的《新文学史纲（第一卷）》（1955年作家出版社出版）和刘绶松的《中国新文学史初稿》。《新文学史纲》是根据张毕来的讲义修改而成，主要讲述了新文学史的“第一期”的内容（1918—1928）。该书的新文学“第一期”大致相当于“第一个十年”，但又将这一时期细分为“五四”时期和“第一次国内革命战争前后”，其中“五四”为重点。《新文学史纲》的指导思想也是毛泽东的《新民主主义论》，史观和框架也体现出苏联模式的影响，但作者并不简单套用既定理论，而是用分析的眼光考察历史现象，努力做到论从史出。

《新文学史纲》在处理政治与经济背景时，注重分析这一时期的文化思想发展特征，强调文化思潮的变化给文学带来的变化。这种观点较之当时流行的“决定论”，显得更有深度。《新文学史纲》对于新文学的性质有着独特的认识，在史料分析的基础上，作者认为“五四”前夕以“新青年”为代表的文化思想在“本质上”是资产阶级的，“五四”之后文学运动本身的性质“在相当大的程度上可以理解为新民主主义文学运动”。这种观点，在当时是与众不同的。《新文学史纲》也是在新民主主义政治史的框架中构建文学史，但又时常显示出作者独立清醒的思考，用一些比较过硬的材料去纠正“通识”中的偏颇，并对“指导思想”具体应用的“度”也作出某些调整。例如，在评说20年代后期许多小资产阶级作家向无产阶级方向“转向”这一文学史现象时，张毕来没有笼统地歌赞“转向”皆好，而是实事求是地指出“革命作家”创作中的“主观主义”等弊病。这种论从史出的做法，使得《新文学史纲》比当时同类著作显得更有材料，有识见。

由于来自课堂讲义，《新文学史纲》带有明显的讲稿特点，“论”的成分比较重，重点作家作品的评介（如鲁迅、郭沫若）很充分，但论及面较窄，结构畸重畸轻，不够匀称。这是一部比较放得开，力图独立思考的著作。书中所透露的50年代特定的时代氛围，以及流行的“苏联模式”如何影响与制约了文学史写作，作者在哪些方面又体现出要摆脱那种制约的企图等内容，使我们从一个侧面看到作者在新思想、新方法的指导中力图保持谨慎的独立思考的努力。

同期，另有一部文学史比王瑶、张毕来的文学史有着更大的实际影响，它就是刘绶松的《中国新文学史初稿》。该书是在王瑶的《中国新文学史稿》被批判之后，以更为“正统”的姿态出现的一部大学教材。在50年代注重政治表态和理论指导的环境下，《中国新文学史初稿》将“表态”上升为明确的政治立场和适合操作的写作套式。该书有着鲜明的阶级论特点，在“绪论”中即宣言研究新文学史必须具备的几个观念：一是“划清敌我界限”，凡是“为人民的作家”“革命作家”，就给予主要的地位和篇幅，凡是“反人民的作家”，就无情地揭露和批判；二是分别主从，即突出“社会主义现实主义”的主流；三是把对鲁迅的研究提到“首要地位”上来。由于文学界批判王瑶的《中国新文学史稿》的主要依据是认为其“敌我不分”“主从不分”，所以刘绶松的《中国新文学史初稿》明显表现出了对王瑶等史作的超越意图，力图将这部书更加政治化，更能显现新文学发展作为阶级斗争历史的“规律”，也更加富于战斗性、批判性与排他性。作者以阶级论政治定性的方法来看待中国新文学的发展，将新文学的性质界定为：“五四时期的文学革命，是以反对帝国主义和封建主义、大众化的最初倾向和现实主义的精神为其主要内容的；同时，由于文学革命是受了俄国十月革命和马克思列宁主义思想的伟大影响和推动，又是在具有共产主义思想知识分子的领导之下发生和发展的，所以，从五四时期起，我们的新文学不能不具有着社会主义现实主义的因素，而且还是沿着社会主义现实主义的方向继续向前发展的。”[①]《中国新文学史初稿》按照政治历史事件的发展将新文学史划分为五个时期：一、“五四”运动时期的文学（1917—1921）；二、第一次国内革命战争时期的文学（1921—1927）；三、第二次国内革命战争时期的文学（1927—1937）；四、抗日战争时期的文学（1937—1945）；五、第三次国内革命战争时期的文学（1945—1949）。在体制上，该书“按文体分章，按文学史发展时期分编”，采用“三段式叙述架构”：先用较多篇幅进行形势分析，以揭示政治变动如何引起文学运动，突出两者之间的必然联系；然后对每个时期的文学论争进行详细评介，如第三编对“新月派”“民族主义文学”“第三种人”的论述，第四编在介绍毛泽东《在延安文艺座谈会上的讲话》外，对“民族形式”、胡风“主观论”等的介绍和批判；最后是按诗歌、小说、戏剧、散文等文体进行具体评述。对于作家作品的评析，该书更侧重于政治性的标准，在阶级分析的视角中按作家的政治态度分类，凡是在现实政治生活中被定性为“反动的”，不管其曾经对于新文学建设有何贡献，均被否定或被降低在文学史中的地位，其中最典型的就是对胡适的评价。另外，“社会主义现实主义”被作为主线，勾连起1917—1949年的文学发展脉络，革命功利标准被用来衡量不同时期的作家作品和文学现象。总之，在这部文学史中，文学的个性和审美因素在严格的政治化标准中被淡化忽略，研究者在拘谨、僵硬的思维模式中放弃了具有学术个性和眼光的探索，整部内容呈现出浓厚的政治化色彩。比之张毕来的文学史，刘绶松的《中国新文学史初稿》因为初步建立了一套能强使一切文学史因果解释最终归入政治的概念系统，而显得更加完整和自成一体。这就使该书的教义性与宣传性大为突出，也易于操作，易于推广，所以对后来（主要是50年代后期到60年代）的新文学研究影响更大。不仅当年一版再版，直到1979年仍是“高教部委托出版的高校文学教材之一”。1958年“大跃进”之后，文学史写作越发转向“集体编著”的“生产”方式，许多现代文学史的基本格式和概念都是取法于刘绶松这本《中国新文学史初稿》。

从王瑶的《中国新文学史稿》到刘绶松的《中国新文学史初稿》，文学性逐渐减少，政治性日益增强，在阶级论的影响下，文学史写作最终形

① 刘绶松：《中国新文学史初稿》（上卷），北京：作家出版社，1956年版，第67—68页。

成一套“正统”的规范程式。从学术史的层面上看，这几部史著在推进现代文学这一学科的建立，并将现代文学研究与教学结合方面，都作出了自己的贡献；但又都程度不同地受到苏联当时“正统”的文学史观念的影响，用阶级分析方法考察文学历史现象，表现出浓厚的政治化色彩。并且，中华人民共和国成立初期的知识分子多是在一种真诚的热情中希望用新方法、新思想对新文学史进行研究，论著中能更多地体现出马克思主义新眼光、新角度，也是学术上先进性、革命性的表现。所以，在特有的时代氛围中，他们迅速变换自己的立足点和概念体系，力图站在一个新的思想高度去理解新文学的发展变化。在自觉的学术上的求新追求中，他们写作了富有时代气息的文学史著作。但由于对马克思主义的了解还不够深入，又较多受到苏联僵化的治史模式的影响，这几部史著都有着以阶级论代替文学判断、以革命思想定性新文学性质、以革命历史事件分割文学发展分期、生搬硬套马列用语等弊病。在同时代的政治氛围中，人们更多地看到其中所体现出的进步意义和积极影响。现在看来，这类史著中以论代史、集体话语压制个性思考、政治评价代替文学评析等弊端非常明显。总之，这几部史著，尽管有着各种不尽如人意，但都以自己的优势和特点参与了中国新文学研究，并在自己所属的时代取得了较高的成就，促进了中国现代文学学科的建设和发展。或者说，它们在相近的史观和话语方式中共同建构了一种新的知识体系，在新的学术生产机制中发生着实际的影响，影响着人们对文学的理解，影响着人们的阅读方式，奠定了新文学史书写的基础，更影响了很长一段时期的文学史书写。

“双百”期间，高教部组织全国学者编纂文科高校教材，中国现代文学史作为中国文学史课程的最后一部分，由王瑶、刘绶松负责编写。后因“反右”斗争的爆发，教材编写停止，只留下了一部《中国文学史教学大纲》。与1950年的《中国现代文学史教学大纲》相比，这部大纲不仅对各学科的内容作了较详细的框定（仅现代文学部分就达三万二千字），而且指出了扭转研究风气的必要性。该大纲注重对新文学与外国文学、中国古代文学的渊源关系的介绍，并规定讲课中要说明“五四”新文化运动对文学遗产的评价，对民间文学的重视等内容。同时，这部大纲强调了毛泽东文艺思想的领导作用，体现出鲜明的时代特点。“大跃进”开始后，受民众为骨干、人多力量大等思想的影响，我国出现了一些师生合编的文学史，如复旦大学的《中国现代文学史》、吉林大学的《中国现代文学史》、贵州师院的《中国现代文学史》等，其中的政治性倾向和标准十分明显。60 年代初期，中国人民大学师生合编的《中国现代文学史》体现出文艺界纠“左”的倾向和努力，在时代烙印之中显示出与之前的合编文学史迥然不同的面貌。“文化大革命”开始后，现代文学史研究基本停滞。

中华人民共和国成立后，中国社会的“整个性质”已转变为“社会主义”的，随之也必然出现新的性质的文学形态。为突现不同时期的文学的各自性质，“新文学”逐渐被“现代文学”取代。这种概念的转换，为 1949 年以后的文学的命名留出位置。50 年代后期，“当代文学”作为与“现代文学”相衔接和相区别的文学分期概念被正式提出。这一概念的提出，不仅是时间的划分，而且对于现阶段和未来文学的性质有着潜在的预设。当代文学的社会主义性质，在当代文学史的写作中延续多年。尽管对“现代文学”和“当代文学”的两分法，一直存在着质疑，但从 50—70 年代末，“当代文学”的概念还是得到了广泛的运用。

1959 年，北大中文系部分青年教师与 55 级学生联合编印的《中国现代文学史・当代部分纲要》，具有深远的当代文学史学科启蒙意义。60 年代，中国当代文学史系统化的建构展开。由山东大学中文系、华东师范学院中文系、中国社会科学院文学研究所三家院所，分别编写出版了中国当代文学史著作，即山东大学中文系编写的《中国当代文学史（上、下册）》（山东人民出版社 1960 年出版）、华东师范学院中文系编写的《中国当代文学史稿》（科学出版社 1962 年出版）、中国社会科学院文学研究所编写的《十年来的新中国文学》（作家出版社 1963 年出版）。这是我国出现的第一批当代文学史。这些集体写作的当代文学史，及时总结了新中国成立后第一个十年的文学形貌和历史轨迹，提供了中国当代文学史的新观念、新模式，确立了文学史研究的“教科书意识”。同时，由于时代环境的局限，这些史著也体现出鲜明的意识形态色彩。并且，由于文学史的写作时间和文学发生的时间相隔较近，很多文学现象未能经过时间的沉淀，此期的当代史还不能够站在一个较为客观的立场全面观察和表达对当代文学的理解，因而此期的当代史更多是满足了教学和教材的需要。更具学理性、系统性的当代文学史，是在 70 年代后才出现的。

第三节　实践论与现代文学史

“文化大革命”结束后，党的文艺政策进行了重大调整。1977 年，在关于“实践是检验真理的唯一标准”的大讨论中，《文艺报》等期刊开设专栏，发表了茅盾的《作家如何理解实践是检验真理的唯一标准》、巴金的《要有个艺术民主的局面》和刘晓江的《实践与文艺批评》等文章。《文学评论》第 6 期也发表了周柯的《文艺批评与双百方针》、辛宇的《要按艺术规律办事》、蔡仪的《实践也是检验艺术美的唯一标准》等文章。1979 年，全国第四次文代会召开。会议反思了以往文艺政策的失误，提出思想解放的指导思想，指出实践也是检验艺术美的唯一标准。1980 年，《人民日报》发表社论，确立了文艺为人民服务、为社会主义服务的“双为”方针。

在新的时代背景中，中国现代文学研究得以恢复并迅猛发展起来。1979 年底，中国现代文学研究会成立，现代文学研究走上规范化、组织化的道路。文学史研究也进入了新的历史阶段，希望通过新史著的编写从宏观体系上恢复现代文学史的原貌。在新的时代氛围中，实事求是的研究精神得到肯定，学术问题得到深入探究。仅从 1978 年至 1980 年，全国就出现了 20 多部现代文学史。其中，曾因“文化大革命”中断而在新时期再度开始编写的唐弢的《中国现代文学史》影响最大。

《中国现代文学史》是 60 年代初“调整”时期由周扬主持组织编写的全国文科教材之一，当时的教材编写组主编是唐弢；编写组曾因“文化大革命”而中断，70 年代后期又恢复并重组，由严家炎代行主编之职。1979 年，三卷本全部出齐。这套史著，一方面针对 50 年代后期的激进文学标准做了调整和矫正，最大限度地将不同文学史现象包容进来；另一方面，仍然依照《新民主主义论》的基本历史叙述，突出强调现代文学的“新民主主义”特性。所以应该说，这是一部过渡性的作品。

这部文学史以丰富广博的史料做支撑，以革命文学、进步文学为主，兼及其他作家作品，试图将文学放在广阔的社会时空中进行观照，力求展现中国现代文学多彩的全貌。因而，从政治经济到文化思想，无不涉及，形成“大百科全书”式的宏阔之势。该书囊括作家五百多名，一些曾较少被提及的作家作品，如象征派诗人李金发，京派作家萧乾、芦焚，以及张恨水、邵子南、邹荻帆、李劼人、李健吾等，都在书中出现。同时，这部文学史还收入了少数民族的文学创作，对蒙古族的纳·赛音朝克、维吾尔族的黎穆塔里夫等著名少数民族作家都有相应的论述。这在当时十分难得。唐本对现代文学史的定性作了新的尝试，认为：“现代文学，作为中国现代的阶级关系在文学上的反映，包含的成分也是复杂多样的。”“新起的白话文学本身，并不是单一的产物；它是文学上无产阶级、革命小资产阶级和资产阶级三种不同力量在新时期实行联合的结果。”“此外，在整个新民主主义时期也还有若干其他文学成分。”“在这多种复杂的文学成分中，居于主导地位，占绝对优势的并获得巨大成就的，则是无产阶级领导的、人民大众的、反帝反封建的文学，亦即新民主主义性质的文学。”它“保证了我国现代文学具有前所未有的崭新性质”。①

对于文学史向来关注的文艺思想斗争和文艺运动，唐本进行了较切史实的甄别和辨析。如：关于胡风的主观论问题，该文学史在指出其消极方面之后，指出“反过来，后来却把胡风等人在这次讨论中发表的文章一律当做反动的文艺思想加以批判，从根本上混淆了思想理论问题与政治问题的界线，从而产生了严重的后果，使不少文艺工作者误把提倡现实主义道路视为危途，影响了现实主义传统的继承和发扬”。② 这种话语在胡风问题还未彻底解决的 1979 年，是需要极大的勇气的。

在体例上，唐本以作家统领作品，在文学史与作品之间建构起一架桥梁，增加了史的有序性，但也多少简化了史的内容。如一个“鲁迅”即统摄了许多纷然杂陈的作品，而由于某一作家的作品确实具有某些共同性，所以也可以作为一种概括作品的科学方法。其缺陷在于，只注重单个作家的独立完整性，看不到作家间的联系，作品也仅成为作家的注解。不过，唐本在排列了大作家之后又以文学社团流派来组织作家，这应该说是一种进步，但仍存在一些缺憾。像将巴金、老舍、曹禺归于一章，而将蒋光

① 唐弢：《中国现代文学史·绪论》，人民文学出版社，1979 年版。

② 唐弢：《中国现代文学史》（三），人民文学出版社，1979 年版，第 413 页。

慈、柔石、胡也频、殷夫等归为另一章，仍是革命作家、进步作家的分法，未能具体论及其风格的差异，或者说，未能真正回到文学自身。对于单个作家的论述，唐本提供了一种典范，即思想性与艺术性统一的原则。这种模式，在当时有着纠正之前文学史“重内容、轻艺术”的错误做法的作用。在方式和语言上，唐本注重文学历史过程的介绍，如在述及文学革命时，该书以大量篇幅说明了其发生原因、时间、主要刊物、重要文章等，在一种相对开阔的历史视野中进行关于文学发展的描述。

“文化大革命”结束后，为清除四人帮的功利主义、实用主义研究方法的危害，实证主义史观和研究方法引起了学术界的关注，“客观再现历史”“恢复历史的本来面目”成了史学研究不旨而喻的追求目标。据唐弢回忆，《中国现代文学史》编写组在编写时确定了以下几个原则：“（1）采用第一手材料，反对人云亦云。作品要查最初发表的期刊，至少也应依据初版或者早期的印本。（2）期刊往往登有关于同一问题的其他文章，自应充分利用。文学史写的是历史衍变的脉络，只有掌握时代的横的面貌，才能写出历史的纵的发展。（3）尽量吸收学术界已有的研究成果。个人见解即使精辟，没有得到公众承认之前，暂时不写入书内。（4）复述作品内容，力求简明扼要，既不违背原意，又忌冗长拖沓，这在文学史写作者是一种艺术的再创造。（5）文学史采取‘春秋笔法’，褒贬从叙述中流露出来。”① 在这种持重、求实、稳妥的治史态度之下，《中国现代文学史》力求以相对客观冷静的视角对现代文学发展进行科学的叙述，在当时起到了拨乱反正的作用。但由于其所依据的仍然是新民主主义革命论，仍是在阶级分析的框架中重构中国现代文学史的格局，所以也体现出了明显的过渡性特点。其中的不足，在压缩本《中国现代文学史简编》（人民文学出版社 1984 年出版）得到弥补。《简编》最突出的贡献在于：强调了把中国现代文学史的隶属从“革命”向“现代”转移。这一观点为 20 世纪 80 年代中后期中国现代文学史编纂理念的转型埋下了伏笔。

在唐弢主编的《中国现代文学史》出版之际，多部集体编写的现代文学史先后问世。其中，北京大学、南京大学等九所高等院校合编的《中国现代文学史》，田仲济、孙昌熙主编的《中国现代文学史》，林志浩主编的

① 唐弢：《求实集·序》，北京大学出版社，1983 年版，第 1 页。

《中国现代文学史》，中南七院校合编的《中国现代文学史》等，较为引人注目。如此众多的文学史，使得我国现代文学研究出现了可喜的景象。这些文学史较为重视创作方法问题，如：中南本在“绪论（四）”，人大本在“绪论（五）”，山东本在“绪论（二）”中，都对创作方法予以专题论述。在章节安排上，大都承继了“文化大革命”前的模式，主要线索仍是文学思想斗争和文艺运动，作家作品的排列略显杂乱。由于产生于相同的时代背景，又都是为着同一目的（高校教材）而出，其中的编纂理念、体例甚至具体的评价标准都与“唐弢本”大致相同，而总体水平未能超越唐弢本，但在满足全国各类高校教学的急需、恢复历史的本来面貌等方面，起到了一定的积极作用。

1983 年 5 月，《文艺报》编辑部召开了“现代文学研究座谈会”，唐弢、王瑶、严家炎、樊骏、冯牧等学者参加。会议肯定了改革开放后中国现当代文学研究取得的成就，并对今后的文学史研究做出要求：（1）正确评价左翼文艺运动的地位和作用；（2）对于作家作品评价要坚持历史唯物主义的观点；（3）科学地分析和评价历史上的文艺思想的论争；（4）正确看待文学与政治的关系。与会专家着重讨论了中国现代文学研究的内容和范围的问题。唐弢认为：“现代文学”这个概念不光是时间概念。“现代文学应当是指在近代思想、近代文明影响下的，有时代精神的，有现代意义的‘新文学’，是在同旧文学、同鸳鸯蝴蝶派的斗争中产生的。”王瑶指出：“研究现代文学史的人不能眼中只有‘五四’以后的三十年。”

冯牧建议把新中国成立前的三十年称为新民主主义时期的现代文学，把新中国成立后的三十年称为社会主义时期的现代文学，这样既在总体上把“现代文学”与“当代文学”一体化，又兼顾其特点。[①] 关于现代文学的性质和现代文学史新的研究视角及研究格局等问题，在这一时期已初露端倪。80 年代初期，在关于“如何开创中国现代文学研究和教学的新局面”的讨论中，注重文学发展的整体性、扩大研究视野、提倡多侧面多角度研究和比较研究、强调吸取西方研究成果等观点，被较为集中地提出。在这种前提下，研究者提出了“文学现代化”的概念，而“这个概念的提

① 中国社会科学院文学研究所编：《中国文学研究年鉴（1984）》，北京：中国文联出版公司，1985 年版。

出，是现代文学研究工作的又一次思想解放，它使我们研究工作的着重点由注重现代文学与新民主主义革命时期其他意识形态的共性转向了现代文学自身的个性”。[①] 在此基础上，“现代文学史”学科性质被重新确定：“现代文学史作为一门学科，它既属于文艺科学，又属于历史科学，它素有文艺学和历史学两个方面的性质和特征。”这是对长期存在的“以政治鉴定代替文学评价的庸俗社会学倾向的一个否定，并由此明确了文学史应该以创作成果为主要研究对象”，在思想与艺术相统一的标准下结合作品的质量和数量来评判一个作家的历史地位。[②] 这种史学观点的转变，使中国现代文学的研究建立了一种符合文学特性的美学标准，强调了我国现代文学的世界性意义和民族性特征。

在这样的研究氛围中，我国出现了以黄修己《中国现代文学简史》为代表的一批新的中国现代文学史著，显示出文学史写作的创新努力。作为中断了二十多年后的第一本专家专著史，《中国现代文学简史》有着实质性的突破：在体例上，其在按历史时期划分章节的框架内对文艺运动、创作流派、文体的发展变化进行了综合评述，改变了以往文学史的某些共有缺陷；在内容和观点上，该书压缩或删节了以往文学史书写中大量存在的非文学因素，如社会形势、政治背景、思想论争等，表现出政治性减弱、学术性增强的特点。对于文学史分期，《中国现代文学简史》依据文学自身的成长周期，以 1921 年为界，将新文学分为发生期和发展期，将 1937 年以后的文学史分为国统区和解放区，并指出解放区文学可以以 1942 年毛泽东《在延安文艺座谈会上的讲话》的发表为界分为两个时期，国统区文学应以 1941 年皖南事变为界分为两个时期。这种观点顾及了文学自身的发展特点，提出一种新的史观，即文学如其他历史现象一样，具有生命般的发生、发展、衰落、转换过程，被后来不少文学史沿用。对作家作品进行评论时，《中国现代文学简史》注重其思想性和艺术性的结合，精彩的理论性概括和新鲜的艺术感受相得益彰。此外，《中国现代文学简史》采用了宏观整体研究的方法。如：在论及贯穿中国现代文学三十年的象征诗派时，《中国现代文学简史》则以宏观的视野，叙述了象征诗派三十多年的

① 王瑶：《中国现代文学研究的历史和现状》，载《华中师范大学学报》1985 年第 4 期。
② 同上。

发展历史，揭示了20年代的李金发、穆木天、冯乃超，30年代的戴望舒和40年代后半期出现的“九叶诗派”之间的“历史的承接关系”。这种整体性描述的治史视角，在后来的陈思和的《中国新文学整体观》、钱理群等人的《二十世纪中国文学三人谈》都有所体现。《中国现代文学简史》擅长将不同作家、不同社团流派甚至同一个作家的不同创作时期进行比较，既能从整体上加深对某一文学现象的认识，又能从个性特征上把握其主要特色和主要贡献。最后，《中国现代文学简史》在一定程度上超越了以往的政治视角，力求在广泛的社会历史背景中探究文学现象，相对客观地评价了鲁迅、郭沫若、艾青等创作思想和形态都较为复杂的作家，解析出其作品中的多重含义。《中国现代文学简史》的不足之处在于，未能完全从文化、哲学、伦理、宗教等多种历史视角中审视文学现象，对某些作家作品，如沈从文、林语堂等作家，评价得还相对保守，对于现代派创作的评价也有所欠妥。《中国现代文学简史》侧重于对文学现象的完整表达，甚至因此不惜牺牲掉对作家创作完整性的描述，使得对于作家的论述过于分散，不利于从整体上把握作家的创作特点。1988年，作者将《中国现代文学简史》修改后更名为《中国现代文学发展史》，所论述作家的数量减少，但在“突出文学现象的前提下，也尽可能集中地叙述作家，使他们的形象更完整些”。① 在观点上，《中国现代文学发展史》提出了对于中国现代文学研究的新认识，改变了以往的叙述俗套，从三个方面对现代文学发展进行概括性阐述：一、始于思想革命，在政治革命中发展；二、与世界文学潮流汇合；三、沿着回旋的路线向上运动。内容上，《中国现代文学发展史》力求在新的视点中挖掘出新意，并兼顾重点和完整性的统一。语言风格上，《中国现代文学发展史》在客观、平静的叙述中对纷繁的文本去芜存菁，既委婉地展现了作者自己的态度和立场，又体现了“史家应有的客观态度”。

黄修己的《中国现代文学简史》出版后，各种教材性的简编本蜂拥而出，我国出现了一个编纂简史的浪潮。其原因在于，一方面，80年代后各种电大、函授等非普通大学教育迫切需要这种简明扼要的教材；另一方面，此前的文学史为恢复文学的本来面目，多以大量史料做支撑，使得史

① 黄修己：《中国现代文学发展史·序》，中国青年出版社，1988年版。

著内容过于庞杂，简编本的短小精悍使人耳目一新。当然，1986 年教育体制改革后，简编本就不再适用了。内容上，这批简编本裁减了对文艺思想斗争、文艺运动的描述，缩小了文学史关注的横向范围，增加了文学作品的比重。体例上，这批简编本注重史的轮廓，加强历史整体性的描述，既做到了集中、连贯地叙述现代文学的发展状况，又做到了完整、系统地论述作家作品，进行了相对完整的文学史叙述。其中，颜雄等主编的《简明中国现代文学史》较有特色。其以文学运动、小说、诗歌、散文、戏剧分编，兼具内容的系统性和完整性，线索清晰，内容翔实。总之，简史浪潮的出现，反映了现代文学史编纂体例的创新，尽管在内容上，这批简史大多并不尽如人意，但也在一定程度上反映了 80 年代中期现代文学研究的成绩。

当代文学史的编纂，在停滞了十三年后，于 70 年代末期出现了可喜的进展。1978 年，林曼叔等编写的《中国当代文学史稿（大陆部分）》由法国第七大学东亚出版中心出版。这部史著的出现，使得停滞了十三年的当代文学研究得以继续。由于作者身在香港，受到当时中法交流的多种限制，能得到的资料相对不够全面。但也由于作者在时间和空间上拉开了与我国当代文学的距离，恰恰能在政治约束之外的冷静、客观的立场和视角中，观察当代文学发展历程，评析当代文学各种现象。这就使得《中国当代文学史稿》在内容和风格上，都表现出迥异于国内学者写作的文学史。

《中国当代文学史稿》于 1977 年完稿，1978 年在法国出版，“被认为是第一部非大陆本土学者编纂的用中文书写的中国内地当代文学史”。据林曼叔本人回忆，“这部书写于大陆文化大革命时期。在那狂飙的年代，为挽救历史而执笔的。”在强烈的历史使命感中，《中国当代文学史稿》不追求宏大的历史叙事，而是力求“客观地全面地从作品本身的文学价值去加以论述”，以隔海相望的眼光关注“政治对文艺创作的压迫空前强大”的时代里，中国的作家“为中国文学的发展百折不挠的斗争以及他们艰辛的艺术劳动”。[①] 作者林曼叔有着香港、法国生活、学习的多重文化背景，这成就了他写作《中国当代文学史稿》的独特的文学立场和观察视角。

① ［法］林曼叔、海枫、程海：《中国当代文学史稿（大陆部分 1949—1965）·后记》，巴黎第七大学东亚出版中心，1978 年版，第 455 页。

《中国当代文学史稿》也因此体现出既不同于中华人民共和国成立后的大陆史著书写，又不同于法国本土的中国当代文学史的书写特点。对于“十七年”时期的文学，该书不同于多数大陆文学史强调政治对于文学的扼杀，而是通过对于这一时期大陆出版的文学刊物的搜集整理，关注在艰辛的年代中作家是如何“坚强地承担着这个时期的文学职责，使中国文学仍能在恶劣的气候下得以生存着、继续着”。[①] 在这样的文学关怀中，著者以积极的眼光发现作家的努力，探讨文学的生命力。《中国当代文学史稿》将“十七年”的文学现象放到历史的长河中去考量，分析具体的作家作品时，注意到了社会政治原因，但更强调的是文学发展的内部原因——文学创作自身的特点和局限。该书以元代为例，指出即使是在政治高压的年代中，元代一样产生了优秀的文艺作品，因而认为文学作品的优劣更多地取决于作家对于创作本身的理解和努力。《中国当代文学史稿》肯定文学创作的个体性，认为文学的成就主要取决于“作家本人”，“任何思想理论指导，对于作家创作成功一部作品来说，都只能起着次要辅助作用。”[②] 作者认为，创作个体是创作活动的中心，作家的才能、修养及其在创作过程中“自觉或不自觉地突破其世界观的局限”的能力是考量文学价值的标准。在这一史观的主导下，《中国新文学史稿》尤其展现了文艺理论家的探索和努力，不仅以自己的视角描述了文艺界的整风运动和理论论争，而且详尽介绍了胡风的文艺思想、冯雪峰的反对机械论的观点、陈涌对文艺上庸俗社会学论者的批判、秦兆阳的“现实主义广阔道路论”、巴人的人性论、李何林的唯真实论、周谷城的“时代精神汇合论”等美学思想。可贵的是，其中的一些观点和思想，在此后通行的文学史中也难得再见，《中国当代文学史稿》在大量的文论、史料的支撑中，客观展现了这一时期文艺理论中存在着的反政治性、重人性、重文学自身规律的一面。在具体的分析中，《中国当代文学史稿》以独具特色的眼光积极发现作家精神上的突破和作品中的闪光之处，认为此期虽然没有出现期望中的天才作家，但“并非完全没有结果”，“作家以他们的努力写下了一些在艺术上、在生动内容上都显得不俗的作品，在不同程度上闪耀着现实主义的光辉”。此外，

① ［法］林曼叔、海枫、程海：《中国当代文学史稿（大陆部分 1949—1965）》，巴黎第七大学东亚出版中心，1978 年版，第 4 页。

② 同上书，第 5—6 页。

《中国当代文学史稿》注重作品的阅读，不因作家本人鲜明的政治倾向而忽略对其作品的具体分析，选录作品时以体现人性的矛盾，具有民族性、开放性的作品为主，对于已经有了定论的作家作品进行了富有新意的定位和解读，对于当时尚未得到应有评价的青年作家如陆文夫等进行了富有预见性的判断。在分类上，《中国当代文学史稿》将“儿童文学”和“少数民族文学”纳入当代文学史的视野。该书以丰富的文本资料为支撑，详尽介绍了这一时期不同文类的儿童文学——小说、童话、散文、诗歌和科学文艺，梳理了儿童文学从“五四”时期起的发展脉络，既富史料价值，又从一个侧面展现了其发展的连续性。《中国当代文学史稿》不仅对少数民族文学刊物及以汉语写作的少数民族作家作品进行了介绍，而且对一些少数民族语言版的刊物和不通汉语的作家也进行了介绍，这在当代文学史的书写中是极为少见的。另外，《中国当代文学史稿》出现了“海洋文学”“描绘边疆风貌的小说”等分类，虽然所占比重不大，但这样的视角也为当前出现的地域文学、生态文学、景观文学等文类的研究提供了史料。最后，《中国当代文学史稿》注意探讨同一文类中的历史关系，如在提到田汉的历史剧《谢瑶环》时，就探讨了其与陕西碗碗腔的老本《女巡按》及孟超的昆曲《李慧娘》与明代周朝俊的《红梅记》之间的渊源和承继。这样的思路，有助于在相对开阔的视野中探讨文类间的影响和渗透，对于其他当代文学史的书写，也有着启发意义。

总之，《中国当代文学史稿》以开放的视野和独特的史观，展示了中国当代文学史上最具争议的一段文学发展史。著者站在海外的立场，反观政治环境相对紧张时期文学发展的真实状态，既不回避现实政治环境的消极影响，又始终以作家主体和文本自身为主要观照对象；不仅对一些文学现象进行了相对公允的阐释，而且发掘了许多已淡出大陆文学史书写视野的文学事实，并对具体的作家作品作出了独具慧眼的评析。多元的文本组织编排和多纬度的视角立场，都使得《中国当代文学史稿》成为在全球化语境中建构中国当代文学史的一个经典之作。

第四节　现代性史观与“二十世纪中国文学史”

20世纪80年代初期，严家炎曾发表了名为“中国现代文学史研究笔谈”的系列文章，尖锐地指出现代文学史写作内容“名不符实”的情况——“这些著作名为‘中国’，却只讲汉族，不讲少数民族；名为‘现代文学’，实际上只讲新文学，不讲这个阶段同时存在着的旧文学，不讲鸳鸯蝴蝶派文学，也不讲国民党御用文学，即使在新文学中，资产阶级文学讲得也很少。”① 对于这种要求拓宽文学史范围的观点，唐弢表达了不同的意见，认为现代文学范围的开拓不是“漫无边际”的，而应当有一个“界限”——“没有必要正面介绍旧文学和鸳鸯蝴蝶派文学，理由很简单：它们不是现代文学，不属于现代文学史需要论述的范围”。这种关于文学史范围的不同观点，实际上体现出的是关于现代文学的“现代性”问题。唐弢认为，“现代文学应当是具有真正现代意义的全新的文学”，“从内容到形式，这种文学都有不同于过去的一点新的意义——现代意义”。从形式角度来看，旧文学因为并未使用“白话”这一现代语言，因此不具有现代资格；而鸳鸯蝴蝶派则因其内容的“陈词滥调，毫无新气息”，也不应当被纳入现代文学。② 而严家炎则提出，凡隶属于“五四新文化运动”以来这一现代时间范围内的文学形态，都应当被称作“现代文学”。严家炎把现代文学的现代性界定为：“从‘五四’时期起，我国开始有了真正现代意义上的文学，有了和世界各国取得共同的思想语言的新文学。而鲁迅，就是这种从内容到形式都崭新的文学的奠基人。”③ 他将现代性的内涵，从时间纬度上界定的“新”，转移到“和世界各国取得共同的思想语

① 严家炎：《从历史实际出发，还事物本来面目——中国现代文学史研究笔谈之一》，《求实集——中国现代文学论集》，北京大学出版社，1983年版，第1页。

② 唐弢：《求实集·序》，北京大学出版社，1983年版，第1—6页。

③ 严家炎：《鲁迅小说的历史地位——论〈呐喊〉〈彷徨〉对中国文学现代化的贡献》，载《求实集》，北京大学出版社，1983年版，第77页。

言”这一空间性标准。与唐弢的最大不同在于，严家炎把现代性视为中国文学“进入世界”的结果，于是，现代性的内涵就并非中国文学自身所能创造的，而是“世界”所赋予的。严家炎在进一步解释其关于现代文学的“现代性”的理解时，提出了“文学现代化”的观点。王瑶对此观点表示认同，认为“文学现代化”，是一个“把现代文学‘反帝反封建’的思想特质包括在内，具有更大的包容性，揭示中国现代文学本质的一个概念”，它使得现代文学研究工作的着重点“由注重现代文学与新民主主义革命时期其他意识形态的共性转向了现代文学自身的个性”，并且“必然要提出现代文学与外国文学以及它与中国古典文学的关系问题”。[①] 在这些论述中，“二十世纪中国文学”的影子已经初现。

1985 年 5 月，中国社会科学院文学研究所、中国现代文学研究会、中国现代文学馆联合主办的“现代文学创新座谈会”在北京召开。对于中国现代文学及其发展过程的“整体”性认识，成为这次会议的热门话题。会议认为：现当代文学研究要重视近代、现代、当代文学之间的连续性和贯通性，重视中国现代文学发展与世界现代文学发展的同步性。同年，陈思和的《新文学史研究中的整体观》和黄子平、陈平原、钱理群的《论“二十世纪中国文学”》分别在《复旦学报》第 3 期和《文学评论》第 5 期发表，“中国新文学整体观”和“二十世纪中国文学”正式提出。陈思和认为：“中国新文学的发展运动不是一个封闭型的自身完善过程，它始终处于与世界性的社会思潮和文学思潮的不断交流之中。它的开放型意义，在纵向发展上表现为冲破人为割裂而自成一道长流，恰似后浪推前浪，生生不息，呼啸不已；在横向联系上则表现为时时呼吸着通向世界文学的气息，以不断撞击、对流以及互渗来丰富自身，推动本体趋向完善。它的整体性定义除了自身的传统力量以外，还在于它与世界文学共同建构起一个文学的整体框架，并在这样一个框架下，确定自身的位置。”因而，“整体观”能够打破文学史研究中将现代、当代人为割裂的局面，将现代文学的本体研究与其对以后的文学影响结合起来，以历史的效果来验证文学的价值，从宏观的角度把握其内在精神和发展规律。

黄子平、陈平原、钱理群等指出，“二十世纪中国文学”的提出，不

① 王瑶：《中国现代文学研究的历史和现状》，载《华中师范大学学报》1984 年第 4 期。

仅是要打通研究格局和扩大研究领域，“而且是要把二十世纪中国文学作为一个不可分割的有机整体来把握”。由于始终围绕着中国近代社会发展的社会政治这一中心问题而展开，“二十世纪中国文学”有着自觉的使命感，因此也就产生了一些文学写作的共同主题，如贯穿“五四”到“新时期的”“改造国民的灵魂”的主题等。并且，与这一主题相关联的农民、知识分子形象，尽管得到了多种多样的变奏，但仍在一些基本元素上体现出一致性和贯通性。在美学上，现代的悲剧感是“二十世纪中国文学”的总体特征。因此，无论是从创作及风格，还是从我国现代文学的发展进程（从积极学习西方到迫切表达民族忧虑），“二十世纪中国文学”的提法都是可行的。“二十世纪中国文学”就是“由上世纪末本世纪初开始的至今仍在继续的一个文学进程，一个由古代中国文学向现代中国文学转变、过渡并最终完成的进程，一个中国文学走向并汇入‘世界文学’总体格局的进程，一个在东西方文化的大撞击、大交流中从文学方面（与政治、道德等诸多方面一道）形成现代民族意识（包括审美意识）的进程，一个通过语言的艺术来折射并表现古老的中华民族及其灵魂在新旧嬗替的大时代中获得新生并崛起的进程”。这一概念中蕴含的一个重要的方法论是强烈的“整体意识”，研究对象被置于纵向和横向的历史时空中进行历史性、整体性、世界性的叙述。同时，这一概念意味着要打破“文学理论、文学史、文学批评”三个部类的割裂，在新的理论和评价标准中从整体性视角揭示文学的某种“共时性”结构。

总之，“二十世纪中国文学”将中国文学视作世界文学的一部分，既探讨五四运动之后的中国文学的世界性因素及其走向世界文学的过程，又探讨中国文学在世界文学中的地位和影响。

一、中国现代文学史

在现代性文学史观提出之后，较早出现的史著是钱理群等主编的《中国现代文学三十年》。这部影响深远的文学史，是“文化大革命”后试图打破旧有体例，突现“新文学”现代性的成功典范，不仅被各类高校中文专业作为必读书目，而且达到文学史写作的一个新高度。宋益乔、王同坤指出，“新中国成立后，中国现代文学史的编撰出现过三次高潮。第一次是在50年代初，适应于高校中文系，‘中国新文学史’学科建设的需要，出现了王瑶的《中国新文学史稿》、丁易的《中国现代文学史略》、刘绶松的《中国新文学史初稿》等影响广泛而深远的个人著述型的中国现代文学史著。第二次是在新时期之初，伴随着思想界的解冻，出现了唐弢主编的三卷本《中国现代文学史》、田仲济与孙昌熙主编的《中国现代文学史》等起到了较大的拨乱反正作用的集体编撰的中国现代文学史著。第三次是在80年代中后期，这是中国现代文学史编撰的反思期，也是‘重写文学史’已提上日程的时期，一大批观念、视角俱新的中国现代文学史著（含综史、阶段史、地区史、体裁史、思潮史、流派史、专题史、比较史等）在此期破土而出；《中国现代文学三十年》初版本即是在这第三次高潮中出现的一部独具特色的综史性质的中国现代文学史著。”①

《中国现代文学三十年》在分期上，与黄修己的《中国现代文学简史》相似，将新文学史大致分为三个时期：1917—1927为第一个十年，1928—1937为第二个十年，1937—1949为第三个时期。该书不以政治事件划分文学现象，而是在二十世纪中国文学整体观念的主导下力求完整性、重点性和宽泛性的统一，“既注意到文体分类，以突出各种文体的发展和不同流派的特点，又对某些顶峰的作家作品进行专章论述，以显示各个时期艺术发展所达到的水平”。② 在绪论中，《中国现代文学三十年》首先界定了我国现代文学的特质和历史地位：二十世纪中国文学“是中国社会大变革、民族大觉醒、大奋起的产物，同时又是东西方文化互相撞击、影响的产物，因而形成了共同的整体性特征”——“改造民族灵魂”是其基本特质。“‘改造民族灵魂’的文学观，概括了中国现代文学的基本文学观念。尽管在历史、文学发展的不同阶段，不断有所发展，也产生过种种变体，在不同阶段、文化背景的作家之间，发生过种种争执，但其基本精神却是影响与支配了本世纪中国现代文学的整体发展的。”③ “作为‘改造民族灵魂’的文学，其所特具的思想启蒙性质，是现代文学的一个带有根本性的特征，它不但决定着现代文学的基本面貌，而且引发出现代文学的基本矛

---

① 宋益乔、王同坤：《在沉思中拓进——读〈中国现代文学三十年〉》，载《北京大学学报》（哲学社会科学版）1999年第1期。

② 见王瑶为该书所作的序。

③ 钱理群等著：《中国现代文学三十年》，上海文艺出版社，1987年版，第5页。

盾，推动着现代文学的发展，并由此形成了现代文学在文学题材、主题、创作方法、文学形式、文学风格上的基本特点。”[①] 在这种史观的主导下，《中国现代文学三十年》作为中华人民共和国成立后第一部学者型中国现代文学史，在内容和体例上都体现出鲜明的特点。在内容上，《中国现代文学三十年》肯定了胡适对于文学革命的积极作用，客观评价了陈独秀、李大钊的主张对于新文学运动的推动作用和马列文论的传播与其他思潮之间的密切关系，强调了新文学中的个性解放主题。对于鲁迅的历史地位，《中国现代文学三十年》从文学发展的角度，全面、综合地进行评价，肯定了鲁迅对于现代文学多种文体的开创性功绩和典范性意义。尤其是对于鲁迅杂文的思想和艺术成就的论述，体现出 80 年代中期的先进科研成果。《中国现代文学三十年》还重新评价了赵树理的文学创作和历史地位，认为他是现代文学史上“第三代作家”中“最杰出的代表”，肯定了这一代作家与劳动人民之间血肉般的精神联系，认为其在党员和作家的双重身份中把无产阶级文学的思想倾向性和艺术真实性结合起来，以主人翁的姿态忠实地反映农民的思想、愿望和审美要求，虽然在一定程度上显示出政治对文学的消极影响，但也体现出“五四”以来沿着革命文学道路前进的几代作家无法放弃的历史使命。并且，《中国现代文学三十年》还在关注农民历史命运的主题中探讨鲁迅和赵树理之间的精神联系，认为“赵树理是继鲁迅之后最了解农民的作家”，将鲁迅开创的“改造国民灵魂”的主题融入了新的质素之后进一步延续。在体例上，《中国现代文学三十年》既注意到文体分类，以突出各种文体的发展和不同流派的特点，又对一些经典作家作品进行专章论述，以显示各个时期艺术发展所达到的水平。另外，《中国现代文学三十年》非常注重论史与叙史的有机结合，论文化、专题化的风格使其显示出鲜明的学术个性。最后，《中国现代文学三十年》极为注重史料发掘。一些曾被先前文学史忽略的史实和作品，在书中被提及。

总之，《中国现代文学三十年》风格活泼，文笔犀利，具有着高瞻远瞩的学术眼光，在现代性整体观的宏阔视角中，从文学发展的历史过程与历史联系中去分析各种重要的文学现象，重视文学本身的规律和特点，在主线中串联起不同时期思潮、流派、作家作品，在严谨的结构和缜密的逻

① 钱理群等著：《中国现代文学三十年》，上海文艺出版社，1987 年版，第 7 页。

辑中建构起现代文学发展的历史主流，同时也兼顾其中的丰富性和多样性，探讨了中国现代文学与外国文学的联系、与民族文学的渊源，“力图真实地写出历史的全貌”。可以说，《中国现代文学三十年》以新史观、新史识和新的探索精神，突破了以往文学史写作的定式格局，成为学者型现代文学史的一座高峰。

1987年杨洪承发表《文学史观念的革新势在必行》① 和《主体·变动·多样·世界眼光》② 两文，初步提出“重写文学史”的观点：“叙述文学变迁，解释变迁原因”是文学史的主要任务，文学史写作应以新的视角审视和探讨文学自身的规律，重视横向与纵向的研究，考察文学与社会生活、与其他学科之间的联系和交叉，应对以往教科书式的现代文学史编纂体例进行革新，应在做好分类史、断代史研究的基础上，进行自主、综合的现代文学史研究和编写工作。同年，李泽厚发表长文《二十世纪中国文艺一瞥》③，沿着思想史的发展轨迹梳理了八十余年中国现代文学发展历程，在现代文学研究领域迅速引起反响。随后，李劼发表《中国现代文学史（1917—1984）论略——兼与李泽厚和诸青年同行商榷》④ 一文，将这一研究思路引入到关于文学史编纂问题的谈论之中。1988年，陈思和、王晓明等学者在《上海文论》第4期开设“重写文学史”专栏，希望在一种更具开放性的视角中展开讨论，以确定一种现当代文学史编写的新的理论思路。以此为起点的关于文学史写作的思考，很快在全国范围内产生反响，各大文学期刊相继发表论文，积极探讨关于文学史的“本体性”建构、多维度审视、世界性把握和文学批评的新方法，重新评估了旧有的文学价值观念（如对毛泽东新民主主义文艺思想的再评价）和一些重要的创作现象（如对赵树理、何其芳、老舍、丁玲、胡风等创作和思想的重新评价）。90年代后，关于“重写文学史”的讨论渐趋平息，最终转为对于文学史方法论的谈论。

在这样的时代环境中，冯光廉、刘增人的《中国新文学发展史》出

---

① 《学术与探索》1987年第1期。

② 《中国现代文学研究丛刊》1987年第3期。

③ 李泽厚：《李泽厚十年集》第3卷，安徽文艺出版社，1994年版。

④ 李劼：《中国现代文学史（1917—1984）论略——兼与李泽厚和诸青年同行商榷》，载《黄河》1988年第1期。

版。作为第一部新的更具特色的学者史，该书在改变以往的传统史观和方法论上有着突破性进展。作为一部高校教材，《中国新文学发展史》力求“具有高校教材和学术专著的双重品格”。在体例上，该书站在文学主体性认知的基础上，“扬弃线型思维，建构系统思维”，在“发展过程”“创作现象”“历史整合”的框架中介绍中国新文学三十余年的发展状况，多维度、多层次地“剖析中国新文学的丰富内涵和多重意蕴”。在内容和思想上，该书力求以一条阐释主线统括全书——在“启蒙文学”的广阔视野中阐释一切文学现象，以文学现代化规范总体文学内容：既认为一次又一次源于政治意识形态的“历史调整”使文学的启蒙主题不断地受到“贬抑”和“弱化”，同时又坚信三十余年中国新文学史“作为一种具有独立品格的文学史现象，其基本精神却是一以贯之的”。[①]《中国新文学发展史》把新文学的“发展过程”仍视为在理论上可以被抽绎出来的线型历史进程来交代，从“历史背景”“伟大开端”“发展壮大”“历史调整”几个方面，把“启蒙与救亡的双重变奏”作为一种精神主题融入文学史的视野中；认为20年代末期以后随着“革命文学”倡导所产生的“历史调整”，将“五四”启蒙文学中以“人的发现”“人的觉醒”为中心的“错综的主题群落”导向了以“阶级意识的自觉”为特征的“新文学主导倾向”。至抗战爆发，“救亡成为压倒一切的主题”。到抗战后期，才得以“突破抗战前期文学的单一性与表面性，而开始恢复新文学曾经具备的丰富性、多元性与深刻性特征”。40年代的解放区文学，是“对二十年代左翼文学阶级斗争主题的深化与发展。‘五四’文学的启蒙精神也在某些方面有所承继与突破。”同时也指出由于政治对于文学的过度干预，造成了文学创作的内在视野缩小、与西方现代文学疏离等倾向，由此认为文学启蒙主题在这一时期被自觉或不自觉地漠视和抑制。[②] 新文学的“创作现象”是该书的主体和中心，著者根据作品内容归纳出十三种文学主题，如启蒙文学、情爱文学、叛逆文学、感伤文学、乡土文学等，在每一主题中，均按照“发展与嬗变”“发展轮廓”“产生和发展”“历史轨迹”等顺序进行介绍，再由此举出具有代表性的作家作品，并详细解读、评析。在“历史整合”一部分

① 冯光廉、刘增人：《中国新文学发展史》，人民文学出版社，1991年版，第82页。

② 同上书，第67、76—77页。

中，《中国新文学发展史》对社团流派、文学批评、文体特征等进行了叙述。这一内容在很大程度上增强了该书作为“史”的统一性，而且第一次较系统地把“文学批评”作为新文学的重要范畴之一列入“史”的描述，形成了自己最突出的特点。总之，《中国新文学发展史》以新的体例和新的思路，展现了一种具有代表性的教材史书写新貌。

90年代末，我国出现了两部较为成熟的在整体文学观的视角中将现、当代文学进行统一编写的史著：黄修己的《20世纪中国文学史（上）》（1998年中山大学出版社出版）和朱栋霖的《中国现代文学史（1917—1997）》（1999年高等教育出版社出版）。

朱栋霖的《中国现代文学史（1917—1997）》以宏观的视角来整体观照中国现当代文学，其试图站在古今中外的交叉点上来审视中国现代文学的历史，以此实现对中国现代文学历史的一种全新审视，极具包容性和贯通性。该书以文学现代化的观点统摄“五四”迄今的各种文学现象，把近百年中国文学统称为现代文学，把现代文学理解为与古代文学相对而言的一种新型文学和中国文学史的一个新纪元，把民国时期、共和国时期和台港地区的新文学都纳入文学现代化的历史进程中加以考察，视为一个持续获得现代性并在继续行进的动态系统。在这种文学史观的观照下，原有的短暂断代得以贯通，过细分期有所整合，狭窄格局获得突破，陈旧版图得到改写；历史考察因拉长了时段与间距而更便于宏观扫描和择要评述，历史的与审美的评价因统一于现代性而更富有覆盖面和前瞻性，近百年文学的内在联系和发展脉络更清晰地呈现出来，各有代表性的名家名著也得到更明确的定位和评估。这样，既把紧了“入史”关，精简了不少教学内容，突出了文学经典的历史地位和教育功能，又拓宽了历史文化视野，扩充了现代文学的含义，在沟通和整合现当代文学的基础上建构了合二而一的学科新格局。

作为高等教育“面向21世纪课程教材”，该书体现了该课程改革的最新进展。其站在世纪之交该学科教学和研究的前沿，面向新世纪文学教育的新要求，对近百年中国文学进行新的筛选、整合和阐释，为精简和更新教学内容，加强和提高文学修养，提供了适用的新教材。与同类教材相比，该书坚持以现代文学的观念来贯通当代，既维护了学科的稳定和规范，又充实了学科的内涵和资源，较好地处理了学科扩容与整合的问题。

该教材针对文学史教学的特点和要求，注重从文学本体出发，简明扼要地叙述各时期的文学思潮、文学类型及其作家作品。对于文学史知识，包括时代背景、文学运动、思潮流派和作家生平等，力求提纲挈领，删繁就简，而把主要篇幅用于文类演变和名家名著的评介。全书以现代文学“四分法”贯穿始终，分门别类地考察小说、诗歌、戏剧和散文的流变与成就，便于从文体史的角度切入文学史，揭示各体文学的特点和关联，也有利于在教学中从事分类研究和文本解读，进行广泛的比较和鉴别，把论述重点放在各类经典作品上。对于各体文学的名家名著，全书的衡量、选择和排比都较为精当，列为专章或专节的大多是经过了历史鉴定的出类拔萃的作家作品，理应成为本课程教学的主要内容。在论述名家名著时，大多能从历史与审美的坐标出发，审视各自在文学现代化进程中的创作得失和具体贡献。特别是在阐释作品的思想意义的同时，加强了对作品的艺术分析，从创作方法、艺术构思、文体风格、艺术技巧和语言特色等方面鉴别作品的实际建树，阐发文学经典的存在价值、示范意义和历史作用；还引入了接受美学的思想方法，从文学接受的角度考察读者和评论家对经典名著的不同解读，既丰富了品评的参照系，又有助于独立思考能力的培养。这些思路和做法，对于文学史教学回归文学教育本位和文学接受主体，对于教与学双方利用教材的导引而关注文学自身的轨迹和价值，都有促进作用和启发意义。

新世纪伊始，程光炜等主编的《中国现代文学史》（2000 年中国人民大学出版社出版）成为现代文学史撰写的重要收获。该书以 1937 年 7 月为界分上、下两编，共 25 章。在其绪论中，作者将中国现代文学的研究格局调整为：从“五四”新文化运动到抗战爆发，构成了中国现代文学的前半期；从抗战爆发到中华人民共和国成立，则是其后半期。作者认为，“在 20 世纪中国社会痛苦焦虑、忧患不断的历史进程中，贯穿着一个走向现代化的总主题，这必然会深刻影响到中国现代文学的基本面貌和走势，赋予它现代化的文化内涵及其历史性格。正是因为 1937 年抗战的突然爆发，一度中止了中国社会现代化的进程，把这个有纪年含义的历史符号带入到 20 世纪民族的集体记忆之中，对文化结构和心理产生了根本性影响。”该绪论较为详细地剖析了现代化作为一种历史叙事是怎样进入文学的历史、变换文学的主题、重新规划文学的形式的。文学启蒙思潮是发轫于梁启超、黄遵宪等人，由胡适、陈独秀等着力倡导的，而将文学启蒙思潮中的“现代化”内涵继续扩充并极大地深化了的，是鲁迅和周作人，他们更强调个人的现代化。周氏兄弟思想中的启蒙与反启蒙悖论地并存在一起，增加了中国现代文学中现代化主题内涵的复杂性。另外“五四”时期的新文学与鸳鸯蝴蝶派文学的并存，在抗战爆发后的现代文学的后半期，在塑造“民族新人”的主流叙事之外，张爱玲、钱钟书的小说与这一时期涌现的言情、侦探、武侠小说一起，构成了中国现代文学的后半期文学主题中的“复调现象”，这些更进一步证实了现代化自身丰富和复杂的矛盾性内涵。

这部《中国现代文学史》较成功地将“现代化”作为叙述视角，将“现代化问题”作为中国现代文学的真正母题，由周氏兄弟启蒙思想中的国家现代化与个人现代化之间的悖论关系中，剖析了现代化命题中的矛盾与张力，透视了其在中国现代文学的主题、题材、文学形式、文学风格和作家的审美旨趣等方面的具体表现，从而将纷繁复杂的三十余年的文学现象纳入到现代化自身丰富和复杂的矛盾性内涵之中。应该说，这种文学的叙述方法，在当前现代文学史研究中是相当新颖的。

该书在对文学思潮以及作家、作品的评价上也颇有独到之处。如该书的第十六章，作者以流亡作家的文学发展轨迹为线索将其分为萌生期、崛起期、低落期、回潮期四个时期，揭示了东北流亡文学变动的内在原因，阐释了流亡作家对生命力的推崇与张扬，在挖参人、淘金者身上挖掘出生命的强力，把土匪形象的内涵处理成“是人的生命力的极度亢奋，是不健康的社会环境下生命力的健康体现”，并从理性角度对东北流亡文学作历史文化的剖析和批判。作者大胆突破了文学史的既有成见，以一种前瞻性的眼光将 90 年代以来的现代文学研究热点问题进行深入探究。如将穆旦与西南联大诗人群作为专章（第十九章）讲述，突出地表现了穆旦作为中国现代主义诗歌大师应有的文学史地位，展示了西南联大诗人群在 40 年代对中国新诗再次加入到世界诗歌的潮流中所作出的独特贡献。

该书精心收录了 106 幅图片，这也是与以往的现代文学史判然有别的。这些图片中，有作家的照片、手迹、戏剧演出的剧照等。这些图片本身就是最形象的叙述文字，这既减轻了读者阅读纯文字所带来的疲劳、滞重感，更为重要的是传达出了图片背后丰富的信息，使读者更切近地触摸到这段波诡云谲的文学史，进而也将文学史的叙事空间进行了较大的扩充。

20世纪初期，我国还出现了一部通史：唐金海的《20世纪中国文学通史》(2003年上海东方出版中心出版)。这部史著在“长河意识”的史观中，显示出开阔的学术视野。该书打破了因与政治联系过于紧密而导致文学研究相对狭隘的局限，消弭了现代、当代的传统分野，采用了“二十世纪中国文学”概念，涵括了整个现、当代文学，并旁涉一部分近代文学。这一概念包含了把20世纪末21世纪初文学的发生发展看作是至今仍在继续的一个文学进程，突出了文学发展的连续性与不可分割的血脉关系。《中国现当代文学通史》以博大的胸怀、宽容的态度，涵纳万汇，把20世纪的中国文学作为一个开放的整体，呈现出开放的形态。一方面，在地域空间，该著设置了两个专章来讨论台湾文学和港澳文学，使大陆文学和台湾文学、港澳文学有机结合，保证了20世纪中国文学的地域意义上的完整，体现了宏大的治史格局。另一方面，在范围上，该著将通俗文学、话剧、电影文学、少数民族文学等进行了涵盖，展现出中国现当代文学的丰富性。内容上，《中国现当代文学通史》对于百年文学进程中主要的文学思潮、文学运动和文学现象进行了系统的梳理，使读者从中一目了然地了解到百年文学思潮涌动、运动演进、现象纷繁的流变轨迹与演化特点，从而在内在规律上把握百年文学的文脉，看到现代中国文学是怎样从古典文学演变转型，一步步走向现代化的历史进程。这种以思潮、运动、现象的演绎集中揭示文学进程的“史”的聚焦，有一种“博物”陈列式的“历时性”述说特点，便于从整体上认识百年文学的风貌，以及文学所由发生递嬗变化的思想与理论依据。并且，《中国现当代文学通史》对于文学社团、文学流派、创作群落进行了详尽而集中的展示，这使其在一定意义上具有着“百科全书”式的特点。《中国现当代文学通史》还增设“文学理论与文学批评”专章，弥补了传统文学史的缺憾。该书精选并重点介绍了梁启超、王国维、胡适、朱光潜、胡风五大家，其下又以专节评述了周扬、冯雪峰、李长之、李健吾、王瑶、范伯群等30年代以来在理论与批评上具有代表性的重要的理论家和批评家，以一个特定的“史”的框架，描画了20世纪文学理论与批评的足迹，并将之置于中外文化的纵横坐标系上加以“史”的衡定，显示出编纂者新的史学眼光。同时，该书注重发掘现当代文学的中外文化渊源，在对我国文学的民族性和世界性的探讨中，证明文学发展的整体性和特异性。

在论及具体的作家作品时，《中国现当代文学通史》十分强调创作主体的气质、性格等心态特征对作品和作家个人命运的深刻影响，把作品看作是作家心灵的外化，善于捕捉人文知识分子内心生活的多样性，迅速变化的心态，以敏锐的眼光、睿智的洞察力把握其内心世界，并以细腻而深刻的辨析力加以透视解剖，使之明晰化、具象化。

总之，作为一部将“中国现代百年上下的文学”“一体贯通”的文学史，《中国现当代文学通史》在编写上打破了曾经长期处于稳定状态的中国现代文学、当代文学分立的惯例，以新的文学史观重新打量、审视已经成为既往历史的20世纪的百年文学，并在学术思维上将这百年文学视为一个整体加以全面的观察和学理的审思。可以说，在“长时段”“博物馆”“主体性”的治史意识中，《中国现当代文学通史》以一种全新的开放意识打破了长期写作文学史的固定思维和模式，在自我个性化的文学史写作上进行了有益的尝试。

2013年，丁帆主编、南京大学文学院多位学者参与撰写的上下两册、上百万字的《中国新文学史》由高等教育出版社出版，成为学界关注的一件大事。著者面对20世纪中国这段十分特殊复杂而又极为生动丰富的文学史的书写，一方面小心翼翼地敬畏历史和真诚地尊重历史，另一方面满腔热情地坚守理性的历史批判精神，面对已经过去的文学演进变革有着深切的反省。这两者思维意识交织的写作姿态，裹挟着一种强烈的历史责任感和文学想象的激情，从而形成了这部新文学史的鲜明个性特征。该书立足20世纪以来中国文学存在的三大区域——大陆文学、港台文学、（海外）离散侨民文学——为板块，立体而形象地凸显文学进程中的有特色有意味的文学生态现象。以诸如晚清因素、新文学潮、“京派”与“海派”、知识阶层形象谱系、离散写作、民族文学与儿童文学、历史病症的文学呈现、眩惑的文学形式、新的文学态势等构成的每章标题。将百年中国文学历史的考量重心放在文学主体作家作品的“严格甄别和筛选”上，是这部史著的一大特点。编者在“经过严格考证的史料作为文学史使用的材料”的原则中，上编民国现代文学部分列出102名现代作家的名字，下编共和国文学部分列出100部当代文学作品的名字。前者在历史积淀的河流中现代作家有了一定相对的稳定性客观性，遴选代表性作家呈现文学完整面貌和多样生态，寻踪文学脉络找到了至关重要的内在本源。而后者当代文学的延续性，精选具有影响性的文本不只是反映编者的眼光，以重要作品存在应对当代作家的进行时态，更能清晰地展现文学本体演变的内在细致纹理和鲜活。这样的处理方式是一种回归和尊重文学自身历史形态描述的积极践行，努力贴近接受者文学史学习的阅读习惯和心理。其超越和突破了传统现代文学史设立重点作家专章的惯性，只是注意在文学已经发生的过程中，每位有自己特点个性的作家，每一部能够留下印迹的作品之间，扮演历史勘探者、甄别者和组织整合者的角色，从而建立起了一种新型的文学关系结构。

这部史著坚持文学史作家作品的中心原则和“人性与审美”的解读标准，在作家作品主体下，一方面由作家作品的叙述而勾勒出文学历史的脉络和线索，一方面在作家作品的简洁而精当点评中引导读者兴趣和激发思考的可能。书中不仅有丰富的图片、作家影照、作品书影和辑要的核心概念、关键词、作家介绍等，给读者一目了然的提示和图文并茂的兴趣，而且对所选作品纳入类型或同一创作现象、风格中提纲挈领的评述，这种编排暗含着一定的文学史重写的意味。在对具体的作家作品的分析中，“人性、审美、历史”成为重要的标准尺度。

对于中国现代文学史命名的问题，《中国新文学史》再次确定用“新文学史”的名称。百年历史的积淀，经过了一个世纪来多种文学史观的交替后，文学史写作如何在观念（史识）的建构和文学史叙述方式的实践中再有所突破，关键是入史视角的时空边界的不断调整，即在一个长的历史时段里建立整体的文学人类学精神史的视阈。作为中国“现代”或曰“新”的文学，其动态性、当下性，乃至先锋性，是文学史编写中最应该关注的鲜活元素，而不能够作为某种观念先入为主而事先设定好的。该书在大陆文学、港台文学、（海外）离散侨民文学的框架中，将具有全球空间范围的“离散写作”列为专章进行考察，对于当下“新的文学态势”的预测进行呼应。著者以开阔的视阈对已有中国现代文学史创新作出了自己的尝试性实践，力求立足中国社会历史长河和中国文学传统的变迁之长线周期，放眼晚清以来的世界文学中的中国文学，总结 20 世纪百年中国文学的演变，概括“全球化”下的当下文学进程，显示出“新文学史”的新的当代性之所在。

在文学史作家作品的问题上，《中国新文学史》虽重视作家作品但并不局限于传统的文体分类和作品罗列，而探索“以同一时段中的主题内容或审美形式相同或相近的作家作品进行分类”。这一体例与著者的编写原则密切相关。表面文学史的总体性消失了，时代演变的历史线索感淡化了，而文学内在本体的价值系统却得到了较好的彰显。该书对文学史编写对历史与审美的结合、文学作品的历史有机性与价值评判学理性的统一均做出了新的努力。尤其是在“下编”的对于当代作家作品的评述中最为明显。

总之，这部文学史精选作家作品、把脉典范性的文学现象，准确显示文学史的丰富生态原貌；在重点立足于文本解析中，找寻文学作品的复杂性与其他不同层面的多横向联系之间文学史达到的内在统一性；注意重要的作家和文学关联的知识点板块提示、图文结合，追求文学史叙述风格的简约和可读性。这些特色为文学史写作回归文学内在审美形式提供了宝贵的文本经验，也对高等教育中国现当代文学史教材编写的内涵提升有着新的突破。

二、中国当代文学史

20 世纪 80 年代，我国当代文学史研究也取得了可喜的成绩。1980 年 7 月，北京大学出版社出版了由张钟、洪子诚、佘树森、赵祖谟、汪景寿五人合著的《当代文学概观》（35.7 万字），开启了新时期文学史编写的新篇章。随后，直至 1989 年先后出版了“中国当代文学史”25 部之多，展示了新时期文学史研究和编写的新气象。《当代文学概观》以新时期第一部文学史形态问世，具有着重要的开创性意义。该书态度鲜明地率先推倒极左路线强加在当代文学史上的“文艺黑线专政论”，揭开了贴在优秀作家作品身上的“封资修”标签，恢复了当代文学史的历史真相，尝试建构一部真实的当代文学史，并且确立了“社会主义当代文学”的文学史关键词，划分了 1949—1979 年三十年文学史的分期：“十七年时期”→“文化大革命时期”→“现在三年”。这一积极的建设性态度为整个 80 年代的文学史研究提供了重要的观念形态、价值取向、文本体例等方面的参照。在体例上，该书打破了文学史编写以时间为线索的叙事模式，以文体为中心，按照诗歌、散文、戏剧、小说（短篇小说、长篇小说）四大文体划分章节的体例，全面地描述了中国当代文学的整体图景。这种体例被学术界称为“文体史”，不仅在研究中突出了文学研究的文体意识和文学的本体性特征，而且在相对感性的层面建构文学史知识，体现出明显的教学优势。

20世纪80年代十年时间出版的25部“中国当代文学史”著作中（含3部修订本），有3部书影响最大，印数最多，在高校使用面也最广。1980—1985年，复旦大学等全国22家高校合编的《中国当代文学史》由福建人民出版社出版。这部史著对1949—1985年的主要文学现象进行了介绍，在宏伟的篇幅和开阔的视域中显示出较强的当下性。体例上，该书以四大文体分类按时间线索建构框架，将思潮史与文体史融于一体，将近十年的一系列在社会和广大读者中反响强烈的作家作品纳入文学史视野，突破了“当代人不宜写当代史”的观念，丰富了当代文学史的内涵。1980年，郭志刚等10所院校的中文系教师编写的《中国当代文学史初稿》（上、下册）由人民文学出版社出版。“初稿”是受当时的“国家教委”委托而作的文学史，因而被戏称为“官办版本”。该书一方面显示出“体制化”特征，一方面也体现出鲜明的学科意识，构成了文学史的权力话语及“话语权威”性特征。《中国当代文学史初稿》占有资料丰富、准确，价值评判回应意识形态规约的同时也凸显出文学的审美批评，对于文学史事件和作家作品的评价慎重、稳妥，在规范化叙事中流露出著者强烈的使命感和谨严的治学态度。1983年，王庆生主编的《中国当代文学》由上海文艺出版社出版。与前两部史著相比，该书是在华东师范大学前身华东师范学院本的基础上修订完善的，因而在相对系统的治史观念中更具有整体性、规范化、创新性等特点，也被认为是更适合大学课程的教学用书。这三部当代文学史在史观和编写的形式、体例上都呈现出各自不同的特点，共同构成了80年代当代文学史编纂的繁盛局面。此外，吉林省五院校集体编写、人民出版社出版的《中国当代文学史》作为高校教材，也在当时有着不小的影响。总之，80年代文学史著作出版数量不少，但是多数文学史著作都是以“教科书意识”为指导，在当代文学学科建设的大背景下，集体编写的当代文学史教材，以满足本院校学生用书。因此，“雷同化”的弊病就日益明显。

90年代，当代文学史学科建设渐趋成熟，文学史观念呈多元化趋势，当代文学史研究获得丰厚实绩。在1990—1999年十年里，我国出现了44部重要史著。其中，既有在“20世纪大文学观”主导下的以“20世纪文学”命名的当代文学史，如孔范今主编的《20世纪中国文学史》（1997），徐国伦、王春荣主编的《20世纪中国两岸文学史·续》（1994）等，又有在多元文学史观念的主导下出现的各类专题史，如文学思潮史、文学流派史、问题文学史等，还有在更为广阔的视域中纂写的两岸三地文学史、新中国文学史等。此外，我国在这一时期还出现了个人写作的当代文学史，如洪子诚的《中国当代文学史》（1999）、於可训的《中国当代文学概论》（1998）。这类史著以更具整体性、学统性、学术化、个性化的特点，显示出我国当代文学史研究对于传统的体制化、一体化的教科书意识积极突破和对于20世纪初期的文学史个人写作的学术传统的努力回归。

在90年代众多的当代文学史著中，洪子诚的《中国当代文学史》（1999），陈思和的《中国当代文学史教程》（1999），王庆生的《中国当代文学》（上、下）（1999），杨匡汉、孟繁华的《共和国文学五十年》（1999）最具代表性和影响力。

洪子诚的《中国当代文学史》继续采用了“当代文学”的命名，仍以传统的诗歌、小说、戏剧、散文作为评述对象，而在概念的梳理、历史情境的审查和一体化文学史的建构等方面，又显示出与众不同的创新性。在内容上，该书一方面关注作品、体裁、样式、概念及其特征的演化情形，另一方面，更为关注各种文学形态产生、演化的情境和条件，并提供显现这些情境和条件的材料，以增加我们“‘靠近’‘历史’的可能性”。① 作者试图回到历史中寻找当代文学一些问题的根源，回归历史的原生态，回避个人的道德判断，显示出对文学历史的尊重。思维的多向度使作者能站在历史的制高点上审视文学与文化，并从文学中探求文化构成和历史本相。《中国当代文学史》所表达的那份自觉与直面，首先是对某种冷战式思维、那种清晰简单的二项对立式表述的平和的拒绝。在严格的治史/治学的态度与方法论的探求之间，是返归亲历者的繁复体验，以重组历史的经验表述的努力，是穿越多重的权力话语的雾障，重新触摸与展现当代史的尝试。同时，作者从历史原生态的表现探求文学与历史、文化的本质。

① 洪子诚：《中国当代文学史·前言》，北京大学出版社，1999年版，第5页。

从文学到文化、从文化到文学、从内部到外部、从外部到内部、从现象到本质，在历史的某一点上深掘或拓展，对文学作出了新的阐释。

洪子诚的《中国当代文学史》通过对1949年之后的中国当代文学史料的深入，以及某种程度上对遭再度遮蔽的体验与记忆的返归，直面那份绵延与断裂叙述的政治或曰意识形态张力。该书不仅是在当代文学的“现代性”层面上建立他的当代史叙述，而且是在现代中国的左翼文学传统与40年代中国社会政治文化的转型与重组的具体史实间，准确呈现了那份断裂间的历史绵延。更为重要的是，作为一个直面当代史的书写者，《中国当代文学史》一书的意义，不仅是体现出当代与现代、当代文学与现代文学之间断裂绵延中断裂，同时是某种事实上不可弥合的断裂的再度凸现；而且在于，这断裂的再叙述，同时成为对曾经支撑这一断裂说的意识形态单一表述的裂解。《中国当代文学史》的意义还在于，作为对当代文学叙述的一次成功的整合，它并非为整合而整合的努力；它在提供一种感知历史、体验历史与书写当代史的方式。事实上《中国当代文学史》的叙述，明显有别于经典文学史的叙述，它着眼于作家与文本，不仅仅为作家论或作品论所贯穿；它是对文艺思潮史的再梳理，却不仅仅是一部思潮史的串联方式。在对机构化过程的把握中，作者不仅讨论了文学创作，而且讨论了文化生产、文学建制、文艺政策、托名为文艺或文学的政治运动、文艺思潮或论争、作家作品的命名、“专业的”与“群众的”文艺批评，将其视为文化生产的环节性因素，借此勾勒出当代文学不同的历史轮廓。如果说，《中国当代文学史》的写作和出版，事实上成为当代文学作为一个独立学科建设的重要一步；那么它最有意义之处，在于它在提供了当代文学特殊的生存方式的描述的同时，还提供了我们把握和进入当代文学史的不同空间。或许可以说，在建制、机构的层面上去认识历史，在文化生产的过程中去把握文学，不仅为当代文学史的研究提供了生长点与可能，而且更为广义的文化史与文学史的研究提供了新的空间和前景。可以说，《中国当代文学史》的出现，不仅显现了著者对当代文学研究以及广义的文学史写作的方法论的拓展，而且成为经典的文学史写作——文学的或曰审美的历史评判标准在当代文学研究领域中的伸延。同时，《中国当代文学史》的写作，相当成功地建立了四五十年代之交的中国社会/文化/文学转型（即现、当代文学的分野处）的叙述，在重述中展露了历史的断裂与绵延；

并成功地通过在“文化大革命”十年文学的人造空白之页的填补中，显现了50到70年代文学与新时期文学的另一处断裂中的绵延。

与洪子诚的《中国当代文学史》同年出版的由陈思和主编的《中国当代文学史教程》，给当代文学研究领域以强烈的震撼。如果说，洪子诚以史家的严谨和深邃著称，而陈思和则以文学整体观的激情探索闻名。陈思和的文学史写作在文学整体观的统领之下，富有创新性地建构自己的话语系统，融合了普及性和学术性的双重叙述，以板块的形式结构文学史的总体框架。陈思和说：“主编这部教材所追求的目的之一，正是想通过对这类以文学作品为主型的文学史教材的编写实践，为‘重写文学史’所期待的文学史的多元局面，探索并积累有关经验和教训。”所以作者认为，“相对以往的当代文学史教材而言，这可能是一部不够完整也不够全面、但具有一定探索性质的教材。”从某种意义上可以说，作者的激情探索使《中国当代文学史教程》成为一种全新的文学史，刷新了文学史写作的传统景观。作者从整体观的角度撰写了这部中国当代文学史：如理论观念的整体性、文学艺术的整体性、文本结构的整体性等。理论观念的整体性是指现当代文学抑或20世纪的文学整体意识以及民间立场的审美解读和民间意识的贯穿始终；文学艺术的整体性是指对潜在写作和公开发表的作品以及各种艺术形式的整体观照；文本结构的整体性是指突破传统的章节设置和文本分析，试图从多元文化角度和高度透视文本内涵，开掘所指的多义性与丰富性。

《中国当代文学史教程》在20世纪文学的总体框架下，负载着普及性和学术性的双重意识，以民间立场和民间意识为中心，并在此基础上建构自己的话语系统，使文学史写作呈现出理论意识的整体性。作者的文学整体观除了理论观念的宏观架构之外，还注意文学艺术的整体性。文学的整体性是指对文学资源的发掘，对公开发表的文学和潜在写作的全面观照；艺术的整体性是指打破了单一的文学观念，对文学、电影、歌曲等多种形式艺术的观照，达到文学艺术的整合与统一。这些都显示出作者构筑新的文学整体观的努力。在体例上，《中国当代文学史教程》打破了传统的文学史的写作模式（文学思潮、体裁的划分），从宏观文化的高度整合文学史，进而展开文本细部的分析，使其文学（或文化）的整体观进一步具体化。民间视角的引入，是《中国当代文学史教程》对于文学史研究的新局面的积极开拓。陈思和从民间的角度，对十七年时期文学、少数民族文学、新时期文学等进行了富有新意的解读，尤其是从民间视角对张爱玲的研究可以说是一个重要的突破。该书特别强化细腻的文本分析，讲究具体文本分析前的铺垫，先对作家创作历程进行描述或是对其文学观念进行分析。如，对于赵树理当代文学创作，《中国当代文学史教程》只选择了《锻炼锻炼》，在分析文本前，该书先对赵树理“文摊文学家”的创作观念给予一定分析，然后勾勒了时代语境中的赵树理当代创作和现代创作的不同，顺其自然过渡到对《锻炼锻炼》主题深意和艺术真实的分析。文本分析前的铺垫并不是统一的模式，而是视具体文本情况而定。对于陈村创作反映傅雷先生的小说《死》，《中国当代文学史教程》就先交代了这篇小说的缘起，然后细致分析了文本意蕴和艺术氛围。此外，《中国当代文学史教程》还十分注意文本分析的独特性与深刻性的统一。传统的文学史版本中，王蒙《组织部新来的青年人》是“百花文学”中揭示官僚主义的代表作。《中国当代文学史教程》却从成长小说的角度切入文本内部，从心路历程的描述、成长的焦虑和困惑分析林震的形象。林震与刘世吾、赵慧文之间的关系成为文本分析的重点。刘世吾的冷漠使林震迷惑、惶恐和感伤，而林震和赵慧文之间的相互理解、朦胧的爱以及理性的克制，说明林震的成长历程。这和以往单纯地分析林震作为一个反官僚主义者形象相比，内涵开掘要丰富得多，深刻得多。由此，《中国当代文学史教程》从官僚与反官僚的题旨中抽离出去，把重心放在对林震内心世界的观照时，《组织部新来的青年人》就不单是一个揭示官僚主义的文本，更是一部成长小说。《中国当代文学史教程》注重板块结构的内在逻辑性，往往从同一主题下不同的表现或同一创作原则下的形式追求结构章节，形成一个个的主题板块或形式板块，显示出严谨的逻辑关系。

《中国当代文学史教程》不同于以文学作品为主型的文学史与以文学史知识为主型的文学史写作，极为突出对具体作品的把握和理解，文学史知识被压缩到最低限度，时代背景和文学背景都只有在与具体创作发生直接关系的时候才作简单介绍，着重于对文学史上重要创作现象的介绍和作品艺术内涵的阐发。同时，该书努力打破以往文学史一元化的整合视角，以共时性的文学创作为轴心，构筑新的文学创作整体观。其不是一般地突出创作思潮和文学体裁，而是依据了文学作品创作的共时性来整合文学，改变原有的文学史面貌。在布局上，《中国当代文学史教程》打破了以体裁来划分章节的传统做法，突出文学史意识，力求将不同体裁的创作归入同一思潮中去介绍，使学习者读完几种不同体裁的文学作品后，能够立体地把握文学创作思潮和现象。此外，《中国当代文学史教程》通过对文学作品的多义性的诠释，使文学史观念达到了内在的统一。作者以敏锐的分辨和解读能力，发现文学作品中的富有民间生命力的艺术因素，淡化特定历史时期作品中的政治因素，对于不少当代作品作出了独具慧眼的经典解读。

王庆生主编的《中国当代文学史》是普通高等教育“九五”国家级重点教材，后又纳入教育部“面向21世纪教程教材”系列。该书的前身是《中国当代文学》，经过不断的丰富、修订后，成为3卷本的《中国当代文学史》。该书共分为四部分，即“绪言”“20世纪50—70年代中期的文学”“20世纪70年代中期以来的文学”“台湾、香港、澳门地区文学”。这部史著以文学的现代转型为中心线索，通过对文学作品和文学现象的剖析，再现了当代文学发展的轨迹。与同类教材相比，此书将作品置于突出位置，彰显了文学创作的实绩，强化了对当代有代表性作家和作品的评介，渗透了文学史应当是文学创作所构成的历史的理念。本书站在新世纪的开端，有意识地吸收了该学科研究的历史成果和崭新成果，内容丰富、视野广阔、结构完整，既是高等学校中文专业的优秀教材，也可成为专业师生和社会读者的阅读书目。

该书以时代发展变化的历史情势为基础，以文学的现代转型为中心线索，构建中国当代文学史，承认“五四”新文学对于中国当代文学的渊源作用，肯定中华人民共和国成立初期我国为促进文学发展制定的一系列原则、方针所产生的积极历史作用，同时也指出50年代以后“左”的思潮对中国文学的消极影响。从内容上看，“就其整体性而言，这部史著不愧为一部史诗性的文学史巨型建构……它的编写理念和内质，包括文学史观、历史叙述、现象整合、文本解读、言说和评价方式等，均具有历史和现代统合一体的宏大张力、视野和包容性。”① 该著把当代中国文学的发展置于大的历史文化背景下，通过对文学现象的评述，对文学作品的分析，

① 基林：《当代文学史写作的“史诗”》，载《光明日报》2005年1月24日。

反映各种人物在转型时期的内心真实情况，揭示历史性的变革在人们心灵世界所引起的波澜，从而反映当代中国文学实现文学现代化的发展轨迹。作者始终把文学创作放在评述的主体地位，力求用史家笔法真实客观地描绘已经发生的文学史实，正确评价文学作品在当代文学中的地位与作用，以及其与传统文学之间的承继关系，对当代作家作品进行了富有新意的论述。作者既注意到文学史和文学发展的距离性和时限性，又注重在介绍作家创作情况的同时，尽量反映其最新的最有价值的创作成果，以便于读者及时了解、关注中国当代文学的最新发展动向。这一特点较为明显地体现在一些章节的编排与作家的介绍上。如：在70年代中期以来的文学介绍中，该书新增了“城市小说”与“乡土小说”两节，以往这些作家都是放在其他章节中评述或者是涉及甚少，但为了突现他们创作的共同之处，编写者将他们另立成节、独成一家。另如，在50—70年代中期文学介绍中，作者对中国当代文学中产生过影响而现在被人们所遗忘的作家进行了补充，加入了草明、胡可等，使中国当代文学观照范围更为全面。同时，该史以宏观和整体的视角，将台港澳地区文学作为中国当代文学的一个有机构成部分进行论述，力求在客观真实的原则下载入台港澳地区文学的创作图景，既注意保持其地域性特征和独立性品质，又关注其与大陆当代文学的密切关联，开阔了当代文学史的书写视野，在一定程度上弥补了当代文学史内容上的缺失。总之，《中国当代文学史》在理性的兼容并蓄的基础上努力扩大内涵容量，特别注意对于“文学性与思想性”和“历史性与当代性”关系的把握，从而形成自身稳中求进、循序渐进的风格。

新世纪后，我国出现了两部跨时极长、内容丰富、阐释观点极具个性化的当代文学史著：孟繁华、程光炜合著的《中国当代文学发展史》（2004）；董健、丁帆、王彬彬主编的《中国当代文学史新稿》（2005）。这两部史著无论在文学史观念，还是在理论依托，以及文学史叙述结构与方法上都呈现出全新的风貌，成为本时期文学史研究的标志性成果。总结历史经验，知难而进，“另起炉灶”，自觉地追求文学史的“真理”，为“真理的文学史”而认真实践，是这两部史著的共同特征。

《中国当代文学发展史》致力于在深层结构上探讨当代文学内部所蕴含的多元力量，以一种敞开的视角来面对文学内部与外部的诸问题。从文学内部讲，《中国当代文学发展史》一书以历史性的视角揭示了“现代”

文学史具有的多样化形态在“当代”以不同的方式或隐或显地得到表达，并在各个章节具体而微地分析了当代作家对现代文学资源的运用、发挥。从文学外部讲，作者清醒地意识到当代文学与政治之间的密切关联以及这种关联对于文学史叙述的影响，因而指出，在当代文学思潮的变迁中，文学的评价尺度与发展方向始终处于“不确定性”之中。而作者对于造成这种“不确定性”之原因的分析则取消了政治与文学的二元对立，将其归入中国社会历史性地遭遇的“现代性”问题。这样的文学史观区别于“政治本位”式的文学研究，取消了文学与政治之间的等级关系，跨过“政治热衷”（政治意识为标准）与“政治冷淡”（“审美性”“纯文学性”为标准）的二元思维，尽力避免以意识形态割裂文学史发展的内在延续性。进而，关于知识分子思想改造与文化认同、反城市的现代化悖论、农村文化趣味的“普世化”与民族主义、文学内部制度的建立与媒介管理、激进文学的兴起直至崩溃等问题的研究都得以在更为开放的视域中展开。

在对具体问题的研究中，《中国当代文学发展史》一书“从不同角度系统地揭示了当代中国文学的历史语境、制度化建立、文学生产和传播控制等内在机制和外部制约等问题，并对 20 世纪 90 年代文坛变化、大众文学、新世纪文学兴起等进行了论述”。该书“多元观察”之研究方式的具体实践即在于划出更多的观察场域，以综合考察当代文学的历史面貌。《中国当代文学发展史》对于当代文学组织形式的建立与演变进行了比较完整的梳理。著者集中考察了中国社会科学院文学研究所与中国作家协会的文学活动，并将其考察结果置入不同的章节，以在不同的历史时期分析这两个当代历史上最重要的文学机构与团体的历史形象和功能。传媒的意识形态功能及其在不同时期的体现，是《中国当代文学发展史》一书所设定的又一问题视域。该书从传媒功能的角度来考察报纸杂志以及文学的评奖制度等与当代文学“话语权力”之间的关系，由此，传媒被作为当代文学叙事的参与性力量而被赋予了主体性意义。在对具体的作家作品的分析中，《中国当代文学发展史》展示了不同文学观念和评价标准下经典的确立与颠覆的历史。如：对于“赵树理现象”，《中国当代文学发展史》没有把赵树理仅仅作为一个经典作家而是作为一个经典现象，紧紧围绕对其作品评价的变化和反复来展开描述和分析，凸显了当代文学观念的不确定性带来的文学作品评价尺度的不确定性。“赵树理现象”作为这一“不确定性”的缩影，在当代文学史上有着耐人寻味的特殊意义；对于“红色经典”，《中国当代文学发展史》描述了其命运的变迁，从而揭示出在不同的政治、文化、经济背景下文学评价标准的不确定性。透过文学的市场化、大众化现象，该书分析了文化权力的转化过程。作者充分注意到新世纪前后的文学“受到市场利益和其他非文学因素的支配和制约”① 的现象，并从多方面考察了 90 年代以来文化“芜杂、凶猛、多面性”的面孔——包括市场经济条件下大众文化与消费文化的兴起，知识分子对大众文学/文化的态度，作家“社会身份”的转变，文学刊物与书籍出版体现的文学策划机制的转变，文学批评与研究方式对时代的回应等诸多层面。作者对于纷繁复杂的文化现象持有一种包容、开放的态度，并探讨了各种文化现象在特定时期传达的丰富的文化信息与意义。总之，该书的写作是在将当代文学史“语境化”的基础上，切实地提出并解决自己的问题。

尽管《中国当代文学发展史》以历史化、多元化的方式结构材料，但却也并未放弃价值判断与批判立场，其研究与社会整体批判相关联——包括政治批判、文化批判、思想批判、审美批判等诸多方面，如传统与现代的关联和悖论、意识形态的规训与控制、作家与知识分子的精神与情怀、艺术创作的内质与形式等。同时，其以自己的特色与价值表达了“史家”的突破和创新诉求，以自己的学术贡献昭示了写作的意义。当然，也反映了 21 世纪之初当代文学史研究的动态和水平。与其他当代文学史相比，董健、丁帆、王彬彬主编的《中国当代文学史新稿》最突出贡献，是动态地呈现了当代文学历史发展的曲折进程与复杂内涵。与通常的三分法不同，《中国当代文学史新稿》将当代文学分为五个阶段（“五分法”），即 1949—1962 年，1962—1971 年，1971—1978 年，1978—1989 年，1989—2000 年。这一分期方法，“既与文学外部环境的制约有关，也是受艺术发展内在规律支配的表现”，抛弃了以社会政治转型为本位的政治优先原则，也抛弃了“去政治化”的“庸俗技术主义”原则，站在沟通文学内外世界的地方，立体地凸显文学的审美生成的动力机制与变异模式，对于文学发展的延续与转折进行更加贴近文学本身的动态描述，巧妙地揭示了制约

① 孟繁华、程光炜：《中国当代文学发展史》，中国人民大学出版社，2009 年版，第 347 页。

文学发展的内外因素的复杂关系，深入地分析了文学的审美创造、审美惯性与社会政治发展之间的互动模式和不平衡状态。《中国当代文学史新稿》没有以绝对的、静态的、平面的、二元对立的视角和方式来描述当代文学，而是以当代文学艰难而复杂的生成过程本身为描述主体；也没有为当代的作家作品排座次，而是将他们置放在共生与互动的文学场域中，考察它们之间的结构关系与历史功效。在具体的论述中，“当时”一词出现的频率极高。譬如：讨论闻捷的诗，选择了“以今天的眼光来看”和“当时成功的原因”的对照性阐释；分析峻青的《黎明的河边》之所以遭受非议，指出根源在于“在当时的权威意识形态看来英雄是不死的”；评述“当时被当成爱情小说”的刘澍德的《归家》，在进行文本解读的同时，揭示了其遭受误读的症结所在；认为宗璞的《红豆》、邓友梅的《在悬崖上》、陆文夫的《小巷深处》等作品“在当时的政治文化语境中”之所以有价值，不仅是因为表现了“人情美和人性美”，“更是因为爱情、个人内心情感生活已然是这一历史时期知识分子保持独立意志的最后的浪漫领地”。这一现象，反映出《中国当代文学史新稿》注重将研究对象还原到特定的历史文化语境中，以立体、综合的视角考察众多因素的交叉互渗及其深层转换。

《中国当代文学史新稿》对文学固有的等级关系进行了深刻的质疑，拒绝用单一标准来判断复杂而多样的文学形态和审美追求，把共同历史时空中的所有文学存在当成有机的生命系统，平等地看待它们的存在价值。该书力图凸现每一种文学形态在功能系统中的独特位置，不进行“过度诠释”，不规避“当代文学经典”，“三红一创，青山保林”全部被纳入重点评述的范围，同时，也对《大波》《六十年的变迁》等“未能终篇”的遗稿进行了简约而深刻的艺术评析与文化透视。在描述文学思潮时，《中国当代文学史新稿》没有简单地认同直线进步的文学进化论，也没有卷入中国传统文学史观预设的退化论或反复退回到原点的轮回逻辑，而以综合的、整体的视野分析文学发展过程的起承转合与曲折起伏。

《中国当代文学史新稿》有着丰富翔实的史料，叙述态度谦逊谨严。在思潮评述部分，《中国当代文学史新稿》往往让史料说话，以实证的态度呈现复杂的历史面貌。尤其值得肯定的是，《中国当代文学史新稿》对于文学作品的传播接受进行了概括性的描述，譬如对《青春之歌》《艳阳天》《欧阳海之歌》等作品，以惜墨如金的笔法交代其版本的变迁；对历史上引起争议的作品，甚至像60年代初期“短篇历史小说”中的《广陵散》和《陶渊明写〈挽歌〉》等篇章，都脉络清晰地勾勒出文本的历史遭遇。同时，《中国当代文学史新稿》通过对代表性文本的历史命运的陈述，也揭示了特定时代对于文本的政治规范与审美要求。

《中国当代文学史新稿》在新的学术视野和治史观点中，将思潮把握与文本分析有机地结合起来进行论述。其以点带面、详略得当的文本解读，既能让读者了解当代文学创作的全貌，又通过对重点作品的深入解析，弥补了抽象的思潮评析的空泛，使叙述变得层次分明，血肉丰满。在具体的文本分析时，《中国当代文学史新稿》极为注重在多元参照的视野中探讨文本之间的关联性，并能较为客观地对作品进行审美分析和语境分析，力求从多侧面、多角度展示文本的丰富性与复杂性。另外，《中国当代文学史新稿》将台港澳文学纳入评述的视野，将大陆文学视为“解放区”文学的扩展与垄断，将台湾文学视为“国统区”文学的延续与变异，并从政治对垒与精神分流的角度讨论两岸文学初始期的基本格局。这种史识极为精到。尤其是，论者将“统一思想”与“反共文学”看成“相同思维不同内涵的文学运动”。《中国当代文学史新稿》将香港文学看成“弹性空间”与缓冲地带，是南来作家、本土作家以及从台湾移民的作家多元共存的舞台。这种逻辑起点也很独特。在这样的认识中，《中国当代文学史新稿》紧扣两岸三地的社会政治关系的互动与文化认同的共鸣，探讨了台港文学对于丰富中国当代文学的多重贡献。最后，《中国当代文学史新稿》对于“戏剧与电影”的当代历程的描述，脉络最为清晰，文本分析最为精当；对于“文化大革命文学”的论述，也是同类著作中最为详尽的，在切中肯綮的分析中灌注了含而不露的批判精神。总之，《中国当代文学史新稿》以平易、朴素、畅达的语言文字，显示出既具历史穿透力又具现实针对性的独特风格和美学魅力，成为新世纪后最具代表性的当代史经典之作。

在文学通史之外，我国80年代中期以后，还出现了不少高校编写的专题史，如1986年王锦泉主编的《中国现代文学专题史》，1987年孙昌熙、朱德发主编的《中国现代文学史新编》，朱德发、蒋心焕、陈振国主编的《新编中国现代文学史》等。这类史著大多由高校老师集体编著，把“专题史”的体例与传统现代文学史的编纂方式在一定程度上相结合，借助其新的史观的注入，注重内容的重点性、宽泛性和“史”的连贯性，也提高了学科教学的趣味性、灵活性和学术深度，对于打破以往的文学史附属于革命史的教材格局有着积极作用。另外，新时期后，我国出现了各种新视角下各有侧重的多种文学史，如地域文学史、民族文学史、华文文学史、女性文学史、流派思潮史以及通俗文学史、小说史、散文史、诗歌史等。这些以不同对象为表现内容的文学史，种类繁多，内容各异，以各自独具特色的观照视点和治史方式，从不同角度对中国现当代文学发展历史进行书写，从不同侧面充实了现当代文学史的内容，以各有千秋的文本风格和各具特色的学术思维，丰富了文学史的写作，共同构成了多视角中中国现当代文学史书写的繁盛局面。

第四章
“中国现代文学”与“中国当代文学”学科差异性研究

中国近代以来的文学发展，已经有近百年历史，其间，无论是就文学观念，还是艺术技巧，无疑经历了有目共睹的巨大变化。伴之而生的文学批评以及作为学科的文学史建构意识，也日益增强。回首历史，因着眼于不同的文学及其相关要素，也相继涌现诸多面貌迥异甚至分歧明显的著作作品。观念不同以及视角差异所产生的本质影响，最终必定铭刻在对具体文学作品、文学现象以及文学思潮的评介行为中来。

第一节　概念内涵：“史”还是“艺”

依据我们的实际境况和学科要求，在现当代文学学科的教学实践中，我们有必要明晰对该学科的认知及接受原则，即我们将现当代文学视为演变之“艺”史，还是将之视为不同语境中观念所促进的精神形象建构史？

一、歧异点

将文学创作作为人类精神创造活动的一种特殊形式，这自然是大家共同认可的。但文学这样一种特殊形式的精神产品，它究竟在多大意义上属于个人精神创造活动？比如，个人的心智及天赋在一部具体作品中有怎样的支配作用，作者个人的现实精神品质、世界观在怎样的程度上影响到作品的思想内涵及审美风貌。如果我们依据这样的视角或观念来认识中国现当代文学的历史，本质上就意味着我们将文学的历史发展，视为是个人精神品质以及天赋技巧的积累变迁结果，这样的文学史观本质上是以“艺”的观念来作为评价标准的。

但是，就中国现当代文学历史的评介，显然并不如此单纯明晰。当我们把文学活动视为具有意识形态特质的特殊上层建筑活动时，文学活动中的很多因素，包括个人风格、题材撷取、趣味倾向等，都或隐或现地与不同的具体历史语境中的观念存在程度不同的关联，在文学形象与形象的深层内涵中常常回荡着历史幽暗绵长的回声，让人感受着艺术作品底层涌荡的社会政治经济文化冲突与重构中潜隐的巨大张力。

二、共通点

无疑，据“史”还是据“艺”的观念来审视现当代文学的历史，这将极大地影响中国现当代文学史的书写面貌。但我们不准备在“史”“艺”两者之间仅执其一，而是力图将两种观念同一于我们学科的教学实践中来，并且认为，这样做也是可行的。

20 世纪 80 年代中期，几个学者提出“二十世纪中国文学”概念，虽然直接动机是将中国近、现、当代三个历史时段文学发展分期打通，从而获得对中国 20 世纪文学的有机整体认识。这无疑表明，中国新时期的文学史家已经具有清醒主动认识中国 20 世纪文学整体面貌的理性自觉。“二十世纪中国文学”概念的提出，首先意味着把文学从社会政治史的简单比附中独立出来，令其在文学这个更明晰的坐标中来审视 20 世纪中国文学的历史发展事实。其次，打通三个历史时段的整体观，无疑能够更加准确深刻地揭示文学发展变化深层本质，从而利于昭示文学作为意识形态上层建筑与民族、国家建构的复杂纠葛关系。近现代时期的文学如此，当代文学尤其如此。在文学的发展嬗变中，社会政治文化的影响是客观事实，这就要求文学史叙述要对这一关系保持清醒，并看到这种关系对文学、文学史结构所能带来的影响。

第二节　现当代文学历史发展的内涵谱图

一、缘起

20 世纪 80 年代的学者之所以有“重写文学史”的冲动，大致是基于两个方面的认知，一方面，就新时期的时代巨变已经没有哪一种理论能够完全适应、解释或指导现当代文学的发展、蜕变，因为整个学科的范围、对象和方法都发生了重大变化；另一方面，却是源于一种交织于学科的历史经验和现实转换的困惑。90年代已经结束了，但是新时期最初的那种研究思路，似乎并没有持续生长起来，甚至于枯萎了。学科研究的思路必须蜕变，然而实践的方向依然不明。实质上，这是文学史的研究在理论预设与实践蜕变间的偏移，导致了文学史研究的这一困惑之境，越是这样的历史情境，越发地需要在文学史研究中保持清醒的理性意识。此外，也有一些基本问题需要我们更进一步地追问：什么是现代性？如何理解西方的现代化道路？我们需要怎样的现代化道路？如何理解“现代文学”这一概念中“现代”两个字的含义？“现代”是一个“时间”的概念，还是具有某种特定的历史内涵？文学的现代性又有什么特殊内涵吗？等等。这些问题都涉及我们这门学科的性质、研究范围，以及该学科的内在矛盾，无不关涉到文学自身存在的根本问题。为厘清这样诸多的概念、问题，回溯中国近现代以来的文学发展历史，就是很有必要的。

就中国现代文学的基本精神而言，启蒙理性是进入学科的关键路径。中国现代文学的产生，是一代知识分子自觉地有意识地共同努力的结果，是对西方文明冲击的积极回应。具体表现为：以西方文明为参照的理性的自觉；以摆脱愚昧为目的的知识价值的重视；以人性批判为途径的反传统的需要；以内省为人格重铸的思想的诉求；以虚己为品格的制度变革的心态；以革命的红色暴力美学为新的审美选择。

现代性的追求作为知识分子有意识的心灵向往，促使“五四”一代人放眼看世界，成为留学生归来“打破铁屋子”的现实号召；自由民主成为体制创新的基本元素；向往工业文明和城市文明成为现代文学的最新品格；以乡野牧歌作为传统农业文明的挽歌；重视个人的体验和尊重个人的价值成为文学的普遍价值；流动的不确定性、人与人之间的陌生感以及对都市情调憧憬、迷惘、失落等心态的描绘成为文学的新质。

“一代有一代之文学”，尤其是近代以来随着对进化史观的逐步接受，为文学的理性建构自觉注入了巨大活力。思、说、写一致的白话语言观念的形成；新的文学形式的尝试；国语作为多民族国家重建的语言工具的确立；外来语、方言与国语并重对作家创作力的激活；等等。如此，汇聚成为一条浩荡的历史奔流，必然地促进现代文学内质的历史性转换。人的文学的自觉追求，使得以人为本成为文学的基本价值观；发展健全的个人成为文学创作的路向；重视人的创造性成为作家的自觉；展示人的复杂性和丰富性成为文学的内在属性；感时忧国与主观抒情成为文学的两大基调；悲剧意识融入现实批判和民族救亡文本，成为诗学的核心。此外，值得注意的还有，商品化成为现代文学的一种品格。现代都市的形成，市民文化为白话新文学的存在营造了基本的空间；科举制度的废除，改变了知识分子晋升路径，使得大量文人转身另谋生路，为白话新文学准备了创作者群体；近代报业、出版业的兴起，为新文学提供了传播、流通的主要渠道；稿费、版税制度的确立，为作家提供了体制外生存的可能和享有人身自由的条件；同时，媚俗又成为新文学作家必须面临的新威胁。

综上所述，“五四”时期是中国历史、社会“发生翻天覆地的变革”的“伟大时代”，出现了众多具有深刻思想文化品格的伟大人物，胡适、陈独秀、鲁迅等人生于这样的历史时期，同时也有力地促进着这个历史时代的前进发展。

与现代时期的“树欲静而风不止”不同，当代文学的“不安分”表明其内涵已经发生了深刻变化，居于主导地位的意识主体已经不是精英知识分子，这从当代文学逐步增多的蔑视诗意、思想或想象力，转而对大众进行迎合。尤其是对“民间”的发现与叙述等特点来看，当代文学与现代文学之间的差异性是明显的。

显然，当代文学以 1978 年为界碑，可以区分为前后两个发展阶段。

就 1949—1956 年这段时期而言，政治与日常情感或者个人情怀还保持了或疏或密的现实关系。尽管对这种相关基本人性表达，即情感表达的内容、方式及其评价立场，先后也在不断发生变化或修正，但是由此文学现象的梳理和分析，是可以见出当代中国文学肇始时期的一般政治理念和文学价值立场，显示出政治理念和文学价值立场是如何塑造与建构的诸多表征：共和国文学中人情的表达内容和方式，与此前现代文学中的形态有着显著差异，情感表达的“规定性”、政治性和价值立场都显得极其重要且明确，甚至由此关联到、决定了文学作品的“正确性”与否。换个角度讲，从 1949 年以后中国文学体现国家政治权力导向的特定历史背景中，可以发现文学表达情感的内容与方式以及与政治的关联度，由此看出文学情感的呈现如何建构了一种新的模式；同时也可以看出新的权力政治和主流/国家意识形态如何引导、评价、规范基本人情、情感（人的感性）的文学表达。

从延安时期开始，文艺能否为政治服务、怎样为政治服务，成为评价文艺工作的重要尺度。在所有的文艺样式中，戏剧受到特别的关注，比如在延安时期先后出现诸如《逼上梁山》等剧目，表明延安文艺座谈会召开以后，改编传统戏剧，表现新的斗争生活，直接为革命服务的戏剧受到了重视。这种境况，在解放后的文化文艺活动中有意识地逐步得到加强，直至后来的“样板戏”。这些“样板戏”被认为“不仅是京剧的优秀样板，而且是无产阶级文艺的优秀样板，也是无产阶级文化大革命各个阵地上的‘斗、批、改’的优秀样板”。①

可以说，正是京剧的程式化、脸谱化等特点，为江青借京剧改革推行“文化大革命”政治理念提供了可能。从而，“样板戏”走进政治生活和社会生活，担负起特殊的政治使命。在当时物质生活和精神生活都十分匮乏的条件下，戏剧活动成为人们娱乐的主要方式，甚至于“样板戏”几乎是当时唯一准许演出的戏剧。美术、曲艺、小说、诗歌等领域，学习和借鉴“样板戏”经验的运动也日趋活跃，直至1971年，“样板戏”一直垄断着文坛。“样板戏”盛行的同时，“文化大革命”最残酷的斗争狂潮也在涌动，在抄家、批斗等活动中，常伴有“样板戏”的演出、播放，可以说，“样板戏”中的斗争模式、话语方式常常潜在地影响着参与造反的青年人。“样板戏”作为“文化大革命”的产物，蕴含着“文化大革命”的精神实质。它的“三突出”，它的“斗争哲学”，它的“阶级”论、“血统”论等，是新中国成立以来以上政治实用主义和“左”倾教条主义之集大成，从根本上说是非理性、非人化、反现代的。

当一种文化思潮趋向极端、与日常现实严重脱离的时候，这种强制造成的伪饰幻象就可能破灭，反拨就成为可能。不过，这一过程也并非一蹴而就。

有学者指出，新时期的三十年来，我们的文学史教材不断翻新、不断变化，虽然文学史教材的封面有着不断变化，但是内容却鲜有变化，更重要的是治史的价值观念没有变化，现代知识分子应有的价值观念立场并没

① 《欢呼京剧革命的伟大胜利》，载《红旗》1967年第6期。

有渗透到文学史的治史过程中。那种零度情感的客观主义历史观成为时尚，甚至也有很多学者在重新审视这一时段历史的时候，还是顽执一种僵化的阶级斗争观点来剖析20世纪80年代共同认同的人类普遍价值、文学思潮、文学现象和文学作品。显然，这样的表述是不承担任何风险的。一部文学史教材如果没有应该持有的人文价值立场，那必定是肤浅平庸的。为什么会形成这样的治史格局而不能自拔，个中原因或是由于话语权始终被一些历史的“亲历者”所把持，这些人大多是那种历史文学语境中的既得利益者，他们如今所谓“重新评价”只不过是在进一步拔高和夸张某一历史时段的文学创作（如“十七年文学”）来完成“二次寻租”罢了。或许，我们应该跳出圈外，才能更清晰地看清20世纪80年代的文学以至文化现象本质。

20世纪80年代文学似乎已经成为20世纪文学中与五四文学比肩的文学盛典，它的辉煌也已然成为至今人们怀念它的种种理由。但是，我们如果将它置于20世纪的历史长河中，尤其是在启蒙与反启蒙的人文思潮中所扮演的是什么样的角色，所经历的是怎样一个历史的过程，以这样的问题与自省意识回望80年代的辉煌文学史瞬间，其间的文学思潮、现象、流派和作家作品的本质特征，似乎要呈现出另一种面貌了。

要论及20世纪80年代文学，首先要描述社会政治文化背景与文学思潮的关联，这两者之间存在剪不断理还乱的关系，舍其背景就很难把握文学发展的脉络。80年代文化思潮实际上有三个转折点：第一个是它的“序幕”，即70年代末的真理标准大讨论；第二个是80年代中期“清除精神污染”和“反资产阶级自由化”运动；第三个是80年代末的那场政治风波。当然，历史的链条是环环相扣的，没有70年代后期的政治动荡就产生不了80年代文学；没有80年代中期的“清污”与“反自由化”，就没有80年代后期文学的“向内转”“寻根运动”和“视点下沉”；没有80年代后期的政治风波，也就没有90年代文学进入消费时代的大潮。从中我们可以看出来，社会政治文化思潮的演进是与文学发展同步的，它们是人文历史前行与后退的两翼，是在同一根车轴上平行转动的车轮。

如果说，在整个80年代的文学思潮和文学创作中的确存在一条启蒙与反启蒙的思潮线索，并且它的表现形态是时隐时现、或明或暗的话，相较之下，90年代中国最为显赫的主导性话语就是“市场”。

对于深受贫困煎熬与欲望压抑的民众而言，世俗幸福的吁求显得异常迫切，甚至于堕入一种非理性的焦虑状态。此前时期社会氛围把正常的欲望诉求视为不道德甚至犯罪的行为，到了90年代，这样几近犯禁的社会无意识在承受了长期的重压后骤然解禁，名正言顺地获得合法性，这种心理反差加剧了道德冲突。昔日的道德权威与社会权威荡然无存，被日益活跃的大众传媒还原成世俗图景，信仰的失落让习惯了以权威统摄道德的人物一时无所凭依。这种戏剧性和富裕生活的诱惑结合在一起，加上转型期的种种不完善，极大地考验着社会的道德。比如，90年代中后期，《抉择》《苍天在上》《大雪无痕》《人间正道》《天下财富》等反腐题材小说成为主旋律文学的中坚；而张平、陆天明、周梅森等作家的道德焦虑及其作品的“道德中心”模式，多有简单化的倾向，但也曲折地反映了权力与市场的复杂关系。像何顿的小说《生活无罪》和池莉的小说《来来往往》，近乎赤裸裸地表现了市民阶层在失去道德屏障后的欲海沉浮。最具有悲剧性的还是知识分子，80年代新启蒙主义思潮已经难以为继，他们自身也开始反省居高临下的精英意识的局限性。价值虚无感与精神幻灭感导致了知识分子的内部分化，姿态下沉成为普遍性的文化选择，无所适从后的盲从使大批知识分子沦为乡愿，而坚守理想往往具有堂·吉诃德式的悲剧英雄的意味。因为理想的价值支撑滞后于现实，具有鲜明的文化保守主义色彩。这样，文学在90年代进入方生未死的转型期，文学主体在危机情境面前显得六神无主。但是，随着新的文化活力和精神质素的发生、发展，新的生机逐渐孕育成型，90年代文学因而具有了一种新旧杂陈的“杂色”，其本质力量只能在后继的文学时代中显现。

近年来，关于“新世纪文学”的说法已较为常见，关于“新世纪文学”的研究也取得了数量可观且颇有绩效的成果。虽然也有学者对这一命名能否在逻辑性上成立存在疑问，但总体上看，无论在时间性维度上，还是在文学史分期的意义上，人们已经开始注意到它相对独立的历史性和审美价值。

众所周知，新时期以来的中国当代文学已历经了两次转型。从文化/社会学层面上说，第一次转型以粉碎“四人帮”“关于真理标准问题的讨论”及“思想解放运动”为标志，文学从政治的禁锢中解脱出来，逐步走向“人的觉醒”和“回归文学自身”；第二次转型以邓小平“南方讲话”和“人文精神讨论”为缘起，在市场化、城市化的影响下带来了思想观念和文学审美精神的再一次变化。到了世纪之交，则又有一系列新的“事件”集中出现：中国加入 WTO，互联网普及，“9·11”和“SARS”事件，等等。文学所赖以生长的社会背景出现了新的景观：大众传媒与网络技术普及和流行，城市化有了长足进展，消费主义思潮蔚然成风，全球化和市场化进程达到新的高度，等等。文化语境的演进对文学提出了新的课题，对人类生存方式的探索、对自身价值实现的渴求以及人的思想观念都进入一个新的阶段，文学也随之出现了一系列的新变。

总体上看，世纪之交以来的文学较之此前的当代文学更为纷乱繁杂，而且由于它是“正在进行时”，要想清晰地勾勒出它的轮廓几乎是不可能的。但是，我们仍然可以从一些侧面，发现“新世纪文学”之“新”除了具有编年史意义上的内涵外，也获得了较之 90 年代文学某些显著的新变，包括文化语境的转型、文学结构的变迁以及出现了哪些新的问题，等等。全面评判新世纪文学的成就和缺失尚需时日，但不妨碍我们通过几个侧面透视新世纪文学较之 20 世纪文学发生的某些变化，讨论其存在的某些问题，考察梳理文学史走向，从而为我们教学实践提供一些有益的思路。

二、变异

（一）

大河之旁必有大城。历史的发展有着偶然和必然的双重因素，同时也显示着特定历史时期伟大人物与时代、社会相互作用的关系，以及民族文化的导向。五四时期是中国历史、社会发生翻天覆地的变革的时代，出现了胡适、陈独秀、鲁迅等文化伟人，他们在历史由渐变到突变的转折关头，发挥了积极作用。

辛亥革命，帝制轰毁，以 1915 年陈独秀创刊《青年杂志》为标志的新文化运动的勃兴，揭开了现代历史新的一页。“新文化”是一个十分宽泛的概念，以它的对立性、革命性，与传统的旧文化划开了一道历史的鸿沟。新文学是在新文化的母体中孕育出来的，它在 1917 年胡适发表《文学改良刍议》的阵痛中破胎降生。同时，这个产儿反过来又促使新文化运动得以广泛深入地传播。1915 年涌起的新文化潮头，由于 1919 年五四反帝爱国运动的推助之功而势不可当。延续几千年的中国人超稳定的天朝模型的世界观、人生观崩溃了，天朝模型的文化中心论也失落了，代之以“转型”的社会文化。以全面反传统为契机的西化派也由此得势。在现代中国思想界，西化论成为文化的主流。西化派认定中国传统文化不仅不能富国强民、救国民于愚弱，反而成了中国现代化的阻力，必须彻底摧毁，才能为拥抱西方现代文化创造有利的条件。大体上可以说，近现代中国知识分子在探求救国方略上，基本上都是在中学与西学、传统与现代的关节点上寻找答案，并以此作为对西洋文明“挑战”的“回应”。不过，这一“文化移植”在五四新文化运动的高潮中得势，则是在近代经历了一个复杂、曲折的中西文化碰撞、斗争的过程之后。令人沮丧的是，近代这一历史变革的思想历程，仍未脱离“中体西用”的思维模式，终于又在“共和”的机体上演出了一幕幕称帝、复辟、尊孔的保皇保教丑剧。痛定思痛，这就使得中国知识分子的心态由在基本思想和体制不变的情况下学洋务，走维新、变法、立宪之路的乐观，不得不转向脱胎换骨地从文化上横向移植、全盘西化来改造国民灵魂，非此就不能自救的文化危机感，进而形成由民主、科学主导社会思想界主潮的局面。

20 世纪中国的希望之光，是洒在青年身上的。陈独秀、胡适、鲁迅等也看准了这一点。他们明白光靠几个先知先觉者的呐喊、呼唤，无法改变中国文化的精神实质，只有唤起一代青年人的觉醒，中国文化的革命才可能取得成功。由梁启超的“新民”到陈独秀、胡适关注“新青年”，启蒙目标的转移和相对集中，表现出新一代启蒙思想家的远见卓识。西化派“文化移植”的基本思路是从外向内，从民族文化心理结构上，肢解传统文化的价值体系（即多看重文化的负面效应），然后逐个击破，并明显地呈现出：掀起“青年文化”与“父辈文化”的矛盾、冲突，撼动伦理文化的焦点，解除道德逼迫和集体麻木状态，改变语言文字符号，展开大众文化，使科学与民主的理性之光烛照中国传统文化的各个角落，并试图为中华民族走向富国强民的现代化之路扫除文化精神（主要是心理）上的障碍。陈、胡、鲁等对“新青年”的呼唤、刺激乃至鼓动，目的是让他们认识到自己的文化心态是与父辈“相互隔绝”的，两代人处于不适应、不协调的矛盾状态和冲突状态，中间横亘着一道“吃人”的“敌对文化”之墙。

挑起“青年文化”与“父辈文化”的矛盾、冲突的发难之作，是陈独秀1915年《青年杂志》上登出的《敬告青年》。这篇解放青年的宣言，高亢而鲜明地指出，新时代的青年应是“自主的而非奴隶的”“进步的而非保守的”“进取的而非退隐的”“世界的而非锁国的”“实利的而非虚文的”“科学的而非想象的”。同时，陈独秀还在《〈新青年〉宣言》中，对“父辈文化”的主体提出了更进一步的要求：“我们相信尊重女子的人格和权利，已经是现在社会生活进步的实际需要。”在陈独秀之后，胡适、鲁迅、李大钊、周作人、刘半农、钱玄同等加入《新青年》这一革命阵营，使得对“父辈文化”的审判更加严厉和激烈，并见诸具体的文化意象和真实的人生。鲁迅的《狂人日记》《我们现在怎样做父亲》，胡适的《终身大事》《易卜生主义》《我的儿子》《不朽——我的宗教》和译介的《娜拉》（易卜生著），以及到五四高潮时初登文坛的女作家冰心写的家庭问题小说，都是一种“审父”意识主导下的对“父辈文化”的批判。而鲁迅的《我们现在怎样做父亲》和胡适的《我的儿子》则是一种作家的自省。由此看出，文化上经历了梁启超时代的“新民”说的鼓动，到五四新文化运动时期变成了“新青年”。文化的重心已转向“青年文化”，且把祖国的未来寄托在“没有吃过人”的“孩子”身上。

面对激荡的五四时代，不难看出陈独秀、胡适、鲁迅、周作人等思想上的矛盾与偏激，无论是对传统文化还是西洋文明，以及他们自身的思想与人伦情感的关系（理性上接受西方现代文明，而情感上又无法完全割舍传统），都有值得重新认真审视的地方。尽管在思想上，他们对于当时西方两个重要的文化观念“科学”与“民主”的理解也都不免流于含混和肤浅，但是他们却看到科学与民主是西方现代文明的主要趋势，也是中国走向现代化的双轨。由于中国文化的内在制约机制，使“中国知识分子无形中养成了一种牢不可破的价值观念，即以为只有政治才是最后的真实，学术则是次一级的东西，其价值是工具性的”。所以，当陈独秀、胡适一投身新文化运动，借助西洋文明的两大学理性观念来解决中国的现实问题时，他们一方面把希望寄托于政治的革命（陈独秀式的）或改良（胡适式的），另一方面又主张借助学术的工具性实现民族文化心理的改造、重建。在五四时代，整个社会弥漫着一种“新思潮”，这一“新思潮”实指从西方引进的各种“思想”“主义”“学理”。它为不同层次的知识分子所消化、吸收，并传布于国人。对此，胡适有一个最基本的解释：“新思潮的根本意义只是一种新态度。这种新态度可叫做‘评判的态度’。”事实上，当时推动这一“新思潮”来涤荡传统文化的原动力是科学与民主。陈独秀《敬告青年》的发表，则把“科学”“民主”作为解放青年、向传统文化宣战的两大武器。他要求青年做到“自主的而非奴隶的”“科学的而非想象的”，就是在张扬“民主”与“科学”。

面对辛亥革命之后新政体中旧思想、旧道德、旧文化的延续，《新青年》里这一精英群体便决心在思想文化战线上开辟主战场，发起强劲的攻势。陈独秀从“文化移植”的角度来谋划中国的新政体，并针对“孔教”这一“伦理文化”的精神支柱，写了《宪法与孔教》一文，呼吁：“欲建设西洋式之新国家，组织西洋式之新社会，以求适今世之生存，则根本问题，不可不首先输入西洋式社会国家之基础。所谓平等人权之新信仰，对于与此新社会新国家新信仰不可相容之孔教，不可不有彻底之觉悟，猛勇之决心；否则不塞不流，不止不行！”而要达到“新社会、新国家、新信仰”的确立，就必须将革命的矛头指向儒教伦理这一“文化焦点”，即儒家的“伦理”作为中国传统文化整体机制的文化聚焦，在五四“新思潮”的冲击下被撼动和瓦解，中国文学的新生因而具备了一种文化上的可能性，同时西洋近现代文学的输入也调动了一种文化的可适性。随着陈独秀的革命性呼喊，吴虞、钱玄同、胡适、易白沙、鲁迅、周作人、李大钊等都作出了积极的响应，向儒教的“伦理文化”开战，且在言论和思想上，又都较陈独秀更进了一步。吴虞是激烈地去打“孔家店”，要对儒教进行彻底的革命：“儒教不革命，儒学不转轮，吾国遂无新思想、新学说，何以造新国民。”时值五四高潮到来，在强大文化批判的冲击波下，这一封建文化的主体，儒教“经学也就气息奄奄，危如朝露”。

紧随其后的鲁迅的小说《狂人日记》《祝福》《孔乙己》的发表，胡适的剧本《终身大事》、译介易卜生《娜拉》、论文《贞操问题》的出现，对伦理文化的批判进入了形象化的国民灵魂的层面，批判矛头深入到国民的集体意识之中。鲁迅概括中国的伦理文化为“吃人”，胡适则抨击正在“吃人”的社会，从而使思想革命借助文学革命由知识阶层扩大到广大民众，成为一场影响深巨的群众性运动。文学革命借重思想文化革命的理性先导，直面人生，关注社会，剖析文化基因；思想文化革命又因文学革命而插上艺术的形象化的翅膀，飞得更高更远。可以说，没有新文化运动的思想革命作先导，就不可能很快产生鲁迅、胡适等一批启蒙文学家反礼教、反儒教的“文化小说”“文化戏剧”。同时，这一批“文化小说”“文化戏剧”的出现，又标志着新文化运动的深化和成功。

中国文化传统有特别看重人文精神和崇尚道德理性的两个方面，但到了五四时期，由于科学、民主等新思潮的冲击，原有的人文精神被视为迷信伪科学，道德理性被个性解放取代，从而一个“重新估定一切价值”的时代到来了。儒教伦理秩序失去了原有的对社会的控制，也失去了原有的神圣不可侵犯的尊严。但是，比之于西方现代文化，近代国民心理层面的自卑是根深蒂固的。可以说这种“文化自卑”实乃一种“文化危机”感下的忧患、焦虑和哀其不幸、怒其不争的心理集聚，是一种世纪初新人的内在精神气质。特别是在中国近几十年屡战屡败的屈辱之下，他们都感到中国在世界的生存竞争中，会因劣被汰、因弱被食。因此，在强烈的爱国主义情感的驱使下，他们大都采取极端的思维方式，用自己文化的劣根性来和西洋文明的精华相比，以刺激麻木的国民，唤醒他们酣睡的灵魂。针对这种麻木状态，鲁迅以阿 Q 为个体文化典型加以解剖，指出了其内在精神枯萎的“精神胜利法”；胡适从“差不多先生”身上找出了中国人的麻木、不求进取、不负责任、得过且过的偷生苟安特性。这些是中国人灵魂深处被儒教伦理腐蚀了的最显著的特征。为了改变国人灵魂的麻木状态，首先要把这种“状态”大胆地暴露于新时代科学的理性之光中。鲁迅、胡适切中肯綮地对中国文化的劣根部分给予了真实的概括和生动形象化的表现。如鲁迅笔下那劣根的“国民性”表现为无聊、自私、麻木、自尊、自大、自贱、庸俗、陈腐，以及一些文化意象：窝里斗、染缸、看客、二丑、奴才等。胡适笔下那肮脏的“国粹”实际上是：辫子、缠足、纳妾、嫖娼、节烈、抽鸦片、迷信鬼神、四代同堂、不负责任、差不多……他们拿这些传统文化中的糟粕（“国渣”）去和西洋现代文明中的精华——科学、民主、自由、人权、平等、博爱、法治、公义、责任等——相比，目的不是在自轻自贱、自我抹黑，而是用一种双向的并非等质的终极对比，刺激国人的沉睡麻木状态，力图使青年人走向健全的自主、自由的发展之路。“新青年”只有解除了道德上的逼迫感，从麻木状态中走出，投身社会实践，才能成为一个独立的、自由的个人。对此，胡适明确地概括为“健全的个人主义”。

文学是一个相对稳定的能动变量，而作为文学载体的语言符号则趋于相对的守恒。在中国文学的发展、演进历程中，知识阶层对文学的改良，尤其是对“活的文学”都有自觉的要求，其目的是要给文学注入新的生机和活力。他们配合思想解放的潮流，使文学由贵族化走向世俗平民化，或使文学参与维新变法，兴国兴民。只是他们在对传统文学的变革中所扮演的角色为局部的“改良”，在文学创作的实践中追求的是“活的文学”创造。事实上，只追求“活的文学”还是远远不够的，因为语言符号还要负载人的思想、情感。到了清末，梁启超等人倡导、实践的“新文体”，与“诗界革命”“小说界革命”相映生辉，为语言符号由近代向现代转变起到了相应的过渡作用。但是这一局部的渐变，却招致“国粹派”文化保守主义者的反扑。但是在 1917 年以后，由于“文化移植”带来的变革和新的“文化模式”的出现，文学获得了真正的新生的机会。于是，在新文化运动的基础上出现了“白话文学运动”，即“国语运动”，并因“人的文学”的新质的注入，为中国文学带来了一场伟大的革命，从而改变了原有的语言符号的文化承受机制，且为文学开辟了广阔的大众文化市场。同时，白话文作为国语成为多民族国家文化重建和国家统一的语言工具。

在五四新文化运动中，以语言符号为文学转型的突破口的首倡者、实践者，为胡适、陈独秀、鲁迅、周作人、钱玄同、刘半农、黎锦熙等。其中胡适在理论上确立了白话文学的正宗地位，并以新诗创作为中国诗歌带来了一次革命性转折。陈独秀从思想文化上给白话文的革命性进程以理性的推动。鲁迅在小说创作中，以“文化”为开掘重心，推出一批“文化小说”，并以他的深刻和睿智，借助白话这一新文学的工具，实现了他“改造国民灵魂的文学”的理想和企求。文学革命在语言符号上的突破性进展，为新文化运动增添了一把所向披靡的理性之剑，也为新文化迈向现代化的坦途提供了新的文化载体。

五四新文学运动使中国文学由贵族、士大夫阶层走向平民，形成了一种新的现代文学形态。这一形态的基本特性可概括为大众文学。从 1915—1916 年胡适与梅光迪、任叔永等人关于白话文学、白话诗的最初论争，到 1917 年以后新文学与旧文学的较量，可以看出，在历史的急剧变革中，旧文学无力抵抗新文学的全面攻势而溃败。可以说，自 1917 年 1 月胡适在

《新青年》上登出《文学改良刍议》，提出文学的“八事”开始，传统的旧文学的主流地位走到了尽头。胡适的“八事”通过文学语言革命的基本途径去解决旧文学作为“死文学”的最严重的弊端，为文学寻找“活”路——“活的文学”。陈独秀从思想文化的高度把握白话文学的发展趋向，为胡适呐喊助威，尤其是他在《文学革命论》中提出了“三大主义”，为文学革命确立了基本的思想导向——“推倒雕琢的阿谀的贵族文学，建设平易的抒情的国民文学”；“推倒陈腐的铺张的古典文学，建设新鲜的立诚的写实文学”；“推倒迂晦的艰涩的山林文学，建设明了的通俗的社会文学”。特别是陈独秀对“三大主义”的进一步解释，为新文学走向平民、社会、大众提供了最基本的理论依据。

作为“大众文学”，其基本含义应该是：它的文学形式和内容上相对的通俗性、现实性是大众的，在传播的量的测定上是大众的，即有意识地用文学把最大量的信息传达给最大多数的人。从“白话文”到“白话文学”，并将其应用于新文化的传播，“这意味着借助群众性交际手段，社会力图使社会最大多数成员获得最大限度的文化信息。由于群众性交际手段的多样性，它们具有同样顺利地、迅速地、卓有成效地，并在同等数量上传递科学、艺术、政治、经济、意识形态、宗教以及其他信息的能力。”文学信息的性质和它的思想倾向性，以及对整个文化的影响，又都取决于文学本身自然、真实的语言表现形式。“白话文学”作为一种直面人生、关注现实的“大众文学”，通过对“大众文化”的启动，使之由传统文化向现代文化做顺时的转折，并将其现实价值充分体现出来。

1917 年以后的新文学与旧文学的显著不同在于，这种由传统到现代的创造性转化，是全方位、多层次的，并以整个文化的变革为背景。而过去几千年旧文学的进化过程多是在文学内部实行局部的调整和革新。1917 年以后的新文学，从作家的文学观念看，明显地体现出开放的世界文学意识、悲剧意识、创新意识。从新文学的社会学属性看，包含了文化实体的开掘、社会机制的批判、社会的参与、对生活的干预、对人生的指导。从文学的外在形式看，小说、诗歌、戏剧、散文、报告文学全面新生，并完成了由文言向白话、古文文学向白话文学的顺转。从文学的精神形态看，文学中人的意识觉醒，完成了由载道向“毁道”的转折，之前文学中占主导的虚伪的道统观念败落，文学张扬出人道主义和自由主义精神；悲剧精神的升腾，带来对瞒和骗的“大团圆”模式的揭穿和批判，从而使文学走向真实，并在此基础上出现了文学走向平民化、大众化的趋势，进而把帝王将相、鬼神妖怪赶出文学的殿堂。

可以说，中国历史上任何一个时代的文学都不曾像五四新文学这样锐意介入社会生活，唤起人的觉醒，参与思想解放运动，并在“转型”后的政治社会生活中，为新文化的重构起到了积极的作用。同时，也只有五四新文学达到了与世界文学发展同步，进入了世界文学那既多元循环又一体化行进的序列之中。这最初的辉煌之下，是一个新世纪的文学创作的精英群体：启蒙者和觉醒者两代作家的接力行进。从《新青年》作家群到《新潮》诗人群，以至“文学研究会”“创造社”（1921 年）的同时崛起，共同为新文学的辉煌带来了相应的精神空间和历史的机遇。

（二）

在 20 世纪 50 年代，“当代文学”意味着五四启蒙和知识分子思想传统已经开始获得成功改造，首先是作为个人的知识分子开始完成了自身的革命化、政治化和政党化的立场改造。意识形态的内容有时并不重要，最重要的是有关意识形态的立场与感情。这与原本出身于工农兵的文艺应该有着不同的且更为深刻的意义。新文化运动的价值观和启蒙意识形态、知识分子的历史地位渐被政党及其政党文化官员和红色文艺家取代。比如领袖情常被视为关乎或测试作家和文学的政治立场与政治觉悟。胡风的《欢乐颂》，冀汸的《春天来了》，之所以被批评，就是因为他们依然用革命小资产阶级的眼光、情感、手法，去看、去表现眼前这个伟大的、意义完全不同的现实。知识分子的这种情感姿态，恰恰印证了国家意识形态对知识分子形象重塑的希冀，即知识分子必须要完全改造为一个新人，思想感情要有彻底的改造。

同一时期，英雄主义或革命献身为中心的精神情怀与政治意识形态同样关系密切。中华人民共和国成立时期新意识形态的建设在文学中着重提倡以工农兵为主的新人形象的塑造，特别是强调和突出革命英雄主义的精神，在各个方面都需要树立革命英雄主义的楷模。战争还没完全结束时，当然需要有英雄主义情感支配的献身和牺牲，但此时新的国家意识形态的建设，仍需要借助于革命献身的政治觉悟和精神情怀。英雄主义，或革命献身的精神情怀，具有特定的政治含义和性质，就是指为党、为领袖、为新中国、为人民、为集体或者说为理想、为革命事业，勇于牺牲、奉献生命，贡献一切的精神情感和境界。所有英雄主义的表达形式都必然包含着个人的牺牲。引申开去，牺牲个人的英雄主义是走向共产主义精神高度的必经之路，同样，怀有个人私利之念则是资产阶级的腐朽思想。英雄主义要泯灭的是个人利益的任何考虑。如果说领袖崇拜剥夺的是个人的自主和自觉的意志，革命英雄主义则在某种程度上将个人观念、个人价值完全置于必须摈除、否定的错误思想的位置上，置于正确意识形态的对立面。英雄主义成为一种价值标准。个人的意义和价值则主要在于必须拥有一个崇高的服务、牺牲的对象与目的。所以，英雄主义的要义说穿了就是个人的献身。与此相应,“不近人情”的文学才会是“正确”的文学。——循此不难发现，中国当代文学、艺术乃至整个意识形态领域中，一直都有一条可称为“英雄主义政治”的鲜明历史线索，而且“英雄主义政治”影响、左右了文学和意识形态的价值立场。如今，塑造当代英雄，弘扬英雄精神，仍然还是当下政治中的主要诉求。我们要在这个意义上关注英雄主义文学的一些特殊功能和作用。

革命英雄主义尤其具有批判和改造知识分子（特别是作家、艺术家）及其他落后分子的思想政治作用，其表达方式基本都是对个人意识、个人利益和个人价值观的批判与否定。周扬的《新的人民的文艺——在中华全国文学艺术工作者代表大会上关于解放区文艺运动的报告》指出，民族的、阶级的斗争和劳动生产成为压倒一切的主题，工农兵群众取得了真正的主人翁的地位。作为对比，明确否定了知识分子所习惯的狭小圈子。工农兵和知识分子对举，一如无产阶级与资产阶级的比较。既是思维习惯，也是政治分级。当然也不限于文艺领域。“文艺工作者是精神劳动者，广义地说来也是工人阶级的一员。精神劳动者应该向体力劳动者学习，一般精神劳动的特点之一是个人劳动（当然许多歌咏队、剧社、电影厂等的活动是集体的)，这就容易产生一种非集体主义的倾向。在这一个方面，文艺工作者应当特别努力向工人阶级的集体主义的精神学习。”——突出的是精神劳动者在政治上的危险性和政治等级中的次等地位。个人与集体主义比较中的政治褒贬格外鲜明。在这种定位中，所谓“工人阶级的一员”之说，变成实际上的毫无意义。秦兆阳也有这种明确的说法：“要把写每一篇作品都当做是一个政治锻炼的过程”。“新的文学是集体主义的文学，不单是作者个人的产品”。对知识分子、文学创作意识中“个人”的批判和否定，目的在于树立一种更加崇高的“献身”价值和“献身”精神——最高的献身就是为党献身，即个人价值的最高升华。文学着力表现的这一过程，在人情、人性的考问和抉择中常会显得异常艰难，甚至有时也匪夷所思。这也是一个完成了“去个人化”、摒除了个人情感，实现个人的政治化，走向革命英雄主义的道路和境界的历程。中国当代文学史在某种意义上也就是不断塑造以革命英雄主义精神为特质的无产阶级新人和社会主义新人的历史。

按照无产阶级的感情逻辑，世界上绝没有无缘无故的爱，也没有无缘无故的恨；爱恨情仇的根源就在阶级立场、阶级感情和阶级关系。因此，阶级情可以基本分为正负敌我两面，一是阶级爱，一是阶级仇。前者可以表现为军民鱼水情、党群骨肉亲、工农阶级情等，后者则是负面的情感，就是仇恨——不管是个人仇、家仇或其他人际仇恨关系，文学处理的基本模式就是将仇恨政治化，最后总是归结到阶级仇。一般来说，阶级仇的觉悟意味着阶级斗争观念的获得，这种思想上的觉醒必然伴随着行动上和组织上的要求，就是斗争、“火线”入党——加入无产阶级的先锋队组织。换言之，个人的仇恨并没有实质意义，个人复仇也不能体现历史的进步性；个人复仇的唯一正确方式必须通过献身于党的事业、经由阶级斗争的途径而实现。这可说是当代文学所表达和提倡的复仇政治。人际感情关系的表现须以阶级关系为根本而展开，并最终落实到阶级关系上。只有阶级关系中的个人情感才是文学意义和价值的体现。随着“阶级斗争”观念的日趋激烈，当代文学中以阶级仇为中心的阶级感情的表达也趋于激烈和白热化。

相对领袖情、阶级情仇，比较难处理的是怎么样去写家庭、血缘、人伦、亲情中的人际人情关系。这在当代文学实践中越来越是个棘手的政治问题——文学策略无从解决这个困难，最后也就只能取消人伦亲情关系的表达，如后来“样板戏”中的人物关系设计。结合作品样式和题材内容，共和国文学初期对人伦亲情的一般处理方式有几种主要的模式。在小说、诗歌（新诗、民歌）中的男女情感，通常要赋予阶级情，因为任何感情都会涉及阶级关系、阶级斗争。比如贫农和恶霸的阶级斗争，这到后来就成了一个规定性的模式。再有，进步/工作爱情是一种非常典型的男女情模式，尤其是在正面描写的人物和故事中非常具有标志性——男女之爱以“进步”为条件，其中也就包含有革命政治和阶级情的决定性因素。相比非常有名的小说是《我们夫妇之间》（萧也牧），它里面要面对和处理的一个问题是家庭夫妻亲情及其暗含的革命政治伦理和阶级关系地位问题：谁改造谁、怎样改造的问题；知识分子如何与工农结合、彻底转变立场和感情问题；文化冲突与政治立场问题；家庭亲情伦理与革命政治伦理问题。如此重大的问题（主题）要从夫妻感情关系中来表达，这与其说是在写夫妻情，不如说就是在写当下政治。所以立场问题和感情的价值取向，其实不取决于夫妻（情爱）关系，而取决于夫妻关系中的政治主导。这样的基本模式，说明共和国文学初期对人伦亲情的一般处理方式。这些作品都不是刻意选择的，都是那两年里创作的，它们在《人民文学》上发表，既是一种革命政治风尚的倡导，也是一种文学创作的标杆，其意义绝不能小觑。在革命队伍里，男女情不是随便能写的，它有规定性，必须有一个更高的阶级情、政治情“挂帅”，男女情才能顺水而下，否则的话就像是“走私”，就会犯“生活错误”，比如低级趣味，比如小资产阶级思想；或只能貌似写情，实则虚晃一枪，游走边缘，遮掩回避。这就要提到一篇很有意思的小说《龙河岸上的英雄》（柳洲）。[①] 小说背景是解放战争时期，核心情节是年轻漂亮的女共产党员周宝珠支援前线作战、掩护伤员养伤。其中两个细节分外突出：一是作者对周宝珠的女性外形描写，刘海、黑圆脸、嘴唇下的黑痣、大眼睛、长辫子；这几乎就是以后文学作品中革命女性漂亮形象的流行“模型”。在这里，能够提示读者的则是，作者注意并强调了描写对象的女性特征，作者将女性当作女人来写了。二是为掩护伤员、麻痹敌人，还没结婚的姑娘周宝珠在敌人进屋搜查时，毅然脱衣躺进了伤员的被窝，冒充夫妇，终于骗走了敌人。在这里，崇高的革命感情克服了男女情的困难和障碍，虽然这个细节非常具有令人想象的暗示。而且，伤员“我”与宝珠的交集也明显是小说情节的主要开展线索和叙述内容。但是，尽管有了这些（包括可能是暗示性的）细节，全篇却并无男女情事及心理的直接描写，革命、进步、立功、解放全中国的信念和理想升

① 《人民文学》1950 年 8 月 1 日出版，第 2 卷第 4 期。

华了一切，也成为小说思想主旨的归结点。因此，对小说篇名的理解，所谓英雄既是指周宝珠和支援前线作战的人民群众，也应该是指超越了男女私情的纯洁、无私、崇高的献身革命的英雄主义情怀。作品表明，革命情怀能够将母性、男女情这种基本情感及其心理感受的表达，压抑、排斥到何等极端的程度。革命的理想功能就是能够升华一切，政治意识和政治信念能够超脱、超越人性的一般底线。文学如何处置人情，说到底是在观念上、理论上包括意识形态上如何认识、处置广义人性的问题。如何认识、处置人性，则首先取决于对“人”的基本理解，取决于对人际关系的基本理解。很显然，将人首先理解为阶级的人、政治的人，将人性首先理解为阶级性、政治性，将人际关系首先理解为阶级（斗争）关系，这是共和国文学对于人的正确政治定位。这种观念、理论或意识形态必须鲜明地落实在具体的文学形象上。但是这样企图以政治超越人情人性的文学叙述行为本身，恰恰内在地存有一种窘境，即文学既想冲出意识形态的重围，实在又无力也不敢公然挑战权力，跃跃欲试之后，最终还是用革命的浪漫主义结束了自己的冒险——尝试以情爱、情色来“削弱”革命的意识形态。这种文学究竟能走多远呢？

概括地说，共和国文学伊始就已运用国家权力资源构建文学言情、抒情的新形式。言情、抒情的性质和主题必须是革命，革命也就成为文学人情的合法性保证；与革命情地位确立的同时，非革命（更不要说反革命）之情逐渐被剥夺了文学表达的资格和权利，也被逐渐剔出、驱逐出了文学表达的基本领域。非革命之情的主体及实质就是与阶级观念相对的多样化，也是多元价值取向的个人情或个人主义，个人情或个人主义属于（小）资产阶级的意识范畴，严重的个人情和个人主义就走向了反革命。因此，文学情的表达有其必然的政治逻辑性。从国家政治角度论，共和国文学的政治特征是国家权力对于文学（生产）的直接操控，这种操控不仅涉及文学的观念和形式，而且涉及文学的社会存在、制作过程等所有方面。也就是说，国家权力对文学的操控不仅体现为上层建筑，而且囊括了整个意识形态领域。如上所述，如果人的情感（喜怒哀乐）的文学表达都由权力规定的话，那么这种规定的目的也就非常明白了，就是精神操控——不仅是思想操控，而且包括了情感、心理、意识的操控。这样，文学和文学情表达的政治特性就凸显出来了。一方面文学能够将国家权力操控具体落实在日常阅读、日常审美之中，将国家意志落实为全民社会意志。这很有点文学“移情”的效用。由此，特定的文学教化之情就渐成全民的意识形态。也就是说，共和国文学对共和国国家权力的情感心理支持和意识形态支持，具有了全社会动员的功能和力量。另一方面，个人情和文学中的个人情又是最容易“出轨”的，一不留神，权力就会驾驭不住情感的野马。“情感走私”不仅是对文学政治性的伤害，更要紧的是会伤及权力的社会基础和社会认识，动摇权力意识形态的最高利益地位。因此最不易受控的情感尤其需要由理性的阀门来增强其可控性，情感控制的任务便总须交由思想控制来承担。一般所谓的阶级感情充当了两重功能：一是阶级立场，二是感情内容或性质。换言之，若是主要从言情论，共和国文学就是表达革命感情、无产阶级感情的文学。这是当代中国的国家文学（情感）特征。

（三）

在那场思想解放运动大交锋之前当然又是文学首先发难，从“曲笔”中呐喊出和五四文学相同的声音。“伤痕文学”使得文学的母题又回到了原点，在某种意义上看，80 年代开始，我们是“重回五四起跑线”！

其实，真正衔接五四启蒙文学思潮，而从“精神伤痕”层面来抒发情感的文学作品应该是属于 70 年代在地下运行的“朦胧诗”。但由于它的发生与时代的社会政治思潮不同步，时差较大；也由于它当时根本没有可能进入正式的出版传播渠道，所以人们往往将“二次启蒙”（如果“五四”算是中国首次现代性的启蒙）的功劳记在时间比思想解放运动稍稍超前一点的“伤痕文学”的发轫之作上了。大量的“伤痕文学”作品虽然起点不高，但是，在那种封建法西斯意识仍很盛行的时代氛围里，这种原始的现代性呐喊却如空谷足音一样振聋发聩，它唤醒、撼动和复苏了埋藏在人们心底里的反封建的现代人性欲望。

最先围绕人性、人道的发现来描写“伤痕”的小说不得不打着社会主义人道主义的旗号，实际上这个理论判断的前提就是错误的。如果说是不得已而为之的策略，尚可原谅，否则，它就是被“左”倾阶级论熏昏了头脑的糊涂判断。殊不知，人道主义是超阶级性的，它没有社会主义还是资本主义的阶级区分，它应该是一个中性的价值判断。因此，呼唤人性和人道主义只不过是回到五四反封建思想原点的表征而已。卢新华的《伤痕》虽在《班主任》之后发表，但是把它标为这个时期特定文学的象征，就界定了“伤痕文学”是以反封建、立人道为核心人文内涵的悲剧表现。所谓启蒙，也只能止乎于此。要想向纵深发展，除了时代条件不成熟外，就是我们的创作者尚不具备启蒙的学养与见识。因为这批作家主要是由知青构成，而知青作家虽有思想的动能但无学养的根基，无知识积累就不能提升自身的人文识见，因此，也就限制了他们在“伤痕文学”里的纵深思考，不能从居高临下的俯瞰角度来运用和调度手中的生活素材。

所谓“反思文学”是承接了“伤痕文学”的思想衣钵，试图从“文化大革命”，甚至“十七年”的历史事实中寻找反人性、反文明、反人道的根源，反思封建法西斯文化专制的因果关系，从而找回失落的人性基点。但是由于它尚未真正进入深刻反思的哲学层面，很快就被廉价的“改革文学”淹没和转移，从而导致了它的流产。总而言之，真正的反思刚刚开始就遭到了“左”倾政治势力的无情封杀，致使启蒙的宁馨儿胎死腹中。

同样，真正的“反思文学”的滥觞仍然应该追溯到70年代以地火运行方式行进的“朦胧诗”，因为它不但抒写了一代人的精神创伤，而且还深刻反思了造成精神创伤的原因，具有浓厚的启蒙意识，它是80年代文学启蒙运动的先声。正如徐国源在他的博士论文中所说的那样：“许多年来，朦胧诗在中国当代文学史上所走过的历程和占据的地位，并没有得到充分的关注和恰当的评价。以往大陆文学史叙述中，朦胧诗被策略地限定在‘反思’的范畴内，忽视其与特定的意识形态的‘断裂’与‘异质’性，无疑消解了它的启蒙价值。那种似是而非的文学定位，使学界对朦胧诗的切入有意无意地回避了它的‘批判性’。”“与反专制文化相适应，以朦胧诗为代表的新时期文学开始了‘启蒙现代性’的重建。……与人的意识和诗的意识的觉醒相随，朦胧诗的批判性主旨也从政治批判、社会批判逻辑性地指向了文化主题层面，从而进入了对封建文化专制制度与文化思想体系的批判与否定中。这种思想穿透的动因，自然与朦胧诗的话语启动有关，还与时代性的‘反思’、深化不无关涉。”①

① 徐国源：《中国朦胧诗派研究》，台湾文史哲出版社，2004年版。

综观“反思文学”，“反思文学”实际上就是以反思人性被阉割的社会原因和思想根源作为描写基点的，也是它重新进入五四启蒙文学通道的一个切入口；可惜这个反思过程被进入文学史的一般作家肤浅化、歧义化了。其普遍存在的问题是反思得不够深刻，作家很难有明确的主体意识把作品的主题引入启蒙的话语语境当中去。

“改革文学”从本质来说，是把本来可以深入探索的启蒙话语引入一个“铺花的歧路”，它之所以很快就走到了尽头，就是从《改革者》《三千万》到柯云路的《夜与昼》《新星》的价值观念又重新回到了造神的怪圈中，在皇权意识统摄下寻觅“清官”的形象成为“改革文学”重回封建意识的表征。当然，很多作品陷入了封建性和现代性的两难选择的悖论之中，作家在“眩惑”（达理的长篇小说《眩惑》就是很能说明这一问题的典范作品）的阴影下，只能寄望于艰难的改革中出现铁腕人物，而非制度的根本转变。可见这些作家的主体意识中“人的觉醒”是没有根基的，无论是在知识体系中，还是在理论素养上，都缺乏“五四”一代作家那种自觉的人文修养。当然，这也是与 20 世纪 80 年代中期的那场政治运动有着关联性的。

改革小说价值观念的偏航，就在于大量的改革小说作家的价值理念是迷茫的，处于一种“眩惑”“惶惑”的意识状态之中，其要害是在作品中失去了作为主体的作家自我价值判断。除了《眩惑》外，像《哦，香雪》中对静态的农耕文明和动态的现代文明冲突缺乏最基本的人文价值判断，而使作家主体陷入两难境地的作品层出不穷。现代与传统，城市与乡土，在香雪的内心世界，也是在作家的主观世界中，价值倾斜已然成为一种钟摆式的艺术表达。更有甚者，却是对农耕文明形态的深刻眷恋，这在贾平凹的作品中就可窥豹一斑。在《小月前本》《鸡窝洼人家》《腊月·正月》这一类改革小说当中，作家的价值观念也出现了极大的惶惑，文本最终更偏向于对传统的封建农耕文明生存形态的眷恋。而在《腊月·正月》里，作家在农村流氓式的暴发户王才和儒家式的封建宗法秩序的乡绅韩玄子的价值选择上同样也出现了迷茫。更为严重的是：“改革文学”走到最后，从《改革者》《三千万》肤浅地重复“十七年文学”的“颂歌”模式外，还开始了“文化大革命”式的造神写作。像《新星》《夜与昼》这样具有现代迷信的反启蒙文本开始出现，显然是对前期“伤痕文学”和“反思文学”启蒙内涵的颠覆与篡改，也是对20世纪80年代文学莫大的讽刺。重塑清官、重造救世主的文本是所谓的“改革文学”走向歧路最显著的标志，也是反启蒙最明显的征兆。

1981年前后发生的围绕着“现代派问题”的讨论，其实质上就是要不要门户开放的社会政治文化问题。“现代派问题”的讨论引发了此后大量外国理论译丛、外国文学作品翻译的出现，翻译界从此掀开了20世纪80年代在短短的十年内像过电影一样把西方世界二百年来的文化经典、文学思潮与方法通通演绎一遍的大幕。围绕着“现代派问题”的讨论，其核心就是接不接受、承不承认西方普遍价值文明的问题，这不过就是重回几百年以前启蒙运动对“人”的肯定的价值观而已。如今来看，这次现代派的争论从表层结构上没有太大的意义，但从深层结构上来说就是关乎价值文明体系在中国社会重建的重大问题，这个问题最终得以认可，才进一步形成了经济上的改革开放大潮。

以“伤痕文学”为起点的新时期文学就是“重回五四起跑线”，因为五四文学是“人的文学”，回到了原点，就是回到了启蒙，也就是认同启蒙主义以人、人性、人道主义为核心内容的人文主义价值理念。而这里又不得不提到“朦胧诗”运动。发端于“文化大革命”时期的“朦胧诗”，作为一股当时在地下运行的诗潮，最终成为文学史突进的一面大旗，应该归功于20世纪80年代几位诗歌理论批评家的思想进取：首先是谢冕的《新诗人的崛起》，后来是孙绍振的《新的美学原则的崛起》，再后来就是徐敬亚的《崛起的诗群》。这“三个崛起”与其说是对文学思想解放起了重要作用，还不如说是对整个人文学科的思想解放起着先锋表率的作用，虽然他们各自还带着浪漫主义和诗歌理想主义的人文色彩与气息，但是他们进一步放大和夸张了人、人性、人道主义的核心理念，才进一步推动了20世纪80年代文学的启蒙主义思潮。1985年后的“伪现代派”问题的争论，其实焦点是定位在对西方世界中的中产阶级和小资产阶级生活观念与生活方式接受的可能性上，其意义并不在于文学本身。1985年刘索拉发表了《你别无选择》、徐星发表了《无主题变奏》，很多著述把它们作为西方形式主义的探索，我觉得这是极大的误读。小说所表达的主题是西方文化观念和生活观念能否融入当下中国，尤其是能否融入当下中国年轻人的生活之中，成为一种更新的文化生活范式的探索。像《你别无选择》中孟野那样被当时认定为疯疯癫癫的生活方式是否有其存在的合理性，成为争论的焦点。当时有人认定它们是“伪现代派”，但是我认为它们的意义就在于它们是双刃剑。“伪现代派”论者虽然指出了这种生活方式有“横移”与模仿西方的“作伪”之嫌，是有其合理性的，但是这种观点又阻碍了通过表象进入思想观念层面的通道，即批判“伪现代派”，也就是说你的价值判断是建立在认可“真现代派”的前提上。而“真现代派”的价值理念就是回到了我们一再强调的以人、人性、人道主义为核心价值理念的平台上。批判它的存在合理性，实际上就是堵死了一个人文启蒙的探索通道。

恰值此时，1984 年是 80 年代思想史和文学史发展中不可忽视的转折节点。在这前后所掀起的文化思想界的一场“清除精神污染”和“反自由化”的政治运动是对“新时期”前期回到五四启蒙价值立场的一次反动，也可以说是“左”倾思潮的又一次泛滥。但是，到 1985 年前后，也就是“清除精神污染”之后，文学发生了根本的转向。有很多知识分子吸取了历次政治斗争的负面教训，尤其是“反右”斗争的教训，开始寻找新的出路，抛弃了人文内涵的叩问与追求。这就是所谓人文学界普遍“向内转”的思想倾向占主导地位的缘由，而这尤其表现在文学创作上的先锋文学思潮之中。此时，除了一部分投身于廉价的“改革文学”的创作外，更多的“清高”的作家打着“纯文学”的旗号，躲进了工具和技术层面来玩文学了。这是中国当代文学六十年来第一次形成规模的“去政治化”而“工具化”的文学思潮。于是，“躲避崇高”，远离人文社会内涵的贵族主义的形式探索开始了。不可否认，通过这种采用形式主义方法可以推动文学的发展，促使文学评论更加鲜活与丰富，但是它一旦脱离了文学作品对人文的本质分析，就会成为无用之功。据说当时有人在十几天之内就写成了一部信息论方面的书，以指导评论和写作，可谓叹为观止。但是这个象牙之塔就像一个建立在沙滩上的大厦，很快就坍塌了。

但是，我们也可以看到这一时期充满着人文主义元素的理论建构，那就是“文学主体性”理论的提出。刘再复“主体性”的提出，实际上是围绕着五四新文学人的主体地位重新确立而提出的命题，应该说它具有深刻的反思和反拨的意味。整个主体性在“人”—“对象”—“接受”三位一体的理论建构中试图确立中国文学研究与批评中“人的主体”的启蒙本源范式。它的意义就在于从学理化的层面对人的主体性的地位做出了学术的界定与规范。尤其是他的那本《二重性格组合论》，更是肯定了人的性格的多重性和复杂性。在这里还需要提及一下对中国20世纪80年代文学形成广泛影响的两本小书：一本是福斯特的《小说面面观》，一本是翻译本《现代小说技巧初探》。这两本书在当时被奉为经典，如同文学的《圣经》，它们和刘再复的《二重性格组合论》一起，对80年代文学批评、文学评论和文学理论的走向与建构起着导航和夯基的作用。尤其是《小说面面观》提出的“圆型人物”“平面人物”的理论，对刘再复的理论建构有着很深刻的参照和互补作用。

这一时期的文学史绕不过去的一道坎就是“文化寻根”运动。这一理论运动恰恰又是一批当年没有很多理论修养和准备的中青年作家发动的，这就有了一些黑色幽默的味道。他们打着“寻找民族文化之根”的口号，而这个口号从骨子里却又是与毛泽东《在延安文艺座谈会上的讲话》中的“中国作风”和“中国气派”的民族性相暗合，是与现代启蒙思想有所抵牾的文学思潮。“寻根文学”者认为五四新文化运动隔断了中国文学和中国文化的源流，而“寻根”就是要重新把它衔接起来。所以，企图在民族传统文化智库中寻觅到文学创作的激活因子，成为寻根者的追求，哪怕是在工具技术层面切进也是欣慰的。因而，在寻根文学的小说创作中甚至出现了一些半文不白的语言叙述文本，其目的就是要回到白话文之前的传统文化语境中去。它是80年代的一场文学创作的热潮，但是又是一场理论的闹剧！它对五四的否定是那么苍白无力，也就是用无厘头的方式否定了五四以来人、人性、人道主义的启蒙核心价值判断，看似是对五四的一次精神剿杀，但却成为了这些作家们集体精神自杀的表演——因为他们对历史的无知而导致了他们仅凭一种本能的农耕文明经验去写作，却又在无意识层面反证了五四启蒙的写作经验，形成了理论与实践巨大悖反的怪圈，即许多“寻根文学”的创作又回到了鲁迅的批判国民性的启蒙主义的原点上，韩少功的代表作《爸爸爸》就是最好的例证。从世界文学的比较格局来看，寻根作家只看到拉美文学的表层结构，那就是异域审美的情调，却忽视了它所蕴含着的巨大的文化裂变因素。故而可以说，“寻根文学”不过是一次试图借鉴和模仿拉美文学运动的失败性尝试，它不但隔断了中国文学历史的现代化进程，而且也阻隔了作家对世界文学格局的深入了解，是对西方文明、文化和文学的无知。这种无知，就决定了这场运动是一个文学上的反现代性的运动。虽然这批作家的价值理念是混乱的，但是他们对五四文学精神盲目无知的批判助推了反五四精神的逆流。

学者丁帆以为，“新写实小说”一开始的目的就是针对“先锋小说”玩形式和“寻根小说”价值错位而生发出的一种策略性口号。为了避免和“旧现实主义”（我这里所说的“旧现实主义”是指从“左联”时期就受到苏联“拉普”文学理论影响，而后又经 1949 年后几次极“左”思潮熏染过的“社会主义现实主义”创作方法）混淆。当时我甚至认为可以借用一直被主流意识形态视为洪水猛兽的“自然主义”创作方法来纠正“旧现实主义”的余毒，所以才主张直接描写那种有质感的“毛茸茸的原生态生活”。其实，所谓的自然主义与写实主义、现实主义都是同根同源，这一点茅盾在五四时期就做过大量的理论梳理。“新写实小说”一开始是以《钟山》杂志的一个“新写实小说大联展”栏目而出现的。在大联展前夕召开了一次学术讨论会，北京、上海和江苏的理论家和评论家都为此次新口号的提出进行了热烈的讨论。当然，对于先锋文学已经走到尽头而无出路的说法并不是人人认同的，但是认为文学创作遇到了危机是基本统一的观点。回到“旧现实主义”是不可能的，尤其是回到“社会主义现实主义”更是行不通了。我们要创造一种新的文体，回到真正能够反映社会生活本相的现实主义当中成为大家的共识，也是大家所期待的。但是谁也说不清这样的现实主义应该是一种什么样的形态，它在中国文化与文学的语境里究竟能否存活。然而，使大家始料未及的是，它在千回百转后直逼琐细的日常社会生活，最终归位到了“鸡毛现实主义”创作平台上。当时有些批评家提出“零度情感”“冷漠叙述”的概念，也是推动“新写实小说”走向极端的动力。这次文学思潮对创作的影响是较为深远的，它的生命力证明了自己很契合中国社会生活中的生存表现与审美情趣。实际上它是借自然主义的外壳，而走近平民的文学样式，打破了几十年来重大题材写作和伪现实主义的创作方法的桎梏，进入了文体自由的时代。

作为“先锋小说”的中坚作家，苏童从《米》回归到写实，余华从《活着》转到了对世俗、历史和现实的关怀，正是验证了他们的“突围”的价值转移的意义所在。“先锋文学”之所以走不下去，除了 90 年代很快就进入了消费时代，接受主体的消失成为直接导因外，更重要的是抽取了作家的价值立场，形式的表演性压倒了作品的内容释放。殊不知，小说的游戏规则变了，魔方式的纯形式表演，不仅成为读者之敌，也成为他们作者自己之敌。从这个意义上来说，“新写实小说”除了解脱了形式的枷锁外，“视点下沉”也成为它们立于不败之地的价值基础，因为日常和平民的视角使其获得了消费时代重生的机缘。“新写实小说”的代表作有：方方的《风景》《桃花灿烂》，池莉的《烦恼人生》《不谈爱情》《太阳出世》，刘震云的《一地鸡毛》《单位》和《官场》，等等。这些小说想回到自然人性和底层关怀的叙述层面，但是由于过分注重琐细的描写方法和在人文价值判断上的模糊性，使其远离了现代启蒙的轨迹，走进了自然主义和机械主义的泥淖，在某种程度上又落入了另一个与启蒙相抵牾的消费文化陷阱。

综而观之，在整个80年代的文学思潮和文学创作中的确存在着一条启蒙与反启蒙的思潮线索，虽然它的表现形态是时隐时现、或明或暗，但其总难摆脱思想史与文学史的纠缠。这种状况，在90年代有所改观。

（四）

90年代的市场化进程借助城市化、信息化与电子化的强力助推，掀起汹涌澎湃的世俗化潮流，这种非同寻常的冲击使90年代小说的创作主体、接受图式和叙事模式陷入了进退两难的危机状态。

首先，是作家的角色危机。乡土中国的市场化意在将乡村改造为城市，将村民改造成市民。相对于乡村生活而言，市场化是分隔的和对象化的，分隔是人们把自己的生活划分为离散部分的过程，而对象化则是个人对事件或一个阶层的非情感主义的反应过程。城市生活挣脱了地缘共同体和血缘共同体的束缚，货币的使用使交换关系和次属角色关系成为人际之间占主导地位的关系，它们是非个人的、特殊的和无情感作用的。民众对世俗幸福的吁求松解着文化专制主义、一体化的教条意识形态等束缚个体自由的绳索，撼动着计划经济模式及与之相适应的极“左”意识形态的根系。但那些被长期禁锢甚至扼杀的欲望一旦解禁，无异于决堤而出的江洪，四处泛滥。西方世俗化的核心是解神圣化，如鲁迅所言的“少坚信”的中国人无宗教神权可解，世俗化的对象应该是准宗教性的、集政治权力与道德化身于一体的世俗权威。根深蒂固的官本位文化以及权钱交易的巨额利润不但没有削弱世俗权威的影响力，反而在某种意义上得到了加固；而无权无势的知识分子莫名其妙地成为为市民代言的王朔的嘲讽对象，成为代人受过的羔羊和被捉弄的对象。启蒙神话和精英神话在内外交困中幻灭。启蒙身份的丧失使“知识者失去了‘立法者’的地位，却连解释者的地位都没有保住，而马上成了‘游民’”。[①] 这对于延续着士大夫的“穷则独善其身，达则兼济天下”的心理定式的知识者而言，无异于釜底抽薪。既然社会良知本来就是自身温饱满足后的余裕，一无所有的知识者的精神逃亡也就顺理成章了。这也是新中国成立以后对知识分子实施的“饥饿疗法”所造成的严重的后遗症：“中国知识分子的悲剧在于那无法忍受的贫困状况腐蚀了他们的批判精神，‘饥饿疗法’使知识分子堕落为一般的求生者。”[②] 工具意识驱使不少文学留守者将写作当成活命手段，何顿毫不掩饰地说：“我纯粹是要吃饭才写作，而且不但自己要吃饭，还要靠写作养一个今年要读小学一年级的女儿，附带地还养老婆，因为老婆工资很低。”[③] 这样的角色定位可谓粗俗的市民化。世俗化潮流对计划体制的瓦解，在某种程度上也给作家带来了更多的选择自由。作家可以跳出“单位”的窠臼成为自由职业者，这强化了作家的个人意识；体制外的生存也使他们可以少受清规戒律的束缚，成为相对纯粹的批判者。但由于中国的公共空间的模糊性和伸缩性，尤其是巨大的经济压力使自由写作成为刀尖上的舞蹈，自由在某种意义上无异于枷锁。

另一方面，市场化带来的自由本身就预设着陷阱，有一种虚假性。市场化进程使人们的工作地点和生活区域彼此分离，这既简化了生活，又加剧了一种独特的封闭和淡漠。愈来愈高的物化程度是和理性化程度紧密相连的，在通常情况下，市场化原则迫使人进行逻辑的交往，而不是情感的交往。这种对象化和分离的迷宫所带来的后果是个人不再是一个完整的人。因为生活被切割得七零八落，个人同其他人的交往大部分是物化关系。在一个庞大的、非人性的环境中，即广阔的、无孔不入的市场中，人丧失了。因此，在这种环境中有必要夸大人，夸大到足以被自我认识。这种夸大导致个性的形成，它最积极的形式是自由。循着这种逻辑，新的问

---

① 卢英平：《立法者·解释者·游民》，王晓明主编：《人文精神寻思录》，文汇出版社，1996年版，第183页。

② 荣剑：《中国知识分子的批判意识与中国知识分子的自我批判》，载《理论信息报》1988年8月15日第3版。

③ 何顿：《写作状态》，载《上海文学》1996年第2期。

题又产生了，如果个人或群体不能通过已有的手段去实现社会确定的目的，他们就会脱离现存社会规范的约束，即成为反常者。在这种情况下，自由就会成为一种多余的自由，丁天在《饲养在城市的我们》中就流露出这种隐痛：“自由了，自由到了明天以后任何一天我都没有具体的安排和打算。……昨天已过去，无法改变。明天不可预知。今天没事可做。”这样的自由，事实上损害了个体的丰富性。弗洛姆一针见血地指出：“如果整个个体化过程所依赖的经济、社会和政治条件不能为个人实现提供基础，而人同时又失去了那些给他以安全的联系，那么，这一脱节现象就会使自由成为一个难以承受的负担。那时，自由就会变为和怀疑相同的东西。”①

其次，是小说的接受危机。随着照相术、电影和电视的发明，图像文化在20世纪逐渐排挤文字文化，成为人类文化的主要存在形态。90年代电脑的普及和不断的升级换代，以及互联网的横空出世，文字文化原有的地位变得岌岌可危。信息化是城市化的坚硬翅翼，城市对这些崭新的信息技术成果的推广似乎总是不遗余力。德国文学媒体学家费利德里希·基特勒甚至在《记录系统》一书中预言：“在未来，以书的形式为主要存在形态的文字文化将彻底消失，文字将仅仅成为历史学家和考古学家研究的对象，普通人将成为真正的‘文盲’，不再会阅读和书写。”② 这样的恐慌毕竟离我们尚远，但中国90年代的文学不论是严肃文学还是通俗文学，都受到了传媒特别是电视的挑战，而且正在那里节节败退，已经丧失了大量的阵地，文学一统天下的局面已经一去不复返了。媒体权力因新技术的不断加盟而如虎添翼，这种权力以城市为核心并向广大的乡村辐射，它对聚居于都市的人构成一种无形的群体压力，个人差异必然引起不安和焦虑，人人相似才是最安全的。传媒塑造的消费意识形态巧妙地利用现代人的孤寂和从众心理，培育出大众寻求感官刺激的庸俗趣味。

受传媒控制的小说创作为了获得市场的青睐，就不能不委曲求全。90年代的小说已经难以绵延先锋作家一度高涨的形式探索的激情，为了迎合

① ［美］埃里希·弗洛姆：《对自由的恐惧》，许合平、朱士群译，国际文化出版公司，1988年版，第25页。

② 章国锋：《文艺媒体学：高科技时代的文艺存在形态》，载《外国文学研究动态》1997年第1期。

传媒对于效益的追求，作家们在语言表达上逐渐向大众的阅读习惯与趣味靠拢，对于“触电”的热忱更使许多作家唯导演的口味是瞻，精英文学与通俗文学的界限逐渐模糊，印刷文学与影视文学的鸿沟逐渐聚合。优秀小说和平庸小说的竞争由于后者更容易被大众理解和令人愉悦，低劣的东西驱逐了优秀的东西，这就使那些形象粗劣、简单、重复，内容荒诞、俗艳、恐怖的作品被大量复制。也就是说，90 年代的小说日益濡染上文化工业的品性。与此相适应，作家对沉重的现实进行轻化处理，以油滑的调侃呈现趣味却牺牲本真，以调和主义的折中消解价值的界限，现实生活的惨淡和艰难的一面被粉饰和遮蔽。90 年代的小说似乎拒绝悲剧意识，它给受众带来感官的刺激而不引起灵魂的震惊，它泯灭人们的反抗精神却催生麻木的宿命意识，它抑制人们的主观创造能力，将想象力和自发性导向萎缩之途。“文化工业通过不断向消费者许愿来欺骗消费者。它不断地改变享乐的活动和装潢，但这种许诺并没有得到实际的兑现，仅仅是让顾客画饼充饥而已。……但是由于艺术作品把不能兑现的东西表现为一种消极的东西，它就似乎又贬低了欲望，从而对不能直接满足欲望要求的人，是一种安慰。美学纯化的秘密就在于把实现愿望表现为突破愿望。文化工业不是纯化愿望，而是压抑愿望。”① 90 年代的小说对大众深层难以启齿的欲望的改造、伪装和疏浚，使它与大众文化殊途同归。

最后，是小说的叙事危机。法国著名哲学家利奥塔尔的总体目标就是以“叙事危机”（The Crisis of Narratives）为中心，展示后现代文化的变迁图景。他认为，启蒙运动促使科学求真与自由解放齐头并进，造成两套宏大的合法化叙事：一是以法国革命为代表的关于自由解放的“宏大叙事”（Grand narrative），富于激进的政治性，注重人文独立解放的思考模式；二是以德国黑格尔传统为代表的关于思辨真理的“宏大叙事”，注重同一性、整体性价值的思维模式。然而，随着时过境迁，那种以单一的标准去裁定所有差异进而统一所有话语的“元叙事”（Meta-narrative）已被瓦解，自由解放和追求真理的两种宏大叙事已成为过眼云烟。英雄时代已经消逝，“叙述功能失去了自己的功能装置：伟大的英雄、伟大的冒险、伟大的航

---

① ［德］马克斯·霍克海默、特奥多·威·阿多尔诺：《启蒙辩证法》，重庆出版社，1990 年版，第 130—131 页。

程以及伟大的目标。”① 英雄拯救、伟大远景等宏大叙事得以存续的文化语境已经崩解，人们对历史上伟大的推动者和伟大的主题嗤之以鼻，取而代之的是“小型叙事”。尽管中国 90 年代远没有跨入后现代社会，但小说叙事的转型轨迹却与利奥塔尔所言大致相同，这种偶合实在是耐人寻思。“英雄的时代结束了……英雄的道路如今荒芜了……如今你找不到大时代的那些骄子的踪迹了。”② 张承志在 80 年代末期的叹惋淤积着太多的追怀和沉痛。

80 年代小说的叙事者采用了一种居高临下的讲述方式，以布道的优越沉迷于绝对权威的自设中。这种压迫式、强制性输送激起受话者的厌烦，造成对话关系的破裂。由于文化语境的转换，90 年代小说的叙事者采用了一种顾影自怜的倾诉方式，这种叙事方式具有微妙的双重性：一方面是叙事主体退入自我世界以抗拒主流话语的兼并与渗透；另一方面是叙事主体以下沉的姿态察言观色，向大众献媚。从俯瞰到平视甚至仰视的转换，表明叙事者与倾听者的平等关系始终未能得到有效的确立，精神沟通也就难以进行。分隔的和对象化的城市生活陷作家于无处申述的压抑状态，表面上交游广泛却又停留于蜻蜓点水状态的人际关系加深了隔绝感，它无形地导致意志和创作力的衰退，这使作家的倾诉欲膨胀不止，失控的喋喋不休只会引起受众的餍足，形成一种恶性循环。

90 年代小说叙事的潜性主调是日常叙事，它的风行一方面是对宏大叙事的偏执性反拨，试图通过回到日常场景抵抗集体话语和主流意识形态的渗透，使个人从群体的牢笼中挣脱出来；另一方面和作家生活视野的日渐狭窄有关，新写实小说作为日常叙事的倡导者，其日常性在城市题材的作品中得到了最为明晰的体现，这显然和城市生活表面敞开但深层封闭的悖谬性生存密切相关。在日常叙事理念的渗透下，经验化叙事和信息化叙事迅速蔓延开来。经验化叙事讲述的是自己的故事，通过展示个人经验的独特性来揭示个人存在的真实性；但是，由于每代人的经验背景的大同小异，以及经验叙事的孤绝姿态对个体与社会、时代、历史的内在关联的漠

① ［法］让-弗朗索瓦·利奥塔尔：《后现代状态——关于知识的报告》，北京三联书店，1997 年版，“引言”第 2 页。

② 张承志：《荒芜英雄路》，中信出版社，2008 年版，第 9 页。

视，经验叙事很快就出现雷同倾向。新生代作家和70年代出生的作家眉飞色舞地讲述的都是隐秘的成长经验，结果是“隐私不私”，但这并没有引起作家们足够的警惕和反省，而是变本加厉地构造一些越轨性文本。“流浪汉，无业者，罪犯，外乡人，内省人，精神病患者，会成为城市生活小说的英雄，因为他们冲出了格式，是制度外的人。他们承担了重建形式的幻想。……这样的生活方式有着传奇的表面，它并不就因此上升为形式，因为它缺乏格调。在突如其来的冲击之下，人都是散了神的。”① 由于经验叙事的缺陷以及个人经验的有限性，驱使一部分作家去探听别人的故事，将沸沸扬扬的社会新闻和道听途说的市井流言引入小说叙事。这种叙事模式在信息时代的怂恿下迅速扩张，但这些缺乏生命体验的点化和想象力的光照的信息化文本，注定只能是速效的与速朽的。正是由于90年代小说的日常叙事无法穿越日常生活的假象和表象，价值判断常常处于一种悬空状态，陷入了一种无处栖留的意义空白，加上作家对媒体时代法则的臣服和对大众趣味的迎合，自我重复现象才会愈演愈烈。而信息化叙事的无节制的膨胀必然侵蚀小说文体的基本规范，使小说文本成为空洞的躯壳，从而缺乏一种内在的灵魂。

90年代小说的日常叙事对经验的断裂性、瞬间性、碎片性的过分强调，使世界的连续性、逻辑性和完整性被严重遮蔽。日常叙事对宏大叙事的虚伪性的拆解与反叛固然有其深刻的文化根源，我们必须扬弃宏大叙事的专制性、主流性和空泛性；但只有借助宏大叙事的历史参照及其透视机制，日常叙事才能得以提升，才能撇开浮在日常生活表面的泡沫，使日常生活成为透视个人与社会、历史、权力的关系的窗口。因为：“日常生活下面，往往隐藏着某种奇特的、激动人心的事物。人物的每一个手势可以描绘出这种深藏的事物的某一面，一个无足轻重的小摆设可以反映它的一个面目。小说的任务正是要写出这种事物，寻根究底，搜索它最深隐的秘密。”② 否则，日常叙事只能在周围陶醉中越陷越深，难以自拔。

90年代小说的危机状态无可避讳。但是，面对文学从中心走向边缘的巨大落差，许多文学主体在无所适从中夸大了这种危机。事实上，文学之

---

① 王安忆：《生活的形式》，载《上海文学》1999年第5期。

② ［法］娜塔丽·萨洛特：《怀疑的时代》，吕同六主编：《20世纪世界小说理论经典（上）》，华夏出版社，1995年版，第505页。

所以存在，并不是因为它能够制造轰动效应，也不是因为它能够给文学主体带来世俗荣耀，更不是因为它能够负载起政治功能，能够成为封建士大夫赢得加官晋爵机会的敲门砖。所谓的“经国之大业”在某种意义上是对文学的施压，它对文学的世俗功用的过分强调抑制了其更为本质的审美功能，其间蕴藏的是根深蒂固的工具论文学观。90 年代的文学危机之所以被反复渲染，正在于市场社会的繁荣使文学在非市场社会中异常发达的政治工具性日渐失落。基于此，危机情境导致了对文学更为变本加厉的工具性驱遣。市场情境下的文学固然不能故步自封，但“危机”并不是文学沦为市场工具的理由。为了“继续生存”，“炒作文学”在 90 年代应运而生。轰动就是繁荣，冷清就是危机，“成者为王败者寇”的市侩逻辑似乎是童叟皆知、深入人心的常识。不幸的是，大多数文学主体并未意识到真正的危机恰恰体现在那些“人造轰动”之中。

90 年代的文学危机在很大程度上只是文学从业人员患得患失的“生存危机”。而就文学的本质而言，其存在的理由是苍凉人世永无休止的苦难、屈辱与创伤，是芸芸众生无法摆脱的人性欲求与做错事的根性。而那些文学经典之所以能够历久弥新，正在于其间闪烁着抚慰此岸世界的无边黑暗与恒常苦痛的精神灯火，正在于贯注其间的大悲悯与大沧桑。在此意义上，所谓的“危机”正是“契机”。

（五）

如果要给世纪之交以来的文化转型做一个概括性描述，那么其核心表征就是在日益多元化和复杂化的基础上又出现了“断裂”化的迹象。世纪之交以来，就中国的社会发展状况来说，市场经济的发展受到各种历史条件的制约，经济结构内部在短暂的繁荣之后，开始出现种种“断裂”状况。经济增长的成果和普通民众的生活之间、经济增长和整个社会的改善之间以及城乡之间、贫富之间等出现了断裂，弱势群体的规模有增无减，公共领域建设仍是一个薄弱环节，缺乏建立多元文化格局的基本保障，因此在利益平等的基础上的文化的多元化就难以真正实现。90 年代以来的文化领域只是较之以往获得了一定的自由空间，但并未最终摆脱政治与市场的“合谋”控制。加之日益强劲的全球化、市场化与消费主义思潮的兴盛，又逐渐制造了新的“话语霸权”，对人进行思想钳制，多元化、个性化诉求终因后劲不足、内力不深而在世纪之交的商业与消费大潮中走向了“断裂”。文学作为文化内部的一个独特的意义系统，不能不受到历史文化语境的影响并对之有所反映。世纪之交的文学在文化“断裂”迹象环生的新的语境下，无论从价值取向、叙事特征还是审美意识等内部层面都呼应着这种转型而呈现出新的特征。

在文学价值取向上，从“需求”（needs）型追求到“欲望”（wants）型追逐成为一个新的趋向。随着消费主义思潮的日渐扩大和西方话语的强力浸透，一定程度上呈现出从“发展主义”向“消费主义”靠拢的趋势，消费在社会文化生活中占据着越来越重要的地位，整个社会呈现出“消费者时代”的特征。在此文化语境中，消费者的消费倾向和心理的重要性日益凸显，并逐步渗透到文学的组织、生产、流通与接受过程中，纯文学的生存空间越来越狭窄。例如，世纪之交各文学报刊纷纷出现“改版热”。在难以抵抗的商业化运作中，文学不只是从外在的活动层面发生了变化，更值得注意的是其内部审美价值取向逐渐转移。消费主义合法性的确立加剧着欲望的膨胀，过去意义上为满足需求的消费逐渐被转换成为满足欲望的消费，或者说对欲望本身的消费，从 90 年代的“个人写作”走向理性式微的“欲望主义”写作。新世纪以来的某些文学创作其价值取向从受理性压抑时所追求的“我需”变成了没有理性约束的“我要”。在文学中个性与隐私成为叫卖的商品，不能不说是当今文学的一个悲哀。此外，文学的价值转型也造成了知识分子批判性的弱化。消费主义大潮与大众文化建构起新的话语霸权，知识分子的价值指向转移到对“新兴神话”的呼吁和诉求，对中产阶级价值观的认同、宣扬，对所谓“成功人士”的仰慕和憧憬，对消费时代自我身份的渴望与焦虑，甚至有的甘心做新型话语权的传声筒了。也有人声言这是一个想高尚都高尚不起来的年代。

尽管文学语言的发展有自身的规律，但世纪之交以来，在外力的冲击下，话语模式不可避免地表现出从“语言时代”到“后语言时代”变化的迹象。本雅明曾把历史和文化的发展分成故事、现代主义语言诗歌、传播媒体三个阶段。世纪之交以来网络的普及和日新月异促进传媒业的迅猛发展，使得文学叙事话语产生一系列新变，而这些变化必然对文学秩序产生剧烈的冲击。其一，网络技术与网络文学的出现，预示着新世纪文学的诗性叙事传统因受到技术性话语的强烈冲击而发生改变。网络文学从网上的

“私人阅读”到出版社的公开发行，作为一种新型的生产方式和文学样式，已经在文坛夺得了它的一方天地。网络文学依靠网络流行语、背景音乐、FLASH 穿插等技术性的话语为主要支撑，使传统的个人写作话语遭到挑战。其二，读图时代的来临。传统的阅读方式是以书本为中介物的“读写时代”，而在高度信息化、技术化的商业化语境中，围绕着我们的影像和视觉信息，构成了我们今天的视觉化生存，也形成了后现代所谓的“眼球经济”和图像化文化模式。图像对于语言的优势使得传统的语言叙事几乎无法抵挡图像的侵袭，如近年来漫画及图画书流行、奇观电影备受青睐等现象。图像以感性、平面、同现性能够满足人们瞬间的快感和娱乐作为自身的主要优势，但对审美主体的内在世界与审美对象之间的距离进行了侵蚀，语言那种以其特有的弹性和张力为受众留下充分的想象空间的文学特质遭到破坏。审美精神的复杂性与永久性遭遇片刻性、当下性消解的危险，甚至传统文学写作所借重的个性化语言被一种大量借助各种流行因素，以能够在最短的时间内引起人们关注为目的的新的叙事话语替代。

从审美精神上说，新世纪文学表现出从“审丑”趋向于“泛审美”的转型迹象。新时期以来第一次转型以“启蒙”叙事对人性的压抑进行反拨，第二次转型则是以各种小叙事、民间叙事等对宏大叙事进行突围，毫不留情地挖掘着人性或历史本真的“丑陋”，消解生命的神圣光环。然而，随着后现代在哲学、伦理、艺术等层面的延伸和大众传媒的攻势，新世纪以来出现了“泛审美”化倾向。在“断裂性”的文化语境中，新世纪文学忽视了前现代性历史因素的沉重挣扎与悲剧性因素，呈现出的是“众生狂欢”的消费主义情绪，文学审美意识具有的内视性与透视性在泛审美化思潮中遭到了拆解。这种审美转型的迹象至少表现在两个方面：其一，从哲学层面来看，实在与影像混淆，一定程度上标志着表层化、感官化、断裂化的后现代哲学的侵袭。艺术与生活混淆而趋于平庸化、日常化，乃至造成了作者主体身份模糊、文体边界不清的现象。其二，从审美主体来看，个人失去了审美的主动性和能动性，成了“时尚”“流行”“另类”生活方式的追逐者。在全球化时代，“生活方式”无疑比“生存意识”更能被大众认同和张扬，广告成为日常生活中无处不在的背景，“时尚生活”专栏在各报刊中纷纷开辟，追逐生活潮流、锁定中产阶级的衣食住行日益成为广播、新闻媒体的主打节目。当然同时期的文学文本也未能跳出这一

“时代潮流”的框架，安妮宝贝的《彼岸花》、朱文颖的《高跟鞋》、邱华栋的《毁容》、铁凝的《谁能让我害羞》等从各个侧面展现了审美主体被阶层化、类型化的东西包裹的倾向。

消费文化不但给现代人心灵带来了新的焦虑和痛楚，而且激化了很多传统的矛盾与悖论，甚至出现了另一种反弹，即反叛与拯救的审美意象在世纪之交达到了高潮，也走向了极端。张炜、张承志、史铁生、北村等人不遗余力地探寻着精神的拯救良方，比如以“宗教写作”为武器对抗世俗，以“大地精神”抵抗道德沦丧等。然而“拯救”意图越强烈，就越陷入“拯救神话”的模式，最后仍免不了落入消费主义文化的窠臼中。因此这种反弹及其反叛性力量并不足以改变这一转型，而其在文学上的日益模式化及精神复杂性的消解，则无疑从另一向度表明新世纪文学与文化发生了不可忽视的转型。

第五章

经典再读：文学史新教法的实践与实验

近代以来，在国家民族现代意识和个性自觉的双重压力下，深具历史感的知识分子时而激昂、时而迷惘。他们在不同的历史错综语境中，曾坚持不懈地寻找恰当的话语方式，希冀一种话语方式能够弥合国家民族话语与启蒙精英话语之间既存已久的徘徊、割裂。本章撷取历史话语冲突、艺术形式内涵以及价值观念转换重塑三个角度，以点带线，勾勒中国现当代文学史学科的概貌。

第一节 历史抉择：精英话语与国家话语

在启蒙知识分子个性话语与国家民族集体想象之间，持续存在一种紧张关系，或隐或显，随着二者内涵变化，在不同历史时期里它们间的相对关系形态亦不相同。

一、《伤逝》：启蒙精英的困境与呓语

《伤逝》写于 1925 年 10 月，是鲁迅唯一的一篇爱情小说，讲述了新文化运动退潮时期两个青年男女不幸的爱情故事。作品形式独特，意蕴深厚，解读空间较大。大多数解读虽各不相同，也都带有一定的合理性。有人认为鲁迅是借爱情悲剧来抒写兄弟之情断绝的隐痛。有人认为鲁迅把文中人物涓生的原型设定为鲁迅，把子君的原型设定为许广平和朱安，认为鲁迅想借《伤逝》表示对朱安的愧疚，同时思考与许广平的恋情。有人则认为小说要探索个性解放或妇女解放的道路。有的人则从其中采用的男性叙事出发，认为小说是对以男权为中心的社会的批判。还有人只注重小说对黑暗社会或知识分子缺陷的批判，更有人则只把《伤逝》当作一篇探讨爱情的小说。

《伤逝》以第一人称的方式，通过涓生的自我内心独白来展开叙述，可以视为涓生的回忆和忏悔录。作品的基调是沉痛哀伤的，并且逐渐滋生

弥漫了一层虚妄气息。其开篇一句便点明涓生写下手记的目的，第二句“会馆里的被遗忘在偏僻里的破屋是这样地寂静和空虚”，“寂静”“空虚”等语词或隐或显反复出现，贯彻收尾。整个爱情故事似乎就在这样一种虚妄的晦暗中发生、发展、结束。涓生和子君是经过美好自由恋爱而结合的一对青年，只是这种离经叛道的爱情并不为人理解，反而是处处遭际了排斥和仇恨。如果说外在胁迫还能够共同抵抗的话，那么正是这一对婚恋青年的爱情本身内在的问题，一步步地肢解了启蒙青年的斗争勇气和理想精神。两人共同生活以后，子君将自己的心力全部倾注于琐细家务，间或与邻里的小官太太暗斗，而涓生也困于由家到局、由局到家的单线生活。工作的辞退、家庭经济来源的断绝，外在胁迫通过这种直接方式渗透压迫着这对青年爱人。两人之间的隔膜日渐加深，涓生不愿待在家里而宁愿顶着严冬的冷风躲到腐旧的图书馆，因为图书馆似乎总还能稍微令涓生内心升腾起来些许希望。

子君最终与涓生分手似乎是逃离这种现实窘况的可行选择。然而，结局却充溢了无以言表的彻骨哀痛。分手也罢，逃离也罢，这不恰是对启蒙文化运动历史创伤的深层展露吗？不恰是在一场轰轰烈烈的新文化运动后，中国社会却是依然痼疾深重、鲜有变动？社会普通大众依然顽执地浸泡在愚昧、麻木、冷漠的泥沼里，子君和涓生间富有生气的新鲜爱情，不正是在这样无边的虚妄暗夜里被侵蚀、消灭了吗？这虚妄不是他物，而是在启蒙的热诚、理想之花枯萎死灭后的土地上，绝望地积蓄起来的浓重瘟疫，它不会放过子君和涓生这种热情胜过理性的青年男女。“我没有负着虚伪的重担的勇气，却将真实的重担写给了她。他爱我之后，就要负了这重担，在威严和冷眼中走着所谓人生的路。”“四周是广大的空虚，还有死的寂静。”固然，子君、涓生自身有过，然而更大的罪薮却隐藏在四周广大的虚空里，怒无可怒，责无可责。“我是我自己的，他们谁也没有干涉我的权利！”他们追求个性解放，尝试自由恋爱，精神上充满着骑士般的优雅和自信。但是他们低估了敌者围剿的决心，高估了自己抵抗的意志，新思潮的洗礼和共同的思想基础这样的启蒙萌芽，显然无法抵御广大虚妄里浸透的酷寒摧折，这也更容易地在子君和涓生间激情多于理性的爱情沉溺中楔入隔膜。

从女性解放角度看，子君在新家庭中放弃了家庭经济权，投身于烦琐家务；她将一切文艺都忘掉了，在无追求中成为俗不可耐的人；与涓生分手，迎接她的只有死亡。就此而言，子君不啻是那场妇女解放运动所结出的苦涩果实。然而涓生，虽然算是子君的启蒙者，但涓生自己也不过是启蒙思想的空口健谈罢了；他心底里其实深埋了怯懦和虚伪，在困境与胁迫中所谓的寻求新的出路，不过是他始乱终弃的借口，不过是令他得以自我忏悔的镀金幻影。《伤逝》犹如一部交响曲，回忆与忏悔、激情与沮丧、理想与怨怼错综缠绕，节奏控制叙述速度，摹写叙述者的情绪形象，变化的叙述速度也在虚妄中铺展开层层哀伤情绪。《伤逝》不只是一个文学的形象文本，本质上它更是那个时代一代人启蒙心路历程的写照，也不避讳说其间隐现着鲁迅切身的人生经验。

二、《围城》：隐喻的现代人文病态

关于《围城》一书的题旨和意蕴，可谓众说纷纭：有人称它是一部批判知识分子劣根性的“新儒林外史”；有人认为它是一部地道的“爱情小说”；推崇者说它形象地证明了资本主义文明不能救中国的大道理，贬斥者则说它只不过写出了几个争风吃醋的小场面。如此等等歧见众多，令人眼花缭乱不知所从。但这恰恰也表明《围城》思想意蕴的丰富性和复杂性。

综观《围城》的思想意蕴，大体上可以分为三个层面。一是社会批判层面，这一层面的意义是显而易见的。作品通过主人公方鸿渐的人生历程，广泛地触及了20世纪三四十年代的社会面和众生相，尖锐地揭露和讽刺了当时的种种人生病态和社会弊端。二是文化批判的层面，诸如高等学府中的勾心斗角，反动政府的思想文化控制，崇洋媚外的文化风气，等等。其中特别值得注意的是对现代文明的病态以及这种病态文明所造成的病态人生——现代人的生存困境和精神危机的揭示，显示出作者阔大的人文视野和敏锐的现代意识。第三个层面则深入到人本的形而上的层次，诸如对人的基本的存在处境和人生的根本意义的探讨，对人的基本根性和人际间的基本关系的探讨。显而易见，它从社会批判到文化批判，再到形而上的哲学探索，意味着《围城》的意义结构是逐层深入、逐步深化的，这是《围城》这部经典作品的真正独特和深刻所在。

《围城》的艺术世界显然是一种特殊的中国社会现实的反映，然而作者观察和透视这一现实的眼光并不局限于民族的范围和社会学的层次。从题材内容上看，《围城》是以半殖民地半封建的中国社会的几块畸形繁荣的现代文明的土壤，以及生活在其中的现代人（上海和香港等现代都市，大学和报馆等摩登场所，西方化了的高级知识分子）为其描写对象的，但是由于作者是把他们和整个现代资本主义世界联系起来，当作现代文明和现代人生的典型来写的，因此《围城》所着重揭示的就不是中国社会和中华民族特有的时代矛盾和社会问题，而是整个现代文明的危机和现代人生的困境这个具有世界意义的问题。作者正是由于把中国这几块现代文明的土壤纳入整个世界现代文明社会来进行批判和反思，从而表现出真正深刻的现代意识和非常敏锐的现代感受力。并进而通过对现代文明的危机和现代人生的困境的观照，深入反思一些有关人类和人生的永恒性问题——如人的本性、人生的意义和价值、人的出路等，这本质地触及了人类存在的整体和本质之谜。

这样的思想意向和审美追求对钱钟书来说是高度自觉的。在《围城》序中，钱钟书就提醒读者："在这本书里，我想写现代中国某一部分社会，某一类人们。写这类人，我没忘记他们是人类，只是人类，具有无毛两足动物的基本根性。"并且，钱钟书在《围城》将近结束的地方，借孙柔嘉埋怨方鸿渐的一句话——"好好的讲咱们两个人的故事，为什么要扯到全船的人，整个人类？"如果我们愿意将文本再次回植于历史语境的话，结合作品的写作时间、1920—1940 年的故事时间和方鸿渐等知识分子形象内涵等这些因素，不正是中国启蒙运动失败之后，血脉里融汇了中西两种知识观念的现代知识分子的历史性尴尬写照吗？反讽形式之下，是不是也隐在潜含了钱钟书对中国现代知识分子的现实身份和历史地位的自剖、自省？

三、《我们夫妇之间》：叙述间的话语冲突

萧也牧的《我们夫妇之间》用生动、朴实、风趣的语言，从丈夫李克的角度，用第一人称讲述了一对青年夫妇进城后的生活冲突故事。这篇小说原载于《人民文学》1950 年第 1 卷第 3 期。1951 年，作者萧也牧因

“小资产阶级创作倾向”受到了严厉的批评，这篇小说首当其冲。

毋庸讳言，这篇小说最值得注意的是作者的叙述“立场”问题。今天看来，作者的叙述立场并非当年批评者所说的那样是一种“不健康”的“小资产阶级”立场。实际上，作者的叙述立场是复杂的、双重的，这也是由男主人公李克的“革命知识分子”的社会身份所决定了的。李克最初的文化身份是现代知识分子，或曰启蒙者，后来又加入了革命者的政治身份。相对来说，后一种政治身份决定了李克必须走上一条“知识分子与工农相结合”的政治化道路，也就是向“工农兵”学习，批判自己，否定自己，改造自己的“小资产阶级弱点”；而前一种文化身份又决定了李克必然会在内心深处，或者在一定的社会生活情境中对“工农兵”（小说中实指农民妻子张同志）保持一种批判性的审视眼光，这其实是李克作为一个现代知识分子的启蒙文化意识的自然流露。看得出来，作者的本意是想站在革命者的立场上叙述，但在叙述的过程中又自觉不自觉地受到了“与生俱来”的知识分子启蒙立场的支配，这一点在小说的第二节中表现得最为明显。

这篇小说总共有四节。第一节是全篇的引子，完全是正统的革命化叙述。知识分子出身的革命干部李克和农民出身的革命干部张同志之间的爱情故事完全被纳入了宏大的革命政治叙事框架之中。然而到了第二节里，李克和农民妻子张同志之间发生了一系列的生活冲突、性格冲突和文化冲突。于是，“我们之间的感情开始有了裂痕”。作品中原本得到整合了的个人化的家庭叙事与公共化的政治叙事之间出现了“分裂”。从总体的情感倾向上来看，在第二节中，作者基本上是站在知识分子李克的现代启蒙立场上来展开叙述的。在知识分子丈夫的眼中，农民妻子显得是那么的“保守”“愚昧”“粗俗”“狭隘”“固执”“嫉妒”……她“无知”地拒绝一切现代城市文明，执拗地一心想根据自己的“农村观点”来“改造城市”。在李克看来，即使是妻子的“艰苦朴素”和“大公无私”，实际上也有着“禁欲”和“自私”的嫌疑。毫无疑问，这一节是这篇小说中最受人关注，也是最容易招来批评的一部分。在这一部分中，知识分子李克在农民妻子面前自觉不自觉地流露出了一种“文化人”或“知识精英”的优越感。

然而，不应忽视的是，在小说的后两节中，实际上还应包括第一节，作者基本上是站在否定和批判李克的“小资产阶级劣根性”的立场上叙述的。在第三节中，作者显然有意设置了这样一个场景：在一个胖胖的资本家公开“压迫”一个瘦瘦的穷家小孩的紧要关头，妻子张同志“爱憎分明”、挺身而出，显示出了大无畏的革命英雄本色。而此时此刻，懦弱犹疑的知识分子李克显得黯然失色、相形见绌。所以在第四节中，我们看到知识分子李克终于主动地向农民妻子“认错”，“坦白交代”自己的“思想过失”，希望获得后者的“再教育”。“放下了知识分子臭架子”的李克在精神上开始“自我更新”，他蓦然发现，原来妻子身上的“保守”“狭隘”“固执”之处其实正是她所特有的“新的东西”，而且这一切“正是他所没有的”！不仅如此，在此时的李克看来，妻子张同志在工作中的“急躁情绪”和“简单作风”至多只能算是“革命者的缺点”，而自己“不自觉地”流露出来的“小资产阶级劣根性”才真正是“病入膏肓”“不可救药”！

如此看来，萧也牧在这篇小说中的主导叙述立场其实是革命叙述，而不是启蒙叙述，他仅仅是在革命叙述的过程中有意无意地流露了启蒙叙述的文化声音而已。然而，在新中国成立初那个泛政治化的历史语境中，萧也牧的启蒙叙述无疑被放大了，而他的革命叙述声音却被那些无情的批评者所忽视了。

四、《陶渊明写〈挽歌〉》：不合时宜的个人话语

作为“浅草社”“沉钟社”重要成员的陈翔鹤，“五四”时期登上文坛；新中国成立后，主要精力投在古典文学研究和报刊编辑上。1961 年，时任《光明日报》副刊《文学遗产》主编的陈翔鹤在《人民文学》11 月号上发表了历史小说《陶渊明写〈挽歌〉》，并于次年推出《广陵散》。这两篇历史小说在 20 世纪 60 年代初的中国文坛上引起了历史小说创作的一个小高潮。

20 世纪 50 年代末到 60 年代初的中国当代文坛出现历史题材创作的短暂繁荣并非偶然。“双百方针”所带来的文艺政策调整，打破了无形中所形成的题材禁忌，为历史题材文艺创作的出现甚至兴旺提供了可能；而紧随其后的“反右运动”又令文艺界形成了新的题材禁区，一部分作家转向历史而规避直面现实，以求自保。然而，对待历史，不同作家表现出全然

不同的情感态度和价值取向。郭沫若等人往往是在“古为今用”的原则下，通过叙述历史达到为当时的政治路线服务的目的。而另有一部分知识分子则借助历史叙述，曲折地表达基于自身内心婉曲的个人话语，传达他们对历史、现实的理解与思考，以及对于底层的关注与同情。在这一取向上，陈翔鹤可谓得风气之先，其历史小说创作极具代表性，并引起其他作家的共鸣，在历史叙述中传达出各自不同的个人话语，如黄秋耘的《杜子美还家》、冯至的《白发生黑丝》，等等。

正因如此，《陶渊明写〈挽歌〉》在基本上以表达主流意识形态诉求为主旨、卷帙浩繁的“十七年文学”中才显得如此卓尔不群。其独特性，一方面在于在一个畸形强调集体主义的时代，作家却不断言说着个人对历史、现实、生死的态度和立场，其笔下的陶渊明是作家个人话语的传载，而并非一个僵死的历史人物；另一方面，在那个普遍洋溢着廉价乐观情绪的时代，陈翔鹤借助历史人物传达出一个有良知的知识分子对于现实的深深忧虑，文字间氤氲着难以言说的感伤和生逢末世的沉重，在普遍染有轻喜剧色彩的“十七年文学”中，自然显得极其“不合时宜”。小说里，陶渊明的形象主要通过几个极其简单的场景得以凸显，而每个场景都基于作家对陶渊明，以及对自身和同时代知识分子的理解。在庐山法会上，慧远和尚的“我慢”让陶渊明看穿了他的虚伪和装腔作势，进而对这位众人心中的精神领袖进行疏离；对现实生活中的权贵、声威显赫的刺史檀道济的拜见和援助，他更是刻意规避与拒斥。陶渊明和儿媳日常闲谈中对周围人物的臧否，则体现出他在一个混浊不堪的时代，对自身人格的守持。无论疏离、拒斥还是守持，都彰显了陶渊明那特立独行的精神立场。这显然需要一种崇高的知识分子人格作为支撑，没有精神上的大勇是不能做到的。然而，小说也通过陶渊明吟咏、欣赏阮籍《咏怀诗》的情节，传达出他那忧时伤世的苦闷与悲愤。这种情绪在小说最后，陶渊明写挽歌自祭中达到高潮。而文字间所弥漫的伤感、苦闷与悲愤显然不仅仅是陶渊明的，也不仅仅是“借他人之酒杯，浇自己之块垒”的陈翔鹤自身的，而应该为当时代知识分子所共有。至此，陈翔鹤在对历史人物的叙述中，通过一种极其个人化的叙事立场，曲折表达了他个人对于一个时代的态度，传达出一代知识分子的心声，力求历史叙述和个人话语达到完美的契合。

《陶渊明写〈挽歌〉》的叙事立场，本源性地决定了这篇小说在当时的不合时宜性。其后不久的1965年、1966年，该作两度遭到严厉批判，被打成了反党反社会主义的大毒草，进而被影射为攻击毛主席、攻击庐山会议。这种形式的知识分子心声的曲折表达，最终也让作家陈翔鹤背负着各种莫须有的罪名于1969年4月22日含冤离世。

五、《面朝大海，春暖花开》：寻找心灵的栖息地

《面朝大海，春暖花开》的写作日期是1988年1月13日，73天之后，海子卧轨自杀。这首诗后来被选入了中学教科书。诗中表达了对于“在尘世获得幸福”的向往，也流露了对于现世的绝望情感，揭示了海子去世前生与死的两难选择的心境。诗歌体现了海子诗歌意象单纯而明净的特有风格。海子写完这首向往大海的诗不久，就在离大海不远的地方永远地放下了对于尘世的留恋。

诗人的死与这首诗的写作如此接近，常使人作各种联想。但日期的接近好像并不能表明什么，虽然是诗人死前两个半月的诗作，但诗中好像没有一点死神眷顾的明显迹象。正如众多评论认为的，这是海子最明亮、阳光的一首诗。诗很美，让人无法联系到死，但诗的明朗中隐约有某种渴望和忧郁，字里行间流露出诗人内心的苦。

《面朝大海，春暖花开》语言平易、朴实，没有任何技巧和雕琢的痕迹。诗歌的意象单纯、明净，表层充满了童真的想象，既有对世俗幸福的向往，又有不愿与世人混同的清高，体现出诗人内心的矛盾。实际上这种内心矛盾一生都纠缠着他，使他难以摆脱。这首诗里诗人表现得相当明朗、温暖，好像惆怅被遮盖了，但诗句中的潜在含义又暧昧、复杂，惆怅的情绪无法完全抹去。诗中充斥了很多充满希望的词语，向往春天的温暖，背后却透露着冬天的讯息，总让人感到危险与悲凉。

尘世的幸福与海子无关，他最终没有摆脱与现实的矛盾，两个月后他就走到了生命的尽头。他用生命证明了诗中的情绪，还是诗歌中的不祥预示了海子的不幸，这好像已经是庄周化蝶一样无法辨析。但有一点是我们可以肯定的，那就是作者的生命和诗是同一的，不可分割的。海子生前好友西川曾回忆说：“海子没有幸福地找到他在生活中的一席之地，这或许是由于他的偏颇。在他的房间里，你找不到电视机、录音机，甚至收音

机，海子在贫穷、单调与孤独之中写作。他既不会跳舞、游泳，也不会骑自行车。”海子与诗歌相依为命，有评论说它是诗歌的烈士，好像他献身于诗歌事业，完全牺牲了尘世日常生活，这倒不如说是海子理想生活现实化的一种悲剧。

诗歌对他来说并不是一种事业，为这种事业而死就是牺牲。他的死不是牺牲，对他来说，诗歌和他相依为命，他死了，诗歌也随他而去。诗歌并不是一种外在于他的价值。创作《面朝大海，春暖花开》这一时期的海子，大概面临着生命中两难的境地：选择尘世的幸福则可能意味着放弃伟大的诗歌理想；弃绝尘世的幸福生活则可能导致弃绝生命本身。海子最终选择了后者。他把祝福更多地留给了世人，自己却没有（或不愿）找到尘世的幸福。[①]

第二节　艺术形式：题材与形式间的紧张内涵

就话语空间的建构而言，在题材与修辞的撷取、经营中，无论干预抑或疏离，都是一种冲动，一种边缘与中心的冲撞、闪避。

一、《女神》：个性与时代伟力的共振

1921 年，郭沫若向寂寞的新诗坛奉献出了他的诗集《女神》，并殷殷地期望通过该诗集，去在“可爱的青年的兄弟姊妹胸中”，“把他们的心弦拨动”，“把他们的智光点燃”。当这部饱含着澎湃诗情、洋溢着强烈的反叛精神的新诗集刚一问世，便像“一颗炸弹”震动了文坛，引起强烈的反响，那情形正好像是对他殷切期待的回应。

近百年风云变幻，给《女神》留下了密密匝匝的时代年轮，但这丝毫没有减弱它在中国新文学史上耀眼的光芒。《女神》代表了一个时代，它

① 俞超编：《中国当代诗歌经典选读》，北京·中国民主法制出版社，2012 年版。

冲决一切罗网、一切束缚，荡涤一切污泥浊水的“狂飙突进”的精神；恢宏雄伟的气势，无遮无拦、一泻千里的感情，以及酣畅淋漓的语言，不仅在五四时期，而且在整个20世纪的诗坛上都是无可替代、独树一帜的。它使中国“新诗”从最初的那种与时代疏离、被时人嗤笑的困境中摆脱了出来，使中国现代文学开始有了真正属于自己品性的诗人。更为重要的是，《女神》还以它的这一“新质”激荡了一代又一代人，培育了许多杰出的新诗人。

《女神》并不是中国新诗坛上的第一部新诗集。在《女神》问世之前的1920年1月，由新诗社编辑的《新诗集》（第一编）出版，这是现代第一部白话新诗集。其中收集了胡适、刘半农、周作人、康白情等人的新诗。1920年3月，最早发表新诗的胡适出版了他的诗集《尝试集》，而晚于《尝试集》的《女神》至多可以算作第三部新诗集。可为什么这第三部新诗集的出版能产生如此巨大的反响呢？就此，闻一多在《〈女神〉之时代精神》一文中说：“若讲新诗，郭沫若君的诗才配称新诗呢！不独艺术上他的作品与旧诗词相去最远，最要紧的是他的精神完全是时代的精神——二十世纪底精神。”《女神》是五四“时代的产儿”，“时代底一个肖子”。①

《女神》之所以成功，就在于它适应了时代的需要，并且找到了与诗的内容相适应的崭新的艺术形式。

我们普遍注意到，《女神》的出现体现了一种全新的反抗旧世界的“动”与“力”。在郭沫若之前，中国新诗坛还没有出现过一位能够在自己的作品中舒卷时代风云、表现反抗旧世界的“动”与“力”的形象，也没有表现这种“动”与“力”的节奏，将宇宙、山岳、江河、日月一齐汇至笔下的诗坛新人。在郭沫若之前，新诗坛上的白话诗大致可分为两类，一类是用白描手法如实描写具体生活场景或自然景物，显示出客观写实的倾向的，如胡适的《人力车夫》、周作人的《两个扫雪的人》等，都是对民生疾苦、社会人生的实写。刘半农的《相隔一层纸》通过屋外与屋内两处不同的场景对比显示出贫富两个世界的悬殊，透露出诗人对社会底层人民生活的同情，但其中缺少强烈的时代个性形象。相较之下，《女神》的出

① 丁亚芳著：《〈女神〉导读》，江苏教育出版社，2001年版。

现恰恰张扬了启蒙时期急切渴望的时代最强音。另一类白话诗则通过托物寄兴，表现对社会人生的感悟与思索，如胡适的《鸽子》、周作人的《小河》等。沈尹默《月夜》一诗写道："霜风呼呼地吹着，月光明明地照着。我和一株顶高的树并排立着，却没有靠着。"在诗的形式上，这些早期白话诗确实是对新诗坛的贡献，无论是白描还是比喻、象征，都具有明白而清楚的特点，表现出散文化的倾向。然而，从另一方面说，这些新诗则缺乏艺术的想象力，大多写得比较平实；诗的题材与形象主要取自诗人的直觉，从中很难觅到诗人想象的飞驰。新文学初期，尤其是新诗，致命弱点是想象力缺乏。我们少能在这样诗的世界中感受到一种"动"的活力和"力"的搏动，因为在这些诗轻慢而平缓的情绪节奏里无法倾听到大海的奔腾、慷慨激昂的时代呼号。这些诗的有板有眼、字正腔圆的咏唱，显然满足不了那个被称为"狂飙突进"的时代的要求。郭沫若的新诗从狭小的天地间冲了出来。他以一种无垠的畅想，将故国、世界、宇宙——这么广阔无际的空间，将过去、现在、未来——这么漫长无终的时间，都一齐融进了自己的诗里，使新诗涵容着从未有过的巨大容量，体现出旧体诗的巨大表现力，同时也搏动着现代人旺盛的生命力和生命激情。郭沫若的诗性光芒使许多同时代的诗人黯然失色。

郭沫若的诗通常被理解为浪漫主义的创作，是自我情绪的抒写，殊不知也是现实的反映，应和着时代要求的节拍。郭沫若在《女神》中创造了一种与破坏一切、创造一切的"力"和"动"的奔放激越的思想感情相适应的形式，那就是自由诗体。五四时期许多诗人的新诗都留有旧诗词的调子。五四文学革命是以新诗革命为突破口的。以胡适为代表的五四新诗运动的先驱者们在新诗的创作理念与实践方面都作了尝试。胡适在《论新诗》里明确提出，必须"推翻词调曲谱的种种束缚；不拘格律，不拘平仄，不拘长短；有什么题目，做什么诗；诗该怎么做，就怎么做"。后来，他又将上述主张概括为"作诗如作文"。这包含了两方面的要求：一是打破诗的格律，以"自然的音节"，即"顺着诗意的自然曲折，自然轻重，自然高下"来确定其音节；二是以白话写诗，实行语言形式与思维方式两个方面的散文化。胡适是新文学史上第一位"白话诗人"，他的《尝试集》被称为"沟通新旧两个艺术时代的桥梁"。如其中的《蝴蝶》："两个黄蝴蝶，双双飞上天，不知为什么，一个忽飞还。剩下那一个，孤单怪可怜；

也无心上天，天上太孤单。”内容非常直白，形式上打破了旧诗格律的拘牵，如同口语白话。这是他的新诗理论的尝试和实践。当时，和胡适一样“从旧式诗词、曲里脱胎出来”的早期白话诗人还有前面已经提到的刘半农、周作人、沈尹默、俞平伯、康白情，他们都是新文化运动的骨干。胡适的《尝试集》虽然是用白话写的，但并没有彻底摆脱旧体诗词的羁绊，也就没有开独创的诗风，始终停留在“尝试”的阶段。即使被有些人推崇备至的五四“人的文学”的倡导者周作人，他那首《小河》，在语言上虽也打破了旧镣铐，却又流露出明显的欧化色彩。反观《女神》，作品创造了自由奔放的艺术风格，这在郭沫若以前的新诗中找不到先例。《女神》不追求任何一种诗的形式，任凭感情驰骋，自然流露，依据内在的感情节奏，自然地形成诗的韵律：《天狗》表现诗人急切的反抗精神，诗句简短，节奏急促，如狂暴的急雨；《立在地球边上放号》显示出不断的毁坏、创造的“力”的强大，诗句较长，如滚滚而来的不尽的海涛；《凤凰涅槃》描绘一种雄浑肃穆的悲壮气氛，所以，诗句较整齐，在整齐中求变化。

《女神》的五十七首诗，时限自1916年至1921年，作品本身就给我们留下了鲜明的时代的足迹。五四运动则成为一个重要的分界线。“五四”以前，诗人心中还郁积着个人的、民族的忧伤和疾愤，诗的格调哀婉低沉。“五四”以后，狂飙突进的时代精神给诗人带来了光明和希望，他找到了“喷火口”和“喷火的方式”，诗的格调变得雄浑豪放，他用诗歌这支芦笛唱出了时代的最强音。所以说，《女神》是五四运动的产物，是诗化了的“五四”精神。其中，爱国主义是《女神》的诗魂。对于“五四”以后的祖国的热情歌赞，对于正在崛起的中华民族的殷切期望，是郭沫若呈献给五四运动的最美好的诗情，也是贯穿《女神》诗集的基本的精神。在爱国主义思想支配下，《女神》所显示的彻底破坏和大胆创造的精神，寄托了诗人的朦胧的革命追求，是近代中国在急遽变革的时代的反映。因此，我们还可以说，郭沫若的反抗精神，彻底破坏的精神，是同他争取民族解放的精神紧密联系在一起的。

《女神》属于那个在新诗领域“开辟洪荒”的时代。它第一次以崭新的形式、火山爆发式的情感，抒发了正在走向觉醒的中国人，尤其是热血青年，在“冷酷如铁”“黑暗如漆”“腥秽如血”的世界中，突破一切束缚，重建一个新世界的理想与追求，集中、强烈地表现了“五四”狂飙突进的时代精神，而它不拘音律的形式，打破了旧体诗的拘牵，为诗人笔意纵横的抒情提供了广阔的思维空间，开创了一代诗风。它对“五四”新诗坛的贡献已经凝结成一个永恒的存在。

二、《边城》：清丽、哀婉的田园牧歌

沈从文（1902—1988），原名沈岳焕。湘西凤凰县人。沈从文 14 岁高小毕业后入伍。1923 年至北京，欲入大学而不成，窘困中开始用“休芸芸”这一笔名进行创作。20 世纪 30 年代起，开始用小说构造他心中的“湘西世界”，完成一系列重要作品《边城》《长河》等。他以“乡下人”的主体视角审视当时城乡对峙的现状，批判现代文明在进入中国的过程中所显露出的丑陋。处于创作高峰期的沈从文代表了当时“京派”文学的最高峰，他独特的风格是“京派”文学审美特质中最引人注目的部分。这一时期最能代表其创作成就的正是写于 1934 年的中篇小说《边城》。

《边城》讲述了一个生命形式与现实处境发生冲突并最终导致生命形式走向毁灭的故事。这个故事寄寓了沈从文对黑暗现实，特别是都市文明的不满和反抗。沈从文以他独特的优美笔调使这个本来田园诗般恬静的故事带上了深沉的悲剧意味，从而使得这个发生在边陲之地的故事具有了人类生命形态与历史现实冲突的本质意味。老船夫和翠翠一直过着的，其实是一种超越功利、生死、爱恨的平静、宽容、自足的生活。他们不要求别人给予什么，也没有什么强加于人。这种生活的自足与完美给人一种超越现实步入神性之地的幻想。汪曾祺称《边城》的生活是真实的，同时又是理想化了的，是一种理想化了的现实。“《边城》是一个温暖的作品。但是后面隐伏着作者的很深的悲剧感。”“《边城》是一个怀旧的作品，一种带着痛苦情绪的怀旧。”（汪曾祺《又读〈边城〉》）

沈从文对世界的感知的基点，是他对于生活在具体环境中的“人”的理解。他常常用到“人事”这个词，它不同于“人生”，更多的时候是人与人、人与社会、人与整个自然之间的关系。他所关注的是人生的真相，而他所看到的真相并不同于那个时代大多数人所看到的——一个人属于自己，无须依附于其他什么。相反，沈从文看到的，是各种阻碍着自己随心发展的东西，是生命的美好同时也是它的脆弱：它需要太多的外界的东西

来维护。这样的思考在他的作品中有着突出的表现，比如《边城》。

《边城》中对“人事”的表现体现在其中的数次“误会”中，最关键的误会是老船夫误将天保视作翠翠钟情的对象，以一种暧昧的言辞将天保和傩送无意间带入竞争之中。当真相大白之时，真正陷入两难的却是老船夫和翠翠自己。“神性自足”的生活从此出现了颠覆的裂痕。《边城》中的悲剧，实际上就是“神性”的生命形式与现实处境之间的深刻冲突，老船夫就像一面镜子，将其置于社会现实之中，就能照见常态生活中不符合人性、不完美，甚至是愚昧、残忍的一面。然而这种愚昧和残忍却又是人类社会与生俱来的，很难被摆脱，甚至都很难被察觉，翠翠和老船夫的天真又使得事情长久得不到澄清。生命形式的自足力量与现实情境的世俗要求，呈现出一种力量对峙的均衡。这种均衡被天保的意外死亡打破，他的死，由于无法找出一个可以直接对其负责的现实力量，导致了与之相关的每个人都陷入了微妙的负疚与怨恨并存的心理状态。这对老船夫自足的生活无疑是重重的一击，一切就此被决定了，命运最终使生命形式与现实情境的“对峙—均衡”走向终结。风雨飘摇之夜，白塔的坍塌，不过是这一终结的象征。

自足—均衡—破灭，这就是《边城》“神性”的生命形式具有象征意味的历程。正是在这里，我们可以看到沈从文对于整个社会、民族、国家的深沉思考。对他而言，文学创作和生命的意义是联系在一起的。他看到，这样的“神性”难以持存的历史其实正是当时整个社会的历史，恰恰是整个社会的卑微局面，造成了《边城》中那无以言传的悲剧。也正因为这“神性”易碎，所以他才格外珍视。因为在他看来，唯有这“神性”，方能抵挡甚至是拯救人们在苍茫历史之中的沉沦，才能使得人们获得升华，去接近“美”，接近“爱”，接近生命的最高意义，接近心中的“神”。

三、《组织部来了个年轻人》：一个布尔什维克的情怀

王蒙的中篇小说《组织部来了个年轻人》是“百花时期”（1956—1957）“干预生活”文学潮流中涌现出来的小说代表作。作品以处理麻袋厂党支部的官僚主义问题为中心情节，结构严谨，语言幽默，心理描写颇见功力。作者通过对知识分子林震和官僚主义者刘世吾形象的塑造，实现

了对官僚主义的艺术批判。

第一个人物是林震，在很大程度上，他可以被视为具有现代启蒙批判精神的青年王蒙的艺术化身。众所周知，以鲁迅为代表的中国现代作家一直习惯于以“医生”和“教师”的精神身份自居，他们希望用文学来“疗救”中国国民的病态灵魂，使他们从精神蒙昧中觉醒过来。这潜在地折射出了他们内心深处的启蒙英雄梦。有意味的是，王蒙笔下的林震正是一名从师范学校毕业的“教师”。林震是带着一本苏联小说《拖拉机站站长和总农艺师》来到区委组织部报到的。这位小学教师的最大梦想就是“按娜斯嘉的方式生活”！用区委组织部副部长刘世吾的话来说，林震“一到新的工作岗位就想对缺点斗争一番，充当个娜斯嘉式的英雄”。由此看来，林震就是新中国的娜斯嘉。他幻想着以启蒙者（“教师”）的身份来教育和改造组织部里那些病态麻木的灵魂，结果被以刘世吾为首的组织部同人（赵惠文除外）判定为一个“小资产阶级幼稚病”患者。在老革命刘世吾看来，“林震同志的工作热情不错，但是他刚来一个月就给组织部的干部讲党章，未免仓促了些”。在工农兵出身的革命权威眼里，知识分子林震还没有当工农兵的“学生”就奢望当“先生”，虽然“可贵”又“可爱”，但毕竟是一种“虚妄”。因此在党小组会上，林震受到了“应有的教育”。也就是说，一直以“教师”自居的林震最终却成了接受“教育”的“学生”。林震的遭遇是苦涩的，在反官僚主义的斗争中他受到了不应有的误解和批评，他也曾一度对自己的行为产生怀疑：“难道自己真的错了？”但他对自己的启蒙历史使命并没有太多的迷惘，更没有绝望。因为在小说的最后，我们看到的是他那仍然不失坚毅的“英雄”身影。

第二个人物是组织部副部长刘世吾。与启蒙英雄林震相比，官僚主义者刘世吾的形象塑造得更加具有精神深度，也更加具有典型性，体现了作者对现实社会生活敏锐的洞察力和犀利的批判眼光。解放以前的刘世吾简直与解放后的他判若两人。那时候的刘世吾和林震一样喜爱读书，而且“最喜欢屠格涅夫”，好的小说能够使他“梦想一种单纯的、美妙的、透明的生活”。不仅如此，青年时期的刘世吾还在北大担任过自治会主席，参加过“五二〇游行”，甚至左腿曾经受过重伤。然而，解放后的刘世吾（“事务”的谐音）逐渐沦为了一个事务主义者，用他自己的话来说：“我真忙啊！忙得什么都习惯了，疲倦了。解放以来从来没睡够过八小时觉。

我处理这个人和那个人，却没有时间处理处理自己。”不难看出，刘世吾实际上是一个清醒的官僚主义者，他对自己的事务主义作风在理智上保持着足够的清醒，但在行动上又有意无意地放任自流、麻木不仁。这使得他与韩常新那种投机型的、市侩主义的官僚主义者区别开来。刘世吾既是一个革命意志严重衰退的干部，同时也是一个丧失了生活热情和人生理想的庸人。他对一切无动于衷，既不像韩常新那样热衷于功名利禄，也不像林震那样充满理想豪情。他看透了一切，以为一切就是那么回事，“就那么回事”成了他的一句口头禅。对于林震所揭露的麻袋厂厂长王清泉的官僚主义劣迹，刘世吾不是不知情，但他有自己的一套“处世”哲学作为回避现实问题的借口，什么“成绩是基本的，缺点是前进中的缺点”，什么“‘是’一定能战胜‘非’，但‘是’又不是一下子战胜‘非’”之类的官僚主义绕口令成了他“人浮于事”的挡箭牌。于是刘世吾在工作中，“不再操心，不再爱也不再恨。他取笑缺陷，仅仅是取笑；欣赏成绩，仅仅是欣赏。”他深深地陷入了生活的泥沼不能自拔，并且以表面上的悠然自得逃避着内心深处的痛苦。应该说，在“干预生活”文学潮流中出现的官僚主义人物形象里，王蒙笔下的刘世吾是塑造得最为深刻的一个艺术典型。

四、《双桅船》：告别，或是相遇？

舒婷的《双桅船》发表于20世纪80年代初，一发表立即引起了轰动，人们争相传诵，开一代朦胧诗之先河。

诗人以第一人称，将自己比作一艘双桅船，向那连绵的海岸倾诉自己的思慕。昨天已经和你告别了，今天却在这里再次相遇，而明天又将在另一处地方相遇。今天一场海上的风暴把我们联系在一起，明天又是另一场风暴使我们再分东西。在这生命的进程中，尽管有“雾”和“风”的摧残和肆虐，但双桅船一直热烈地眷恋着岸的怀抱。这种和海岸不断分离却又总是再度结合的特殊关系，使双桅船终于明确意识到了自己和海岸之间有一种永远无法改变的互相依存和互相依恋的天然联系。这样的意识如同信仰，让双桅船在又一次的分离后发出这样的感叹，“不怕天涯海角/岂在朝朝夕夕/你在我的航程上/我在你的视线里”。

诗歌通过一系列意象和象征手法的运用来委婉地表达情感。“雾打湿了我的双翼/可风却不容我再迟疑”，“雾”象征着“文化大革命”的政治气候残酷地摧残着一代青年人的人生理想，而“风”象征着时代紧迫感给人的动力，动乱结束后时代之风吹醒了青年人，让青年人时常感到一种紧迫感而不让自己停息，从而振奋起精神，不再犹豫，奋起起航。“风暴”暗指诗人与同代人所经历的不平常的年代风云，即“文化大革命”十年浩劫。“一盏灯”指青年人追求的理想，它给人光明，给人希望，给人激励。当青年人人格意识觉醒后，各自有了事业的追求，而不只为男女间的卿卿我我所牵绊，故诗人化用秦观的词句“两情若是久长时/又岂在朝朝暮暮”来表达青年人的现代价值追求。

那么，双桅船是指什么，海岸又是代表什么？作者是想要表达什么样的情感呢？诗的中心关系是“双桅船”与“岸”构成的“我们”关系，“岸”成为“你”，“双桅船”成为“我”。“岸”成为“心爱的岸”，可以理解成心中的恋人，也可以理解成诗人所追求的彼岸目标，即理想；“告别”“相遇”“再分东西”，既是说艰难复杂的人生阅历与爱情经历，也可以说是追求理想的曲折艰辛。“你在我的航程上/我在你的视线里”，既指男女恋人间的互相关注、互相思念与互相依存的关系，也可以指目标与理想永远在青年人追求的航程上，青年人也永远在理想的指引下。

诗中写“双桅船”与“岸”的关系是围绕着“距离”和“思念”来展开的。天涯海角的各自分别，却贯穿着深情的思念，岸总在船的航行目标上，船也总在岸的深情眺望中。有人说，诗歌通过“船”与“岸”的具体形象，表达出了青年男女之间难分难舍缠缠绵绵真挚的爱情；也有人说，它抒发了“文化大革命”后一代青年人对生命价值、人生理想精神探索的心路历程。这两种说法都不足为过。但如果我们用更宽泛的眼光来看这首诗，就会发现它有更加丰富深刻的内涵，比如你还可以说它象征着对祖国的爱、对民族的爱、对家乡的思念，等等。

诗中所表现的情绪与心态，既是诗人自我的、个性的东西，同时，又是那个特定时代的青年们所普遍感受到而难以言表的东西。我们不一定要把双桅船和海岸之间的关系定义为某一种具体事物。也许，诗人只是借这首诗表达对某种远比自己博大精深的力量的钦慕、呼唤与追求。诗人以她细腻的心，运用象征的技巧，把它完美地表达出来，使之成为一首美妙的朦胧诗，一篇脍炙人口的佳作。

第三节　价值塑形：传统与现实的转换与创造

基于对话语行为的深层省思，想象资源的自觉发掘，也反作用地拓展话语自身的认知广度、深度。当这种省思作为理性日趋成熟之时，知识分子个人话语与国家民族话语亦有了互为汲取融合的可能。

一、《屈原》：借古讽今，古为今用

郭沫若于 1942 年 1 月写成的五幕历史悲剧《屈原》，不仅是他史剧创作的高峰，而且也是我国史剧创作中的高峰。它以战斗的主题、栩栩如生的人物形象、紧张的戏剧冲突、诗一般的语言、如画的场面，征服了广大读者和观众，跨越了国界，列入世界名著之林。

《屈原》取材于《史记》中的《屈原列传》《张仪列传》，及《战国策》《韩非子》等史籍中的有关史实。作家反复研究了屈原及宋玉的诗文集，在大量占有史料、长期研究的基础上，进行了大胆的艺术虚构。作品描写了以屈原为代表的爱国力量，和以南后郑袖等人为代表的卖国投降派之间的斗争，表现了爱国抗暴的主题思想，传达了亿万中国人民团结抗战的心声。剧本发表于 1942 年 1 月 24 日至 2 月 7 日的《中央日报》副刊，立即引起了强烈的反响。《屈原》的创作与演出，对于动员全民抗战起到了极大的推动作用，为我国现代话剧史写下了极其光辉的一页。

郭沫若写作《屈原》，是在时代的召唤下，满怀愤怒的激情而提笔的。在当时国内政治动荡，在外有日本侵略的民族压力，特别是“皖南事变”这一直接事件等复杂社会语境，使得郭沫若深切地感到屈原所处的战国后期和 40 年代的中国社会有极相似之处。战国后期的历史，正可照见 40 年代中国的现实。郭沫若用屈原的时代来象征 40 年代的中国，由此可见作者摄取题材的急切现实意图。《屈原》一剧被誉为中国的《哈姆雷特》式的作品。它的成功，不仅由于主题的战斗性和内容巨大的现实意义，还由于艺术技巧上的成熟，使作品具有征服人心的艺术魅力。郭沫若塑造屈原形象，运用了多种描写方法。作者把屈原置身于爱国与卖国的尖锐冲突之中，在激烈的矛盾冲突中刻画屈原，这是作家塑造屈原形象的一个最主要的方法。

作为诗人兼剧作家的郭沫若，他的史剧的语言，几乎都是诗的语言。《屈原》一剧的主人公是世界闻名的爱国诗人，语言的诗意更浓。这主要体现在作家精心挑选了屈原有关诗篇，用来刻画人物、开展情节、烘托场面。用屈原的有关诗篇刻画屈原的性格，这是使《屈原》一剧的语言具有诗意的一个重要手段。郭沫若选择了《橘颂》《礼魂》《惜诵》等诗篇表现屈原不同时候的不同心情。第一幕的中心就是描写《橘颂》，通过屈原对橘树的赞美，描写了屈原与橘树同风的品格和他做人的准绳。以《橘颂》作为全剧的纽带，从《橘颂》开始，以《橘颂》结束，还以《橘颂》象征屈原高尚纯洁的品格。震撼人心的《雷电颂》，是主人公的抒情独白，充分显示了郭沫若浪漫主义诗人的才情与气概。《雷电颂》是作家从屈原《天问》篇诗句中得到启示而写成的。作家对屈原及其诗篇都有深入的研究，他掌握了屈原耿直刚烈而又激情冲动的性格，屈原的诗篇想象力丰富、瑰丽多彩，《天问》一篇更是联想离奇。郭沫若以火山爆发式的激情，灼热的、有节奏、有韵律的语言，构成了《雷电颂》刚健雄伟、气势磅礴的风格，充分地体现了屈原的性格和精神。郭沫若用象征手法，寄寓了深刻的意义。全篇独白重在抒情写意，层次分明，想象丰富，表达了屈原对革命风暴的渴望、对光明未来的追求、对黑暗的诅咒。“独白”可以说是屈原与郭沫若两个伟大诗人同样情怀的合奏曲，既是历史上屈原可能发出的呼喊，也是剧中屈原遭受一连串打击后必然发出的怒吼，更是郭沫若代表抗战中亿万中国同胞迸发出的心声。

戏剧冲突是构成一部优秀剧作的主要因素，而戏剧冲突是生活里矛盾冲突的艺术再现。它是剧作家以其高度的艺术概括力，把现实中错综复杂的矛盾加以精心选择、提炼加工的结果。《屈原》一剧的戏剧冲突表明，一方面郭沫若对楚国的历史境况有着深入把握，了解屈原时代的特征；同时，又紧紧围绕剧作主题思想。郭沫若舍弃了关东六国与秦国的斗争，舍去了关东六国之间的矛盾，紧紧地抓住楚王朝内部的矛盾（这是秦楚斗争的反映）来组织戏剧冲突，集中地把屈原为代表的爱国力量与卖国集团之间的激烈斗争加以戏剧化。全剧的戏剧冲突紧紧围绕爱国与卖国、抗战与投降的斗争作为中心，因而戏剧冲突集中、单一，发展也很迅速。

二、《小二黑结婚》：政治话语与大众化结合的创作典范

在中国文学发展史上，“五四”文学革命起到了“典范转移”的作用。仅就小说体式而言，“五四”之后现代小说的结构方式基本上是外来的。这种由胡适在1918年首先引入的“横截面”式结构方式，犹如植物学中通过年轮研究树木、医学中通过切片观察细胞，显然与近代唯物主义思潮的发展、自然科学的进步密切相连，表现出现代化的特征。毋庸置疑，这促进了中国文学的现代化，同时，读者对文学的理解也更加富有现代意味。

然而，我们也应看到另一个不容回避的问题：新的小说体式与处于“前现代”阶段的中国读者，尤其是农民群众的文化水平、欣赏习惯是不相适应的。怎样创造出既能为农村大众喜闻乐见，又能够反映现代生活富有现代品格的文学作品，就成了作家必须面对的艺术难题。

正是在这种背景下，《小二黑结婚》的出现，就具有了文学史意义。赵树理的这部成名之作于1943年9月出版后，半年内发行四万册，创下了新文学作品在农村畅销流行的纪录。而且，《小二黑结婚》还被改编成各种曲调的戏曲，成为广受欢迎的剧目之一。直至今日，《小二黑结婚》的故事仍得到无数读者的关注。

我们认为，《小二黑结婚》的成功就在于作者巧妙地应和了时代对文学的要求，正确处理了文学现代品格与文学大众化的关系，对中国传统小说体式及“五四”新小说体式进行了扬弃与改造，从而创制了评书体的现代小说形式。

首先，赵树理在文学的民族化、大众化上的创造表现在他的小说结构上。我国古典小说的结构不像西方现代小说那样，常常截取生活的片段，而是有头有尾，情节连续地讲述一个完整的故事。而且众所周知的是，中国古代的套说作品往往都是可以说的，是说书人的底本。因此，其结构特点就与普通读者的欣赏习惯相适应。然而在长期发展过程中，这种小说结

构也暴露了一些不足之处，突出的一点就是陈旧的程式化框架。诸如“花开两朵，各表一枝”“欲知后事如何，且听下回分解”等套语是不可能引起阅读新奇感的。

《小二黑结婚》正是扬弃了传统小说章回体的程式化框架，而汲取了讲究情节连贯性与完整性的结构特点。按照农民的欣赏习惯，总是希望在情节展开之前，先知道故事涉及的时间、地点、人物等内容。《小二黑结婚》正是从“刘家峧有两个神仙”开始娓娓道来。这就既介绍了故事背景，又以“神仙”“神仙的忌讳”等满蕴传奇性的文字一下子抓住了读者的心，更凭“不宜栽种”“米烂了”等故事初步表现了人物的性格。在情节展开之后，赵树理特别注意章节之间的前后勾连。每一章的结尾，往往并不结束故事，而是引起新的疑问或矛盾，而下一章的开头就紧接回答这个疑问，解决这个问题。然后再重打锣鼓，转入新的情节中去。在介绍了“米烂了”这个故事后，作者放下了虔诚的二诸葛，单写三仙姑为什么要装腔作势扮天神，显然这也是读者正关注的困惑。由这段叙述，又引起了“三仙姑有什么本领能团结这伙青年呢？这秘密在她女儿小芹身上”，于是自然转入了小说的第三个章节“小芹”。而小说到了第十一节“看看仙姑”，故事已经结束了，然而作者仍加写了一节“怎么到底”，对两个神仙的变化作了明确交代。

有头有尾，情节完整连贯并没有妨碍《小二黑结婚》故事的曲折起伏。相反，在布局的巧妙变化上，赵树理下了不少功夫。方法之一是用大故事套小故事。《小二黑结婚》像赵树理的其他作品一样，并没有离奇的情节、惊险的场面、紧张的气氛。在这些作品中，倒是许多小故事平添了意兴。小芹严拒金旺、二诸葛收留童养媳等，都使整个小说大为生色。作者又摒弃了评书在小趣味上大加渲染的传统手法，使故事进展得更快，以适应读者要求。此外，赵树理还借鉴了传统说书艺术中的“扣子”手法，即用卖关子的方法来吸引读者。故事虽名为《小二黑结婚》，但主人公小二黑却迟迟没有出场，直到第三节，才由小芹牵连出了这个人物，但也只是一句话而没有任何扩展。对于小二黑的详细介绍要到第五节才能看得到。再比如三仙姑本来极不情愿女儿嫁给小二黑，可又在小芹被送给区上后，打到诸葛家门上。这中间的因缘，作者也没有立刻回答，而是先讲二诸葛寻子，再叙述三仙姑的心态。

不难见出，《小二黑结婚》的结构是赵树理学习古典小说、民间说书艺术，而又有所改造发展的结果。整个叙事结构完整，脉络清楚，又时有波澜，能够紧紧抓住读者的心灵。比如，在人物塑造上，《小二黑结婚》也取得了突出成就。为表现人物性格，作者基本不自己介绍、评价人物，而是通过人物的语言、行动来展现个性。而在古典小说、评书中，也是富有民族色彩的方法。再比如，在小说的语言艺术方面，《小二黑结婚》也显示了作者可贵的探索精神。《小二黑结婚》的语言是本色的，是真正大众化、口语化的语言。对于文字的选择，赵树理曾这样举例说明：“‘然而’听不惯，咱就写成‘可是’；‘所以’生一点，咱就写成‘因此’。”这表明作者在语言艺术上，是有意地去除“五四”以来文学作品中的欧化句式、“学生腔”等与劳苦大众接受有距离的成分，而刻意依照他们的接受习惯择取生活语言。如“要正经除非自己锅底没有黑”，“又做巫婆又做鬼，两头出面装好人”等都是源于民间的说法。此外，作者还注意使用群众中已有的流行的新闻词，如写三仙姑“回去对着镜子研究了一下”、金旺兄弟要“斗争”小二黑及小芹等语言中的“研究”“斗争”等词语虽然用法与现代汉语有距离，但丝毫不给人以语法不当的感觉，反而使全书意味盎然。《小二黑结婚》的语言还吸收了说书、戏曲中的某些因素，如“传为笑谈”“不敢恋战”“真是人人拍手称快”，等等。

本色民间的语言并不是说作者对小说语言不必进行选择加工，恰恰相反，赵树理在这方面下了更大的功夫。在写到三仙姑的丈夫于福时是这样的：“于福是个老实后生，不多说一句话，只会在地里死受。”如果把“死受”换成“蒙着头干活”，则不但啰嗦而且显得一般，而用“埋头苦干”又太文绉绉，都失去了原有的凝练形象与音韵的短促有力。显然，赵树理对语言的加工一点也不弱于其他作家。看似平易简单的语言，实则辛苦不寻常。

《小二黑结婚》的语言的另一个重要特点就是动作性强，节奏感鲜明。这显然是吸收传统说书艺术长处的结果。如三仙姑来到区上后，区长与她有一段问答，两三个问题之后，作者干脆省略了主语，小说写道：“问：‘使了多少钱？’答：‘三千五！’问：‘还有些什么？’答：‘有些首饰布匹！’……”如此接连的一问一答，简直就可以直接当成唱词来表演了。至于按照传统说书的语气来写作，在小说中更是俯拾皆是了。可以看出，

《小二黑结婚》的语言源于民间，却又是个人化的。在文学语言艺术性与通俗性的结合上，赵树理达到了很高的境界。

综上所述，《小二黑结婚》获得了突出的成就，实现了艺术性、民族性、大众性的比较完美的结合。而赵树理面对传统文学、民间文学以及“五四”以来的新文学、西方文学等文化资源，所作出的择取，直至今日仍然是一个饶有趣味的话题。

三、《棋王》：混沌涌荡的滞重与轻灵

中篇小说《棋王》是阿城的代表作，也是20世纪80年代“寻根”小说的代表作之一。从作品的精神旨趣来看，这篇小说表现了作者试图从中国传统的道禅文化精神中寻找重铸现代中国国民灵魂的思想资源的倾向。小说的主人公王一生是一个染有浓重的道禅文化色彩的人物。作为一个“文化大革命”期间的知识青年，他能够身处乱世而不惊，既不随波逐流，陷入“极左”政治的泥潭，也不苟且偷生，过一种浑浑噩噩、无所事事的日子。相反，王一生有着自己独特的人生哲学和生活态度——“人道”，这集中地表现在他的“食道”和“棋道”之中。

《棋王》中关于王一生的“吃相”的描写是历来为读者所津津乐道的。王一生在火车上小心翼翼地不放走任何一粒米饭，渴望留住一切营养成分的行为，正反映了他对“食”的高度重视。所谓“民以食为天”，酷爱下棋的王一生深知“下棋不当饭”，在生活中他“一天不吃饭，棋路都乱”。他牢牢记住母亲的生活遗训：“先说吃，再说下棋。”他从拾破烂的下棋高人那里明白：“老头儿要吃饭，还得捡烂纸。”但这仅仅是王一生的“食道”的一个方面。另一方面，在王一生看来，“吃”固然重要，但“吃”是要有限度的，吃饱即可，所谓“人要知足，顿顿饱就是福”。“吃”如果发展到“馋”的地步就不好了，因为“馋”是一种病态行为，它纵容了人的物欲，能够腐蚀人的心灵，因此，最好是能够做到“清心寡欲”“知足常乐”，使人心不致为外物所累。于是我们看到，在贫瘠的山乡插队的知青王一生，他没有像其他知青那样对“吃”斤斤计较，那些人即使是吃饱了，也仍旧为“没油水”而耿耿于怀。而他在“吃”上从来不想“锦上添花”，只要“有吃有喝有钱花”就足够了。

虽然人要活着，“食”是根本，然而，如果一个人活在世上仅仅囿于“食”中，那就“终于还不太像人”。为了不至于沦为“衣冠禽兽”，一个人就必须还要有点精神追求。正如王一生在九局连环大战后所感悟的那样：“人还要有点儿东西，才叫活着。”王一生之所以能够在“文化大革命”乱世中活得有滋有味，这主要是因为他寻找到了超越时代的生活方式——“下棋”。他有一句名言：“何以解不痛快？唯有象棋。”王一生对下棋简直着迷，这个棋呆子只要一下棋，就什么都忘了。他觉得“待在棋里舒服”，可以远离尘嚣，保持自己精神世界的独立、自由和完整。这只要看看小说中关于王一生孤身与九人对弈的一段人物速写就够了。他独坐屋中央，双手支膝，仿佛一个铁铸的树桩，双眼深陷，目光俯视茫茫宇宙。“那生命像聚在一头乱发中，久久不散，又慢慢弥漫开来，灼得人脸热。”那时刻的王一生显然已经超凡入圣，达到了老庄道家美学所谓“物我两忘”的“逍遥游”境界。

如果说以上所指主要是广义的“棋道”，那么对于王一生来说，他的“棋道”还有更加具体的内涵。正如那位参与过九局连环大战的老者所言，王一生的棋艺“汇道禅于一炉，神机妙算，先声有势，后发制人，遣龙治水，气贯阴阳，古今儒将，不过如此”。老者真可谓慧眼独具，他一眼就看出了王一生的棋道渊源。实际上，在认识那个捡烂纸的下棋高士之前，王一生的棋艺有“套”无“势”，虽盛气凌人，但缺乏根基，所以难成大的“气候”。由于高人的点拨，王一生终于明白，两人对弈犹如“阴阳之气相游相交，初不可太胜，太胜易折，太弱则泄。若对手胜，则以柔化之，造成克势。柔非弱，柔即容，即收，即含，所谓含而化之。造势之妙，需无为无不为，无为即道”。从此，王一生的棋道深得老庄哲学的精髓，他惯于“以柔克刚”“因势利导”，于“无为”中“有为”，让对手在谈笑间灰飞烟灭。

对于王一生来说，他的“棋道”—“食道”—“人道”三位一体、三道合一。无论是饮食方面注重的知足常乐、清心寡欲，还是下棋中讲究的以柔克刚、超然出世，王一生的“人道”无不浸透了传统道禅文化追求淡泊虚静的精神底蕴。然而，需要指出的是，我们对王一生的“人道”不宜做过于简单化的理解，因为其中除了道禅文化而外，人们还是不难从中发现传统儒家文化的痕迹。比如儒家文化也倡导知足常乐、安贫乐道、独善其身、淡泊名利等人生价值观念，因此我们很难将王一生的“人道”与传统儒家人生哲学彻底割裂开来。不仅如此，从王一生拒绝脚卵通过“交易”换来的破格参赛名额，以及他在九局连环大战中“把命放在棋里搏”的人生气度来看，我们说王一生具有传统儒家的人格操守和努力进取、自强不息的人生理想，大约也是不会错的。实际上，也许我们更应该认为，《棋王》这篇小说在一定程度上实现了中国传统文化向现代文化的创造性转换。因为在王一生貌似传统的“人道”里，我们难道不能发现那种现代性的人生价值观吗？王一生以物质为基础，追求精神理想的人生价值观，难道不能理解为一个人在满足了基本生存需要的前提下，应该努力谋求个体生命价值的自我实现吗？如果是这样的话，我们将能够多层次、多角度地阐释《棋王》，从而拓展这篇“寻根”文学经典作品的内部话语空间。

《棋王》的叙事技法和语言技巧纯熟。作者注重借鉴中国传统的白描手法，刻画人物神形毕肖，而且在叙述中努力克制主观情感，使读者体会到了“言有尽而意无穷”的妙处。作者在语言的运用上多用实词，如动词和名词，而少用虚词，如抽象的形容词，这样就让具象活生生地呈现出来。尤其是作者善于继承古代汉语的优良传统，如增加短句的使用、大胆地词性活用等，为现代汉语文学写作提供了范例。总之，《棋王》古典朴素的艺术形式和传统淡泊的思想内容在很大程度上实现了有机的融合。

四、《白鹿原》：政治与民间共振的民族心史

《白鹿原》是一部具有史诗品格的当代文学巨著。小说不仅反映了从清末民初到中华人民共和国成立近半个多世纪的中国社会历史的变迁，其间一些重大的政治事件或军事斗争，如辛亥革命、国共两党之间的分分合合、抗日战争等均得到了不同程度的展现。更重要的是，作者在小说中还着力展现了近现代以来，从传统向现代转型的历史文化背景中，我们民族在西方现代文明的冲击下所历经的民族精神嬗变史。因此，《白鹿原》决不仅仅是一部表面上的、关于20世纪上半叶中国社会的政治变迁史，它更是一部深层的、关于我们民族近现代以来的“秘史”和“心史”。通过对白鹿家族中形形色色的白姓人物和鹿姓人物的塑造，作者艺术地传达了自己对我们民族的文化精神和历史命运的思考。

白嘉轩是《白鹿原》中最重要的人物，小说中几乎所有的人物都与他有着各种各样的关系。但他与朱先生和田小娥的关系无疑至为重要，因为从中反映了作者对中国传统儒家文化精神的理性思考。如果说白嘉轩与朱先生之间的精神继承关系集中反映了作者对中国传统儒家文化精神中正面力量的认同和推崇，那么，白嘉轩与田小娥之间的精神对抗关系则反映了作者对中国传统儒家文化精神中负面因素的否定和批判。

《白鹿原》的第一章写得耐人寻味，其中叙述的两件大事莫不具有一种潜在的象征意蕴。一件是白嘉轩神秘的六丧六娶，它向我们展示的是一个精神上还未“长大成人”的“性的人”的形象。再一件是白父秉德老汉之死，这使得白嘉轩必须寻找替代性的精神父亲，这就像任何血性方刚、年少气盛的青年，他们必须向自己身边的父辈（如父母、教师和上级等）人物认同，从而才可能被正常的社会文化秩序所接纳。果然，在第二章中白嘉轩的精神“代父”便及时出现了，他就是嘉轩的姐夫、“关中大儒”朱先生。白嘉轩对这位活着的“圣人”推崇备至，正是在朱先生的规范和引导下，白嘉轩很快形成了自己神圣完美的儒家道德理想人格。白嘉轩那“挺得太直的腰”和一副“神像面孔”使任何顽童（如黑娃）都会油然滋生出一种时刻可能被征服的恐惧。小说的第四章集中叙述了精神之父朱先生为精神之子白嘉轩塑造儒家理想人格的故事。朱先生奉命禁烟，但他首先犁的是白嘉轩赖以发家的罂粟地；白嘉轩与鹿子霖为买李寡妇的地陷入争斗，又是朱先生的人生箴言使白嘉轩幡然悔悟。朱先生的言传身教使白嘉轩领悟到了传统儒家文化的道德精义，这就是重义轻利、仁爱谦恭。当白嘉轩在第四章的末尾接过滋水县令嘉奖的一块铭刻着“仁义白鹿村”的石碑时，他的儒家理想人格已经在无意识中塑造成形。换句话说，此后的白嘉轩已经成了他隐逸的道德精神之父朱先生的一个现实的影子，这就像“白鹿原上最好的长工”鹿三是“白鹿原上最仁义的财东”白嘉轩最忠顺的影子一样。第四章之后的白嘉轩，无论是修祠堂、办学堂、筑堡墙、刻《乡约》，还是策动“交农”、率众求雨、“刺刷”孝文和小娥、修镇妖塔，抑或是在天灾、人祸和匪患面前不低头、多次以德报怨、援救“仇人”（如黑娃和鹿子霖），凡此种种，白嘉轩的言行举止中无不折射出朱先生“学做好人”的儒家道德理想主义精神的光芒。所以，当朱先生最后化作白鹿仙逝后，白嘉轩禁不住悲哭道：“白鹿原最好的一个先生谢世了……

世上再也出不了这样好的先生了！”白嘉轩在这里对自己的人生导师或精神父亲的故去，表达了他内心无比的痛苦和巨大的心理失落。他从朱先生之死中仿佛直觉到了自己的道德理想人格及其所负载的传统儒家文化价值观念必然衰败的命运。

和朱先生的存在不同，小娥的存在是对白嘉轩的现代人性的审判。小娥原本是一个穷酸秀才的女儿，后被迫沦为了年迈而变态的郭举人的性奴隶。黑娃的出现使小娥终于看到了人生和爱情幸福的希望。然而，小娥和黑娃大胆冲破封建礼教的束缚而赢得的自由爱情却在“仁义白鹿村”陷入了困境。不仅公公鹿三拒绝承认她的儿媳身份，而且族长白嘉轩也拒绝她进祠堂归宗认祖，当然这一切都是以传统儒家道德伦理规范的名义进行的。可以说，正是白嘉轩的精神父亲朱先生所亲手拟定的“乡约”和族规把小娥放逐出了“仁义白鹿村”这个道德的理想国。这使得在黑娃因政治避祸而远走他乡以后，孤苦伶仃的小娥不小心跌入了鹿子霖精心谋划的性陷阱。不仅如此，当小娥被动地充当了鹿子霖报复“花痴”狗蛋的性诱饵之后，老族长白嘉轩率领族人在祠堂里对小娥公开施行了名为“刺刷”的残酷刑罚。这等于是当众将小娥推上了白鹿家族的传统道德审判庭。最令人触目惊心的是，在小娥再一次无意中充当了鹿子霖报复白嘉轩的性工具，也就是引诱孝文并导致他浪荡败家以后，公公鹿三再也无法承受内心中的道德折磨，他终于残忍地亲手杀死了自己的儿媳。更有甚者，面对小娥死后不散的冤魂，白嘉轩竟然不顾众族人的反对，不但没有为小娥修庙以超度亡灵，相反是筑起了一座“镇妖塔”，让冤死的小娥永世不得翻身。值得一提的是，“镇妖塔”是由白鹿原的圣人朱先生亲自“构思设计的（建筑）方案”。不难看出，通过对小娥的悲苦命运的叙述，作者无情地摘下了白嘉轩和鹿三乃至朱先生的完美神圣的道德人格面具，深刻地揭示了这种人格面具的虚伪性和温情面纱背后的施虐性，尽管这一切对于作者陈忠实而言并不是一件容易的事情，因为他也许从情感上并不愿意接受自己所崇拜的道德楷模最后陷入了人格破碎的境地。然而，陈忠实毕竟是一个具有现代意识的当代作家，他并没有对自己心爱的人物有丝毫的宽容，相反，通过叙述小娥死后鬼魂附体于鹿三的故事，进一步把作品的文化启蒙主题推向了极致。小娥屈死的灵魂的绝望的呼喊，实际上是对白嘉轩等人曾经将她推上传统道德审判庭的大胆反抗，其间隐含着她对白鹿家族的封建父权的公开质疑和挑战。

《白鹿原》中的性描写一直是一个敏感而又无法回避的话题。为了既避免媚俗，同时又直面人的本性，陈忠实选择了性文化和性心理结构的视角，深刻地透视和揭示了中国传统道德伦理文化规范给中国国民所酿成的深重的性压抑状况。这在白孝文和小娥的性故事中表现得最为令人震惊。孝文本是白嘉轩的长子，因此他原是白鹿家族的法定族长继承人，为此白嘉轩对孝文的管教较之他人也就更为严厉和苛刻。白嘉轩不仅时刻监督和规范着孝文公开的言行举止，甚至对孝文私下的性生活也未有丝毫的懈怠。他先是提请母亲和妻子警告孝文夫妇应该节制房事，在效果不佳之后他干脆直接教训孝文："你要是连炕上那一点豪狠都使不出来，我就敢断定你一辈子成不了一件大事。你得明白，你在这院子里是——长子！"在中国传统的家族制度中，"长兄如父"，孝文尽管年轻，但他必须以父亲和族长的威严形象出现在众人的面前。也就是说，他必须提前戴上那个冠冕堂皇的道德人格面具，时时处处都以未来族长的身份自居，放逐自己的欲望人格，这样才能够被传统的道德文化秩序所接纳。然而，由于在孝文的文化人格心理结构中道德人格长期压抑着欲望人格，这就导致了孝文在与小娥的性接触中出现了尴尬："勒上裤子行了解开裤带儿又不行了"。直到东窗事发、孝文被父亲"刺刷"于祠堂以后，被正统家族秩序所抛弃的孝文才第一次与小娥完成了性行为。当小娥惊讶于孝文前后判若两人时，倒是孝文有着足够的清醒："过去要脸就是那个怪样子，而今不要脸了就是这个样子，不要脸了就像个男人的样子了！"所谓"脸"，就是面子，就是人格面具，就是文化心理结构中的道德人格。因此，透过孝文荒淫的语言面纱，我们还是能够清楚地发现中国传统道德人格内在的自虐特征。

然而这只是问题的一个方面。实际上，陈忠实对孝文仅仅是给予了很有限的同情，相反，他对孝文蠢蠢欲动的欲望人格表现出了足够的警惕。显然，在陈忠实看来，一个冲出了道德人格的束缚，但又没有及时形成自己独立的自我人格，偏偏执迷于欲望冲动的人是很危险的，他会给他人和社会带来无法预计的灾难。于是我们看到，孝文在被白嘉轩逐出家门之后变成了一个残忍粗暴（对妻儿）、寡廉鲜耻、行为放荡的浪子。一旦重新得势，当上了保安团长，他又摇身变成了一个势利小人。他阴险狡诈、报复心强、猜忌心重，信奉一种满足私欲的利己主义人生哲学。这一切在他设下圈套，暗中置黑娃于死地的卑劣行径中有着丑陋的表演。其实不仅仅是孝文，在《白鹿原》中的另一个重要人物鹿子霖的身上也存在着同样的人格心理误区。鹿子霖从一开始就是一个摘下了道德人格面具并一头扎进本能欲望深渊的人。他举止淫荡，私通小娥、调戏儿媳，甚至在“仁义白鹿村”居然留下了无数的私生子（“干儿子”）。他设下美人计，恶毒地报复白嘉轩。他热衷名利，利用手中的职权大肆攫取民脂民膏……总之，鹿子霖是一个既无道德人格又无独立自我人格，仅仅剩下本能欲望的人的空壳。他最后在疯癫中死去可以解读成一则人性异化的寓言。

在艺术上，《白鹿原》虽然主要遵循现实主义的创作原则，但显然又对传统的现实主义小说艺术进行了大胆的革新。作者显然不再满足于传统现实主义对真实性的理解，而是由原来的重视外在的社会历史（现实）的真实，转向了更为看重内在的心灵或精神的真实。《白鹿原》中众多人物形象的成功塑造，主要取决于作者对于人物的“生命体验”和“心理结构”的高度重视。此外，作者也有意识地借鉴了西方现代主义小说的“魔幻”、象征等艺术表现手法，甚至包括吸收西方当代流行小说的一些艺术经验，从而使《白鹿原》的创作呈现出了一种“开放的现实主义”的艺术品格。

第六章

世界华文文学：中国现当代文学的新生代

“世界华文文学”的正式命名，大陆学界一般认为始于1996年在江西庐山举行的第六届学术研讨会。其中有着曲折、复杂的原因和过程：中国近代以来特殊的历史遭遇，使中国南部濒海的疆域——台湾、香港、澳门，在东西方殖民者的侵占下，处于一种政治上与母土的“碎裂”状态；第二次世界大战以后的两大阵营对垒和中华人民共和国成立，加深了这些地方与祖国大陆的政治对峙和文化的“盲视”。因此，当20世纪七八十年代以来，无论世界还是中国大陆政治格局的变化，都使对峙的双方首先从文化上（文学是其中重要的一环）有一种彼此重新“发现”的喜悦与惊诧。最初是少数有条件接触到香港、台湾文学资料的研究者，“探险”似的进入这一领域。但到1982年于广州暨南大学召开的第一届香港台湾文学研究会标志着这一研究逐渐从零散的个人的学术行为，转化成为有计划有组织的学科性建设的开始。1986年，深圳大学召开了第三届学术研讨会，在“台湾香港”之后，添了一个“暨海外华文文学”，研究视野进一步拓展。然而，由于一些争议的存在，便有了庐山第六届会议以“世界华文文学”的易名。从内容和方法上看，“世界华文文学研究”基本上是在“台港澳暨海外华文文学”的研究框架和理论基础上的延伸和发展。

“‘世界华文文学’的命名，意味着一种新的学术观念在大陆学界出现，即：要建立华文文学的整体观。也就是说，要从人类文化、世界文学的基点和总体背景上来考察中华文化和华文文学，无论从事海外的华文文学研究，还是从事本土华文文学研究都应当有华文文学的整体观念。因为世界各国多姿多彩的华文文学向我们昭示，华文文学发展到今天，已到了一个新的阶段，很应该加强这一‘世界’的内部凝聚力，把世界华文文学作为一个有机体来考察推动。”①

① 饶芃子：《中国世界华文文学学会筹备经过学科建设概况》，第十二届世界华文文学国际学术研讨会论文集，载《新视野，新拓展》，复旦大学出版社，2002年版，第5—6页。

第一节　世界华文文学与中国现当代文学的关系

19 世纪中叶，中国沦入半殖民地半封建社会，香港、澳门、台湾等地先后被帝国主义列强侵占，变成了中国主权之外的区域。另一方面，中国也从这时“睁开眼睛看世界”，整体性的中外文化碰撞、交汇和交流，由此开始。中国人自此有了留学生，有了不啻为了谋生目的而移居、驻足异国他乡的文化人群，有了“别求新声于异邦”的观念。

五四时期文化上的“敞开国门”，对文化人群的外移是一个促进；五四新文化、新文学运动的发生，更为华文文学的发展拓开了新路。抗战期间，海外的华人华侨与祖国人民同仇敌忾，并忘我投身于居住国的反法西斯战争，文学也同样成为他们的重要武器。比如菲律宾的华人华侨劳工组织接办或创办了《菲岛华工》《战时店员》等报纸杂志，在上面登载作品，宣传、颂扬祖国的抗日战争。1942 年初菲律宾沦陷，华人华侨随即成立了抗日团体和抗日义勇军，与菲律宾人民并肩抗击侵略，并在极困难的条件下出版了《大汉魂》等地下刊物，以激荡着“明顺逆，别忠奸，重气节”之“大汉魂”的诗文创作，鼓舞人们的斗志。1945 年 2 月马尼拉光复，不少中国国内的文化工作者与专业作家奔赴吕宋，协同和帮助当地的华侨抗日组织办报纸、出杂志，号召侨胞和菲国人民抗战到底，重建家园，“菲律宾华侨抗日游击队”的英勇作战经历，也经由他们的笔而转化为永驻的艺术形象，菲华文学因之出现了前所未有的繁荣景象。不言而喻，上述这些，均与中国国内的抗战文学有着不可忽视的依附关系。从区域文学发展的角度看，能更加清晰地发现华文文学与中国现当代文学的密切关联。以台湾现当代文学的发展为例：1920 年 7 月，一些留日的台湾学生（以蔡惠如等为代表）仿效大陆的《新青年》创办了《台湾青年》，引发了台湾的新文化运动；1923 年 4 月，又有《台湾民报》在东京创办，报纸采用白话文，宣传大陆的文学革命。在北平留学的台湾新文学先驱张我军则发表文章，批评台湾旧文坛，掀起了新旧文学的论战，并协同赖和、杨云萍等人，于1925年前后，创作、发表了台湾现代文学的第一批作品。之后，台湾文坛不仅也在积极探讨“台湾白话文”“乡土文学”，倡导“为人生而艺术”，还与大陆的左翼文学形成呼应之势，创作了一批揭露殖民统治黑暗、展示不屈民族精神的佳作。另如香港文学。香港虽然长期属于英国的殖民地，但始终未能形成一个英语的文学创作传统，华文和华文创作始终是文坛的绝对主流。其原因固然有多个方面，但从根本上说，即香港文学得以依赖的母体，是大陆的现代文学。而20世纪40年代出现的香港本土作家侣伦、黄谷柳等，其作品不论内容还是艺术形式，都可划归大陆的现代文学，我们的文学史著述也正是这么认定的。从作家身份来看，首先为数不少的作家兼有中国现当代作家和华文文学作家的双重身份，他们的创作既可划归中国现当代文学，亦可划归华文文学；其次是指，许多人曾经享誉中国现当代文坛，之后又转换为华文文学作家。

关于中国现当代文学史与海外华文文学的关系，当前学术界有两种对立的观点。一种以付祥喜博士为代表，认为世界华文文学并未形成多个中心的局面，海外华文文学属于中华民族文学的一部分，至少海外华文文学里面的现当代部分应属于中国现当代文学的组成部分。另一种以陈国恩教授为代表，认为作为国别的文学史牵涉到文学的民族身份认同和国别主体确定，而海外华文文学不能进入中国现当代文学史。① 这两种观点的争论都聚焦于海外作家的国籍或民族属性，各执己见，而忽略了具体的作品生成、读者接受、文学批评与影响等实践性因素，也就妨碍了文学史所应把握的文学本相。

海外华文文学与中国现当代文学的发展具有同构与并行的关系，这表现在二者先天的同源性，实践中的相互影响、相互生发。中国与海外，这两个地理上的空间，在中国现当代文学的发展中存在着历史的流动性和延续性。清末民初，中国第一批留学海外的知识分子通过译介、移植西方先进的文学思想，开启了以“五四”新文学为开端的现代中国文学传统。知识分子不断从海外回归并反哺中国文学的潮流一直延续到了50年代初。60

① 付祥喜：《文学的身份认同：民族的还是国家的？——与陈国恩教授商榷》，载《华文文学》2012年第4期；陈国恩：《海外华文文学不能进入中国现当代文学史》，载《中国现代文学研究丛刊》2010年第1期；《讨论问题的方法与态度——回应付祥喜博士的商榷》，载《华文文学》2013年第6期。以下针对两位作者的相关引文皆出于这三篇文章，不再详注。

年代后，继续前往西方国家求学的主要是来自香港和台湾地区的青年，一些人定居国外并从事着汉语写作，包括於梨华、聂华苓、陈若曦、白先勇等一批作家涌现出来。他们继承了“五四”新文化的传统，超越两岸三地间意识形态的割据，勇于怀疑，求变创新，掀起了一股以强调人的个性抒发为特征的现代主义文学浪潮，也推动了台湾地区60年代新文化运动的发生，与同时期中国大陆革命古典主义文学的发展形成同构互补关系。当代新移民作家则是在中国新时期文学的发展中产生的，有的在移民之前在国内就已享有盛名。许多移民作家用汉语创作的作品仍然面对中国读者，首先在中国两岸三地出版问世，受到中国读者和评论界的关注，与中国当代文学形成了一个有机的艺术整体。

海外华文文学与中国的新文学一样是在中国传统文学的母体中孕育诞生的，绝大多数的海外华文作家也都是炎黄子孙，自幼受着故土文学传统的熏陶。因此，海外华文文学是中国传统文学的一种延续，并且多多少少受到中国现当代文学思潮的影响。然而，不同的社会背景和不同的生活环境所提供的是不同的文学土壤，近百年来滋生于异国土地上的海外华文文学必然受到各居住国人民的历史文化和风俗习惯的影响、国家政治和意识形态的制约。异域文化那些不同于本土文化的异质性使得海外华文文学逐渐呈现出不同于中国本土文学的面貌。故土性与异域性交相融汇是海外华文文学的基本特点。

当下在中国最受瞩目的海外华文文学是一些移民作家的作品，包括白先勇、陈若曦等老一辈作家和严歌苓、张翎为代表的新移民作家，他们大量有影响的作品都是在中国的两岸三地首先问世，并且造成相当的轰动效应。移民作家都是在中国大地上成长起来的，他们的主体属性决定，无论是历史记忆、文化启蒙，还是伦理观念、家国意识，都要受到本民族传统精神的制约。他们的特别之处只是在成年之后，选择了海外定居并写作。因此，移民作家与中国本土的同时代作家，在精神成长过程中具有明确的同源性。他们也深谙这样的道理：从事汉语写作就一定要与中国文学界建立深入广泛的联系。因为任何作家的声誉都建立在好的作品、批评家的认可与读者接受的基础上，这三方面缺一不可。而读者的接受直接决定当下作品的市场价值，是作品的成败与否的关键，也是作家维持其写作事业的前提条件，对于游走于中西文化边缘的移民作家也概莫能外。这一点从严歌苓、张翎等人近年来作品影视改编的红火就可以得到验证。张翎的长篇小说《金山》在中国大陆问世后，旋即引来一片好评。“小说从清末华工方得法远赴加拿大淘金修铁路讲起，详细地描绘了方家四代人在异国他乡的卑苦的奋斗历程，以及他们与故土广东亲人的悲欢离散。小说以个体和家族命运为切入点，把鸦片战争以后中国屈辱的近现代史和新中国成立以来的国族兴衰有力地纳入了叙述。它不仅是一部将赴加华工的命运首次引进当代文学视野的叙述实践，同时也是一次探讨国际大背景下国族身份与认同的重要的史诗式书写。”① 果真如此，那么对于这样的主旋律作品，有什么道理要排斥在中国现当代文学史以外呢？

移民作家现象可以置于晚期资本主义的扩张或全球化时代的背景中去理解，但是他们的汉语写作在价值认定上仍须从汉语文化圈中获得。对于当代移民作家来说，当代中国的文学主流就是他们现世的参照系，是否与之达成一致并不取决于作家的国籍身份归属，而是和文化身份的自我认同密切相关。斯图亚特·霍尔指出，文化身份属于过去亦属于未来。“它不是已经存在的超越时间、地点、历史与文化的东西。文化身份是有源头、有历史的。但是，与一切有历史的事物一样，它们也经历了不断的变化。它们绝不是永恒固定在某一本质化的过去，而是屈从于历史、文化与权力的不断‘嬉戏’。”② 当代移民作家的文化身份认同也有历史的渊源，有论者指出张翎写作中的家国想象、中西元素以至语言的精细等都有对海派作家风格的继承，然而缺少了些张爱玲式的虚无与决绝，添了几分理想主义的意象。③ 我们也可以看到，在严歌苓、虹影等移民作家那里则不乏理性的深度与现实的批判，而且与“五四”以来中国文学中对启蒙思想的追求一脉相承。毕竟，中国的现代性历程远未完成，这一代人走出国门之后还是要面对自身文化属性与西方现代文明的差异，由此出现精神上的焦虑感和身份认同的危机。而异域的经验也给予他们新的思维方式与评判标准，在重新审视自身的历史记忆和生存境遇中追求新的艺术创作境界与思想深

① 《张翎长篇小说〈金山〉研讨会在京举行》，载《文艺报》2009年8月13日。

② ［英］斯图亚特·霍尔：《文化身份与族裔散居》，罗钢、刘象愚主编：《文化研究读本》，中国社会科学出版社，2000年版，第211页。

③ 赵稀方：《历史、性别与海派美学——评张翎的〈邮购新娘〉》，载《世界华文文学论坛》2004年第1期。

度是海外流散文学的应有价值。无论在全球化时代出现怎样的话语混杂与文化多元，对中国现代化进程的反思始终是他们坚持汉语文学创作的驱动力。笔者认为，这也就是一种所谓的“文学的民族身份认同”。

总之，世界华文文学与中国现当代文学的场域既非完全分离的两个空间，也非完全重合，而是有所交叉，同时它们之间也有着质的不同，有着属于自己的特点和风貌。

第二节　世界华文文学对于中国现当代文学学科建设的作用和价值

世界华文文学的兴起，有着重要的学科意义。一方面，整合了中国现当代文学，拓展了中国现当代文学的研究视野。20 世纪 80 年代以前，台港澳文学在中国现当代文学史中是“缺席”的，因而这个文学史的“版图”是不完整的。近三十年来，作为海外华文文学“引桥”的台港澳文学的研究成果，已不同程度地被运用于中国现当代文学史的教学和教材之中，使中国现当代文学具有了完整的形态。海外华文文学的早期发展，是受到中国“五四”新文学的影响和激发，有些国家海外华文文学的拓荒者，就是移居海外的中国现代作家，所以海外华文文学与中国现当代文学之间，常常有一些共同或相似的命题、话语和主题，在其早期，甚至有彼此呼应和同步的现象。20 世纪下半叶，随着世界的发展和多元文化的崛起，在新的语境下，海外华文文学有着更加广阔的空间，文学母题的演进、更新，艺术模式的多样化，文学中文化内涵的丰富性，等等，体现出自己鲜明的文学特点。另一方面，为文艺学提供了一些新的命题，如对语言与文化、文化与文学、中心与边缘、世界性与民族性等理论问题的探索，以及对这一领域文学作品中表现出来的无根意识、怀乡情结和漂泊心态等带有某种母题性质问题的阐释。近几年，海外诗学家、批评家也成为理论界新的研究对象。学者们对他们著作中的一些新的文学观念、文学研究方法已有所关注，并将其作为更新本学科理论话语时的参照和借鉴。

一、文学史观的影响

迄今为止，我国对“五四”至今的中华民族文学的研究已取得了有目共睹的成绩，但也还存在种种看不清楚的地方。一方面是某些文学资源被“过度开掘”，另一方面又有不少有价值的文学存在被遮蔽。世界华文文学学科强调的多重的、流动的文学史观，对于中国现当代文学的学科发展有着积极的启示和影响作用。

真正意义上的世界华文文学格局形成于第二次世界大战结束以后。“二战”背景下的中国抗战时期文学的多中心开放格局（包括以延安为代表的以政治体制的主导力量和作家的创作追求的一致性而构筑成的文化中心，以重庆、成都为代表的在政治体制的主导力量和作家的创作追求的抗衡性中构筑成的文化中心，以昆明、桂林为代表的主要依靠内迁的学院文化、学术力量而形成的文化中心，还有上海、北平那样在战前文化基础上重新形成的文化中心；而在香港，大批内地作家也努力建设着一个战时文化中心）。这样，提供了日后世界汉语文学创作、传播格局的一种雏形，即各地区文学既有内在的相通相应，又力求自成一脉，自行其是。第二次世界大战结束后，一方面，延安文学形态在中国大陆逐步演变为共和国文学形态，另一方面，境外文学的格局开始形成。一是抗战结束后，原先的留学传统得以恢复，包括后来在华文文学界享有盛誉的程抱一、鹿桥等就是此时出国留学，而且他们中相当多的人从此定居国外，旅外文学由此形成。二是“南来”作家和“跨海”作家大批迁居香港、台湾，“五四”新文学传统的“离散”格局由此形成，也避免了中国新文学传统的“断裂”。三是海外华侨社会在民族性和公民性的纠结中向华人社会转换，华人“落叶归根”心理转化为“落地生根”心理，海外华文文学开始成为居住国文学的组成部分。这种文学的多元格局正是世界华文文学格局的最初形成，其中包含的是一种多重的、流动的文学史存在，它呈现民族文学的多源多流、兼容并存，关注的是复杂纠结，乃至对峙的因素间的互为参照。

中国现当代文学史的“残缺”（不仅有境外的“缺席”，而且有“本土”的缺失）与一些重要关系、课题的处理互为因果。“传统与现代”“本土与外来”“雅与俗”等构成了中国现当代文学转型、发展中最重要的关系，“思想启蒙”“民族认同”“现代性”“民族性”“主体性”“多元性”“文学传统”“文学精神”等构成中国现当代文学的重要命题。这些重要关系、命题产生于20世纪且延续至今，中国社会被隔离在不同政治、文化空间中，一个命题也就有了不同的内容模式，而恰恰是不同模式及其关系才足以揭示这一命题的内涵意义。

1945年第二次世界大战结束后，大陆文学虽成为解放区文学和国统区文学的二分天下，却仍存在着文学重建的多种路向。其中原京派成员在平津地区重新聚集，在其所创办或掌握的十多种文学刊物、副刊上展开民族文学重建的讨论和实践。他们延续了原清华学派与20世纪最重要的文论家瑞恰慈之间的双向影响，借助于瑞恰慈的文学“最大量意识状态”理论，强调文学对于多种的，甚至发生激烈冲突的意识、情感的协调、平衡、兼容。这种意见正代表了在多种文学路向中“打开”中国文学的“生路”的努力。1948年后，尽管除左翼文学之外的其他文学路向在中国大陆日益萎缩，但从“世界华文文学”多重的、流动的文学史视野考察，文学发展的多种路向依然存在。台湾政治高压下的缝隙中仍发生了左翼文学、“人的文学”、现代主义文学、女性文学、通俗文学等思潮和运动。在香港，左右翼政治意识形态对峙中香港文学“主体性”的建设也提出并实践了很多有价值的课题，例如左右翼文学在中华文化传统的传播中都发挥了正面的积极作用，左右翼文学都在体制外的自由竞争状态中有文学层面上的互相渗透。而在东南亚各国争取民族、国家独立的战后历史潮流中，各国华文文学在现实主义和现代主义的复杂纠结中与中国“五四”新文学传统展开了新的对话，“双重传统”（中华文化传统和居住国文化传统）课题的提出丰富了华文文学建设的多种路向，此时香港、台湾文学与东南亚各国华文文学之间的密切联系正是在文学的多种路向中发生的。而即便就中国大陆占主导地位的左翼文学本身，在世界华文文学中也存在着不同形态，台湾战后一度强盛而后始终被压制的左翼文学，香港处于自由竞争状态中的左翼文学，东南亚国家投身于民族解放运动的左翼文学，美国冷战意识形态环境中的华人左翼文学等，都提供了体制外的左翼文学形态。如果将这些左翼文学形态比较考察，显然能更深入地把握左翼文学的内在运行机制及其本质存在。总之，这样一种视野中的文学考察才可能真正揭示跨越“1949”的中国文学转型包含的“中国现代文学”和“中国当代文学”的历史一体性和差异性。

在这种由流动而开放的文学史中，以往种种被遮蔽的文学史价值都可能得以呈现。以散文的流变为例，台湾50年代、60年代的散文继承五四散文传统相当全面，思果、庄因等小品承接周作人平淡醇厚之风，琦君、林海音等记叙散文以夏丏尊的清新朴实为前驱，张秀亚、胡品清等抒情散文以徐志摩的潇洒飘逸为源头，柏杨、夏菁、邱言曦等说理散文则视林语堂的幽默睿智为风气之先，王鼎钧等更以许地山为开山人而多作博学沉潜的寓言……非常有意味的是，这些散文类型不仅在1949年后的中国大陆沉寂多时，而且大多数在以往的中国现代文学史观念中也并非主流。然而，它们在此时的台湾文学中却成为散文的主导力量，恰恰表明对五四新文学可以有不同侧面的继承，并流变出不同的主流文学形态。这种情况给人以启迪，一种文学形态或者是被文学史叙事放逐而被遮蔽，或者是其自身在环境压力下而萎缩，而当进入另一种文化空间时，它却会出乎意料的强盛，展示了文学多源多流中的流变。而这种"多元文学传统"使得"五四""这段光荣历史对于今天所起的作用，不像某些别的传统那样，会对现在造成压迫、使之不敢越雷池一步，成为一种沉重的负担。恰恰相反，她所发挥的作用，是一种鼓励和挑战。她之所以能够如此，在很大程度上，是由于她本身所具有的巨大的多样性。每一个特殊的传统都会有相应的反传统，这种合流汇聚而形成的多样性，却总是倾向于解放，而不是束缚个人的期望与努力。她把我们从在每一个特定时期内暂时占上风的那种专制中解放出来，并且提醒我们，无论在任何时刻，都不是像我们想象中的那样，到处都是死胡同，相反，随时随地，条条大路都向我们敞开"。①

中国现当代文学正是这样一种文学存在。进入这种文学世界的有效途径恐怕就是多重的、流动的文学史观。

海外华文文学的独特价值，就在于它既与中国传统文化和中国现当代文学保持了内在的联系而又不是中国现当代文学的那种独特身份，在于它能以这种独特身份为我们提供中国人在走向世界的过程中，民族文化如何

① ［美］沃尔特·杰克逊·贝特著，叶扬译：《哈佛的多元文学传统》，载《上海文化》2010年第6期，第38页。

与外国文化融合，在一种全新的社会政治、文化、经济环境中谋求生存和发展的智慧和经验，在于这些华人在谋求生存和发展的过程中所表现出来的坚毅精神，这些构成了一份宝贵的精神财富，可以为当今国人所吸收和借鉴。可以说，从海外华文文学的主体性出发，把它作为连接中国和世界、连接中国现当代文学与世界文学的一座桥梁。通过它，我们可以走向世界而又能反观自身，获得仅从中国现当代文学研究和世界文学研究中所不能获得的经验。

总之，单一地就某一社会时空来考察中国现当代文学的转型、发展等，恐怕看不清其中的复杂情况，甚至产生偏颇的认识。而世界华文文学所强调的多重、流动的文学史观显然有助于更深入地思考中国现当代文学转型、发展的许多重要问题。

二、研究思路的拓展

经典的建构和累积，已越来越成为中国现当代文学学科建设的基石。而中国现当代文学作为刚过去的文学时空，其广泛被承认的“恒态经典”并不多，更多的是经典累积形成过程中的“初级样本”“边缘作家”，可视之为“动态经典”的文学存在。中国现当代文学研究就是要抓住那些已较清楚地指向经典地位的作家作品，在一定的文学价值体系中，予以初步的带有历史定位的呈现，为日后的经典性累积乃至确认提供重要基础。但文学经典的筛选、“建构”的重要内容并非单个文本的逐个确认，而是对整个经典价值体系的把握，因此，开放的“经典性累积”思路是重要的，由此也非常需要展开中国现当代文学与世界华文文学的对话。

对于中国现当代文学而言，一部可以入史的好作品，起码应该具有历史逻辑修正中的丰富解读性，而这种“历史逻辑修正”首先是由生活于中国大陆、台湾、港澳、海外等不同“历史时空”的中国人/华人提供的。换言之，一部首先打动了海峡两岸数地的中国人的作品才可能为世界所关注，也才有可能被称为中国现当代文学的经典。这种“打动人”会筛选掉作品的表层光环，留下文学史应该传承的东西。例如当《城南旧事》（林海音）从20世纪50年代至今一直被台湾青年学生视为“20世纪50年代最喜爱的小说”，而大陆读者在阅读此书时也是好评如潮。作品因反映了京城古都的人情风貌，展现了独具特色的历史文化，而洋溢着浓郁的人文气息和乡土关怀，不仅多次被改编成影视剧，而且成为一个时代的历史记忆，在华文文学史和中国现当代文学史中都占有一席之地。反之，如果一部作品只在某种特定时期、某个特定社会环境引起关注，获得赞扬，对其所谓“经典”地位，我们是需要认真再思考的。这是文学常识，但常被忽视。

“二战”后，中国社会，尤其是海峡两岸的政治格局提供了极其丰富的“历史逻辑修正”的空间，中国大陆、台湾、香港，乃至海外华人社会各个不同的社会体制、地域空间、语言文化环境在同一世界性时代背景下，有着丰富的差异，而恰恰是这种差异促使我们去深入思考。例如，当我们看50年代中国大陆、台湾诗坛的战斗诗歌时，不难发现它们并不具有历史逻辑修正中的丰富解读性，并不符合文学发展的美学规范，于是也就能判断出这类作品的价值高下了。甚至我们可以比较考察此时期中国大陆的“红色经典”和台湾地区的“战斗文艺”，并且与这一时期两岸文学对政治规范不同程度的突破进行对比，我们也会对此时期中国文学真正价值所在有深刻的思考。

回到文学史本身的有效途径只能是回到文学作品本身。对于中国现当代文学的典律构建而言，“传统与现代”“雅与俗”是两个最值得关注的课题，或者说，中国现当代文学作品的经典性在“传统与现代”“雅与俗”关系的处理中得到最丰富的呈现。而这两个话题在世界华文文学的视野中往往更得到凸显，例如“离散”使“传统”与“现代”面临更现实的对话，种种消费文化的因素使“雅”与“俗”的分合也有了更多机遇。在战后那个政治高压的年代，“传统与现代”“雅与俗”这两个似乎不合时宜的话题在台湾、香港却得到了凸显，从而为战后中国文学的典律构建提供了非常富有建设性的材料。

“二战”后台湾政治高压下仍存在着多种文学思潮，其中现代主义文学思潮的出现开始主要发生于孤岛隔绝、历史离散的失落感、孤独感中，但也以其独立的思想姿态跟国民党当局的文化政策构成了尖锐的对立。这一思潮从诗歌领域发轫，在小说、散文领域潮流涌动，开始就明确延续了“五四”到30年代、40年代中国大陆的文学传统，后来波及文化艺术各个领域时，其锋芒就直指专制文化、僵死心态、愚昧习气，呈现出“第二个

‘五四’”[①] 的走向。到后来，台湾现代主义文学的身体力行者越来越明确地把“‘五四运动’的白话新文学”视为“20世纪初中国文学第一波现代化的结果”，而“20世纪中叶台湾的‘现代主义’文学可以说是第二次中国文学的现代化”，其目的是“重新发掘中国几千年文化传统的精髓，然后接续上现代世界新文化”[②]。至此，“传统与现代”的话题在台湾现代主义文学运动中得到自觉而充分的展开，而其成果的丰硕又成为此时期文学典律构建的重要内容。无论是余光中那样“于中国诗的现代化之后，进入现代诗的中国化”[③] 的努力，洛夫那样对法国超现实主义和中国古代诗词“妙悟”传统的沟通，还是白先勇那样从现代主义文学起步，在生命的“脱胎换骨”中悟到中国文学的最高境界，或是郑愁予那样以“无所为而为”的诗人气质，突破政治藩篱，在“现代的胚胎，古典的清釉”中表达历史离散中的游子情怀，都包含了现代与传统对接、融汇的成功经验。其中“善性西化”和“中国经验”的互动，艺术个性和外来影响的结合等经验对于中国现当代文学如何处理传统和现代关系都是富有启发意义的。

“传统与现代”发生在战后的香港也非常有意味。香港本来就是一座既开放又“保守”的城市，这似乎使它具备了解决“传统与现代”的先天优越性。而“二战”后进入香港的左、右翼文化力量，在殖民统治的体制外构成了一种自由竞争、互相制约的关系，虽然双方的政治意识形态迥然相异，但“左右两派文人，却同有浓厚的中国情怀，左翼着眼于当前，右翼着眼于传统，但同样‘根’在中华”[④]，左翼的爱国情怀、右翼的民族意识甚至在某些方面有所交会，对于战后香港替代中国大陆扮演了“中华文化在海外的传承角色”都起了积极作用。同时，处于香港开放、兼容的文化环境中，“二战”后，尤其是1949年后的香港，延续了30年代上海文学的传统，跟西方现代文学展开了广泛的对话。右翼阵营在50年代中期就开始对西方现代主义文学的介绍，摆脱政治意识形态影响的较纯粹的现代

① 余光中：《迎七年之痒》，载《文星》第73期。

② 白先勇：《二十世纪中叶台湾的“现代主义‘文学运动’”》，载《香港文学》第208期，2002年4月。

③ 余光中：《古董店与委托行之间——谈谈中国现代诗的前途》，载《余光中散文选集（一）》，时代文艺出版社，1997年版，第299页。

④ 郑树森等：《香港新文学年表（1950—1969）·三人谈》，香港天地图书有限公司，2000年版，第17页。

派文学的崛起，使右翼文学阵营的政治色彩得以消淡；而香港文化环境中的左翼文学，无法搬用，甚至有所疏离中国大陆的社会主义现实主义，其所坚持的“批判现实主义”在理解、认识现代主义文学上也较宽松。在香港战后的城市化进程中，香港已取代上海扮演了都市现代主义文学的角色。以上两种角色的扮演，正是战后香港在“传统与现代”问题上的成果。

同样有意味的是，在上述进程中，“雅与俗”的关系也得到了很好处理。香港既开放又“保守”的性格使得它既广泛接受外来影响，又持久开掘本地文化资源，而“五四”前后雅、俗分流的一个重要方面就是雅强调接受外来的、知识的、现代的文化创新，俗则侧重开掘本土的、传统的、民间的文化资源。在香港文学开始形成自身地域性和超地域性结合的传统中，雅、俗的对话、交会自然成为重要内容。同时，战后香港开始形成的消费文化环境也催生着刘以鬯那样既“娱乐别人”又“娱乐自己”的文学写作方式，流行性和提升性的结合使香港文学雅、俗兼容有一个相当开阔的空间。值得关注的是正是在20世纪50年代，徐讦、梁羽生、金庸等中西文化交会滋养中的传统“文人型”作家与香港英殖民工商社会市民文化的互动构成了对香港文化资源较深入的开掘，推动了雅、俗之间的对话。1952年徐速长篇小说《星星·月亮·太阳》连载并畅销，是新文艺通俗化的重要成果。而1954年开始，左右翼政治倾向的文人都投入武侠小说创作，大大提升了武侠小说的文化意义。50年代开始形成的“港式”文学模式，就既有从新文学起步的，也有直接切入市井商业性的。所有这些都包含了雅、俗文学因素的共同渗透。

台湾20世纪50年代通俗文学的发展是对文学政治化的反拨。到20世纪60年代，古龙等的武侠小说、琼瑶等的言情小说、高阳等的历史小说，已形成通俗文学创作的浪潮，而这一浪潮的源头却是“五四”新文学传统。以台湾言情小说而言，它兴盛于女作家手中，特别是孟瑶、郭良惠两位女作家50年代初期的创作，分别以传衍传统伦理和现代反叛意识两种不同的女性书写，开拓了战后台湾言情小说的格局。她们两人都在40年代完成了高等教育，接受“五四”新文学传统和广泛的外来影响，于50年代初开始小说创作，以其丰富的情感想象力和深厚的人文关怀，使言情小说成为女性言说，这实际上使现代通俗小说的言情传统与“五四”新文学交接。这种努力的确也沟通了雅、俗之间的对话和融合。

正是“传统与现代”“雅与俗”关系在战后台湾、香港文学中得以展开，并有丰硕成果，才使得香港、台湾文学在高度政治意识形态化的社会环境中展开了文学的多元典律建构，丰富了跨越“1949”的中国文学转型的内容。

以重要的创作集、文论集、文学刊物及相关事件的发生作为文学史“断代”及论述的“点”，让文本扮演文学史的主角，是中国大陆、台湾、港澳地区文学“历史整合”的有效途径。至于什么样的文本可以入史，成为文学史叙事的“点”，取舍的标准确实不易确认，而这种努力正是文学史功力所在。无论是本质主义还是建构主义的理论，其实都会涉及文本的经典性因素的基本层面，一种无法同化的原创性，一种在不同的文学价值观的冲突、递变中的代表性，一种在历史传承中对后来者有巨大引导力的影响性等，都反映出文本的经典性累积倾向，是可以作为文本入史的依据的。而中国现当代文学黏滞于社会现实政治、经济的变动和由此关联的文学消费意向、方式等的程度太深，因此，在文学的价值尺度上既要强调作家良知、品格对于社会苦难的承担，也要容纳进文学的超越。这种超越应该表现为作家对文学的殉道精神，对人的生存状况和命运的深切关怀，对文学形式繁复性的痴醉探索。文学史的撰写，其个性主要都在于用自己的生命感受、艺术感受去传承文学作品，这对于“中国现当代文学”尤为重要，也格外有教学者、研究者的用武之地，而世界华文文学与中国现当代文学的对话的确有利于这方面思考的深入。

三、文学语言的净化

中国现代文学和中国当代文学这两门学科分别诞生于 1951 年左右和 1960 年前后中国大陆政治化的教学语境中，其开掘的文学资源很难彻底摆脱社会政治性影响。而世界华文文学，尤其是海外华文文学的存在，始终凸显出汉语与民族生存形态的密切关系，凸显出汉语强盛、丰富的衍生力，凸显出语言比“领土、矿藏”更重要的民族资源性。近年提出的“汉语新文学”“华语语系文学”等概念也都是力图整合包括中国大陆、台湾、港澳、海外在内的中华民族文学资源。中国现当代文学恰恰需要在语言层面上更多地与世界华文文学展开对话，以彻底摆脱文学教育政治化的阴影。

真正意义上的世界华文文学格局形成于第二次世界大战结束以后。汉语获得了“离散”的多种文化环境中生存、发展的空间，它作为不同地区的中华民族凝聚、沟通的内在力量也开始发挥。语言使文学真正回归自身的力量现在已广为文学教学、研究者所理解。

语言有其自身发展、丰富的过程，但这一过程也遭受种种语言“暴力”的侵袭，即种种非语言的力量凭借其强大的强制性破坏语言的稳定、清新、丰富，使语言受到严重“污染”。比如，僵化的政治意识形态的钳制使语言在套话、空话、谎话的腐蚀下失去语言的张力，变得单一、僵硬；工商模式的冲击使语言消费在“精神快餐”中变得平庸芜杂，语言在频繁、疾速的替换中失去理应有的清新感、稳定性……文学史要关注的正是作家对于语言“暴力”的抵抗，正是那些优秀的作家用自己的作品突围出思想高压、商品消费等陷阱，用诗性语言抵御“暴力”对语言的生命意味、生命质地的侵蚀、剥夺。这些情况在战后中国文学的转型中表现突出，战争思维、战争体制的延续，政治高压形成的集体无意识谎语症构成意识形态的表达方式，套话、空话的种种窒息使语言的个人空间不断萎缩，新闻语言中强制性的暴力阴影也不断渗透到民众的日常生活。这种情况在海峡两岸都严重存在。而在香港，又多了一种为人们熟知的因素，即商业消费形态在战后城市发展中开始极度扩张加剧了语言的“暴力”倾向，语言快餐的蔓延剥夺着人们的想象力。然而，流徙的境遇凸现出母语作为生命之根的意义，一种珍爱母语的风气在华文文学的环境中更为看重。所以，恰恰是在“二战”后至20世纪60年代，当大陆开始形成后来在“文化大革命”中登峰造极的“暴力语言”时，汉语在世界华文文学的语境中却保留了其纯正并获得了丰富发展。只要看一下金庸的语言，就可以明白作家们在语言的自由度上作出的努力。在那个政治高压造成语言僵化的年代，金庸的小说语言既继承了从张恨水、刘云若那个传统下来的自然、流畅，更多吸收了民间社会清新的语言活力，又发挥了文人传统语言的“筛选”作用，去掉了市井语言的芜杂性，也没有欧化腔、启蒙腔，在优美而传生活之神中沟通雅俗。当僵化的政治意识形态教条无孔不入，民族语言遭到严重侵蚀之时，金庸这种语言上的努力实际上保持了文学的自由精神。而这种语言上的努力在台湾、香港、海外是大量存在的。例如，有海外的鹿桥、熊秉明等，台湾的於梨华、王鼎钧等，香港的刘以鬯、徐訏等。此时期的语言都有着文学“突围”的意义，他们个性化的努力中更包含诗性语言对于“暴力”语言的有力抗衡。

“二战”后，中国人/华人的迁徙命运凸现了母语的民族之根，而此时期世界华文文学对于传统的看重也使得语言的重要更为作家所看重。“所谓传统，主要是指通过语言传下来的传统，即用文字写出来的传统。”① 一种语言中隐藏着这个民族根本性的智慧、思维、秘密等，“每种语言中都包含着属于某个人类群体的概念和想象方式的完整体系”②，语言在深层次层面上决定着一个民族思维的方式，因此，“一个民族的精神特性和语言这两个方面的关系极为密切……民族的语言即民族的精神，民族的精神即民族的语言，二者的同一程度超过了如何想象。”台湾、香港、海外的文化环境迥然相异，但作家都通过母语生活在民族传统中，他们对母语的挚爱，是个体生命相通中对于不同意识形态的超越。他们做出的种种努力，或回到源头，寻求民族语言的“积藏感”和“延续感”；或安身立命，沟通“灵魂的语言”和“工具的语言”，都在传统的迁徙、播传中守望母语，滋养文学之根。多种“离散”状态对于汉语生命力的激活包含了极其丰富的文化、文学经验，是中文学科教育最重要的资源。这一资源开掘的深浅会极大影响中国现当代文学教学的质量。

世界华文文学这一概念的提出，是一种整合性的视野，是面对“离散”的一种想象的整合建构，是超越国籍空间的想象，是一种超地理和超空间的整合性的想象。中国现当代文学的历史进程，同时发生于中国大陆、台湾、港澳地区和海外华人的生活历史空间。华文文学的拓荒、发展和壮大，都与中国现当代文学有着千丝万缕的联系。无论是原生与派生，还是共生互动，华文文学都应该被看作是中国现当代文学的重要支流。“二十世纪中国文学”的观点提出后，“二十世纪华文文学”成为整体性、一体化文学研究中最具潜力的内容。对于世界华文文学的关注，显然能在

① 纪亮：《伽达默尔》，《当代西方著名哲学家评传》，山东人民出版社，1996年版，第418页。

② 洪堡特：《论人类语言结构的差异及其对人类精神发展的影响》，商务印书馆，1997年版，第50、第70页。

汉语新文学/中华民族新文学的整体背景上加强“世界华文文学”和“中国现当代文学”的对话，对这两个学科的建设都会起推动作用。

世界华文文学的研究目标，是致力于构建“华文文学的大同世界”。因为它是“华文”的（或华人的），便有着共同的文化脉络与渊源；又因为它是“跨域”的，便凝聚着不同国家和地区华人生存的历史与经验，凝聚着不同国家和地区华文书写的美学特征和创造。它们之间共同拥有的语言、文化背景和属于各自不同的经验和生命，成为一个可以比对的差异的空间。有差异便有对话，而对话将使我们更深刻地认清自己，不仅是自己的特殊性，还有彼此的共同性。华文文学的跨域建构，就是在共同语言、文化的背景上肯定差异和变化的建构，是多元的建构。每个国家和地区的华文创造，既是“他自己”，但也是“我们大家”。对于华文文学的研究，可以在“二十世纪中国文学”的视角中完善中国现当代文学的内容建构，可以在理论、方法等方面拓展中国现当代文学的研究视野；可以建立世界华语写作与中国现当代文学的有机联系，也可以使中国现当代文学在一个更为宽广的视域中反思自身的得失，并由此思考文学艺术与多种社会文化、地域空间、历史人素、语言思维等因素的复杂关联性，有效推动中国文学研究的发展与现当代文学的学科建设。

第七章

地方高校学科建设与科研队伍培育及人才培养体系建设

国务院学位委员会在《中国学位与研究生发展战略报告》中指出，学科建设是高等教育特别是研究生教育发展的基础，也是高等学校办学实力和办学水平的重要标志。高等学校只有搞好学科建设，使其成为高层次人才培养基地和实现国家的知识创新和技术创新的基础，才能解决国家经济建设和社会发展中的重大问题，才能在实施科教兴国的过程中发挥重大作用。

地方型本科院校是高等教育大众化的重要力量，其学科建设的水平直接关系到地方人才培养的质量，因此对地方型本科院校学科建设的思路和途径进行探索和研究有着重要的现实意义。

第一节　学科建设概述

学科建设在中国高等教育界方兴未艾，既是“热点”，又是“难点”。所谓“热点”，即学科建设在中国高校中的基础性地位和“龙头”作用日益为大家所关注，如何做好高校的学科建设已成为事关高校建设与发展全局的大事。所谓“难点”即对于学科建设内涵的界定，在学术领域是众说纷纭，至今没有形成一个统一的有权威的说法。即使到目前为止，对于学科建设的定义，仍然处于激烈的讨论之中。

一、学科建设概念界定

有人认为：“学科建设是围绕学科方向、学科队伍和学科基地，通过硬件的投入和软件的积累，提高学科水平，增强人才培养、科学研究和社会服务综合实力的一项系统工程建设的过程。”也有人认为：“学科建设是高等学校发展中的一项长期的基本的战略任务，包含了学校的行政管理、人事管理、财务管理等各项管理，是运用规划、政策、人力、物力等因素使某个学科健康发展的系统工程。”当然，还有人认为：“学科建设通常是作为一个日常概念在使用，一般是指通过对学科的硬件投入、软件的积累和优化的方式，使学科具有一定水平的过程。”

学科建设是一个高等学校建设的核心，是提高学校教学与科研及社会服务能力和水平的重要基础。本书综合提炼学者的研究成果，认为大学的学科建设具体就是指大学作为学科建设的主体，根据社会发展的需要和学科发展的规律，以及高等教育的特点，结合大学自身的实际，通过采取必要的措施和手段，促进学科发展和学科水平提高的一种社会实践活动。

二、学科建设的内容

学科建设的内容必须综合考虑诸多因素。学科建设作为一个较为复杂的系统工程，必然贯穿于教学、科研的各个环节中。就学科建设的基本内容而言，大致包括：学科方向的确立、科学研究及其项目建设、学科队伍建设、学术环境建设等。

（一）学科方向的确立、凝练及学科布局结构的调整、优化

这是高等学校学科建设的基本任务。学科体系结构包括学科门类、一级学科、二级学科、学科方向。一级学科由若干二级学科组成，二级学科由若干个学科方向组成。学科建设的首要任务是从本校学科的实际情况出发，依据学科发展趋势和经济、社会发展的需要，适时地对已有的学科结构和布局进行调整，形成学科之间相互结合、相互促进的学科结构和布局。调整学科结构和布局需要处理好四个关系：第一，处理好优势学科和相对弱势学科的关系；第二，处理好传统学科和新兴、新建学科的关系；第三，处理好人文社会学科和理工类学科以及交叉渗透学科的关系（当然，不同类型、层次的高等学校采取的方式是不同的）。学科建设变化很快，新的生长点能使学科建设充满生机，而生长点具有时代性、灵活性、不确定性，需努力创新和追踪，要注意学科的交叉、融合和渗透；第四，处理好应用学科和基础学科的关系。不仅要进行学科布局调整，还要针对学术前沿动态、发展趋势和自身条件，确立几个稳定的、相对独立又相互联系、相互依托的学科方向。所确立的学科方向不仅要有坚实的学术理论基础、独特的学术特色、开创性的学术创新和技术创新思想，而且要有高

层次的科学研究课题和丰厚的学术成果。在建设过程中，只有紧紧盯住学科发展的趋势和学科前沿的动态，坚定地把握并能适时地调整学科建设的目标，才能使学科发展方向在学科建设中特色突出、不断创新、优势明显。明确学科的学术方向，不仅要清楚自己在干什么，也要了解国内外同类学科的同行们在干什么、怎么干。这样，才能更好地结合自己的条件与优势，使自己的学科更加突出优势与特色。在学科建设过程中，只有形成良好的学科布局和明确的学科发展方向，才能使学科建设沿着既定的正确方向持续向前发展。

当今，学科发展方向呈现出新的内容和重点。各门学科、各层次分支学科将不断地交叉，同时又加速地综合，使学科朝着一个领域内不断地深入和多个领域综合交叉的整体化方向发展。因此，在学科建设中要着力研究、解决遇到的新情况和新问题，并将这些研究成果转化为教学教育中的专业或专业方向设置，转化为新的教学内容与课程体系。在新一轮教育竞争中，成功的关键是看谁能在学科的整合、交叉上集优势、创特色、树名牌、争一流。

（二）科学研究及其项目建设

学科建设的重要载体是科学研究。在任何一个学科发展中，如果缺少科研项目，缺少必要的科研经费，就难有高水平的学术成果的累积，其学科也缺少了显著的标志。现代科学研究的重要特点是在高度分化的基础上的高度综合，学科带头人就应该精心组织协调学科成员，紧紧围绕学科方向开展科研立项，积极寻求学术的新的生长点，紧密结合社会、经济、文化等各项实践活动，开展学术研究。一般说来，学术成果的实现应该是立体的多极的形式，主要是指科研立项、课题经费、发表的专著和论文（检索）、发明的专利以及各类成果的获奖等。学科建设的最主要的内容，就是使本学科在上述诸方面得到全面的拓展，并且具有相对持续的向高水平发展的趋势。

现代科学研究，首先是立项。通过立项，明确研究的目的、内容和重点创新之处，筹集资金，组织队伍。实践证明，只有通过大的项目的研究，才能出大的成果，获大奖，培养和锻炼高水平的学者，提高学科的整体水平。项目建设是学科建设的十分重要的环节。其次是争取重大项目。

一是组织起来，联合争取。现代科学技术的重要特点是在高度分化基础上的高度综合，要争取和完成大项目，靠单兵作战是不行的。组织工作是院、系领导和学科带头人的责任，院、系领导要用主要精力抓学科建设和师资队伍建设，其中的一项重要内容就是组织大项目。二是发动教授，特别是有学术思想的教授、教师，经常“碰撞”，寻找新的生长点，构想新的课题。因此，要花力气做好项目设计和争取工作。

（三）学科队伍建设

这是高校学科建设的关键。在一定意义上，学科方向的正确确立和推进完全有赖于能够审时度势的优秀学科带头人及其相称的团队。高校学科建设中的队伍建设不同于一般意义上的师资队伍建设，从学科建设的角度看，队伍建设主要是学科带头人的建设和学科梯队的建设，其中，人才的引进和培养等都是围绕学科的发展展开的，而师资队伍建设则更多要考虑学生的培养。培养造就一支数量合适，年龄、职称、学历、学缘结构合理，具有强烈的创新思想和创新精神，充满活力、团结合作的学术团队，是高校学科建设的基础。其中，能否造就和形成一批学术思想活跃，学术造诣较深，在国内甚至国际上有一定影响的学科带头人和学术骨干，这是学科发展的关键。一个学科带头人往往关系一个学科的兴衰，所以必须高度重视学科带头人和学术骨干的引进、选拔和培养。各个高等学校应当从自己的实际出发，采取措施，重视人才，吸引人才，用好人才。要以知遇之情打动人，以优厚待遇吸引人，以优越环境留住人，以得力措施用好人，使学科带头人和整个学科梯队都能发挥自己的作用。

（四）学科发展环境建设

学科发展环境建设就是在满足本科生学术创新活动的需要与大学持续发展的要求下，对创新型学生培养的校园物质环境和校园文化环境进行分类、控制与改进，从而实现创新型学生培养的大学教育环境的相对最优状态。环境建设是学科建设的重要一环，直接关系学科队伍能否留得住、能否用得好，更关系学科建设能否取得成绩。学科发展环境建设包括：第一，学术环境。要有“百花齐放、百家争鸣、兼容并蓄、有容乃大”这样一种宽松和谐的学术环境；要有这样一种学术气度和学术眼光：在遵守宪法和法律的前提下，任何学术观点都有存在的空间，没有学术自由就不可能有理论创新；要进一步形成尊重知识、尊重人才的学术氛围，要变文人相轻为文人相重，要努力营造尊重人才、尊重知识、互相尊重、鼓励探索这样一种氛围；要形成团结、合作氛围，这是学术梯队能否发挥活力的关键。第二，管理和服务环境。确立“管理就是服务”的理念，让学校的管理应是一切为了学生、一切为了教学科研，所有的管理岗位都是为教学科研第一线服务的，说到底是为了学术服务。第三，硬件环境。主要是指教学设施、配套的后勤管理设施和校园环境等学术物质。学术物质是学者进行学术活动的基础条件，包括研究基金、设备、图书资料、学术刊物、出版机构等。它们是学科组织的物化平台，是学科活动的物质平台，同时也是学科实力和水平的象征，是学科组织建设的具体物质体现。第四，国际交流环境。加强外事工作，改善学校的国际交流环境，提高国际交流的质量和水准，通过与国外高水平专家和机构的交流、合作来找差距、补不足。

学科发展环境建设有利于良好学术氛围的形成，建立良好的学术风气和职业道德，形成融洽的人际关系和良好的学术环境，有利于调动和发挥人员的积极性、创造性，是学科建设和发展的无形力量。学科制度建设也是学科发展环境建设不容忽视的重要方面。尤其是要加强学科创新和推进学科交叉合作的机制和体制的建设、学科的文化建设及学术规范和学风建设等。

三、地方型本科院校学科建设的现状

地方型本科院校与其他类型大学相比较而言，其学科建设的难度是较大的，原因有外部的和内部的两种。从外部环境来说，一是此类高校面临的生源竞争、学生就业竞争、人才素质竞争的压力大；二是高等教育法中关于“高等学校应当面向社会，依法自主办学，实行民主管理”的规定，一方面扩大了各高校的办学自主权，同时也增大了此类学校的办学压力，由于连年的高校扩招导致师生比超过正常值，教师教学负担加重，没有时间和精力从事学术研究工作；三是国家实施“211 工程”，采取扶优扶强的政策，重点投入向 100 所左右重点高校和一批重点学科倾斜，对此类学校实际构成了巨大的压力；四是学校办学基础差，经费严重不足将始终是制约学校发展的瓶颈。从内部环境来说，地方型本科院校由于以教学工作为主，科研工作一般来说投入较少，学术气氛不太浓厚，科技创新能力不强，表现在学科建设工作中有“四多四少”的状态，即：教学人员多，学科带头人少；单兵作战多，团队攻坚少，低水平重复多，高层次成果少；随机选题多，研究基地少。这种现状造成的直接后果是学科建设处于低水平状态，没有凝练出具有特色的优势研究方向和领域，没有凝聚成学历结构、年龄结构、职称结构合理的学科梯队，更谈不上形成具有较强科研能力的科学研究基础，缺乏可持续发展的潜力。

四、地方型本科院校开展学科建设的意义

地方型本科院校开展学科建设具有极其重要的意义。它不仅是地方高校建设和发展的核心，也是其核心竞争力的重要体现。

（一）地方型本科院校必须开展学科建设，才能在激烈的人才竞争中立于不败之地

由于地方型本科院校长期以来重视专业建设，轻视学科建设，或者将学科和专业混为一谈，所以有人认为学科建设是重点大学的事，地方型本科院校的学科建设可有可无，或者认为地方型本科院校应在专业建设完成之后再抓学科建设。这是几种片面的认识。

当今全球一体化加剧了各国之间的竞争，而竞争主要表现在人才竞争上，人才竞争的基础是教育。在这一大背景下，我国高等教育正在经历一次重大的变革，一方面高等教育迅速发展、规模不断扩大，高等教育从精英教育转变为大众化教育；另一方面由于世界经济一体化进程的加速，对我国高等教育提出了新的要求，我国大学都在重新定位，增强实力，满足社会需求，迎接新的挑战。目前我国自 1978 年恢复学位制度以来采取的一系列改革措施都是旨在加强我国高校的学科实力，提高竞争力。经过改革、调整、优化，我国的高等教育事业呈现出了新的格局，高校之间的竞争态势已经形成，各校都在抢占高地。而近二十年的高校发展历史告诉我们，哪个学校学科建设工作取得了成就，那个学校就可以获得长足的发展。国内高校围绕学科建设展开了激烈的竞争，很多高校因此实现了跨越

式的发展，提高了办学层次和学术水平。地方型本科院校的学科建设工作与专业设置和人才培养质量是直接相关的，只有有高水平的学科，才能有高水平的专业，才能有高水平的教学，才能培养出高水平的人才。高校在生源方面的竞争，实际上是高校的学科优势、学科特色、学术水平的竞争。任何一所高校若没有自身的优势，没有自身的特色，必将被激烈的竞争所淘汰。而学科建设是高校发展的根本，是形成学科优势和特色的保证。因此，开展富有特色的学科建设对于地方型本科院校来说，是在竞争日益激烈的高等院校中赢得一席之地的法宝。

（二）地方型本科院校中学科建设与高校三大功能的关系

学科建设是按学科发展规律，根据高校的实际，使学科水平达到较高目标的过程。学科是高校三大功能得以实现的载体，学科建设是教学与科研的结合点。由于其教学与科研关系的特殊性，在地方型本科院校中学科建设与三大功能的关系还呈现出与其他类型的大学不同的特点。

1. 地方型本科院校中学科建设与科学研究的关系

一般来说，学科建设离不开科学研究，科学研究也离不开学科建设，二者密切相关，相辅相成。没有一个好的学科，就难以争取到重要的科研项目与大量的科研经费；没有科研项目和科研经费，学科建设就只能是纸上谈兵。从这个意义上来说，学科建设是科学研究的基础和推动力，科学研究是学科建设的前提与拉动力。自然科学的研究工作分为基础研究、高新技术研究和开发研究三个层次；人文与社会科学的研究工作可分为基础研究和应用研究两个层次。在学科建设中，一定要大力开展各种科研工作。一般来说，在自然科学的研究中，地方型本科院校开展原创性的基础研究和高新技术研究的难度较大，一般应以本行业或本地区的经济发展为导向，在准确进行本校学科建设目标定位的前提下着重进行开发研究，力争将自然科学的研究成果转化为生产力，并将其产业化。这样，就可以有更多的经费投入学科建设，更新和增加仪器设备，建设实验室，改善学科研究的条件，进而更有利于开展研究工作，形成良性循环。同样，在人文与社会科学的研究中地方型本科院校也应重点开展应用研究，因为基础研究需要本学科的国内或世界知名学术权威、一大批精良的学术骨干和充足的资金及快捷方便的最新学科信息系统等条件的支撑，而且基础研究很难在短期内见成效，一般都要经历一个漫长的过程，地方型本科院校在缺乏上述条件的情况下很难有所建树。只有开展应用研究，并在与同类型学校的横向比较中，利用本校长期积累的优势，找到本学科研究的突破口并力争做出成绩来，是地方型本科院校进行与学科相关的科学研究的捷径。

2. 地方型本科院校中学科建设与人才培养的关系

高水平人才的培养，除了基本的道德素质外，他的知识总量的增加和知识结构的形成，一般都要归属于某一个学科，需要接受某一学科的知识、技能的培养。因此，这一学科的建设水平如何，对形成高水平人才的高素质和创造性有基本的“塑造”作用。研究型大学中的学科建设与学生的培养是辩证统一的，一方面，学科建设对学生教育具有指导作用，学生是学科建设的一支重要生力军；另一方面，学科建设是以学生教育为动力而发展的。地方型本科院校中虽然有部分学校也有少量研究生，但主要以培养本科生为主，学生不直接参与学科研究工作，学科建设与教学的关系更多地体现在通过学科建设来促进专业建设的发展。通过建设若干个富有行业或地区特色的学科点，在此学科点下设立若干个特色专业，同时打造一支优良的师资队伍，通过教师的教学将最新的学科知识传授给学生，从而提高教学质量，培养出高层次的行业人才或区域人才。

3. 地方型本科院校中学科建设与社会服务的关系

社会服务中无论是发挥思想库、“智力源”的作用，为决策提供咨询，还是实现知识创新，推动科学技术产业化，都离不开学科建设这个基础。研究型大学的学科建设的社会服务功能体现在它的高水平的学科建设成果对整个国家的科学研究水平的提升和高新技术的产业化方面。如清华大学，它们的学科建设更多地服务于国家重大基础研究、重大战略产品、重点科技发展领域、重大专项工程，并承担国家中长期科技发展任务，为国家中长期科技发展目标的实现做出贡献。地方型本科院校的社会服务功能相比较而言，更注重于应用性及地区性或行业性，它们的学科建设成果往往用于推动本地区或本行业内经济的发展与技术进步，这在很多地方型本科院校的学科建设目标中得到反映。如郑州师范学院的学科建设目标为：“立足郑州，面向河南乃至全国，主动适应国家和地方经济与社会发展，紧紧依托师范教育行业特色，调整完善学科结构与布局，提高学科建设的整体水平。”

五、在地方型本科院校中如何将学科建设与教学、科研工作相结合

地方型本科院校的学科建设，从根本上说是为承担大学职能服务的，而不能只关注学科自身的发展。不同类型的大学的学科都以自己的学术成果对该学科的发展做出贡献，促进学科的发展是大学学科建设的重要目标，但也决不是它唯一的目标和任务。一般来说，由于学科研究层次水平的差异，我们不得不承认地方型本科院校的学科建设对推动学科发展上的贡献要小于研究型大学。地方型本科院校开展学科建设的重要意义在于可利用学科发展成果培养人才和研究、解决社会现实问题。地方型本科院校的学科建设作为一种办学行为，其任务也不仅是提高各门学科的水平，还包括优化学校的学科结构、营造学术发展的环境等，而这一切都是为大学更好地履行职能服务的。从这一指导思想出发，地方型本科院校要注重把加强本科教育、提高本科教育质量纳入学科建设的目标和规划之中。在学科建设中不仅要重视在学科发展前沿上的突破，努力提升学科水平，而且要重视吸收和综合本学科已有的学术成果（这些成果是学科所共有的，但不一定是本校的），并且把它们尽快地转化为本科教育的优质资源；既要重视充分发挥学科带头人的领军作用，又要重视学科队伍的整体素质；不仅要重视提高师资队伍的科研能力，而且要强调提高师资队伍的教学能力；学科的基础建设既要满足科学研究的需要，又要能够发挥教学功能；等等。

优势学科参与教学改革是促进教学与科研相长的一个双赢战略。高水平的科研成果能够较快地渗入到教学之中，一流的教学同样也会促进高水平科研成果的形成。优势学科大都具有较高水平的学科带头人，他们最了解社会对人才需求发展变化的趋势和学科发展的前沿，这使他们有足够的力量来考虑调整人才培养目标、专业教学内容与课程体系甚至学科体系的重新分化与综合。特别是在社会对人才培养规格需求多元化的情况下，以往那种刚性的人才培养模式逐渐向富有弹性的人才培养模式转化，要求教师开出更多的跨学科、交叉学科课程，以使学生具备宽厚的基础知识等，对学科的基础都有较高的要求，而优势学科往往都具备这些条件，这就有

可能使教师在学科的交叉与融合之间找到新的研究兴奋点和增长点，从而促进高水平的科研成果的形成。教学改革的实践证明，利用优势学科进行教学改革，起点高，效益好，示范性强，辐射面广；同时实现了教学与科研的互动。以此论之，大学要推进教学改革，应从学科建设入口，以优势学科带动一般学科，形成由点及面的改革效果。

学科、职业与专业之间在教学上的联系是以课程为桥梁的，主要体现在课程设置上。课程的设置直接影响到培养本科生的知识基础与知识结构。应根据人才培养的类型和规格来确定课程结构，应以学科发展的内在逻辑来组合课程，同时要与社会需求变化相适应。教学内容是通过课程体现的，教材是教学内容的载体。可见，课程、教学内容、教材这三者通过教学联系在一起，它们与学科建设密切相关，是学科建设的重要组成部分。一方面要将课程特别是教材纳入学科建设，一流的课程和一流的教材也是重要的科研成果；另一方面要用学科建设所取得的科研成果充实、更新教学内容，编写教材，设置学科前沿性的选修课或讲座，以不断提高教学水平，促进本科生培养质量的不断提高。

第二节　科研队伍培育及人才培养体系建设

高校已成为我国建设创新型国家的重要力量。科技创新，关键是人才，根本在教育。要建设创新型国家，培养大批德才兼备、国际一流的科技尖子、国际级科学大师和科技领军人物，至关重要。高校在建设创新型国家中具有不可替代的重要作用，是国家创新体系的重要组成部分，承担着科教兴国和人才强国的双重使命。事实上，高校已成为我国建设创新型国家的重要力量，在创新平台建设、创新人才培养和承担重大科研任务方面发挥着越来越重要的作用。

高校科研队伍已成为我国高校创新的主力军。随着高校创新在建设创新型国家的地位不断提升，高校科研队伍在高校创新过程中发挥着越来越重要的作用。我国科学技术的发展与高校科研发展的规律，决定了合作研究的必然性和科研队伍的重要性，决定了高校科研队伍在我国高校创新中的主力军地位。随着我国科研队伍的不断发展与壮大，我国高校创新越来越依赖于高校科研队伍特别是高素质的科研队伍。高校科研队伍是高校创新环境的营造者，是高校创新能力的主要支撑，是高校创新能力的晴雨表，对高校创新能力的培育发挥着不可替代的作用，对提升高校创新优势产生积极而重大的影响。我国高校培养了大批创新人才，取得了大量标志性创新成果，而这些成绩的取得又几乎都是团队合作的结果。高校科研队伍数量与高校创新能力的高低密切相关。高校科研队伍的数量越多，质量越高，则该高校创新能力越强。事实上，一支高素质的高校科研队伍不仅能取得重大科技创新成果，而且能带动一个学科的发展，甚至会创造出一个新兴产业。可见高校科研队伍是我国高校创新的主力军，是发挥高校在国家创新体系中作用的主要形式。近年来的实践经验也表明，在我国当前的国情和条件下，科研队伍是高校建设中一个非常成功的模式，需要进一步研究、总结与推广。随着高校的不断发展，高校科研队伍在高校创新中将发挥越来越重要的作用。

一、科研队伍建设的理论探讨

科研和教学是高校的基本任务。应该如何处理好两者之间的关系，是高校发展过程中必须面对和处理的问题。

（一）科研队伍的内涵界定

对“科研队伍”这一概念，学者们也有不同的界定，比较有代表性的定义有三种。第一种认为，科研队伍是“以科学技术研究与开发为内容，由为数不多的技能互补，愿意为共同的科研目的、科研目标和工作方法而相互承担责任的研究人员组成的群体”。这一定义强调了科研团队的科研性质和目的、技能互补和责任共担。第二种认为，“科研队伍可以定义为以科学技术研究与开发为主要内容，由为数不多的愿意为共同的科研目标而相互承担责任的专业学术人员组成的群体。”这一定义强调了科研团队的共同的科研目标和相互承担责任，忽视了科研队伍成员在知识、能力上的互补性，这一点值得商榷。第三种认为，“科研队伍是以科学技术研究与开发为内容，以科研创新为目的，由为数不多的专业技能互补、致力于共同的科研目标，并且拥有团队精神的科研人员组成的创新群体。”这一定义强调了科研队伍的创新性和团队精神，强调了科研创新目的。但是，必须指出的是，上述三种科研队伍的定义都有一个明显缺陷，即把科研对象局限于科学技术方面，把人文社会科学排除在科研对象之外。

科研队伍包括科技科研队伍和人文科研队伍。因此，科研队伍的定义可表述为科研队伍是在知识和能力上互补的一定数量的科研人员，为了实现科研创新目标、承担共同责任而相互协调配合的正式群体。这一界定包括以下几层含义：第一，科研队伍以科研创新为共同目标。科研队伍的产生、发展和终止都与共同的科研创新目标密切相关，没有共同的创新目标，就谈不上科研队伍，即使名义上叫科研队伍，也不是真正的科研队伍。科研队伍成员愿意将这一目标视为自己最重要的阶段性人生目标，并愿意为实现这一目标而不懈努力。第二，科研队伍成员之间以知识与能力互补为条件。科研队伍以科研创新为目标，其成员在知识、技能甚至性格等方面存在一定的互补性。只有这样，科研队伍成员在一起共同研讨学术问题就可以相互开阔视野，相互弥补由学业专攻带来的能力局限，从而使科研队伍能够激发出比单打独斗时的独立创新能力总和还要大得多的集体创新能力。科研队伍成员的创新能力互补性越强，凝聚为科研队伍的整体创新能力就越大。第三，科研队伍成员数量必须适度。科研队伍核心成员数量一般不宜过多，以 3—11 人为宜。由于科研创新需要经常交流沟通，科研队伍成员特别是核心成员过多会引起沟通不足，造成沟通障碍和智力资源浪费等弊端；成员具有层次性，科研队伍还可以有更多一些的学习者、本科生等非核心成员；成员分工必须明确，参与或接受科研队伍分配的研究任务。第四，科研队伍成员必须有鲜明的团队意识和整体意识。队伍成员自觉自愿地置个人努力于整体目标之中，都希望通过分工协作来寻求最佳的整体科研利益。不去斤斤计较、遇事推诿，而是相互担待、相互承担团队的科研责任，朝着团队的创新目标迈进。第五，科研队伍必须有一定的资源依托。有的依托基层组织，如教研室、研究所等；有的依托研究平台，如研究中心、实验室等；有的依托研究项目，如基金项目、委托项目等。科研队伍都是有一定资源依托的正式科研群体，非正式科研群体不是科研队伍。综上所述，根据科研队伍的定义，认为高校科研队伍是在知识和能力上互补的一定数量的科研人员，为了实现科研创新目标、承担共同责任而相互协调配合的以高校科研人员为主组成的正式科研群体。

科研队伍的构成要素包括科研队伍目标、成员、文化、机制和资源五个构成要素。

1. 科研队伍目标。科研队伍目标是科研队伍在一定时期内所要达到的预期科研创新成果。科研队伍的目标是其目的或宗旨的具体化，是一个科研队伍努力争取达到期望状况。简单地说，科研队伍目标是科研创新。科研队伍目标有三个重要作用：一是导向作用。科研队伍目标是科研队伍预期要达到的科研创新结果，是预设的科研方向，具有很强的科研创新导向作用。二是凝聚作用。科研队伍目标是一定时期内队伍成员共同的奋斗目标，队伍成员既明确分工又密切配合。队伍成员目标与团队总体目标具有内在的一致性，使队伍成员凝聚在一起。三是激励作用。当科研队伍目标对每个队伍成员形成一种内在激励作用，特别当这种目标实现，团队还有相应的物质奖励或报酬时，激励作用更大；同时，队伍成员对科研创新本身的追求，使他们在达到目标时有一种成就感、集体荣誉感，会形成一种有效的精神激励作用。

2. 科研队伍成员。科研队伍成员是指实际参与队伍科研创新活动的成员。一般而言，科研队伍成员包括学术带头人、学术骨干和其他成员。学术带头人是科研队伍的负责人，是整个队伍科研工作的领导者、组织者和协调者，是队伍的核心与灵魂，是队伍存在与发展的必要条件，在队伍的建设中起着举足轻重的作用。学术骨干是科研队伍的中坚力量，是团队科研任务的主要承担者，在学术带头人的指导下，具体完成每一项科研创新。其他成员包括队伍学术顾问、流动学术成员和辅助支撑人员等。科研队伍人员规模需要依据团队的研究目标和具体任务来确定。科研队伍成员是科研队伍的创新主体，具有重要作用；高校科研队伍成员是科研队伍其他要素发挥作用的前提，是高校科研队伍中最积极、最主动、最重要的因素，是控制团队目标、塑造团队文化、建立团队机制、运用团队资源的主人。

3. 科研队伍文化。科研队伍文化是指队伍的精神文化，包括队伍组织文化和学术文化。队伍组织文化包括队伍的发展理念、组织心理、合作文化、制度文化、凝聚力以及队伍成员的人生观、工作信念等。队伍学术文化包括队伍的治学精神、学术风气、学术传统、学术规范以及队伍成员的学术价值观、科学态度、学术道德等。

4. 科研队伍机制。科研队伍机制是指科研队伍的结构及其运行机理，主要包括队伍的激励机制和约束机制。要提高队伍的科研质量，就必须建立合理的激励机制与约束机制。建立有效的科研队伍机制，有利于创造一个公平竞争的团队环境，提高队伍成员工作的积极性，不断推动科研创新。在完善激励机制时，要特别注意利益导向问题，通过各种奖励办法调动队伍成员的创新热情，促进知识成果的转化。同时，建立约束机制，确保队伍成员遵守学术道德和学术规范，提高学术研究质量。

5. 科研队伍资源。资源是指各种可以被利用来创造财富或满足需要的条件或手段。通常认为，人类社会经济活动可利用的基本资源有人、财、物、信息与时间五类。科研队伍资源是指各种可以被科研队伍利用来进行科研创新的条件或手段。科研队伍可以利用的人、财、物、信息与时间都是科研队伍资源，具体包括科研队伍可以利用的各种人力资源、科研经费、实验用房、仪器设备和基础条件平台、图书资料、电子资源和科研时间等。

（二）科研队伍建设存在的问题

虽然部分高校制定了有关科研队伍的组建办法，但由于缺乏成熟的科研队伍建设先例，因此组建办法的制定相对比较简单，没有形成比较完善的组建模式，缺乏系统的构建与管理体系和详细管理方法，并且缺乏针对高校科研队伍存在问题的具体解决措施。目前我国高校科研队伍建设主要存在以下几个方面的问题。

1. 团队组建目标定位不明确

由于国家及地方大力支持科研队伍的建设，出台了一系列的支持办法，一些高校为获得这些支持（特别是经费），在功利思想的支配下，临时拼凑和包装“阵容强大”的团队。由于指导思想上存在偏差，这些团队研究目标与研究方向不明，队伍不稳，协调性差，因而很难发展成有生命力的创新团队。

或为了加强所谓的“学科交叉”而组建团队，简单地用一个机构聚拢的“团队”，通常目标不明确，合作不协调，承担任务时往往“饥不择食”，系统性研究不够，加之现有的科研和教学体制均建立在传统学科分类基础上，这种简单拼凑的团队形不成自己的专门队伍和组织，落实不了培养基地和基金，通常做不到强强交叉，很难产生创新成果。

又因一个学科往往由多个研究方向组成，有的高校每个方向成立一个或几个团队从事科研工作，但是在设置团队的研究方向时，对学科战略发展没有较好的规划，各研究方向只是按其负责人个人的判断和兴趣进行科研工作，其方向负责人往往只在该方向具有很强的研究能力，但缺乏驾驭和把握整个学科发展方向的能力。由于缺乏整个学科战略发展规划，使得研究方向分散，各科研创新团队之间缺乏交流和沟通，因而每个方向都很难产生大的成果，各个方向也就难以对整个学科的发展产生合力支撑。

2. 团队管理制度不够科学

团队成立后，高校并没有建立相应的团队支持体系，缺乏科学的科研队伍管理制度，团队管理的管理责任不明确，团队负责人纠缠于一些日常管理事务，使得科研工作不能顺利开展。另外，有些团队负责人虽是专业领域的专家，但缺少管理经验，组织协调能力不够，在队伍成员的选择、培训、任务分配、激励制度等方面缺乏经验，使队伍人员配置不合理，合作精神差，缺乏相互协作、支持，从而导致团队绩效不高。

同时高校现行的科研考核、科研资助、科研津贴、科研奖励制度，科研成果转化后的利益分配制度，均存在不利于合作研究和团队生成的因素。一是科研资助制度存在某些“个人主义”倾向，人人都忙于自己的课题，似乎难以有时间融入团队、集体攻坚。二是将评价指标体系的“指挥棒”围着团队转。目前，大多数高校评定职称时，只认第一完成人，即便是非常重要的骨干，其功效在评定职称时将忽略不计，这对科技骨干的积极性是极大的伤害。三是科研津贴制度建构在“重数量、轻质量”的科研成果评价制度之上，实实在在开展团队研究，获得的不多的科研津贴，摊到个人就少了。四是科研经费、科研奖励、科研成果转化后的利益分配存在问题。在团队成员之间分配的制度不明确，存在引起矛盾冲突的可能性。在团队工作中，传统的绩效考核办法常常难以奏效。这是由于团队生产具有高度合作的性质，团队成员具有较强的互补性，团队的产出是团队成员共同努力的结果。正是由于团队生产的特点，在团队生产中就产生了较严重的信息不对称现象。这使得团队成员及代理人的努力水平不可观测。与此同时，在很多团队中由于产出是团队成员共同努力的结果，所以单个代理人的绩效常常也无法被准确度量。在这种没有办法根据团队成员个体的绩效进行有效分配的情况下，就要求采用更为有效的方法对团队成员进行物质激励。

3. 团队高素质科研人员匮乏

无论是国内还是国外，高层次人才都是最稀缺的资源。虽然我国的人才总体规模已超过千万，但高层次人才仍然十分短缺，且老化现象严重，后继乏人问题突出。高校作为科技创新的主力军，同样存在一流人才缺乏问题。据不完全统计，目前高校中知名度较高的学科带头人50岁以下的只占20%左右，学科带头人出现青黄不接的状况。目前，我国高校很多专业教师短缺的现象十分严重，因教师不足，致使教师工作量过大，教学负担过重。有科研能力的教师往往也是教学骨干，长期超负荷的教学工作使不少教师尤其是基础课教师失去了进修、学习、学术交流的机会，也使得许多有潜力的教师错过了科研训练的大好时机，加上编制、工作量等因素的影响，有些学科根本组建不出科研队伍。

4. 团队凝聚力不够

团队负责人往往只重视科研项目的完成，而不重视团队文化建设，致使团队内部难以形成和谐宽松、合作互助、共同学习、互相激励的工作氛围，团队凝聚力不够。团队凝聚力是科研队伍形成和发展的前提，是科研队伍创新力和竞争力的基础。但是，我们也看到，一些科研工作者缺乏团队精神，不能组成团队；有的科研队伍，也由于缺乏学科带头人对成员的吸引力、成员对团队的向心力、成员之间的黏合力等，不能形成团结的、有凝聚力的整体，因此团队逐渐松散以至于名存实亡。究其原因，最根本的一条，就是团队缺乏凝聚力。所以，科研创新队伍是否具有凝聚力、凝聚力是否强大，直接关系到科研创新队伍的形成与发展、科学研究工作的创新以及科研人才的脱颖而出。

二、科研队伍及人才培养体系建设的对策

科研队伍及其人才培养建设是一个系统工程，需要长期不懈的坚持，更需要采取切实合理的对策和措施，才会收到事半功倍的效果。

（一）确立规范的管理理念

在高校科研管理中，将人置于管理的核心，确立人的主导地位，通过卓有成效的管理活动来调动科研人员和科研管理人员的主动性、积极性和创造性，以保证科研工作目标的实现。同时，致力于人的发展，积极创造条件，努力促成科研人员和科研管理人员的全面自由的发展。在确立以人为本的管理理念的同时，要建立合理的科研管理机构。过去，我国高校的科研工作一般由学校科研处主管，然而实际上科研队伍的科研工作往往由队伍所在的单位学院、研究所等负责管理，从而造成管理职责不清，产生互相推诿、互相扯皮等现象，既影响办事效率，又影响科研单位的工作进程。这种状况必须迅速改变。高校科研创新队伍的管理机制应是，其日常行政事务由科研队伍所在单位负责管理，其科研工作由科研处负责管理，交叉事务协商解决。这样各司其职，各负其责，才不至于相互推诿、相互扯皮，影响科研队伍工作的顺利开展。建立科学的科研管理机制，无论是科研项目管理、科研经费管理，还是科研设备管理、科研人才管理等，都应建立相应的管理制度。所有的科研管理制度，不但要符合国家的科技方针、政策，而且要符合校情，适用于学校中各类科研队伍便于操作，有助于科研工作的开展，即具有政策性、科学性和可操作性。此外，科研管理制度还应具有相对稳定性。当然，根据国家经济、科技的发展，科研管理制度也应适时地进行适当的修改，但决不可朝令夕改。如朝令夕改，势必使科研队伍无所适从，阻碍科研工作的顺利开展。

（二）准确定位科研队伍目标

1. 明确前沿的科研项目。科研队伍要有稳定的、有特色的研究方向，它能够确保整个团队始终围绕既定目标，不偏离方向，又能通过远大的目标增强团队成员对自身团队角色和团队整体的认可度，从而调动团队每一位成员的积极性，激发团队成员的创造欲望。

科研队伍的研究方向必须依托学校的学科优势和学科发展方向，瞄准国家、省、市和教育部中长期科学与技术发展规划的重点领域或国际重大科技前沿热点问题和哲学社会科学重大基础理论、应用研究问题，主要从事以探索未知世界、认识自然或社会现象、揭示客观规律为目的的开创性、探索性研究对经济增长、社会进步和国家安全有重要战略意义的基础性、前瞻性研究，自然科学与社会科学交叉的前沿研究，把基础研究、应用基础研究和应用研究紧密地结合起来，有明确的技术研究路线，能产生重大经济或社会效益的重大知识创新、理论创新、关键技术创新和集成创新，以高水平的原创性知识为目标，以“科学无止境，创新无止境”的进取精神，争创一流的成果，为团队未来的发展带来更加辉煌的前景。科研队伍应有明确的、标志性的在研科研项目；科研项目应属国际前沿、国家重点，且具有交叉学科性质并已拥有较充足的科研经费，经费来源可以包括基础研究项目、支持计划项目、产业化项目、企业项目等。科研队伍应有在国内外或省内外有较大影响、标志性的研究成果，如高质量学术论文及其他高水平科研成果，科研工作不断取得突破性进展。

2. 注重特色学科发展。高校要提高科技创新能力，学科建设是根本和基础。无论是建设平台还是组织创新团队，最后都要以学科建设为核心。学科的交叉融合发展是产生科学问题的重要突破点之一，许多科研活动在学科交叉点上形成了新的创新点、生长点。高校要高度重视学科建设，建立起合理的学科布局，实现科研创新上的跨越式发展。优先扶持重点学科，促进学科间的渗透和联合，增进优势学科之间的互补。充分利用高校科技管理调控手段，促进学校优势学科之间强强联合，把高校各方面的科技创新能力和资源进行整合，形成创新合力。由此，学科建设必须抓好以下几个方面：一是调整学科结构，突出学科重点和特色。重点建设强势学科，加大学科的重点实验室、科技信息平台等建设投入，有创新潜力的新兴学科、交叉学科、前沿学科要积极引进拔尖人才，统领学科的创新群体，要拥有独特的核心竞争力；二是学科建设要不断拓展发展空间，积极吸收外界营养。科研人员要放眼世界，学科建设吸收其他领域新思想、新理论、新方法才能构筑起自身新的创新平台和激发新的创新点，从而以优良的科技创新平台吸引人才，用良好的学术氛围感召人才，才能形成由跟踪为主转变为原始创新为主，从以模仿为主转变为自主创新为主的科研模式。

（三）合理吸纳与分配科研资源

高校如何合理使用有限的科研资源，更好地发挥科研投资的经济效益，是我们制定科技规划、科技政策的出发点。一方面我们应大力开发科研资源；另一方面，我们也应根据不同产业对科研资源的不同需求，给予合理分配；再一方面，在科研内部，把科研资源分配于能促使整个科研部门迅速发展的技术开发上，集中使用科研资源，以利最短时间取得最佳经济效果。为了更好地使有限的科研资源得到合理利用，特提出以下建议：

1. 高校科研任务应以经济建设为主，适当调整某些科研项目的科研资源的分配。

2. 明确把研究与开发作为科研工作的中心，并围绕此目标，科技人才的培养、开发应立足于建设一支庞大的，以应用研究、开发研究为主的科技队伍。

3. 根据高校内部对科研资源的不同需求进行合理分配，使科研资源充分发挥社会效益。

4. 要改革不适应的科研体制，把专业性强的科研机构逐步转入企业和产业中去，成为研究与开发的中心，以有利于科研工作更直接地为生产实践服务，并促进生产部门对科研与发展经费的投资。

（四）完善学科带头人的遴选及培养

1. 科研队伍学科带头人的界定。“学科带头人”这一概念在国外学术界中不常用，而在我国则比较通用，但是其概念和角色定位始终是模糊不清的。科研队伍的学科带头人必须在某一学科领域学术造诣精深，能准确把握学科方向，有敏锐的学术洞察力、判断力和学术研究创新能力，取得重大的学术成就，在本学科领域有较高的知名度，具有学风正派、治学严谨、爱岗敬业、勇于奉献及强烈责任感的职业道德。他是若干学者组成群体的统帅，他能根据社会的需求，整合目标、制定规划、组织队伍、协调关系、指挥实施、谋划发展，使得整个学术研究活动和谐有序地推进。

作为科研队伍的负责人就要认清位置，明确职责，既要当裁判员又要当运动员，既要是决策者又要是执行者。他的目的就是提高学术研究的组织性、有序性和有效性，以保证大规模学术创新活动和重要学术研究及重大科技攻关任务的完成。

2. 学科带头人的职责。(1) 谋划学科发展。跟踪国内外学科前沿发展动态，正确把握学科研究发展方向，主持制定科学、合理、可行的学科建设发展规划，提出具有战略性、前瞻性、创造性的研究构想，形成相对稳定的学术团队，带领所在学科达到国内领先水平。（2）组织领导团队运作。学科带头人作为团队负责人，根据科研工作的需要精心谋划、科学安排、协调力量、加强引导、检查和督促各部门工作，组织带领团队开展科技攻关，贯彻落实科研规划，形成具有自主知识产权的高水平研发成果，积极主动开展对外联络，为学科组织拓宽交流合作渠道，进而促进学科组织的长足发展，积极组织各类学术活动，开展学术交流与合作，活跃学术氛围。（3）组建高素质的科研队伍。学科带头人应根据学科现状和发展趋势，组建一支专业、学历、职称和年龄等结构分布合理、团结和谐、积极进取的学术梯队。（4）打造先进的科研平台。学科带头人要正确把握本学科的研究水平和发展方向，要及时了解最先进的研究设备及其性能，采取多种形式和渠道添置研究项目必备的先进设备，从“硬件”上为科研研究提供必要的物质保证。（5）争取高规格的研究项目和经费。学科带头人要从本学科的发展方向、社会需求和自身条件出发，随时掌握各种信息和经费渠道，把握学科群体人员的条件和特长，组织人员积极申报国家级和省级社会科学规划基金项目以及其他重大项目。（6）培养高质量高层次人才。学科带头人在完成科研任务的同时，要认真负责地担负起培养研究人员和本科生的培养工作，根据培养目标制订各类人才培养方案，随时掌握培养对象的学习和生活情况，指导本科生课题研究和论文写作，并积极组织学术交流研讨，鼓励激发他们的内在潜力，不断培养和选拔新的学术带头人和学术骨干。（7）获取原创性研究成果。学科带头人必须合理安排和协调团队成员的研究工作，检查和督促团队成员的工作进展情况，确保各项基础研究项目及科技攻关项目的完成，及时总结研究成果，精心撰写高水平学术论文和高质量著作，同时指导并带领团队在标志性成果上取得突破，特别是原创性成果，争取省部级、国家级科研奖项，积极向社会推荐已取得的科技成果，促使研发成果的孵化并及时有效地转化为生产力。

选拔学科带头人要贯彻“公平、竞争、择优”的原则，严格按照一定的条件和程序进行，避免出现条件不够而硬“拔”和求全责备硬“卡”的现象。在既需要看学历职称的同时，更要注重学术水平、教学科研成果和职业道德，不拘一格选拔人才。选拔过程应采用自荐、学科组评议、专家评审、报上级部门审批、签订培养目标协议书等手续。

学科带头人的选拔要坚持优胜劣汰的动态管理原则。对选上的学科带头人，要制定培养目标，建立业务档案，定期汇报，交流总结，跟踪考核。在重点扶持的同时，应严格要求，全面提高。例如，要求他们承担重大科研项目，并取得阶段性成果，每年有一定数量的高质量论文在国内外重要期刊上发表；参加学术交流，举办学科前沿的学术报告；开设新课，培养学生，制定学科发展规划等。要打破终身制，实行任期制。任期届满要重新评审和考核，对在任期内按计划要求达到目标者，经复评后继续予以重点扶持和优惠待遇。对成绩突出者要进行宣传鼓励，提高其知名度，扩大他们在国内外的影响。对未达到计划目标或确认无发展潜力者要予以调整，重新选拔。只有采用优胜劣汰的滚动培养方法，才能使一批具有真才实学、出类拔萃的杰出人才成为新一代高绩效科研队伍带头人。

（五）优化学术梯队结构

1. 以高素质人才为团队核心。高素质人才是优秀科技创新团队的核心，更是科技创新团队建设成败的关键。作为团队的核心人物，要具有思维超前、学术精湛、品德高尚、凝聚人才的领军才能。这样才能带领团队成员团结协作，刻苦攻关，在科学研究和人才培养工作中取得辉煌的成就。

2. 采用合理的梯队组织结构。对科研队伍应采用减少管理层面、适应快速变化的合理的梯队组织结构。在合理的梯队组织结构下，梯队人员结构必须尽可能合理。（1）学缘结构合理。坚持成员来源多元化，从多渠道引进人才，逐步形成合理的学缘结构。（2）职务、职称结构合理。每个职称层次上都应有一定的人员，每个层次之间的比例应恰当，以便学术队伍在职称上具有平衡性。（3）年龄结构合理，老中青比例适当。队伍中不同年龄的成员必须形成承前启后、后继有人的梯队发展态势，并逐步降低整个梯队的平均年龄。顺应新老更替的规律，不断进行青年带头人的培养和补充，避免断层影响学科的可持续发展，失去优势学科的地位。（4）学科专业结构合理。既要以本学科的人员为主，也要有一定比例相邻、相关学科的人员，这有利于派生新的交叉学科和边缘学科。

这样梯队的形成，使不同学科、不同素质的成员，形成互补效应，通过在团队内部建立的自由学术交流平台，在团队内部产生知识的“碰撞”，使每一个成员产生更多的新观点和新理念，获得更大的创新动力，从而充分发挥团队的整体合力和团队优势，产生 1+1>2 的团队效应。

3. 整合高校基层学术组织。团队建立在知识共享基础上的创新，是科技信息资源的共享。团队运行过程中，依赖一定的科研设施，需要就科技物资资源进行共享。对于高校科研队伍而言，需要各个基层学术组织之间联系密切。如果能够实现不同学科之间以及院系之间的有效整合，实现学科、专业、院系之间的学术协同发展效应，将大大提高大学的整体学术生产力和学术效率。大学学术组织整合是一个系统工程，组织变革要从大学整个系统各要素之间相互作用、相互影响来考虑，因此，大学学术组织整合是一个渐进的过程。

整合大学基层学术组织，加强各个基层学术组织之间的合作，有以下几条现实可行的途径：（1）大学中鼓励自由研究，学校对自由研究给予大力支持。学校内不同学科的教师可以就感兴趣的科研项目自由组合，学校对自由研究给予大力支持。（2）加强目前单学科的科研创新队伍建设。队伍不断发展壮大，必然要进行跨学科研究，也必然逐步转变成为跨学科的科研创新队伍。（3）当跨学科研究具有一定规模时，建立跨学科的科研组织机构，给予跨学科研究更多的支持。

综上，大学科研创新队伍建设尤其是跨学科的科研创新队伍建设需要组织结构的变革，需要加强各个基层学术组织之间的合作。而整合大学基层学术组织，打破学科间的界限，也需要团队参与其中，尤其是跨学科团队的参与。

4. 人才培养体系建设。在教育体制改革不断深入的时期，高校在教育理念和人才培养方面正经历前所未有的转型。目前还存在诸如资源、机制和文化等因素制约着创新人才的培养，尚不能完全满足建设创新型国家的战略需求。因此，人才培养体系建设是潜移默化、一个长期的系统工程，需要全社会在创新型教师队伍建设、创新资源投入、创新平台建设和教育理念创新四方面推动高校人才培养体系建设的进程。（1）确立创新教育思想。创新人才的基本特征是创新精神、创新能力和创新成果三方面的统一培养。创新人才不仅仅需要传授前沿知识，更需要创新精神和创新能力的培养。传统的以知识灌输为主的教学思想在很大程度上制约了学生创新思维、创新精神与创新能力的培养。为此，无论在高等教育阶段，还是在高中阶段和义务教育阶段，必须确立创新教育思想，大力推行素质教育，尊重学生主体性和个性化，实现学生的全面发展。高校应把培养学生的创新精神、创新思维和创新能力放在突出的位置上，要把关注点从单纯的知识传授转移到培养学生独立思考和提出问题、分析问题与解决问题等各方面能力上来，并以此推动教学内容、教学方法和管理体制的变革以适应这一目标的实现。创新教学方式和课程设置，高校需加强实践性教学环节在课程体系中的比重，增加学时数，鼓励学生运用所学内容设计具有创新意识的方案。(2) 建设创新型的教师队伍。具有创新精神、创新思维和创新能力并热心于献身人才培养工作的教师队伍是高校培养创新人才的关键。

创新型教师队伍的建设方式包括：(1) 提高教师创新意识。首先要转变教育思想，构建合理的知识结构，更新教育方法。为了改善教师知识结构，学校应形成制度，定期安排教师到国内外相关学科领域处于领先水平的科研院所、高校、国家重点实验室等培训深造，同时要防止“近亲繁殖”，以遏制创新能力的退化。另一方面，教师本身要主动自觉地强化创新意识，通过参加科学研究及学术交流等途径，及时跟踪掌握本专业的学术前沿动态，保持长盛不衰的创新精神。(2) 坚持教学科研并重。鼓励教师参加科学实践活动，并为教师创造优良的教学科研条件，营造宽松的学术环境。创新型教师人才队伍建设是一个系统工程，除积极采取措施提高教师学历层次和业务水平以外，更重要的是鼓励教师跨出校门，投身于社会实践，坚持走产学研相结合的道路。运用已掌握的知识和技术，在经济建设和社会发展中主动寻找课题，切实解决生产实践中的实际问题，实现科研成果的产业化。作为高等学校的教师，虽然教学和科研在一个特定的时间段中各有侧重，但在整个教师生涯当中应该坚持教学科研并重的原则。只有坚持不懈地进行科研实践活动，掌握最前沿的科学技术发展状况，才有可能向学生传授新知识，提高教学质量。学术带头人及学术骨干更应成为教学、科研“两栖”人才。人才成长不仅取决于人才自身的主观因素，而且取决于外在的客观因素。因此，在对待和使用人才上要解放思想，制定宽松的政策、创造和谐的环境。(3) 落实以学科建设为中心的教师培养战略。根据学科方向设置基本教学科研单位，实行学术带头人负责制，培养教学、科研复合型教师。教学科研复合型学术带头人和学术骨干的培养，是取得创新科技成果、培养创新型人才的关键。学校应放心大胆地使用学术带头人，责、权、利明确，并为他们创造良好的工作条件和工作环境；同时要建立完善的政策、机构保障及监督考核机制，从根本上保证学术带头人负责制的贯彻落实。高素质教师队伍的建设，是培养具有创新能力人才的关键，高校应在教师队伍的建设上下功夫，造就一大批既懂教学又懂科研、教学科研相互促进的学术带头人和学术骨干，使高校真正成为推动生产力发展和社会进步的创新原动力。(4) 加大对高校的基础研究投入，完善科研管理。基础研究水平高低直接决定高校的创新和人才培养能力、可持续发展潜力。我国的创新工作特别是基础研究的重担应更多地落到高校的肩上。因此，高校应加大对基础研究的投入比例，以利于创新人才的培养。同时，在高校内部建立专门的筹资机构或部门，广泛吸收来自政府、企业、社会团体乃至个人的资金投入，以及各种形式的捐助。

第八章

全球化语境下学科发展的未来走向

“在已经开始的全球化时代，人类文化呈现出前所未有的、强烈的整合现象。”① 全球化时代的文化逻辑，决定了任何一个国家和民族的文学研究都无法脱离全球化的文化景观封闭地完成。这意味着中国现当代文学学科必须在各种相互交织、冲突的文化资源中完成新的整合。在全球化语境中，将中国现当代文学纳入中国文学通史，弥合历史选择造成的人为断裂，会带来古代文学和现代文学的话语激活，在整体性文学观的维度下梳理现代文学的“源”与“流”，对学科研究的现代化有着重要的意义。

从诞生之日起，中国现代文学就具有了世界性视野。随着东方话语的觉醒，全球化时代的文学研究不可能再锁闭于本国语境之内，海外汉学将持续汇入中国现当代文学研究的整体之中，共同建构“想象的共同体”。在文化全球化的进程中，大众文化来势凶猛，中国现当代文学学科面临着前所未有的危机与挑战，学科转型是生存策略。文化批评的跨学科视野为学科赢得了新的生存空间，并引发众多学者的研究转向。坚持以文学研究为本位，建构文学—文化—文学的互补模式，打通文本内外，才能使中国现当代文学研究重新焕发持久的活力。面向学科的未来，唯有坚守和而不同的原则，尊重思想和价值立场的多元化，确立平等的对话关系，才能建设健康的学术生态环境，在国际学术舞台上发出中国的声音。时代正期待着中国现当代文学的涅槃重生！

第一节　持续建构整体性文学史

“‘五四’以来，中国的政治生活发生了巨大的变化。人们习惯于以政治的标准对待文学，把新文学史拦腰截断，形成了‘现代文学’与‘当代文学’的概念。这实际上是一种人为的划分，它使两个阶段的文学都不能形成

① 衣俊卿：《文化哲学十五讲》，北京大学出版社，2015 年版，第 307 页。

一个各自完整的整体，妨碍了人们对新文学史的进一步研究。”① 新时期以前，学科奠基人王瑶、唐弢等均是以中国新民主主义的政治性来定义现代文学的，即：中国现代文学是无产阶级领导的、人民大众的、反帝反封建的文学。1949 年中华人民共和国的成立，改变的是中国社会的性质、国家的命运，标志着中国革命由新民主主义阶段进入社会主义阶段的转变，当代文学的性质由此被定义为“以共产主义思想为核心的社会主义文学”。

文学有其自身的发展规律，不一定与社会革命史的分期完全一致。1949 年第一次全国文代会的召开，并不代表着与之前三十年的文学有着质的区别。其文学史意义仅在于将毛泽东的《在延安文艺座谈会上的讲话》作为全国文艺工作的纲领，以延安为中心的解放区文学运动扩展到全国范围。中华人民共和国成立后，相当长时间内，文学的性质、指导纲领、作家队伍等基本上延续了解放区文学模式，没有发生根本性的转变。现代文学与当代文学的断代，受到社会学、阶级分析、政治决定论等外在因素制约，过多地夸张了不同政治语境下文学思想的对立和交锋。早在 80 年代初，唐弢先生便预言了打通现当代整体性文学史的出现。他深刻地指出“文学史首先是一部文学史”，“而不是什么文艺运动史、政治斗争史，也不是什么思想斗争史……现在大家都从‘五四’讲到中华人民共和国成立。我们是不是将来要改，我看很可能改。因为现代文学和当代文学是一码事；现在国外就看作一码子事。”②

在现当代文学史上，相当一部分作家、评论家，如郭沫若、茅盾、巴金、老舍、朱光潜、夏衍、曹禺、梁实秋、艾青、胡风、臧克家、张爱玲、赵树理、姚雪垠、柳青、杨朔等，其作品贯穿了现代文学和当代文学。“拦腰”切割式的文学研究，无法恰当地评价这些作家在文学史上的定位。此外，20 世纪上半叶盛行的文艺思潮、社团、流派，如左翼文艺思潮、现代主义文学思潮、京派、新月派、新感觉派等，对 20 世纪后半叶的文坛和青年有着直接的影响。由于斩断了与现代文学的历史联系，当代文学研究中，许多源头性的文学知识只能是盲目的人云亦云，只能在零星碎

① 陈思和：《中国新文学整体观》，上海文艺出版社，1987 年版，第 1 页。

② 唐弢：《关于中国现代文学史的编写问题》，北京师范大学出版社，1984 年版，第 6—7 页。

片中进行鉴赏式的批评。事实上，诸多当代文学运动、现象都与抗战以后的文学局面有着内在的密切联系。唯有将现代文学和当代文学视为一个整体来进行教学、研究，才能加深对作家、作品、思潮、流派的来龙去脉的深入理解，把握文学的内在走向。随着外在政治环境的宽松，现代文学与当代文学之间的内在规律的贯通性逐渐浮出水面。

现代文学与当代文学的人为分割格局，造成了许多研究者只顾眼前的狭小的教学和科研领域，而对其他领域一概不知。学界经常出现研究现代文学的和研究当代文学的互不清楚对方的学科内涵和研究状况，以致研究的格局日益狭隘，视野日益短浅。“合并学科不仅是中国现代文学内涵的需求，也是学科融合、完善和一体化的需要。”① 黄修己教授的观点代表了学界的普遍观点。随着文学的边缘化，现代文学研究在人文社会科学格局中呈现出边缘化的趋向。他直言这一现象与学科本身的局限性有关，发出了“小学科难出大人才”的隐忧，希望研究者冲破现代文学 30 年的狭小格局，走向更为广阔的研究天地，在古代文学、外国文学的多维视野中成就博古通今、学贯中西的学术气象!②

打通近代文学、现代文学和当代文学的整体性文学史观逐渐成为学界的共识，力图消解政治意识形态造成的文学史的人为断裂。“无论是从 20 世纪中国文学发展的连续性、文学的现代性要求、不少作家的跨时代情况来说，还是从 20 世纪中华民族文化发展的变革要求与时代相似处（如五四时期的‘文化启蒙’在新时期的重演）来看，打通研究不仅有客观依据，而且也有整体思考的必要。”③ 整体性观念影响下的文学史写作已经颇具规模，对整合现当代文学学科有着直接的推动作用。

1985 年，黄子平、陈平原、钱理群在中国现代文学研究创新座谈会上宣读论文《论“二十世纪中国文学”》，正式提出“二十世纪中国文学”概念。随后围绕该理论，三人在《读书》杂志上，从缘起、世界、民族、文化、美感和文体、方法六个层面，将现当代文学置于中国文学走向“世界文

① 丁帆：《关于建构百年文学史的几点意见和设想》，载《文学评论》2010 年第 1 期。

② 陈希：《一个人与一门学科：黄修己教授的学术旅程》，中山大学出版社，2015 年版，第 96 页。

③ 李运抟、李海燕：《关于 20 世纪中国文学的“打通研究”》，载《当代文坛》2003 年第 4 期。

学”格局中，形成现代民族意识和民族灵魂新生的进程。“二十世纪中国文学”概念的提出，成为打通现当代文学的破冰之举，随后以“20世纪”“百年”“整体观”等命名的整体性文学史著作纷纷出现。整体史方面的著作主要有王晓明主编的《二十世纪中国文学史论》（1997年）、孔范今主编的《二十世纪中国文学史》（1997年）、严家炎主编的《二十世纪中国文学史》（2010年）；文体史方面的著作主要有陈平原所著的《二十世纪中国小说史》（1989年）、严家炎等主编的《二十世纪中国小说理论资料》（1997年）、冯光廉主编的《中国近百年文学体式流变史》（1999年）；文艺理论、思潮、流派方面的著作有陈思和所著的《中国新文学整体观》（1987年）、朱德发所著的《二十世纪中国文学流派论纲》（1992年）、黎山峣的《中国20世纪文学思潮论》（1994年）、黄曼君主编的《中国近百年文学理论批评史》（1996年）、南帆主编的《二十世纪中国文学批评99个词》（2003年）和刘洪涛所著的《二十世纪中国文学的世界视野》（2010年）。尤其是严家炎主编的《20世纪中国文学研究丛书》（2000年）推出了《20世纪中国文学与佛学》《20世纪中国文学与基督教文化》《20世纪中国文学与伊斯兰文化》等一系列视野开阔的专题研究著作。

然而细究上述冠以“二十世纪中国文学”名称的著作，不难发现，其中大多是资料汇编的性质，即把不同时代的文学研究成果组合在一起。这些文学史的编者名单透露出集体编撰的信息，在集体编写的过程中，编者仍然是在自己熟悉的专业领域写出负责的章节，现代文学和当代文学之间依然有着明显的分工。如王晓明主编的《二十世纪中国文学史论》，基本属于现当代文学研究领域的著名学者论文的汇编。无论是从专业研究的角度，还是从史料整理的角度来看，这类文学史并不能称为打通研究，而是“线性组合”。“所谓‘线性组合’，即研究者将20世纪中国文学发展的纵向时间跨度作为一条历史线路，然后像‘文学大事记’般按照时间顺序来‘排列’各种文学现象。”① 如顾彬2008年出版的《二十世纪中国文学史·第7卷》，按照近代文学、民国时期、1949年后中国文学的顺序历数文学大事，而文学现象彼此之间的内在联系并未系统呈现。孔范今、黄修己、

① 李运抟、李海燕：《关于20世纪中国文学的“打通研究”》，载《当代文坛》2003年第4期。

朱栋霖等主编的文学史对于文学发展阶段作出了新的划分，以弥合现代和当代之间的断裂感，但遗憾的是未能从作家作品和文学现象内在进行学理性贯通。以文学思潮流派、文学理论为主导的文学史写作显示了其学理价值和意义，但更接近批评家式的论断。影响力较为广泛的文学史依然是断代式写作，如钱理群等人著的《中国现代文学三十年》、洪子诚的《中国当代文学史》等。“就目前的现当代文学史写作来看，现当代文学的割裂依然是一个无法否认的事实性存在。”①

打通式文学史写作虽然在理论层面早已成为学界的共识，然而在实践上却往往只是调整了文学时间表，离真正打通式的整体性文学研究为时尚早。打通式文学史写作是一项浩大而艰巨的工程，注定要面对诸多历史和现实问题的挑战。即使是当年的发起者钱理群也不得不坦言：“在可以见到的日子里，我大概是无力完成这样的使命。”② 首先，20 世纪 90 年代以来，多元化研究局面的出现，中国学者尚未建构起成熟的文学史观，短期内无法形成对现当代文学稳定、独立的整体性研究标准。“过去是一个声音太单调，全都得按照某种既定的政治标准来研究，学术创造的通道被堵上了；现在则放开了，自由多了，但如果缺少基本的评判标准，‘多元化’也只落下个众声喧哗，表面热闹，却无助于争鸣砥砺，还会淹没那些独特的学术发现。”③ 其次，由于长期以来断裂式的学科设置，文学史研究者的知识结构存在单一性的问题。通常情况下，从事现代文学研究的学者，对当代文学作家作品往往生疏，遑论研究，反之亦然。如果进行打通研究，自然要求研究者的学术视野开阔，不能局限于现代或当代某一狭窄领域，甚至需要具备深厚的近代文学根基。最后，长期分立的学科研究，形成了现当代文学史各自不同的研究话语系统。“现代文学三十年在总体上是一个不断建构的过程，启蒙意识、现代性的书写成为统领现代文学的主要价值理念。相反，当代文学的研究则处在一个不断被解构的过程，也可以说

---

① 吴秀明、郭剑敏：《延安文学、体制化文学与“打通”现当代文学史》，载《中国雅俗文学研究》（2—3 合辑下），上海三联书店，2008 年版，第 40 页。

② 钱理群：《矛盾与困惑中的写作》，载《文学评论》1999 年第 1 期。

③ 温儒敏：《谈谈困扰现代文学研究的几个问题》，载《文学评论》2007 年第 2 期。

是一个祛魅的过程。”① 在学科建设过程中，现代文学和当代文学研究，形成了不同的学理内涵，这种差异性是整合现当代文学最大的内在障碍。诸如主流意识形态话语、潜在写作、民间写作等当代文学领域极有学理价值的概念，却无法适用于现代文学研究。而现代文学常常被视为已完成时态的文学，形成了相对封闭、固化的文学史理念，代代相续，难以突破。

现代性是20世纪以来中国文学发展的精神命脉，用现代性来整合现当代文学得到了学界的广泛认可。现代文学区分之前三千年的中国文学的最本质属性正在于“现代”，现代文学史的概念、范围、归属等学科核心话语均源自于现代性。随着李欧梵、王德威、陈平原、袁进等学者对现代文学起源因素的发掘，晚清文学与现代文学的打通研究成果显著，康有为、梁启超、王国维、林纾等近代学人逐步浮出历史的水面。晚清文学中蕴含的现代性因素与“五四”时期文学现代性的追求形成了内在的线索，“没有晚清，何来五四”也已成为共识。而由于对现代性的简单狭隘理解，当代文学史研究者往往将中华人民共和国成立后的文学视为现代性的中断，往往不采纳现代性作为参照的内在主线，从而造成现代文学和当代文学之间的脱节。2001年，许志英先生和邹恬先生在主编的《中国现代文学主潮》中，尝试从“文学的现代化”角度将1928年至1976年的文学视为一个阶段，并且提出新时期文学前十年是“五四”时期第一个十年的重演。该书立足于文学的现代意识，体现了开放的视野，也显示了打通研究的成果。黄万华提出了打通现当代文学，应该接纳台湾、香港文学进入研究视野。“当我们置身于包括台湾、香港文学在内的中国文学历史格局中探问‘当代文学’的生成、追寻现代文学传统的失散时，以往所区分的中国现代文学和中国当代文学自然得到了新的贯通和整合。”②

2006年，雷达、赵学勇和程金城主编的《中国现当代文学通史》出版。该书从现代性诉求和民族灵魂的发现和重铸两条主线，成为第一部真正的打通式现当代文学史。该书一反众多整体性文学史重新分期以续接断裂的做法，而是采用了更合乎学科现状的“既分又合”法。这部文学通史中，按照

① 吴秀明、郭剑敏：《延安文学、体制化文学与“打通”现当代文学史》，载《中国雅俗文学研究》（2—3合辑下），上海三联书店，2008年版，第42页。

② 黄万华：《“打通”和“分界”：回到中国现当代文学》，载《理论学刊》2009年第2期。

学科的既有模式，依然认同将1917年文学革命作为现代文学的起始点。因为晚清文学虽然具备了现代意识和民主锋芒，但依然属于古代文学的体系之内，还没有与旧文学决裂的勇气。但该书第一章的标题为《中国文学现代性的萌发》，探讨了晚清文学的现代性因素，在源头上梳理了现代文学的脉络。该文学史中，当代文学的起点依然是1949年新中国的成立后第一次文代会的召开，以毛泽东的《在延安文艺座谈会上的讲话》精神为价值坐标的体制化文学成为主流。与其从抽象的理论层面试图调整外在的文学时间表，不如在承认现有的学科割裂的基础上，以“现代性”重塑现当代文学的内在脉络。从现代文学的启蒙、救亡到庞杂的“十七年文学”“文化大革命文学”、新时期文学等诸多文学思潮、流派、阶段，均可以从现代性的角度联结起来。“从‘内部’来把握二十世纪中国文学的有机整体性，不容忽视的一项工作就是阐明艺术形式（文体）在整个文学进程中的辩证发展。”① 追溯文学思潮、流派的源头、流变及影响，是《中国现当代文学通史》中最具有打通研究价值的工作。如将现代短篇小说的起源上溯至清末的谴责小说，将新中国的革命英雄传奇追溯到解放区的拟章回体小说，将丁玲笔下莎菲的影响力延伸至七十年后的女性主义文学，等等，真正在内部贯通现当代文学。对于单个作家的专题体例有了明显的创新性，不是按照惯有的分期式写法将作家拆分到不同时期，而是写出作家的一生创作轨迹，纵向穿越现当代文学。更值得称道的是，每位作家专题并非是孤立描写，而是向上追溯他的师承关系，向下评定他的影响。民族灵魂的重新发现和铸造是贯穿在现当代文学历史中的精神命脉。纵览现当代文学的发展历程，从晚清梁启超的“新民”说到“五四”时期鲁迅的“立人”思想，从沈从文主张的“民族道德的重建”到老舍对传统文化的反思，从毛泽东的“文艺为工农兵服务”到新时期文学的“人的觉醒”，在农民、知识分子、妇女三大人物谱系中蕴含着对现代民族性格、民族精神的深沉思考。《中国现当代文学通史》打破了通行文学史限定的大陆疆界，把20世纪中国文学的疆界扩展到香港和台湾地区，辟专章介绍港台文学，辟专节介绍金庸、白先勇、洛夫等重要作家。

“在时间的河流里，原先的畛域正在日益模糊，而‘贯通’问题变得

① 黄子平、陈平原、钱理群：《论“二十世纪中国文学”》（1949—2009文论选），人民文学出版社，2009年版，第296页。

越来越突出了。对现当代文学史的研究来说，这就形成了一个有待于不断发现的学术空间。”[①]《中国现当代文学通史》的出现，意味着整体性文学史写作进入到成熟的阶段。该通史将现当代文学视为上下贯通的有机体，而且并未武断地削减现代文学和当代文学长期学科建设中已有的理论成果和学理深度，反而在保留现有研究成果的基础上，实现了一加一大于二的增值效果，为之后的文学史写作提供了可借鉴的经验。实现文学史的真正打通，唯有上下求索，深入开掘现代性在现当代文学中的独特内涵，把握文学的本质内涵，清晰地呈现百年来中国文学的发展流变，确立文学经典，真正建构起自身的传统，使现当代文学回归到中国文学的血脉之中。

第二节　海外汉学与本土的互动

“所谓海外汉学，指的是‘中国’地理国界与学术体系之外的中国想象与研究。这种研究以及我们对其进行的再研究，本身就是一种跨文化、跨语际的交流实践，也是全球化带来的必然结果。”[②] 早在16世纪，欧洲来华的传教士们开始用西方的眼光观察中国，并对中国历史文化和语言文学等方面进行研究，形成狭义的汉学，即Sinology。1814年，法兰西学院设立汉学教授席位，“汉学”研究正式进入西方学术话语体系。“二战”以后，西方汉学研究扩展到近现代中国学术思想、政治制度、社会经济等，完成了从“古典汉学”向“现代中国学”的过渡。海外和港台地区的中国现代文学研究是“现代中国学”（Chinese studies）的一个有机组成部分。

据葛浩文的考证，1953年以后，美国高校开始陆续出现以中国现代文学为题的博士论文。[③] 20世纪60年代以来，中国现代文学研究在欧美异军

① 雷达、赵学勇、程金城：《中国现当代文学通史》，甘肃人民出版社，2006年版，第1页。

② 季进、邓楚、许路：《众声喧哗的中国文学海外传播——季进教授访谈录》，载《国际汉学》2016年第2期。

③ 陈占彪：《反思与重构：中国现代文学研究的学术转型》，南京大学出版社，2009年版，第257页。

突起，被纳入高校的课程和学位论文体系，从而在汉学界确立了瞩目的地位。究其原因，温儒敏将其归结为三个方面：随着中国国际地位的提升，海外希望通过文学作品了解现代中国；比较文学中的美国学派崛起，为打破“欧美”中心论，将视线转向中国代表的东方；50年代留学欧美的华裔学者成为骨干力量①。从1961年夏志清的*A History of Modern Chinese Fiction*（《中国现代小说史》英文版）出版起，半个世纪以来，海外现代文学研究成果斐然，构成了与本土研究之间的融合、冲突、对话、共生，推进了跨地域的“中国现代诗学”的形成。

20世纪70年代末，夏志清的《中国现代小说史》中文版在港台地区出版，国内学者访问香港期间以复印本的方式将其“非法”引入大陆学界，悄然拉开了海外汉学与国内学界之间碰撞、互动的历史帷幕。1981年，乐黛云主编的《国外鲁迅研究论集（1960—1981）》由北京大学出版社出版，海外鲁迅研究的部分成果被译介到国内。20世纪80年代以来，国门再次开放，“借别人的眼光去获得自知之明”，“正是摆在我们面前的紧迫历史使命，因为只要不跳出自家的文化圈子去透过强烈的反差反观自身，中华文明就找不到进入其现代形态的入口。”② 在中外学术交流过程中，海外现代文学研究学者陆续进入了大陆学者视野。1983年，经钱钟书的联络，海外现代文学研究的领军人物夏志清教授回大陆访问，正式掀开了海内外中国现代文学研究新的一页。几乎与此同时，进入大陆学界的是李欧梵。1985年，《中国现代文学研究丛刊》第3期发表了李欧梵、邓卓的《论中国现代小说（摘要）》。1986年，大陆学术期刊出现第一篇专门介绍李欧梵研究成果的文章③。当年5月，李欧梵重回故土，与李陀、高行健、阿城三人在天津《文学自由谈》编辑部座谈，到河南大学进行学术演讲，并两次在大陆发表关于美国中国现代文学研究现状的文章④。1989年到1990年，李欧梵将《铁屋中的呐喊》的部分中文译稿陆续在《鲁迅

---

① 温儒敏：《国外中国现代文学研究述略》，载《辽宁师范大学学报》1984年第1期。

② 刘东：《现代的诱惑：书写半殖民地中国的现实主义·总序》，江苏人民出版社，2007年版。

③ 陈思和、李欧梵：《中国现代作家的浪漫一代》，载《中国比较文学》1986年第1期。

④ 《文学：海外与中国》，载《文学自由谈》1986年第6期；《美国研究中国现代文学的现状与方法》，载《河南大学学报（哲学社会科学版）》，1986年第5期。

研究动态》《鲁迅研究月刊》刊登，在大陆学界获得了巨大的影响力。2001年，李欧梵的《上海摩登》由北京大学出版社出版，不仅在学界广受好评，而且成为知识青年追捧的时尚读物，李欧梵一举成为家喻户晓的海外学者。与李欧梵相同，王德威作为海外中国现代文学研究的第三代领军人物，一直保持着积极的态度介入大陆研究界。[①] 1998年，王德威的《想象中国的方法：历史·小说·叙事》直接在大陆出版，“没有晚清，何来五四”的命题引发学界至今仍未平息的热议。2004年，《当代作家评论》“批评家论坛”栏目连续推出李欧梵、王德威、许子东等海外批评家的研究专题。2008年，“海外中国现代文学研究译丛”第一辑陆续出版，王斑的《历史的崇高形象：二十世纪中国的美学与政治》、奚密的《现代汉诗：一九一七年以来的理论与实践》、周蕾的《妇女与中国现代性：西方与东方之间的阅读政治》等研究成果先后被引进国内。这些新生代海外学者同样发出了与国内学界主流迥异的声音，王斑对“创伤记忆”的思考、刘禾对“国民性神话”的质疑、唐小兵对“十七年文学”的“再解读”、许子东对“文化大革命小说”叙事模式的梳理、史书美对“华语语系文学”的论述等，依然不断地在大陆学界掀起热议。

海外华人学者利用远在海外的地缘优势，不断跨越现有的政治地理疆界，延伸现代文学的时间维度，融合文学、历史、政治、文化等领域知识，树立起现当代文学整体观的学科意识。王德威坦言：“对于打破时间和地理疆界这么一个做法，我的确是有意而为的”，“在海外比较远离国内政治语境的优势——来做一些真正交流和沟通的工作”。[②] 因而，海外汉学并非轻率地将西方的学术谱系挪移到国内，而是旨在多元思考中构建起阔大的中国现代文学研究气象。

新时期以来，海外中国现代文学研究推动了大陆学界形成新的文学史评价标准，发掘了诸多流散海外的重要史料，引入了西学中的文学研究方法，开拓了新的研究空间，从而加速了内地学术发展进程。

20世纪80年代初期以来，“在打破政治的僵化思维方式、实现学科重

---

① 1989年，王德威的《要发泄，还是要排泄——评林双不的〈决战星期五〉》，载《当代作家评论》第4期。

② 李凤亮：《20世纪中国文学研究的整体观及其批评实践——王德威教授访谈录》，载《文艺研究》2009年第2期。

建方面以夏志清的《中国现代小说史》和司马长风的《中国新文学史》为代表的海外汉学功不可没。”① 与普实克等汉学家不同，夏志清和司马长风的文学史标榜纯文学的审美标准。司马长风在文学史中强调：“文学自己是一客观价值，有一独立天地，她本身即是一神圣目的，而不可以用任何东西束缚她、摧残她，迫她做仆婢做侍妾。”② 由于政治意识形态的因素，司马长风对左翼文学并不热衷，但是依然从语言、形式的文本内部层面入手，对丁玲的小说、萧乾的散文、刘西渭和李长之评论等作出了深入的研究，有别于大陆政治标准居上的叙史模式。夏志清承袭了英美新批评的文本细读方法，强调文学性，发掘出张爱玲、沈从文、钱钟书等被大陆学界长期冷落的作家，引发对文学史标准的再认识。1985 年黄子平等人提出“二十世纪中国文学”，1987 年陈思和提出“新文学整体观”，1988 年陈思和、王晓明提出“重写文学史”，引发学界“重写文学史”的风潮。而细究起来，黄子平、陈思和等领军学者均受到过夏志清《中国现代小说史》的影响。黄子平明确说道：“而像中国这样一些国家的文学，它关注的问题是另外一种焦虑。夏志清先生有一个经典型的说法叫‘感时忧国’……中国文学关注的焦点不是普遍人类，而是民族。”③ 据陈思和回忆，20 世纪 80 年代初，他大学毕业不久看到了《中国现代小说史》的中译本，一阅之下，感到“轰溃”。正是在《中国现代小说史》的“刺激”下，陈思和才去读了沈从文、张爱玲的作品④。夏志清的《中国现代小说史》，“不仅有力推动了大陆的‘重写文学史’运动，同时在‘重写文学史’的实践上具有明显的规范意义”⑤。在海外汉学中，李欧梵和王德威从“现代性”立场围绕着中国文化，阐释近代以来的文学问题。王德威发掘出“晚清”与“五四”的关联与差异，发出“没有晚清，何来五四”的诘问，为大陆学界对于现代文学的分期提供全新的视界。在其影响下，范伯群撰文指出早在《海上花列传》已经具备

---

① 张锦：《海外汉学对新时期中国现当代文学研究的影响》，载《小说评论》2009 年第 3 期。

② 司马长风：《中国新文学史》（上卷），昭明出版社，1975 年版，第 5 页。

③ 钱理群、黄子平、陈平原：《二十世纪中国文学三人谈》，北京大学出版社，2004 年版，第 107 页。

④ 吴越：《他提供了文学史另一种写法》，载《文汇报》2014 年 1 月 2 日 6 版。

⑤ 旷新年：《“重写文学史”的终结与中国现代文学研究转型》，载《南方文坛》2003 年第1 期。

种种“现代性”要素[1]。这也间接影响到当代文学史的写作理念。如北京大学李杨循此思路，提出了类似的追问，“没有‘十七年文学’与‘文化大革命文学’，何来‘新时期文学’?”[2] 李欧梵对于期刊、小报、广告、出版社等文化内容颇为关注，提出结社、出版、创作对于“五四”作家新思想有着重要的作用，有利于改变现当代文学日益狭窄的学科研究现状，为进行文化和大众文化研究提供了范本。唐小兵、刘禾等由大陆出国的学者，既对大陆当代政治、文学、历史等有着切身的体悟，又迅速吸纳了西方后现代主义、后殖民主义等有着解构色彩的理论，重新解读 20 世纪中国左翼文学，构成了文学史写作的又一景观。

由于 20 世纪中国文学史上，大批作家、学者有着海外留学、工作的经历，海外汉学界为我们提供了详尽的散佚海外的史料。日本汉学界向来讲究实证主义研究方法，注重史料的收集，尤其是鲁迅、郁达夫、创造社等留日期间史料研究成果显著。近年来，日本出版了一批极有资料价值的研究著作。例如:《在仙台鲁迅的记录》(1978 年) 汇集了长达 400 多页的鲁迅仙台学医时的原始资料、图片；北冈正子的《摩罗诗力说材源考》详尽追溯了鲁迅《摩罗诗力说》中美学思想的资料来源；伊藤虎丸的《沉沦论》，提供了郁达夫与佐田春夫等日本自然主义作家关系的背景材料；《创造社年表》不但整理了创造社形成发展过程，而且考订了创造社与丙辰学社、郭沫若与孤军派关系等重要史实；木村英雄的《周作人沦陷始末》披露了国内难以看到周作人沦为汉奸的原始背景材料[3]。20 世纪中国文人和海外人士的书信往来，同时能够提供研究 20 世纪中国作家的重要资料。2013 年，夏志清出版《张爱玲给我的信件》，书中披露张爱玲在寄给他的一百余封信件，为学界深入了解张爱玲在美国的创作情况、生活状况与精神状态，提供了第一手真实的素材。法国明兴礼在《巴金的生活和著作》一书中披露了巴金 20 世纪 40 年代给他的一封信。巴金在这封信中明确说:“我喜欢罗曼·罗兰的早期作品，比方他所著的《约翰·克利斯朵夫》三

① 范伯群:《〈海上花列传〉:现代通俗小说开山之作》，载《中国现代文学研究丛刊》2006 年第 3 期。

② 王万森、刘新锁:《文学历史的跟踪——1980 年以来的中国当代文学史著述史料辑》，人民出版社，2014 年版，第 176 页。

③ 温儒敏:《国外中国现代文学研究述略》，载《辽宁师范大学学报》1984 年第 1 期。

部传记、大革命戏剧。他的英雄主义给了我很大影响，当我苦闷的时候，在他的书中我常常可以寻到快慰和鼓舞。”① 这为研究界理解 40 年代巴金文艺思想提供了宝贵的史料。

作为异质性的学术体系，海外中国现代文学研究方法丰富，视野开阔，对大陆学者有着直接的启发意义。除了传统的社会学和实证主义研究方法外，更引发国内学者注目的常常是新的研究方法。海外学者有着明显的中外对照意识，比较文学的方法常常渗透到研究过程中，在着力考察西方文学对中国现代作家、作品影响研究领域成果显著。“二战”后，美国逐渐成为比较文学的中心，其推崇的平行研究方法也影响到汉学界，如将鲁迅、布莱希特和萨特平行研究，发掘 20 世纪革命型的知识分子的异同之处。西方成熟的心理学知识促使海外汉学家运用心理学批评方法展开研究，如从弗洛伊德的精神分析学说研究《金锁记》等小说中主人公的变态心理。结构主义批评方法常与原型批评方法相得益彰，语言学分析法常用来研究新歌的形式特征，读者接受理论则用来考察作家、作品在读者心中引发的心理效应等。起初面对海外汉学的方法，“许多人会惊惶会愤怒会不屑，以致情绪容易偏激。但逐渐地，在不断的纠结和争论中，我们不知不觉其实也在采用王德威们介绍给我们的研究方法和角度，甚至那些还在批评他的人，采用的方法也经常接近于他。至少我们开始注意到不同的批评方法和角度的重要性。”② 从夏志清采用的英美新批评派的文本细读，到唐小兵、刘禾的“后学”解构主义，海外汉学一直在为大陆学界提供着新的文学研究范式。

与围绕主流文学研究的大陆学界不同，海外中国现代文学研究领域广阔，不断开拓出新的研究空间。20 世纪 80 年代后期，海外关于“五四”新文化运动的著作开始在大陆发行。周策纵的《五四运动：现代中国的思想革命》、余英时的《中国近代思想史上的激进与保守》、林毓生的《中国意识的危机》等都对“五四”以来的激进思潮进行了反思。如何评价“五四”重新成为学术界热议的焦点问题，引发严家炎、王晓明、洪子诚等学者与海外汉学家的论战。如何挖掘“一体化”文艺体制下面真实、丰富的

① 明兴礼：《巴金的生活与著作》，上海人民出版社，1986 年版，第 57—58 页。

② 毕红霞：《我们为何批评王德威——兼论面对“海外汉学”的复杂心态》，载《当代文坛》2013 年第 3 期。

文学现象，唐小兵提出通过“再解读”的方式，构建文学文本与历史的潜在对话。“解读的过程便是暴露出现存文本中被遗忘、被压抑或粉饰的异质、混乱、憧憬或暴力。”① 李欧梵、王德威等海外学者从“被压抑的现代性”，对晚清文学的现代性因素钩沉，使得现代文学的研究视野不再拘于文学革命之后，在纵向上拓宽了研究空间，为学科提供了新的增长点。

海外中国现代文学研究登陆内地之旅并非一帆风顺，而是伴随着政治立场的对立、学术方法的碰撞与误读。从夏志清的《中国现代小说史》登陆内地开始，学术界对于海外中国现代文学研究一直保持着高度警惕的态度。当夏志清的“文学性”策略正中大陆学者“去意识形态化”的下怀时，唐弢撰文批驳，“现在国内有许多人以能成为夏志清‘门人’自豪。夏志清从美国军事部门拿了钱，搞了材料。他开宗明义第一句话，就说：‘我是反共的。’现在有些人开始对他的观点注意了。我这次在大连碰到丁玲，她就说你们为什么不对夏志清批一批呢？国内现在已有人批了。”② 1983 年，《文艺报》在北京召开“现代文学研究座谈会”，重点批判夏志清的“反共”政治观点。随着冷战意识思维的淡化，夏志清等海外汉学家的“他者”研究视角和成果，一改成为大陆研究界跟随的潮流③。温儒敏犀利地指出海外汉学热深藏的隐患，即对海外汉学经验生吞活剥，盲目地以美国为主的汉学研究为标尺，导致失去自身的学术根基④。由于学术背景的差异，国内学者了解海外汉学多数借助译本，无暇研究其谨严的论证体系，而热衷于断章取义地讨论海外学者著作中的某个新鲜论点，导致误读现象。这种简化论证只求论点的做法，在某种程度上，暴露了全球化视野下对自身研究方法缺乏自信与深刻焦虑。更有学者直接指出，“随着学界的主流理论从形式分析到社会学转向，本土文学/文化研究必然与生产于‘海外’的‘汉学’产生某种紧张关系——正是在诸多‘后学’理论的观照下，‘海外汉学’的话语霸权与意识形态，越来越多地被本土研究

① 唐小兵：《再解读——大众文艺与意识形态》，牛津大学出版社，1993 年版，第 25 页。

② 唐弢：《中国现代文学史的编写问题 · 现代文学讲演集》，北京师范大学出版社，1984 年版，第 4 页。

③ 在 1979 年，袁良骏写了《误解与真知》，最早公开批判夏著；2007 年，袁良骏在《重评夏志清的〈中国现代小说史〉》肯定夏著，认为对大陆学界有振聋发聩的作用。载《粤海风》2007 年第 3 期。

④ 温儒敏：《困扰现代文学研究的几个问题》，载《文学评论》2007 年第 2 期。

者所发觉。”[1] 这意味着新世纪以来，海外汉学与大陆学界的暗中较量与对立依然存在。

正是海内外学界存在着观念、立场、视角上的差异，双方之间的互动与交流才能造就新的学术空间。“海外汉学研究不仅已经成为我们学科的基础构造和历史组成，而且有些海外汉学研究的新颖观点，其源头恰恰在中国学术传统‘内部’。”[2] 如费正清著名的“冲击—回应”论在西方学界影响深远，而其源头来自于与他过从甚密的中国学人蒋廷黻、胡适和邓嗣禹诸位；李欧梵借《上海摩登》暴得大名，但施蛰存回忆说：“那个李欧梵，跑到我这里来，又是录音，又是录像，弄了好几个星期，然后回去写了本书（即《上海摩登》），里面全是我说的话呀。”[3] 事实表明，李欧梵一方面得到施蛰存的史料支持与思路启发，一方面在美国泛文化语境中触发写作动机，才得以推出《上海摩登》。2005 年，王德威与陈平原的合著《北京：都市想像与文化记忆》出版，进一步展示了海外汉学与本土学界的直接合作成果，也预示着未来海内外学者的合作将会继续深化。海外中国现代文学研究学者“以异于大陆学术研究的鲜明‘异质性’特征——崭新的美学尺度与知识学系统，以及独特的话语方式及批评视角，深刻地参与到新时期文学批评的知识学重建中，并对新时期以降的中国现当代文学研究和批评体系的‘世界性’‘现代性’品质的形成产生了重要作用。海外中国现当代文学研究由此汇入中国现当代文学研究的整体洪流中，并成为后者的必要组成部分”。[4]

“在全球化时代，各种文化传统与学术资源被广泛分享，人们在深入地理解、探讨、交流、对话时所形成的一种学术联结。它取代了那种实存的人际关系和学术网络，转而强调虚拟的同一的时空构造，更多的是一种‘想象的共同体’。”[5] 身处“你中有我，我中有你”的全球化时代，大陆

---

① 张丽华：《我所认识的“海外汉学”》，载《云梦学刊》2008 年第 3 期。

② 季进：《论海外汉学与学术共同体的建构——以海外中国现代文学研究为例》，载《文艺研究》2015 年第 1 期。

③ 李劼、施蛰存：《生命在苦难中开花》，载《粤海风》2006 年第 6 期。

④ 张清芳、王丽玮：《海外汉学与中国现代文学研究互动关系的再反思——以夏志清〈中国现代小说史〉在中国大陆学界的传播为个案》，载《南方文坛》2014 年第 5 期。

⑤ 季进：《论海外汉学与学术共同体的建构——以海外中国现代文学研究为例》，载《文艺研究》2015 年第 1 期。

学界需从现代学科建设的角度，重新定位、审视、借鉴海外汉学的成果、方法，祛除偏见，打通内外，实现全球学术资源共享，建构起海内外学术共同体，才能实现海外汉学与本土学界的互动与共赢。

第三节　跨学科与本体研究互补

20 世纪 90 年代以来，随着全球化进程的加剧，中国当代文化和文学生产及研究方式发生了深刻的变化，学科之间的界限日益变得模糊。“不同学科的科际整合已经成为一种必然的趋势，跨学科研究大受欢迎。学科分工过细、互立壁垒的做法显然阻碍了学术的生长，正在受到越来越多的抨击。”① 现当代文学的跨学科研究是全球一体化历史进程中的必然选择，也是大众文化对纯文学冲击的直接结果。“今天占据大众文化生活中心的，已经不是小说、诗歌、散文、戏剧、绘画、雕塑等经典的艺术门类，而是一些新兴的泛艺术门类的活动，如广告、流行歌曲、时装、电视连续剧、健美，乃至环境设计、城市规划、居室装修等。艺术活动的场所也已经远远逸出与大众的日常生活隔离的高雅艺术场所（如中国美术馆、北京音乐厅、首都剧场等），深入到大众的日常生活空间。”② 信息化、数字化技术引发传媒革命，影视文学、网络文学甚至广告文学等新型文学样式成为时代的新宠。大众文化勃兴，不仅打破了传统的文学边界，而且出现了“日常生活审美化”的倾向。时下盛行的创意写作其亮点就在于“跨界写作”，当代文学创作领域的跨界屡见不鲜，推动着理论界的跨学科研究。例如 1997 年，敦煌文艺出版社出版《诗人小说家丛书》，韩东、朱文、叶舟、海男等六位诗人跨越到小说的领域。现当代文学研究者的学术转向已是常态，如从事报告文学研究出身的谢泳，将视线转向中国自由主义知识分子研究，出版《西南联大与中国现代知识分子》《逝去的自由》等书，退出传统的文学文本研究领域。汪晖写完《反抗绝望》后，转向了思想史研究。

① 温儒敏：《现当代文学研究中的“空洞化”现象》，载《文艺研究》2004 年第 3 期。
② 金元浦：《文化研究：理论与实践》，河南大学出版社，2004 年版，第 13 页。

“今天是一个泛文化的时代，而不是文学的时代。八十年代才是文学的时代。现在最受欢迎的是文化类或泛文化类，具有大众文化趣味的作品，最突出的一个现象是专业读者、大众读者和网络读者之间存在严重分化。”[①] 1985 年“文化热”以来，“张爱玲热”“沈从文热”“王朔热”“通俗文学热”“国学热”等层出不穷，传统文学理论的精英话语已无力诠释大众文化时代的文学现象。2010 年 4 月 24 日，在中国中外文艺理论学会第七届年会暨“文学理论前沿问题”国际学术研讨会上，童庆炳作了题目为《当下文学理论的危机及其应对》的学术报告，明确提出加强文学理论与别的学科的关联性的跨学科发展策略。

泛文化时代，大众文化正不断对经典文学产生消解，纯文学在消费时代的溃败已成定局。面对文坛的巨变，中国现当代文学研究不再拘囿于“文学性”，“向外转”成为学科生存的策略。在 20 世纪 90 年代的“文化危机突围”过程中，中国人文学者发现了在欧美已经成为“显学”而国内尚无系统介绍的文化研究，认识到“无论对于学院知识生产，还是对于谋取话语权的学术政治，它都非常重要”。[②] 中国现当代文学学科顺理成章地转向具有跨学科特性的文化研究，使得日趋边缘化的学界重获新生。这种从文学研究到文化研究的转型，是多方合力的结果：一是泛文化时代的文学研究对象发生了深刻的变化；二是文学研究是对高度科学化与制度化的学科规范的自我反叛；三是随着现代化进程，中国正生产着与西方文化研究相同的主题，如身份认同、性别政治、文化产品等；四是人文知识分子社会政治热情、批判意识重新高涨。[③] 素有现实参与意识的学者们亟待对当代社会种种新生的现象和问题做出分析和批判。文化研究以跨学科的手段客观而深入地考察社会，为他们介入社会生活提供了学理保障。

文化研究（Cultural Studies）是源自英语学术界的舶来品。“一般认为，文化研究是跨学科或多学科的文化理论，它一开始就不是一个传统意义上的独立学科，它既在现有学科之中，但并非受制于某一学科或理论，学科界限

---

① 贺邵俊、雷达等：《2008 年中国文坛回望》，人民文学出版社，2009 年版，第 66 页。

② 王晓明：《中国大陆文化研究的“冷”和“热”：以上海为例》，载《台湾社会研究》2006 年第 62 期，第 224 页。

③ 房福贤：《“文化研究”与中国现当代文学研究的新视野》，载《山东师范大学学报》2005 年第 3 期。

也不确定。它本身没有一个界定明确的方法论，也不局限于具体的或界限清晰的研究领域。文化研究借鉴了诸多人文与社会科学理论和方法，如语言学、哲学、心理学、人类学、政治学和文艺批评等。”① 文化研究的对象极为广阔，主要有后殖民主义写作话语的种族研究，包括爱德华·萨义德的“东方主义”、佳亚特里·斯皮瓦克的贱民研究、霍米·巴巴的混杂理论等；以女性批评和写作话语为主的性别研究，涉及女性批评话语的构建、性别诗学研究以及怪异理论；区域文化研究，包括“亚太地区研究”和“太平洋世纪研究”等热门话题；大众传媒研究，包括文化工业、消费文化、文化全球化理论以及影视传媒生产和消费。20 世纪 50 年代，英国的利维斯是最早倡导文化研究的学者，开始关注大众文化和非精英文学。20 世纪 60 年代，英国伯明翰大学设立“当代文化研究中心”，重点研究社会文化结构中的知识要素，如观念的生产与再生产、媒体形象、文化符号等，打破人文社科的惯有模式，迅速影响到北美、澳大利亚等地区。从此，文化研究作为“准学科”迅速崛起，成为欧美学术界的主导理论话语。

1985 年，在重新评价和继承“五四”传统的基础上，学界开始对中国文化传统进行反思，掀起了“文化热”的高潮。当年，美国的杰姆逊应邀到北京大学讲授“后现代主义与文化理论”，其讲演录《后现代主义与文化理论——弗·杰姆逊教授讲演录》在 1987 年出版发行。杰姆逊对于广告、建筑、绘画等非文学文本的大加援引，使得国内学者开始注意到大众文化与消费文化的潜在学术空间。王逢振主编的《先锋译丛》《知识分子图书馆丛书》等丛书，及时向国内输送西方文化理论，使国内学者获得文化研究的理论知识。1994 年，汪晖、李欧梵的文章《什么是“文化研究”》发表在《读书》第 7 期。该文正式将西方的文化研究理论译介到国内。1995 年，中美两国学者联合主持的“文化研究：中国与西方国际研讨会”在大连召开。同年，北京大学戴锦华教授组建了中国第一个文化研究工作坊——北京大学文化研究工作坊。1995 年被视为中国的“文化研究元年”②，诸多学者纷纷高举文化研究的大旗，开始透过大众文化讨论和分析中国的社会现实与文化实践。主流意识形态问题、市场化问题、大众传媒

① 张平功：《文化研究的兴起与发展》，载《东南学术》2000 年第 6 期。

② 徐德林：《重返伯明翰：英国文化研究的系谱学考察》，北京大学出版社，2014 年版，第 4 页。

等文化研究理论被广泛运用到中国文学与文化的研究实践中，成为当今中国现当代文学研究的主要话语资源之一。

为适应全球化时代文学变革的新局面，20世纪90年代以来，中国现当代文学从相对封闭的文学文本研究转向了跨学科性质的文化理论研究，促使研究格局日趋多元化，不断拓展研究的空间，重新激活文学研究的活力。

文化研究带给中国现当代文学学科的积极影响，首先体现在对于学科意识的突破。处于机械复制时代的背景下，中国现当代文学研究无可避免地走向高度科学化与制度化。学者们将注意力集中在文本内部，投注到文学自身的语言、形式特征等方面，丧失了对社会生活特有的敏感，也导致了审美感受能力的下降，从而使原本鲜活、复杂的学术体验被简化为刻板的主题归纳。文化研究“反学科的立场和态度，使从事文化研究的学者易于在被传统学科所忽视和压抑的边缘地带发现具有重大意义的研究课题”。[①] 例如，在大众传媒兴起的时代，《新青年》作为重要的媒介，其价值和意义被重新发掘。仅新世纪以来，据知网统计，研究《新青年》的研究文章已达200篇，其数量超过了历史上任何一个时期。“《新青年》这本杂志，涵盖了‘语言文学’‘哲学思潮’‘社会思想’等方面的内容，与思想史、文化史、社会发展史等学科都存在着内在的联系。”[②]《新青年》内容的跨学科性，正适用文化研究的方法。学界从办刊理念、同人的分裂、栏目的考察等边缘研究的层面，取得了瞩目的研究成果。1999年7月，北京大学中文系成立“20世纪中国文化研究中心”，通过对同一课题的不同学科理论的整合，实现人文学科的协同发展。该中心的研究思路是将20世纪中国文化视为一个整体，这是英国伯明翰学派提出“跨学科”以来，国际学术界普遍认可的大有潜力的研究方式。2001年11月，王晓明主持成立上海大学当代文化研究中心。2004年7月，上海大学成立国内首个文化研究系。目前，众多高校文学院系成立“文化研究”中心，或开设“文化研究”相关课程。2008年，陆扬、王毅合著的《文化研究导论》被教育部学位管理与研究生教育司推荐为“研究生教学用书”。这意味着

① 罗钢、孟登迎：《文化研究与反学科的知识实践》，载《文艺研究》2002年第4期。
② 薄景昕：《〈新青年〉研究的新视野》，载《北方论丛》2008年第6期。

文化研究正在得到官方权力机构的认可，逐步靠近体制。

其次，文化研究，“开拓了现当代文学研究的惯性视域，强化了文学研究的开放性和伸展性。”① 文化研究以其开放性，打破了长期以来注重作家、作品的封闭性文本研究。中国现当代文学的文化语境、生产过程、文化关系等外部研究成为学界的热点。“在考察中国现当代文学史的过程中，文化研究就为自己建立了多个角度不同的‘观测点’。它不仅要厘定文学史的外围，而且也要深入到文学史内部，对组成文学史的多重成分和因素进行比较性的分析。这样，文化研究就要使用与传统的文学史不同的知识谱系，并且会在探索性的路途中，使自己独有的话语方式、研究方法逐渐稳固下来。”②

语境思维是文化研究的基本特征，回到现当代文学的原初语境中，对报刊媒体、出版市场、文学团体流派、政治审查制度甚至稿费制度进行考察，研究现代文学的生成机制，成为现当代文学突破的重点。王晓明主编的《批评空间的开创：20世纪中国文学研究》（1998年）、陈平原主编的《大众传媒与现代文学》（2003年）、刘增人等编的《中国现代文学期刊史论》（2005年）、程光炜主编的《大众媒介与中国现当代文学》等代表性成果涌现，对中国现当代文学外部的文化关联与内部的文化因子进行了深层梳理，并客观上推进现代文学文献资料的规范化、体系化。

在文化研究的视野里，文学史上曾经被刻意回避或轻视的研究对象可以从“文化”视角重回研究领域。林纾、张资平、周作人、王实味、“战国策派”等争议性的中国现当代作家都可以获得文化意义上的阐释。沈从文、张爱玲、钱钟书、废名、穆旦等作家的价值得以重新关照。如沈从文“构筑的文学世界突出地体现了文学作为文化心理的象征性表现的特征。他对中国现代一系列重大现实问题的独特思考，并着重从文化心理的广阔层面上进行发掘，以显示自己的审美追求及价值取向，构成了沈从文文学生涯的整体走向。”③

区域文化的维度下，鲁迅与越文化、沈从文与楚文化、老舍与京都文

① 房福贤：《“文化研究”与中国现当代文学研究的新视野》，载《山东师范大学学报》2005年第3期。

② 程光炜：《文学史研究的兴起》，福建教育出版社，2008年版，第69页。

③ 赵学勇：《沈从文与东西方文化·引言》，兰州大学出版社，1990年版，第3—4页。

化、李劼人与巴蜀文化、赵树理与三晋文化、张爱玲与海派文化、贾平凹与陕秦文化、莫言与齐鲁文化等，构成了现当代文学研究新的重要的研究视角。“文化研究热”兴起之前，严家炎先生就主编了“二十世纪中国文学与区域文化丛书”，标志着当代学人地域文化研究的实绩。区域文化往往为探寻作家作品风格提供极有价值的线索，从而展示立体、全面的文学脉络。如学界早已关注到鲁迅杂文锋利深刻的论辩风格与浙江特产——“绍兴师爷”笔法——之间的内在联系。“无绍不成衙”，绍兴人“养成一种尖锐锋利的目光，精密深刻的头脑，舞文弄笔的习惯。相沿而成一种锋利、深刻、含幽默、好挖苦的士风，便产生一部《阿 Q 正传》”。[①] 钱理群先生的《心灵的探寻》、唐弢先生的《鲁迅传》等著作，均分析了“绍兴师爷”现象。区域文化研究，有利于多层次地揭示文学现象的成因，展现中国现当代文学的地域特征与民族风貌。

再次，文化研究“拒绝成为任何意义上的元话语或宏大话语”[②]，坚持反精英反经典的立场，将日常生活和大众文化纳入视野。半个世纪以来，中国现当代文学研究日益体系化，不但确立了文学经典的评价标准，而且也使得经典作品的地位难以撼动。“鲁郭茅巴老曹”虽然淡出了当代读者的视野，其现代文学经典大师的地位依然稳固，从王一川为 20 世纪文学大师重新排位的风波可见一斑。“文学的本真历史并不是由文学研究者所遴选的少数经典构成，鲜活的文学史其实也就是广阔复杂的文化史、社会史。”[③] 影视文学、女性文学、通俗文学、网络文学、口述文学、民谣、广告、服装等都成了当代学人频频关注的对象。如程文超《波鞋与流行文化中的权力关系》通过解放鞋与波鞋的解读，来讨论我国几十年来的政治权力关系和经济权力关系的变革。李欧梵在《上海摩登—— 一种新都市文化在中国 1930—1945》中，由汽车、洋房、雪茄、回力球馆等物质形式入手，描述物质景观代表的现代性在老上海的微妙生成。读者可以在这部书里找到当年咖啡馆的门牌号码，甚至找到舞厅门票的价格，意会各种光色迷离的颓荡的都会娱乐的摩登享受，因而该书被誉为“老上海流行指南”。大众文化研究的反经典意识，对于传统文学研究构成了有力的挑战，以至

---

① 严家炎：《问学集——严家炎自述》，人民日报出版社，2014 年版，第 106 页。

② 陶东风：《文化研究：西方话语与中国语境》，载《文艺研究》1998 年第 3 期。

③ 周宪：《文化研究：学科抑或策略》，载《文艺研究》2002 年第 4 期。

于不少大学缩减传统的文学史课程，增加当代文学研究课程，如女性研究、种族研究、传媒研究。1999 年后，多数文学杂志如《上海文学》《作家》《收获》等重要文学期刊，都主动压缩了文学版面，而将多出的版面慷慨地赠予文化研究。美国唯一的《中国现代文学》杂志更名为《中国现代文学与文化》，这正说明向非经典文化转移是世界文学研究领域的共同学术抉择。

文化研究是一柄双刃剑，既是中国现当代文学学科生长的机遇，又存在着淹没文学本体研究的隐患。“在文化研究成为‘热’之后，文学研究历来关注的‘文学性’被漠视和丢弃了，诸如审美、情感、想象、艺术个性一类文学研究的‘本义’被放逐了，这样的研究也就可能完全走出了文学，与文学不相干了。”①

20 世纪 90 年代以来，在文学研究领域，传统文学意义上的文本研究（作家、作品、思潮、社团等）日益受到冷落。文学甚至沦落为阐释某种后现代文化理论的材料而已，不再被看作文学形态的存在。不少运用文化理论实验性质的研究文章遭人诟病，甚至贻笑大方。如 1994 年 7 月 4 日，作家李庆西在《济南日报》副刊上发表文章《“夜濯足”》，主观臆断鲁迅日记中“夜濯足”为性爱隐喻，引发学界的批判。究其实质，李庆西并没有从学术的角度对鲁迅日记的文本内涵感兴趣，而是带着明显的“戏说”的意味，将作家作品作为例证而已。这与充斥着大小书店热销书，如《鲁迅风波》《评说郭沫若》《才女世界》等“戏说”著作，有着本质上的相同：现代作家作品成为文化消费的符号。泛文化倾向导致了文学独立地位的危险，也产生了文学研究日益明显的“空洞化现象”。

这种现象与不少当代学人将文化批评与文化研究混为一体有着直接的关系。实际上，“文化批评和文化研究是两个不同的概念，其界定也迥然相异：前者主要指对文学的文化学角度的批评和研究，后者的范围则大大地超过了文学的领地，进入到人类的一切精神文化现象，甚至把以往被文学研究者所不屑的那些‘亚文化’以及消费文化和大众传播媒介都囊括进来。”②

---

① 温儒敏：《现当代文学研究中的“空洞化”现象》，载《文艺研究》2004 年第 3 期。

② 王宁：《“文化研究”在西方》，载《光明日报》1996 年 4 月 11 日。

对峙还是对话，依然是中国现当代文学研究界热议的话题。文化批评决不能简单视为西方文化批评话语的横移，而是在民族的土壤上与国际性文学研究平等对话的有生力量。当代学人要勇于迎接文化研究的挑战，区分国际化与西方的界限，为未来的跨文化研究提供新的课题，并在国际性的论争中发出中国的声音。文学的文化学研究，不仅能够活跃当下文学研究的氛围，也能对固化的文学经典重新阐释。在文学—文化—文学的研究路线中，文学研究和文化研究有了可以对话的基点。

“文化研究并不拒绝以文学为中心。文化研究拒绝的是封闭的文学观念。”① 全球化时代，在文化研究的语境中，建构文学研究与文学本体研究之间的张力结构，将有助于扩展日趋萎缩的文学研究领地，为中国现当代文学研究带来前所未有的生机和活力。当代学人要借鉴跨学科的学术方法，“读出文本”与“读入文本”互通；突破原有的纯文学的文本内部研究视野，获得文化批评的学术视野；复活现实批判精神，使现当代文学研究重返社会。“文学批评（文化）语境化，文化批评（文学）审美化”②，才能推动中国现当代文学研究的持久发展。

① 南帆：《后革命的转移》，北京大学出版社，2005 年版，第 267 页。

② 王宁：《全球化语境下的中国当代文学和文化研究》，载《探索与争鸣》2007 年第 10 期。

参考文献

[1] 丁帆．中国现当代文学讲稿［M］．江苏：南京大学出版社，2013.

[2] 王晓明．二十世纪中国文学史论［M］．江苏：东方出版中心，2003.

[3] 俞超．中国当代诗歌经典选读［M］．中国民主法制出版社，2012.

[4] 丁亚芳．〈女神〉导读［M］．江苏教育出版社，2001.

[5] 黄候兴．〈女神〉时期的郭沫若［M］．陕西人民出版社，1992.

[6] 王光东．中国现当代文学精品导读（第一卷）［M］．上海大学出版社，2006.

[7] 王泽龙，李遇春．中国当代文学经典作品选讲［M］．华中师范大学出版社，2009.

[8] 龙熙银，文君．中国现当代文学80家评介［M］．湖南人民出版社，2015.

[9] 王锦厚，伍加伦，钟德慧．郭沫若史剧论［M］．山西人民出版社，1988.

[10] 魏建，房福贤．中国现当代作家作品研究［M］．主编，山东人民出版社，2001.

[11] 于可训．中国现当代小说名作导读（下册）［M］．长江文艺出版社，2004.

[12] 黄修己，刘卫国．中国现代文学研究史（下册）［M］．广东人民出版社，2008：500.

[13] 刘勇．中国现代文学的多维阐释［M］．安徽大学出版社，2013.

[14] 茅盾．中国新文学大系·小说一集·导言［M］．上海良友图书公司，1935.

后 记

中国现当代文学方向是文学院的强势重点研究方向。该方向立足于国内外现当代文学研究的现状和实绩，将区域文化特色（中原文化）与现当代文学进行有机结合，努力开拓新的研究疆域。该方向致力于以后现代文学地理学为理论支撑，依托丰厚的地域文化优势，努力构建多层次、立体化的研究框架，突显中国现当代文学建设的地方化特征。并将文学研究成果与现实教育全方位相结合，促进人文素质的整体提升，以期对河南人文建设产生积极而深远的影响。我们期待通过本学科的不断努力，可以为中原文化研究和现当代文学研究的理论性成果寻获最佳的实践载体，为推进审美育人实践和河南文化建设提供理论支持和实践启示。

本书是本学科方向建设过程中积累起的学术成果。我们试图通过对中国现当代文学学科多角度、多层次、多方位的审视和观照，厘清本学科的发展脉络及其边界，洞悉其学科逻辑和精神原理，为学科未来的发展提供借鉴。

本书在写作过程中得到了孙先科校长及其他校领导的大力支持，文学院刘钦荣、刘安军两位院长也给予了鼎力支持，甘浩博士对全书的总体构思提出了很多有价值的建议，并借鉴了国内外有关专家学者的研究成果。在此一并表示感谢！

本书分工如下：

郭浩波　撰写第四章、第五章，并负责全书的润色、统稿；

杨　烜　撰写第三章、第六章；

巴俊玲　撰写第二章、第九章；

徐继英　撰写第七章；

白玉红　撰写第一章，并负责全书的总体构思，以及全体作者的协调、沟通。

由于学术水平和诸多主客观条件的限制，本书错误、疏漏、不足之处在所难免，敬请专家、学者和读者批评指正。

编者

2017 年 11 月